骆驼草丛书

夏天敏作品精选

夏天敏 ◎ 著

华夏出版社
HUAXIA PUBLISHING HOUSE

图书在版编目（CIP）数据

夏天敏作品精选 /夏天敏著. —北京：华夏出版社，2016.1
（骆驼草丛书）

ISBN 978-7-5080-8471-8

Ⅰ．①夏… Ⅱ．①夏… Ⅲ．①中篇小说－小说集－中国－当代 Ⅳ．①I247.5

中国版本图书馆 CIP 数据核字（2015）第 083124 号

夏天敏作品精选

作　　　者	夏天敏
本书策划	刘　晨
责任编辑	刘　晨　罗　云

出版发行	华夏出版社
经　　销	新华书店
印　　刷	三河市万龙印装有限公司
装　　订	三河市万龙印装有限公司
版　　次	2016 年 1 月北京第 1 版 2016 年 1 月北京第 1 次印刷
开　　本	720×1030　1/16 开
印　　张	19.25
字　　数	237 千字
定　　价	36.00 元

华夏出版社　地址：北京市东直门外香河园北里 4 号　邮编：100028
　　　　　　网址：www.hxph.com.cn　电话：(010) 64663331（转）
若发现本版图书有印装质量问题，请与我社营销中心联系调换。

目录

中篇小说

好大一对羊 / 1

徘徊望云湖 / 38

接吻长安街 / 64

好大一棵桂花树 / 100

飞来的村庄 / 138

冰冷的链条 / 185

北方、北方 / 222

土里的鱼 / 260

中篇小说

好大一对羊

一

德山老汉被人从山坡上喊回来的时候,一直懵懵懂懂地搞不清为啥事。当时老汉正弯腰撅腚地刨土,就听见顺生鬼喊呐叫地喊他快回村去,情形就像他家的房子被烧了、娃娃着水淹了样急切。成天面对空无一人的大山,德山老汉也木讷、笨拙成大山了。顺生拽着他的袖子下山来,只知道有个大官要见他,想不清这个大官为啥要见他,也没杀人放火抢东西。想不清也就不想,反正见就是了,管人家见了干啥呢?

才到坡脚,就见到村口的空场上停了十几辆蒙满灰尘的小车。德山老汉是没见过一回小车的,就是大卡车,也是去年到乡政府领救济粮才看到的。这地方偏僻,走上几十里才见得到一个小村村,从来没有来过小车的。德山老汉用手摸摸细皮嫩肉的小车,心疼地咂嘴。跑这老远来干啥呢?一山的石头疙瘩,一山的黄土白尘,作践车呢。

村子过年样热闹了。才到村口就听见娃娃些叽叽喳喳的叫声,就见到婆娘些窜来窜去母羊发情样兴奋。村里光秃秃的土墙上,不知什么时候竟贴了几排标语,那标语不是用石灰水写的土黄土黄、霉里霉气的,而是写在鲜亮的红得滴血的红纸上的,那是只有过年贴春联才用的红纸呵。咋个恁个舍得,一大张一大张贴在墙上呢。一个土黄色的村子,因了这几多鲜红的标语,变得活泛起来,就像婆娘出嫁时才穿上红袄的样子。德山老汉看得眼涩涩地流下许多浊黄的泪来,于是看人也就更模糊了,谁是谁也认不清。

一切都仿佛是做梦似的,德山老汉将眼睛擦得看得清人时,他觉得一切都不真实,似乎是在看电视。他看到他家低矮的土房前,站着一群花花绿绿的电视上的人。男的都穿着西装、穿着夹克、穿着皮鞋;女的都穿着短袖衬衣,扎着皮带,或者穿着裙子,虽然像那小车样都蒙了一层灰,还是天仙样鲜丽。村子灰蒙蒙的,他家泥土舂的土房灰蒙蒙的,杂草苫的房顶有多少年了也说不清,风吹雨淋,黑黢黢地恶心。门口那堆作燃料的海堡,平时金贵得很哩,现在黑黢黢地像堆牛屎样戳眼睛。这些光鲜的人往门口一站,房子就丑陋得自己都不忍心看了。德山老汉被村支书扯住,往一人身边引,众人呼啦啦地山潮水涌地向一人涌去。那人个子高高的,身体胖胖的,额头很亮很亮,头发朝后梳去,脸色红润,鼻梁高挺,还是双下巴呢,只是看不清他的眼睛。他戴着一架又宽又大的墨镜,乡场上算命的瞎子戴的那墨镜,比起来就叫人觉得好笑了,像儿童玩具似的。那人脸上是粲粲的蔼然的笑,伸出双手,就将他的手捉住了。就在这一瞬间,一道道闪光像旱天扯的火闪,把德山老汉惊得七魂出窍,"咔嚓、咔嚓"的声音响个不停。老汉茫然而站、惊魂未定,又见两台黑糊糊的机器伸出大嘴,在他周围闪个不停。老汉的魂被摄去了,脸木怔怔的,眼里空洞,了无表情。

粗壮得像条牛似的乡长温柔成小媳妇,他说这是地区的刘副专员,从城里风尘仆仆地来看望乡亲们,来扶贫。德山叔,领导没忘记我们呐,你还不感谢。德山老汉头脑里一片空白,不晓得说啥,只一个劲地点头。他腰又驼,越发像鸡啄米了。

德山老汉像块浮柴似的被人拥进屋去。乡长、村支书也忙着招呼大家坐。那屋里有什么可坐的呢?几个草墩,也散了草辫歪歪斜斜地放不稳屁股。乡长迅速地扫描了一下屋里,将一个不算歪斜的草墩抬来请刘副专员坐,刘副专员将外衣交给秘书,刚坐下去就歪了一下,差点跌倒。乡长焦躁,叫人去找凳子,刘副专员用手止了,打消了促膝谈心的念头。就站着说话。问的话都被村干部抢着答了,仿佛这家是他们的,他们比德山老汉还熟悉似的。德山老汉那屋里也真叫人目不忍睹了。那是什么样的屋呵,土舂的墙裂了许多许多的口子,最长的一道从墙根裂到墙头,娃娃儿的手都伸得进来。终年的烟熏火燎,屋里黑漆漆的。楼很低,刘副专员高大的身躯往屋里一站,就顶天立地了。那楼其实是些树枝枝搭成的,七翘八凹。屋里只有一个说不清年代缺了一扇柜门的碗柜,靠墙角挖了一个火塘,火塘边用土舂了个台阶,就是坐的了。屋不大却空旷开阔,丢个石头也打不到啥的。刘副专员这里瞅瞅、那里摸摸,脸冷得掉得下水来,神色凝重,眼里有了忧伤。屋里人多,但静如亘古。记者们也不敢乱拍乱摄了。刘副专员见火上吊着一个黑漆漆的大吊锅,吊锅里噗噗地冒出一股难闻的说不清什么味儿的气息。他揭开锅,见里面是些黑糊糊的稀泥样的东西,间杂着几个拇指大的洋芋。问是什么东西?德山肚里正饿得咕咕响,这些人不来,或许早已呼噜呼噜咽进几大碗去了。心中不悦，就没好气，说是晌午饭嘛。刘副专员惊得合不拢嘴，问是用什么煮的。"羊贴根叶。""啥羊贴根叶？"乡长说路边沟边长的一种叶片很厚的野草，一般是喂猪的。"喂猪的?!"刘副专员很惊愕很气愤："你们就让群众吃这种野草，群众是猪？"乡长委屈："这高原山区，一年不是霜冻就是冰雹，地里种啥没啥……"刘副专员恼火："不要谈客观条件，这些我知道。"说罢起身去看堆在耳房里的粮食。有什么粮食呢？也就是不大的一堆鸡蛋大的洋芋，还有一堆新鲜的荞叶尖，再就是半瓮没碾过的荞子。刘副专员问一年差几个月的粮？德山老汉搓着松皮般的手："差多少呢？差多少呢？"他茫然地望着大家。乡长说问你呢，差多少说多少。德山老汉甚至羞涩起来："一年到头都饿着，说毬不清差多少。"刘副专员摘下墨镜转过脸去抹了一下眼睛，他的眼圈有些红了。

　　刘副专员执意要上楼去看，乡长想劝，见刘副专员愠怒的样子就忍了。所谓楼梯，其实就是两根手臂粗的木杆绑些木棍。人踩上去，吱吱扭扭地叫人提心吊胆。乡长敏捷，先上去了，费了些劲才把刘副专员拉上去。扛摄影机的小伙子差点连人带机跌下来。人还未到楼梯口，一股浓烈的馊臭味扑鼻而来。刘副专员本能地掩鼻，但也只是扬了下手，抓虫子似的。好一阵才看清上面啥也没有，七翘八凹的树枝搭的楼上，铺了一层乱七八糟的山茅草。墙角是一堆渔网似的烂棉絮，一团一团油渣儿似的。乡长说他一家三口睡这儿呢，姑娘十多岁了，也挤着睡。刘副专员没说话，空气沉重凝滞阴郁而惨淡。刘副专员流泪了，浊重的泪水悄然流下脸颊，打得小楼摇摇晃晃。记者刚把镜头对准他，他猛一扭头悄然下了楼梯。

　　在火塘边，刘副专员一语不发。他将德山老汉的小女儿揽到怀里，说好好读书吧，只有读好书才有出息。他开始搜口袋，将身上的四百多元全交给德山老汉。老汉惶恐得不行，这么多钱，他一生也没摸过，怎么能平白无故地要人家的钱呢。老汉甚至想人家是不是看中了自己的小女儿，要买去做女儿呢。德山老汉莫名其妙地将小女儿扯回自己身边。木讷呆板的眼里有了惊慌，有了恼怒："不，不，我不要钱！我不要钱！"乡长看出他的意思，说："你把钱收下，这是刘副专员的一片心意，帮助你解决生活困难，帮助你脱贫呢！"刘副专员将钱压在德山老汉手掌上，镁光灯扯火闪样闪起来。随同来的人也纷纷将手伸进口袋里……

二

刘副专员和德山老汉一家结对子的消息，使大山深处的黑凹村激动兴奋了好一阵子。村子荒寂，平日无事总爱蹲墙根、晒太阳、瞎聊。那几日德山老汉家密密匝匝蹲满山里汉子，婆娘娃娃些挤在门外，探头探脑听他们神聊。每天都有人反复地问刘副专员在他家讲了些啥、做了些啥，给了多少钱。有人认定刘副专员已收德山的小女儿做干姑娘了，结对子不就是结亲家么，结了亲家不就是亲戚了么？有人问那小伙子肩上扛的是什么玩意，会不会把人的魂摄去？那些穿着花花绿绿衣裳的娘们往小本子上记些啥？德山老汉究竟得了多少钱，有钱不要吃昧心食，拿出来打酒大家吃。德山老汉嘴拙，老也讲不清爽，老也答不明白，急得嘴角淌白沫。德山的婆娘是哑巴，哇啦哇啦地激动着，乱比手势，众人不理她，任她自去激动，只一叠声地让德山买酒喝。德山忍着心疼买了酒，用土碗盛着喝转转酒，日子节日般喜庆，过年样滋润。就有人说德山的宅基风水好，地气足，早上屋顶冒出的气一团一团地不散，主富贵。不是么，人家副专员多大的官呀，和他结对子了，这对子是随便什么人能结的么？结了对子就是亲戚了，有这样的亲戚，吃喝还用愁么？

德山老汉爱听这样的话，德山老汉觉得浑身舒服，德山老汉觉得腰板上的劲似乎比过去足了,佝偻的腰也直了许多,眼里的阴郁、呆板也少了许多。那些日子,德山老汉成了全村人的景仰,走到哪里都有人仁仁义义地招呼,不是喊去吃饭,就是喊去喝酒。吃饭必尊他为长,让他坐上座。酒他不喝别人是不敢喝的,菜他不夹别人是不敢夹的,连村支书也尊着他。村支书家杀猪吃泡汤,只请了村长和村小的王眼镜,另外就是他。村支书在吃饭时狠劲地往他碗里夹腰花、夹猪肝,连他的亲家王眼镜也没夹一筷子。村长不断地给他敬酒,像孝敬亲爹样的。末了,俩人央着他,要他进城去找刘副专员要笔扶贫款子。村里穷得掉得下毛来了,村小烂得像猪圈,村里的浇灌渠早就淤平了。连人吃猪喝的水都要到几里外的小黑箐去挑。村支书说德山大叔咂,这事只有你办得成,乡长去都枉然,你办成了,全村人给你烧头香,给你送匾。德山老汉高兴归高兴,但他是实实在在的憨厚人,自己有几斤几两心中有谱,不敢踩着鼻子就上脸。但又不敢回绝村长、支书的情,人家请你吃泡汤为甚,恁好的东西没人吃了?人家尊敬你为甚,过去连正眼也没人看你,现在你人模狗样了,不要让人背后戳肋巴骨骂先人。德山为难地搓手,一脸为难的样子,嘴里哼哼哈哈说不清楚。村长酒已上脸,猛地就发作起来:"德山老汉,你到底去还是不去?不要狗坐轿子不服人尊敬,你为啥和刘副专员结对子,不是我们牵头人家认得你是毬大二哥,现在还拿起架子来了。"德山老汉被村长吵得懵头懵脑的,急出一头的汗水,嘴哆嗦着:"我,我啥时拿架子啦?牛养……马下……才拿架子。"德山老汉委屈得老眼里蒙上一层泪花。老汉才有的一点自尊又被村长吵得丝毫不剩。村支书赶紧劝:"顺柱,你咋能这样说呢。你没见德山大叔正在思考咋办呢,就西皮流水说些啥。"眼镜老王也说:"就是,就是,德山大叔咋会看着那些娃娃不管呢,他正想咋去才好呢。"

日子漠漠的,山坡漠漠的,村庄漠漠的,这高原上的荒野,啥也不出,只出些漫无际涯的卵石和黄黄的尘土,只有无边亘古的寂寥和慢慢流淌的日子。已是春末了,村尾的几棵白杨树还没发芽,坚硬如戟、漆黑如铁的几棵刺老苞树,瘦弱、孤寂地绽几个芽苞。德山老汉在黄土的海洋中有如一座礁盘,定定地在高原黄土的灼热的土浪中刨着没有希望的荒凉。天旱、冷凉、又多霜,这高原大山的顶部,种啥无啥,种啥啥不长。荞子耐寒,洋芋耐寒,粗贱如德山老汉,但荞子、洋芋也难得有好的收成。叶片儿刚出齐,一场霜下来,荞子洋芋嫩绿的叶子,就成枯赤的叶片,手一捻就成粉末,顺手指流下来,连洋芋都没的吃了。但地还得种,德山老汉虽然答应村长去找刘副专员求人情,但节令到了脖嗓眼儿,能丢掉节令么。德山老汉就这样地耐耐心心地刨地、耐耐心心地看着日子从一锄一锄的锄动中流逝。

德山老汉直起软塌塌的腰,他的腰似乎永远没有直起过。他举起手来罩住眼睛,定定地看着远方,看得眼睛酸涩了,渐行渐远直到空无的山地边上什么也没有,他莫名其妙地叹了口气。高原上的荒原太空寂了,有一棵树就会有一棵树的絮语,有一棵草就会有一棵草的叹息。但荒原上只有绵绵不绝的连接远天的卵石,卵石会叹息么?当一阵阵轰隆隆的响声自黄土地的另一端传来时,德山老汉就会莫名其妙地兴奋,当这样的声音渐渐消失时,德山老汉就会莫名其妙地叹息。

德山老汉这次是坚信这种声音是冲自己来的了,他就固执成一株扭曲的残树,定定地朝那地方望去。许久、许久,那声音终于由地下而地上,由混沌而清晰。那声音是一团灰尘,灰尘怪兽般在黄土地上奔突,渐渐地滚落进村里去了。德山老汉毫不犹豫地朝坡下走,他下坡时失去了往日的稳重,连奔带跌、趔趔趄趄走成童年的状态。德山老汉被卵石绊了一跤,膝盖、手掌被擦出血,细碎的沙子嵌了不少在肉里,老汉粗躁地抹抹,又飞嗒嗒地跑。

果然,那车就停在德山家门外的敞地里。老汉认不出车的品牌和好坏,在他眼里凡是会跑的都是好车。那车前有座位后有车厢,车厢上有个木笼,里面竟站着两只羊!德山看着座舱里,隔着茶色玻璃啥也看不见。他觉得胖胖的高高大大的刘副专员正笑眯眯地坐在那里。正凝神,乡长和村长出来。村长说德山大叔,你看啥?我们等你好一阵了。进屋,老汉焦急地问刘专员呢?刘专员呢?德山老汉从来没有这样地思念过一个人,结成对子了,就是一家人了。人家多大的官呀,连乡长见了也低头顺脑的,人家对自己却始终是个笑脸。一辈子狗样卑贱,活到这份上也值了。乡长黑着脸,说刘副专员没来,人家管着几百万人的地区,你以为就像你赶乡场啥时想去啥时去。

德山老汉就失望,肚里掏心掏肺地难受,手上脚上的伤就疼起来,脸色也白起来。前次来,刘副专员给了钱,又交代乡长、村长一定要好好帮他脱贫。人家连口水也没喝,老汉心里一直歉疚着。在村上,老汉见刘副专员爱吃这里的炒面。当时,村里用一个新的雪白的瓷盆抬了一盆满满的炒面来,又有人抬了满满一碗白糖来。村小最漂亮的小刘老师加水放糖搅拌均匀,用秀气的小手捏成团。村长又叫人用新瓷盆盛了清水来,请大家洗手。德山老汉看见提小本本戴眼镜的姑娘、扛机器的小伙洗了一盆又换一盆,心疼得牙齿发酸。那水是从五里外的山箐里挑来的呀,起个大早,一早上也就是挑一挑水。村小小刘老师最先将捏成团的炒面递给刘副专员,刘副专员吃得很开心,胖胖的腮帮子更胖了,一鼓一鼓地叫老汉心疼。德山老汉认定刘副专员爱吃炒面,暗暗下了决心要做一袋最好最好的炒面送给刘副专员。

德山老汉手温热温热的,他想起了刘副专员握过他的手。德山老汉想起压在他手上的钱,更忘不了刘副专员说的我们结成帮扶对子,你的贫困就是我的贫困,你不脱贫,我的心就不安的话。德山老汉更忘不了那张帮扶表，上面还有刘副专员红朗朗的章。德山老汉一辈子没用过章，他用大拇指蘸了鲜红的印色一按，这一按，他的魂就永远按在那张白白的表上了。

然而，刘副专员没有来。

德山老汉自然失望，他瞅瞅那袋悬在梁上的炒面，连口袋也是新买了白布做的呢。

乡长说德山大叔，你别瞎张罗了。我进城去开会，刘副专员买了外国高级羊送给你，这是两只珍贵品种的羊。县畜牧局也只有几对，值钱得很呵！你一定要把这两只羊喂好。记住，只能喂好，不能喂坏；只能喂多，不能喂少！这是政治任务，在山区要脱贫，只能发展羊子。刘副专员不放心，叫我随时将情况向他汇报呢。

随行来的人将羊子从车上抬下来了。两只羊个头好大哟，羊角弯弯的，嘴唇粉红而娇嫩，眼睛外国人似的凹而蓝，蓝得深邃。羊身上的毛白得耀眼，没有一根杂毛，羊身上洗得干干净净的，不像山区的土羊，羊屎疙瘩、污泥粪草糊满一身，眼角上永远糊着眼屎，瘦骨伶仃。这外国羊咋像外国人那样高大，站着有人的腰高，神情傲慢而冷漠悲哀，像被流放的贵族？这么高贵的羊使德山老汉一下子卑怯起来，紧张起来，这羊，能养好么？就像人家白白胖胖的外国人，叫人家住茅屋吃苦荞粑粑吃烧洋芋，能壮么？

乡上的牲畜站兽医按乡长的吩咐向德山老汉交代：这羊是美奥利羊，以美国奥霜羊为父本，以法国达利羊为母本繁殖而成，羊毛细度为66～77支，体侧净毛率99%，净毛量15公斤，体侧部毛丝自然长度30厘米左右……德山老汉听得脑壳胀大，手脚抽筋。乡长烦躁，对畜牧兽医吼道："好了，好了，你不要孔夫子的鸡巴文绉绉的了。你讲的我都记不得，不要说德山老汉了。你讲点通俗好记的，咋个才喂得好这羊的经验，让老汉照着去做。"年轻的畜医脸腾地红了，口变迟钝了：春季牧草枯荣交替，气温寒未去，要选择背风暖和的地方，要做到顶风出牧顺风归，多吃嫩草少跑路，要给羊加钙，要给羊补体，黄豆面、红糖水、麦麸子搅拌在一起，早晚各喂一次；夏季要抓青，要做到顶风背太阳，抓腰勤灭虻，多洗澡、多梳毛、多饮水，水要清洁，加碘加盐……德山老汉听得一身起疙瘩，额上的冷汗渗了一层又一层，我的妈呀，这不是养羊是养爹了。我爹活着还没这样精细呢，这羊，能喂好么？！

那两只外国羊望着他，公的那只白眼仁多黑眼仁少，像村上的青光眼刘瞎子。母的那只蓝眼仁多白眼仁少，像以前下放来的一个资本家的姨太太。它们眼里竟然都有鄙夷的神色，德山不懂这个词，但看出了看不起他的意思。心里忿忿：日你洋先人，老子管你土的洋的，该吃干草一样吃干草，有毬啥了不得的。

乡长焦躁起来，不要念你的经了，将羊子交给德山大叔，喂好喂坏，喂胖喂瘦，喂了生儿带崽两个变成五个、五个变成十个就行，增加效益、改变贫困面貌就行。但有一句话德山大叔你要牢牢记住，这是政治任务。你是刘副专员结的脱贫对子，喂出问题刘副专员的脸往哪里搁，我们对得起刘副专员么？德山大叔，这羊值一千五六百元哪，是刘副专员用工资买的……

德山老汉的心猛地坠下去了，他感到一阵晕眩，飘飘忽忽虚弱。他感到这两只羊压在他肩上背上，比父母妻儿还要沉重。他的腰更佝偻了，背更驼了。

乡上的人还从车上拿来一大包衣服，是刘副专员一家捐给他家的衣物，长的短的，衣裤、裙子啥都有，五颜六色、五彩缤纷，老汉把个浊眼看得清纯了，一股暖流轰隆隆淌过，这刘副专员呐……但心里更沉重了。

乡长他们要走，村长从背后踢了德山老汉一脚。老汉突然想起村长交代多次的任务，急忙拽住乡长的袖子："乡长，我想搭车进趟城。""进城干啥？""找刘副专员要笔款。""要款？你不要丢底现形了，才送你羊子又要去要？""不，不，是村上要的。""周顺柱，给是你叫德山大叔去要钱？不要要这些小聪明了。要你自己去要，德山大叔去要钱你帮他喂好羊子？"村长不敢吭气。望着乡长已上车，才愤愤地说，你以为我不敢去，你时常往刘副专员家里跑，谁不知道你的小九九。

德山老汉解下悬在梁上的那袋炒面，追出去，就只见一团黄尘土早已滚去很远、很远。

老汉眼里有了泪水。

三

德山老汉才在坡上锄一会儿地，村长顺柱又火烧房子样在坡下鬼喊呐叫："德山大叔，你快回来，听见没有？你快回来，有急事哩。"德山老汉焦躁，这是咋啦，不让人活了。这些日子都绑在羊身上，一天围着羊转，荞子、洋芋该锄二遍了，却连一遍也没锄。才上坡，又有事了。

村长摸着羊身子，一寸一寸地摸，比摸他媳妇还耐心。"大叔吔，这羊瘦了，在跌膘！"村长细细心心从羊身上抇草屑："大叔吔，羊咋个恁脏，白毛变黄毛了。"德山老汉一肚子委屈，瘦，这也叫瘦？一天几次比人还吃得好，还瘦！脏，这还叫脏？自己的小姑娘长恁大还没跟她梳过一次头，这羊哪天没给它梳毛。羊喂到这样金贵，我老汉一生人也算开眼界了。

摸完羊，村长火烧屁股样说："大叔，过几天记者要来采访羊，不，采访你。刘副专员在报上写了发展山区经济要走以养羊为主的畜牧业路子的文章。记者鼻子是狗鼻子，也不知道咋个晓得刘副专员买了外国优良羊送你的消息，要下来采访。乡长这狗日的一天打几次电话来，说要做好准备工作,出了差错由我负责。大叔吔,你养羊,我闻腥,这鸡巴村长没啥干头。但这事千万马虎不得,千万千万出不得差错。"

德山老汉在心里嘀咕,还敢出差错哩,对这外国贵重羊真正比对爹还孝顺了。村里的羊圈,都是在房子外头,老汉不敢让羊冻着。不晓得这外国杂种脾性,村小的最漂亮最有知识的小刘老师说人家外国的羊圈有恒温设备哩,老汉老是搞不懂啥是恒温猪瘟的,小刘老师说就是保持一定的温度,老汉仍不懂。小刘老师说你把圈砌在屋里、燃起火,火由小到大,看羊在大火、中火、小火里哪种最舒服就得了。德山老汉倒吸了一口凉气,笼火给羊烤!这是他活到六十岁才听说过的事。这高寒、冷凉的山区,草都长不好树更长不出,多少年了都烧海垡。这海垡要到老远老远的海子边去挖去挑,拉一车海垡要几天工夫。海垡不经烧,就是些草根根和着黑泥浆变成的嘛,一火塘海垡要不了多少时辰就变成轻轻飘飘的白灰了。高原山区的人家,连吃的都恨不得生吃了,还舍得烧海垡烤火。天一黑,一家人钻在一起,抖抖索索混到天亮。

圈是得砌的,这老高山区的夜晚,白霜一层一层降下来,连荞子、洋芋的叶子都会凌成枯赤的蜷缩的干叶子,手一捻就成灰。本地羊世世代代整惯了,挤在外面的圈还过得去,但冬天都要冻死好些。这金贵的外国爷们娘们不冻死才怪呢。德山老汉下决心砌圈。没有材料,把隔墙拆掉,拌土和泥,老伴咿里哇啦乱激动,拌泥拌得起劲,小女儿喜欢这高大漂亮的羊子,仿佛和外国小朋友交了朋友似的,一会儿搂着母羊的脖子,一会儿给羊搔痒,恨不得跟羊亲嘴。

忙乎了一天,圈砌好了。小女儿把圈扫得干干净净的,怕土墙脏,又去村上的杂货铺买了几个纸盒,拆开、钉在土墙上。没有干净的垫草,去跟村长家要,村长倒大方,叫拿就是。村长老婆叽里咕噜地不高兴:喂得起羊子打不起草,我们又不是哪个大官的三亲六戚,人家又没给钱又没给衣……村长威风,说闭住你的×嘴,再说老子扇烂你。

当晚那羊却怎么也不睡,在圈里咩咩、咩咩地哀嚎。到底是外国羊底气足,那咩咩的叫声又大又长,还一波三折凄凄楚楚哀哀怨怨。也许它们想起了美利坚合众国的故乡,也许它们哀叹它们不幸的身世,怎么一下子就从天堂跌落到地狱般的荒山野岭。令它们百思不解的是这么荒凉这么贫瘠这么艰苦的环境竟然有人生存,还世世代代地繁衍下去。人痛苦了会悲泣,羊痛苦了会哀嚎。长夜漫漫,外面的高原上的风一阵紧似一阵地狼嗥般呼啸,美利坚合众国的羊又惊恐又寒冷又悲哀,再不高声鸣叫高声宣泄,它们怕自己的精神要崩溃了。

德山老汉窸窸窣窣从楼上摸下来,自古以来这高原山区就没有过电。天一黑,人就进入万丈深渊了。他燃亮煤油灯,这灯除了小女儿做作业外是舍不得点的。老汉心烦,这羊好说比人还金贵么? 圈就在屋里,还铺了从村长家挑来的厚厚的冬茅草,干生生的、暖和和的,还叫个毬。但老汉立即自责,这羊可是人家刘副专员花了大价专门买了送自己的。人家和自己无缘无故、非亲非戚,恁大的官,见自己又是握手又是问寒问暖。村长、乡长够凶的了,人家连个手都不跟他们握。人家是为自己好呵,要不然你穷得只剩下裤裆里的两个蛋子叮当响,关人家屁事。喂不好这外国羊,对不起人呵!这样一想老汉心里就不烦了。他摸进羊圈,温柔得像摸自己小女儿的脸蛋一样摸羊的头、摸羊的脸、摸羊的身。老汉喃喃:"羊呵,你们来到这寒门小户,实在是遭罪了。我也不晓得你们那外国是啥样子,反正比我这儿好。来了就要安心,人家当年资本家的姨太太细皮嫩肉水灵灵的,还不是要过日子。再苦的日子,过惯了就好了,过惯就惯了。"美利坚合众国的羊似乎天生就会外语,它们似乎听懂了德山老汉方言极重的山区中国话。它们温顺一些了,那只外国母羊还伸出粉红细嫩的舌头舔了舔老汉的手。这仅仅是一种友谊的表现,但也使那只健壮的公羊嫉妒,它用屁股狠狠抵了母羊一下。母羊赔情似的舔了舔它的鼻子,它才老实了。

可是温情毕竟代替不了严酷的现实。这西部高原上的风太冷了,一阵紧似一阵的寒风从门缝里、从墙缝里吹进来,连德山老汉都起了一层又一层的鸡皮疙瘩,冷得一身乱抖,连擎在手里的煤油灯里的煤油也泼洒出来。这狗日的天气。老汉狠狠地骂着,起身去找东西塞墙、门枋上的缝。老汉用山茅草将墙上的缝塞住了,门上的缝却怎么也塞不好。两只羊冷得咩咩地乱叫,浑身抖个不停,眼泪涎水断线地流下来,粉红的嘴唇冻得乌青。老汉摸摸羊的脑门,不好,滚烫滚烫的,怕要病了呢。老汉心里愈发地急,日它先人板板的风哟。你将我的外国羊冻坏咋个了得哟,你叫我咋个对得起刘副专员哟。老汉哼叽着不晓得咋个办,这时小女儿、哑巴老伴也起来了。哑巴老伴又比又划叫德山老汉心烦,推搡着叫她去睡。老伴硬是不去,将个身子搂着那只母羊,想以身子去暖和羊,那羊仍然抖个不停,把头朝老伴瘪塌塌的胸口偎着。哑巴老伴心疼不已,扯起披着的旧夹袄披在母羊身上,她穿着背心更是冷得打抖打颤。小女儿也学着她妈的样子温暖另一头羊,老汉看着淌眼泪。老汉突然蹭蹭蹭地爬上楼,将藏在墙角的刘副专员送的那包衣服找出来,那些衣服都挺新的,老汉一辈子连见也没见过,更不用说穿了。衣服拿来时,小女儿找出一套粉红的衣裳要穿,老汉硬是不让。不年不节的,穿恁好的衣服不是作践么?老汉任着小女儿流泪,就是不让穿,非要留着过年才穿。现在老汉也顾不得许多,小女儿不穿不咋个,羊可不能冻坏了。打开包裹一看,尽是单衣单裙,摸着滑溜溜的,提起来长索索的,抖抖的,也不晓得是毬啥料子,合起来一小把,穿在身上挨纸差不多。老汉心里一震,刘副专员也不富有呵,连点厚实的衣裳也舍不得买。他狠狠心将这些衣裳裙子裤子朝两只羊身上一件一件压上,这两只羊变得像马戏团里的羊一样滑稽可笑了,红的绿的衣裳裙子盖在它们身上,实在惹人好笑。但事实令人笑不起来,那些薄若蝉翼的衣裙虽然不少,质地也高贵,就是不御寒,随着羊子一阵比一阵剧烈地抖动,那些滑溜溜薄菲菲的衣裙全抖落在地上了。

急得跺脚的德山老汉想起了村小小刘老师的话,恒温。恒温恒温,就是笼火嘛,把火笼得不大不小,羊子觉得舒服就行。德山老汉此刻颇有大将风度,他比着手势让哑巴老伴去门外搬海堡。哑巴老伴哇啦哇啦地比手势,就是不去。老汉明白她的意思,这海堡来得不容易,越来越少了,到山后的海子去挖海堡,来回十几里路,要请马车去拉,要付拉车的钱。平时煮饭都是凑合着煮熟,恨不得啥东西能生吃就好了。老伴、女儿和他的双脚,经常被皲得开老宽老宽的口子,钻心地疼,也舍不得笼火烤。裂得实在凶了,拿针线来像缝衣服一样缝拢。现在,却要笼火给羊烤。……德山老汉不耐烦向她解释,他打开门,自己去搬海堡,让小女儿帮他一起笼火。火笼燃了,海堡在初燃时烟很大,两只外国羊呛得眼泪长流,公羊说上帝,这哪里是羊过的日子哟,如果不是为了你,我宁愿死。母羊说闭住你的嘴,你没见人家为了我们什么都豁出来了,羊哪,要讲羊心。它们流泪、咳嗽、争执。浓烟呛得德山老汉浊泪长流、焦躁不已,老汉听见羊在咩咩叫,羊在咳嗽,心中鬼火蹿起,恨不得过去狠狠踢它们一顿。日你外国羊的先人,你们倒比人还金贵了,老子几十岁没人服侍倒一天到晚孝敬先人一样来伺候你们了。皇帝的龙子龙孙也没得你们舒坦,老子今天先踢了再说。老汉走到羊圈边,那外国公羊看出了他的险恶用心,白马王子一般蹿到母羊前边护住母羊,母羊好一阵感动,心里的暖流汩汩流过。老汉见这外国公羊鬼子瞪起凶狠的眼,低着头,架起角,蓄势拼搏的样子,老汉气不打一处来,也后退两步,蓄起力量正准备狠命踢。突然,小女儿一声尖叫:"爹,踢不得呀,这是刘副专员送我们的脱贫羊呀。"这一声如石破天惊,就像有人从上面狠劲给他脑袋一巴掌,把他打得清醒过来。老汉眼里浮现出刘副专员高高大大、富富态态、和蔼可亲的脸庞，浮现出紧紧握住他的手、嘱咐他一定要脱贫的情景。他的气一下子全消了，颓然蹲在地下，喟然长叹一声。

海垡火慢慢燃起来了，浓烟散尽了，暗红暗红的海垡火使屋内温暖如春。海垡是海子边的草根腐烂而成的，燃烧时有股很好闻的气息，淡淡的带有草根带有海子腥味的气味，使人非常惬意地想睡，也把人的思绪扯得很远很远，把羊的思绪扯得很远很远。两只外国羊在温馨的环境中安静下来，低垂着眼，想起了故乡蓝蓝的晴空，一望无垠的碧草，想起美丽的栅栏、哗哗流淌的清泉，还想起大海带腥味的风，大海辽阔得使它们想哭想哭……

坐在火塘边的德山老汉也鼻子酸酸的想哭想哭……

村长检查完羊圈，检查完羊的情况，说德山大叔，这羊要赶紧抓膘，乡长说羊只能养壮不能养瘦，只能养好不能养坏，你是典型呵，养不好刘副专员的脸搁哪点？这经验咋个推广？记者来了咋个交代？

村长走了，德山老汉蹲在火塘边，愁得眉毛结成了大疙瘩。老汉想这抬丧的外国羊难养呀。为了啥个毯恒温，家里过冬的海垡全烧完了。村长答应给他拉车煤来，这煤要从很远很远的山外拉来，价钱贵得很呐，德山一家还没用过煤呢。村长说刘副专员和其他人给你的钱在我这儿存着，用这钱来开支。老汉本想用这点钱带小女儿进城治治病，这死姑娘脸黄黄的，病恹恹的，一到晚上就发烧。那次巡回医疗队看病，医生说怕是肺上结什么核，要进城好好医一医。咳，也不管了，反正钱是刘副专员给的，用在羊子身上也是羊毛出在羊身上，该的。但要给羊抓膘，难哟……

这高原上的荒原，沙化程度得很严重的了。没有植被，遍野的卵石滩，有土的地方也变成没有任何有机成分的浮土，脚踩下去陷进脚脖子。草很少，出来一点立即被羊们啃得干干净净。一匹孤独的马在荒原上踢草吃,这里的马不是啃草是踢草,没有草啃,马练就了特殊的本领,用蹄子将草根踢出来吃。德山老汉第一次将两只外国羊牵到滩上吃草,两只外国羊惊讶得嘴都合不拢:上帝呀,这地方怎么还有羊生存还有羊吃草?茫茫的卵石滩上,空气干燥得没有一丝水分,密密麻麻的卵石看得羊眼发花,除了卵石就是卵石,卵石之间偶尔见得到断茬的焦焦的草根,从草根里泛出一点似有若无的绿。外国羊深凹的蓝眼看见了,一点食欲也没有。公羊说亲爱的琼斯,在故乡时我听我们的主人读资料,说一亩丰茂的草地可以载畜两只,就是说可以养活两只我们这样的羊。怎么这瘠弱的草都长不出来的地方会放这么多羊?母羊神情忧郁、怏怏地不想说话,更不想吃草。她懒懒地说约翰,我不想讲话,你莫惹我心烦。你看它们,又黄又瘦,身上挂满羊粪蛋子,眼角结满眼屎,恐怕从生下来就没洗过澡,一身的膻味腥味臭味,熏得我透不过气来了。约翰忧伤地回想起过去的日子,约翰说唉,我们的那片草场是多么美丽呵,周围的山上,全是一片片青翠的云杉,一片一片青翠的草,快有我们的腰深。一丛一丛的紫云英,一丛一丛的红芍药,天上蓝得没有一丝云彩,一边吃着鲜嫩的青草,一边看着美丽的风景,嘿,那是什么样的日子哟……琼斯说你还说呢,看屁的风景,你尽顾看我了,又脸厚,有羊无羊,就要来吻嘴唇,就要用角来摸身子……约翰说这里有一丛冒点尖的草,你来吃罢。琼斯过去看了看,一点食欲也没有。琼斯说这草咋吃呀,尽是干根根,我这嘴唇怕要被划破了。

　　羊不吃草,德山老汉也没办法,总不能按着头让它们去啃吧。看着草这样子,德山老汉心里着急,心里也难过。羊啊羊,你来错地点了,就像我投错了胎一样,认命吧认命吧。

　　回到家,老汉将舍不得吃的洋芋煮了一锅,又掺了青洋芋叶、剁碎的洋芋藤、荞叶,连德山老汉、哑巴老伴和小女儿闻着都香喷喷的了,恨不得舀起来吃。可那狗日杂种的外国羊就是不吃,闻闻,就走开了;走开,又走来闻闻,还是不吃。那公羊试着吃一口,噎得眼睛像卵子直翻,母羊害怕似的退回圈里,再也不出来闻了。

德山老汉真正地来了气,日你外国杂种羊的先人,老子舍不得吃的拿给你吃,你还装疯卖傻煽情,老子饿你三天,你怕见着板凳脚都要啃几口。

话是这样说,但羊真正地过了两天半仍然不吃东西时,德山老汉急得嘴上起了一层大燎泡。这龟儿杂种羊哟,你要害死人哟。老汉看见两只壮羊倏忽之间瘦了,四只健壮的脚承受不了体重,身子摇摇晃晃要倒下,粉红细嫩的嘴唇起了黑壳。老汉又焦急又心疼,拿啥给这瘟羊吃呢?老汉看看自己黑黢黢的身子皱麻麻的手脚,要能吃,就给它们吃了,可它们连闻也不会闻的。情急之中,老汉抬头看见那袋悬在楼上的炒面。这袋炒面是他费尽心血做的,准备送给刘副专员,想请乡长捎去,乡长坐车来过一回再没来过。想自己去,自从外国羊来后,出门一点都不放心,咋敢进城去呢。

那次刘副专员进城后,从不赶场的德山老汉那段时间场场不拉地去赶场。黑凹村离乡场远,少说也有三十里路程。老汉天不亮就起床,腰不直、腿不健、肚又饥,那三十里山道就像到外国那么遥远。赶到乡场时,正是吃晌午饭的时候,乡场上到处是炉火旺旺的热气腾腾的小吃店,那一碗一碗的香喷喷热腾腾的梢子米线,多少次诱惑得老汉的口水不听打招呼地流出来。但老汉无论如何也奢侈不起,一碗米线一块五角钱,一块五,可以买两斤盐了。他就走到乡场背后的小河边,掬着清凉的河水啃自己背着的冷洋芋,噎得眼睛一翻一翻的直打嗝,脖子一伸一伸的像公鸭叫,但他还是舍不得买一碗米线或者面条吃。

在连续赶了几个场以后,德山老汉终于选好一筐最好的燕麦。乡场上到处都是现成的炒面,但掺假、不干净,能送刘副专员么?他选了多少次才选中的燕麦,价钱是贵了点。但是真正的好燕麦,粒粒饱满、颗颗油亮,丢在嘴里一咬嘎嘣脆,半天嘴里还是凉凉的回味悠长的清香,这可是真正的好燕麦。回家的路上,漫长漫长的山道上多了一道风景,德山老汉驼了的背上又多了道驼峰,踽踽地迟缓地移动着,像漫漫戈壁滩上一只衰老而孤独的骆驼。

在家里,德山老汉让哑巴老伴反复淘洗燕麦。老伴虽聋哑,做事是蛮认真的。水是金贵,老汉陪着老伴,半夜赶路,到离村里很远的山箐去淘洗。淘洗得没有一颗瘪籽、一粒砂粒。德山老汉又驼着燕麦到乡场上,村里没有哪家做得好炒面。老汉甚至咬咬牙,买了一瓶酒、一包好烟送给乡场上做炒面做得最好的人家,央求人家一定一定要将炒面做好,工价高点也无所谓。德山老汉饿着肚子站在人家的屋里,监视着人家做炒面。很挑剔地指责这指责那,直到做出那香喷喷、甜悠悠、口感极好、回味绵长、油性十足的炒面,他眯着眼尝了一小撮满意得直咂嘴才算完事。

于是,那炒面成了他家的珍品,成了他的渴慕和思念。小女儿眼巴巴地望着悬在梁上的口袋,嘴角流着涎水,小猫样蜷缩着,看得老汉心疼。好几次他都动了念头,想让她吃点,但想想又忍了。人是贱畜生,有个开头就难得有结尾。老汉怕小女儿尝到好味道了,忍不住要偷偷地吃。

看到炒面,老汉就想起刘副专员,想得钻心钻肺。刘副专员对自己的大恩大德,一辈子都还不了。这袋炒面却一直送不出去,都是被鬼羊子拴牢了,他想这外国羊子肯定喜欢吃炒面,连刘副专员这么大的官都喜欢吃,你再是外国羊,始终是羊呵。望着日渐衰弱、消瘦的羊,老汉想只有喂炒面了,他心中很沉重很愧疚。刘副专员,老汉对不起你了。我只有把这炒面给羊子吃了,喂不好羊,是我的罪过呵,以后我一定再做一袋最好最好的炒面送给你。

约翰对着一大碗香喷喷的炒面不知如何下嘴。琼斯,约翰说这是啥玩意儿,闻着挺香的,就像我们闻过的汉堡包的味儿,你是不是也来尝尝。

琼斯说约翰,我实在没有胃口,我现在见啥厌啥,我怕是要死了。昨儿晚上,我梦见了我死去的爸妈,它们在向我招手呢。约翰焦躁,你别胡思乱想了,几天没吃东西,你弱得出现幻觉了。不管咋说我们总得活下去,那个刘副专员跟记者说我们还要生儿育女呢。琼斯说做你的梦罢,我头晕眼花站立不稳,我真想找我的爸爸妈妈去了,琼斯哀伤地流下了泪。约翰急了,说琼斯,我先吃,你也吃,为了我们的爱情你必须吃,否则我就死在你的脚下。约翰悲壮地把嘴伸到炒面碗前,像个赴难的勇士。它猛地吃了一口,那炒面太干太干没有一丝水分,呛得约翰猛咳不止,涕泪横流。琼斯焦急万分,不断地用嘴唇去吻它,去舔它,用背去撞它,去拍它,两只羊像发情样在圈里转圈子。

德山老汉见状也焦急,抬瘟的不会吃干炒面,看来还是要和水它们才爱吃。老汉赶紧舀了一瓢清水,公羊低着头猛吸了一口,才止住了咳。

德山老汉想到刘副专员吃的炒面,那是小刘老师用手捏出来的,掺了白糖,捏成一团一团的。德山老汉笨手笨脚地捏,也不是什么难事,尽管形状不好看、龇牙咧嘴的总算成团了。老汉用手托着给羊吃,公羊碰了母羊一下让母羊吃。德山老汉不知道羊的爱情,说狗日的,连这也不吃呀。母羊香甜地吃起来了,母羊吃得秀气而文静,公羊伸嘴过来叼了一个炒面团。老汉笑着骂,我以为你狗日杂种成神仙了,不会吃了。

羊开始吃东西了,德山老汉的心情一点也不愉快。啥子杂种羊哟,专门吃好东西,人也吃不起的东西。像这样养羊,脱毪啥贫哟,不把这点家底折腾完才怪呢。这个念头一闪,德山老汉心里就不安起来,咋能这样想呢?咋能这样想呢?你是把人家刘副专员的好心当作驴肝肺了。

尽管后来德山老汉往炒面里掺的水越来越多,尽管在炒面里掺的荞叶、洋芋叶、野草野菜越来越多,那袋炒面还是吃完了。

村长摸呀摸的,站在羊的前面了,看到羊的脑袋了。"妈呀,你这是咋个搞的,羊的脑袋咋个了,咋个血糊糊的一片?!"村长眼睛瞪得卵子大,急得直跺脚:"你说,你说,这是咋个搞起的,这是专员送的羊,你给晓得？这是外国羊脱贫羊,你给晓得？老辈子,你瞎毬整,整出问题你自己兜着,羊子被整成这样,不是小事哟！乡长晓得,不扒我的皮才怪呢。"

德山老汉被村长骂得一愣一愣的,德山老汉委屈得想流泪,德山老汉觉得这日子被外国羊搅得过不下去了,多年没流过眼泪的老眼里泪花在转,心里闷闷的坠坠的难受……

……炒面快吃完的时候,德山老汉觉得光吃炒面也不是办法,就是把这房子扒了卖掉也喂不起这两只羊。况且炒面上火,羊吃多了拉不出屎,拉不出屎羊憋得难受。羊的肚子越来越胀,再胀就麻烦了。请兽医来看,兽医给了点麻黄素,说这不是办法,羊再不吃青草,就要出事。青草呢,这方圆十几里尽是光山板板,家家的羊饿得瘦骨瘦肉的,肋巴骨都数得清楚。一放到坡上,贼样的慌里慌张乱啃,连草根也啃得差不多了。儿多母苦,当年老母亲奶自己时,正是春荒,哥三个抢着咂老母亲的老瘪奶,连血都咂出来了。这两只外国杂种羊咋个也不吃这种草。想来想去,想去想来,看来只得到花鹿坪去放了。花鹿坪离村有三十多里路,那里人烟少草长得好。但那里蚊虫多,没吃没住的,必须连人一起去。但那里晚上冷,又没有房子,人呢倒是将就着搭点棚棚弄点草整床披毡就行了。可这杂种外国羊烤惯了火,不冻伤才怪呢,得了病更麻烦。德山老汉把脑袋都想疼了还是想不出办法。还是小女儿聪明,说爹,租马来驮羊,驮到那里吃完草又驮回来。德山老汉气得给小女儿一巴掌,马驮羊,这怕是黑凹村几千年没有过的事,你爹一辈子也没骑过几回马,你妈是要饭要到这儿捡来了,也没骑过一回马。好了,这羊爹爹羊妈妈倒骑马了！

老汉说归说,气归气,但最终还是采纳了小女儿的建议。三十里路,来回六十里路呢。人倒是走得起,可这外国杂种羊走得去吗？你看它们那娇贵样儿,如果有汽车,怕要坐汽车呢。德山老汉忍着疼,把刘副专员托人带来的钱拿出来租马,这钱老汉捏得死紧死紧,想留着有时间带小女儿进城检查病,她的啥肺结核越来越重了,脸苍白、咳嗽发烧、疲软、做不了事。而今眼目前,羊子是最重要的。

马租来了,两匹。外国羊体型大,乌蒙马个头小,一匹马只驮得起一只羊。放马的周万山听说是驮羊,惊得眼睛卵子大,不晓得老汉得了啥毛病。马驮羊,活几百岁的人也没听说过,老汉的爹妈在世怕也舍不得这样。惊归惊,怪归怪,但当老汉把硬扎扎的票子拍在他手上时,他也没表示拒绝。

蓝天悠悠、白云悠悠,贫瘠的高原一切都贫瘠,唯独这湛蓝的天、悠悠的云是任何地方都不能比的。天蓝得幽远,蓝得纯粹,蓝得令人心醉,也蓝得令人伤感。坐在大团箩里驮在马背上的约翰心情异常舒畅,马背一摇一摇的,像坐在婴儿的摇篮里。约翰说:琼斯,长这么大还没坐过摇篮呢,现在终于体会到了摇篮的滋味了。就是在美国,我们恐怕也坐不了马呢。中国人民真友好,这老汉真厚道,我想作诗了呢。琼斯说,别酸溜溜的了,约翰,我们坐马,老汉走路,这合适吗?你没见老汉背着那袋洋芋,走得那么艰难吗?琼斯,约翰说,你别假文假醋的了。你晓得我们能坐马,不是因为我们是外国羊,而是因为我们是刘副专员送的外国羊。老汉不把我们喂好,对得起刘副专员吗?村长、乡长不把我们喂好,交得掉差吗?你没听见刘副专员对记者讲我们是样板羊、脱贫羊吗?你呀,啥也不懂。琼斯忧伤地说约翰,我真的弄不明白为啥要把我们弄到这儿,中国这么大,水草丰茂的地方也多得是,这里生态这样差,连本地羊也没吃的,咋发展呢?我真不愿在这里生儿育女,我们的小宝宝生活在这里,我会难过一辈子的。我真怕它们会夭折在这里……唉,不说了,也许连我也活不下去了。约翰烦躁起来,琼斯,你别老是这样好不好,你不是说过羊要坚强一点,你不是说过只要有了纯洁的爱情,在哪里都可以快乐地生活?琼斯锐声叫起来,求求你,约翰,你别说了,我现在最怕听到爱情这个字眼。活都活不下去,还爱情个屁。你要爱谁我不管,这里中国母羊多得是,你去爱你的吧,别烦我。

  颠簸了两个小时,终于到了花鹿坪。不错,这里的草是比黑石凹的好多了。黑石凹的草地经过多年的开垦,早就风化得像戈壁滩,残存的草地癞痢头似的东一块、西一块,风一起,风化的沙土一团一团卷过来,厚重的泥沙将草地覆盖住,沙化的土地连一星半点的水也存不住,草还咋长呢?这里的草是连片的,虽然周围的风沙已漫卷过来,正在一点一点地吞噬,但毕竟要比别处好一些。但令德山老汉惊诧不已的是这里的羊怎么会这样多呢?老汉多少年没放过羊了,十多年前他为村里放过羊,这里是羊抓膘的地方。一片连绵不绝的草场延伸到天的尽头,那时,这里的草是多么繁茂,多么青碧,草深的地方有羊的腰深,羊用不着走多远就吃得肚儿滚圆。草场上有许多自然流淌的清粼粼的小溪,绿草丛中有一丛丛耀眼的小花,羊渴了,头伏在小溪里就可以喝到清粼粼的水。现在小溪咋没有了呢?那时宽阔的草场上羊群很少,只有水草不好的村庄才会来这里放羊抓膘。现在的羊咋个这么多呢?放眼望去,到处都是羊,羊们仍然贼慌慌地抢吃青草。唉,才十多年呀,像这么多的羊来啃青草,这片草场也长久不了。

  约翰比德山老汉还失望。约翰说,琼斯,我以为我们会到一个繁花丛丛、水草丰茂的地方,我以为我们会遇到美丽的小河,小河里的水清澈见底,潺潺的水流摇碎了蓝天白云,水里的小鱼成群结队,水里的卵石波光粼粼。当夕阳悄然落下,天边的晚霞灿烂无比,夜莺已在草场深处唱歌的时候,我俩顺流而行,呵!多么美丽的草原,呵!多么诗意的风景。那时,我俩已经冰冻的爱情就会复苏,生命的激情正喷薄而起……唉,你看,草是比黑石凹好点,但这么多羊,我们抢得过它们么?琼斯本来也是充满希望,心怀憧憬,见到这状况,琼斯也失望极了。但多少天没吃过青草了,羊不吃青草还算羊么?琼斯觉得自己的肚子胀得难受,消化不良、肠道发炎、食欲衰退、体弱神虚。琼斯悲哀地想到吃不到新鲜的嫩草,自己的皮肤已经很干燥,容颜憔悴,神情疲惫,迅速衰老。一闻到青草的清凉的气息,琼斯就兴奋起来。但这里的草太稀,羊太多,琼斯不想和本地羊去抢青草。羊么,也要有羊的尊严,羊的羊格。美利坚合众国来的羊,去和本地羊抢青草,太不雅观了,太不自重了,太掉价太没身份了。约翰看出琼斯的心思,嘿,这美丽的羊姑娘哟。约翰说,琼斯,我们继续走吧,反正我们已经坐够了马,腿也不酸,多走走吧,到草场深处,那里一定有鲜嫩的草,一定有清凉的水,走吧,走吧,我美丽的公主哟。

到了草场深处,草果然比外面好一些了,但羊也不见得少。多少天没走动的琼斯不想再走了。约翰是男子汉,是白马王子,约翰就让琼斯在原地休息,它蹦蹦跳跳去找好草,好不容易找到一摊好草,那里却早有几只本地羊在吃草。约翰顾不了许多,招呼琼斯过去,满心欢喜地正想吃草,几只本地羊却恼怒了。长着山羊胡子的一只公羊说:这是哪里来的外国杂种,招呼都不打就来吃草了。我们跑了老远老远,腿都跑肿了。这点草还不够我们吃,你们还来抢草。一只火气旺的小公羊说不要饶它们,把它们赶出去,不听招呼就打毬狗日杂种。一只老羊说算了算了,它们也不容易,千山万水地从外国来,还不是混口吃的,大家将就点吧。壮羊说就你会做好羊,我们不管毬它哪里来的,反正不能和我们抢吃!众羊说是的是的,它们不走,打断它的羊腿。

琼斯听到它们的话,恐惧极了。别看它们瘦,打起架来却凶得很呀,拼了老命也要打赢。琼斯说我们走吧,约翰我怕。我不吃草了,走吧,走吧,我求求你了。琼斯的惊恐哀求激怒了约翰,男子汉的自尊和保护恋人的心情使它丧失了理智。约翰羊眼血红、怒气冲冲,决心奋力拼搏。琼斯哀求它,阻拦它,甚至跪下了一条腿。约翰丧失了理智,它也不发表宣言,冲出去就要打架。这几只本地羊本来就气不顺,这还了得,欺侮到家门口来了。几只羊一起出击,那只老羊劝也劝不住,倒被它们抵了角,气咻咻地不管了。约翰虽然高大,体格也比它们好,但它毕竟很长时间没好好吃过料了。毕竟没跑惯山路,几只本地羊从几个不同角度来抵它,它左躲右闪,前进后退,跳跃腾挪,发狠使劲,但总不是几只本地羊的对手。琼斯急得哭起来,跑来相劝,约翰气得用屁股将它抵出包围圈。激烈的羊战在高原上展开,硝烟弥漫、尘土飞扬,羊角砰砰相撞的声音使人胆战心惊。一只本地羊被约翰抵伤了腿,一只本地羊被约翰抵破了肩,受伤的羊更愤怒了,众志成城,同仇敌忾,轻伤不下火线,活着战死了算,不杀仇敌誓不还。"砰砰砰"战斗声传得老远老远。等德山老汉气喘吁吁赶来时,战斗正在白热化,约翰的前额和角后被抵伤了,血汩汩流着,红了眼的约翰乱冲乱抵,战场上一片纷乱。气急败坏的德山老汉用牧羊鞭左抽右打,费了老半天的力,才将杀红眼的几只羊分开。

德山老汉心疼地撕下衣襟为公羊包扎,老汉懂药,去寻了些止血的草药用嘴嚼碎了,敷在公羊的伤口上。琼斯急得去舔公羊,这怎么行呢?口里的细菌多得很,伤口发炎怎么办呢?但约翰的伤口终于没发炎,倒是慢慢地结了痂,在脑门上多难看。琼斯没有遗弃毁了容的约翰,琼斯更敬重更喜欢勇敢的约翰了。

村长看到公羊头上的伤疤大为恼怒,羊子打架并不稀奇,打得头破血流也是常事,但这羊与别的羊不同呵!明天记者来,把头破血流的羊照下相来,那就完了,一切都全完了。刘副专员的脸往哪里搁呢?自己负得起这个责么?乡长也负不起这个责。乡长狗日的自己不来看,随时用电话遥控指挥,我成了他的听差了。羊只能喂好不能喂坏,只能喂壮不能喂瘦,只能喂多不能喂少,这是命令,是纪律!

急得热锅上的蚂蚁似的村长屋里屋外转出转进也想不出啥好办法,他只好叫德山老汉将羊圈彻彻底底打扫好,将羊彻彻底底洗个澡。老汉咬着牙忍着累到离村里几里的地方去挑水,一挑水不够挑两挑。小女儿去向小刘老师要了一小袋洗衣粉,她和哑巴娘把羊洗了又洗,清了又清,牵到太阳地里晒毛,用梳子梳理,像打扮新娘一样细心。

村长在家里一直没睡着,公羊脑袋上的伤疤是藏不住掩不了的。日他妈,这些杂种羊,你要抵抵在胯下、肚皮下要不得,偏偏朝显眼的地方抵。记者一来就会发现,这事让记者回去跟刘副专员讲了,咋好交代呢?拍下照更恼火,这事要砸锅。村长想呀想,半夜时分迷迷糊糊睡着了,梦见自己去参军,全村人来送。他胸口上戴着朵大红花,神气活现地朝前走,走着走着却踩进一个黑窟窿,心里猛地一惊,人却醒了。村长回味着梦里的情节,他觉得那朵大红花格外清晰,村长突发奇想,这不是上天的启示么,自己确实有朵红绣球,红绸扎的,讨媳妇时戴的,多少年了,还放在箱子里,明天将红绣球戴在公羊受伤的额上,不是就将伤口遮住了么。记者如果问这是为什么,就告诉他这是山区的风俗,新来的羊都要戴红绣球,表示吉祥、安康,表示繁荣、兴旺。只是光公羊戴不行,母羊也要戴。村长将婆娘喊起来,叫她找截红布扎红绣球,婆娘哼哼叽叽不乐意。村长鼓起牛眼睛,说你到底扎不扎,不扎你就滚回你妈家去。婆娘虽不乐意,到底还是扎了。

第二天清早村长老早就来了,把两朵红绣球紧紧扎在两只羊头上,还真像一回事。伤口不光遮住了,两只羊还变得格外漂亮。约翰说难道我们要结婚了吗,打扮得新郎新娘一样。琼斯说这下真好,你脑门上的伤遮住了,变得更英俊更漂亮更有魅力了,约翰,我想吻你。约翰陶醉地闪着眼,任琼斯的柔嫩的舌头在脸上舔。

小刘老师也来了。小刘老师挺喜欢这对漂亮的外国羊,隔上几天她就要来看看、来摸摸。小刘老师惊诧地问这是咋的了,你们要给这对羊举行结婚典礼么,打扮得这么漂亮。村长说你嫉妒啦,干脆将绣球扯下来我俩戴算了。小刘老师给他一拳,去你的,你去和外国母羊结婚吧,还讨了个外国媳妇,将来还可生个洋娃娃呢。村长告饶,好利嘴好利嘴,以后谁讨了你谁倒霉。

开过玩笑,说了正题。小刘老师说这羊喂好喂坏,不光是德山大叔一家的事,其实还是全村的事,全乡的事。这羊德山大叔一家是费尽心思吃尽苦头的,只是条件太差了,难得喂好。你看,这羊毛洗倒洗得干干净净了,但毛色是黄的,不像才来时白生生的。村长一看,果然如此,这也是件大事,毛色黄了就像人营养不良、黄皮寡瘦的。村长急了,又满屋乱走。走着走着,村长瞥见小刘老师脚上的白胶鞋。小刘老师爱美,村里尽是黄土路,白胶鞋一穿就成黄胶鞋。小刘老师进城去买了白鞋粉,将它均匀地往变黄的鞋面一涂,黄胶鞋又成白胶鞋。小刘老师说妈吔,你搞这糊弄人的事硬是成精了,亏你想得出这个办法来,你这专利怕是世界首创呢,快去申请专利。村长说别饶舌根了,我也是万不得已的,快去拿你的白鞋粉来。

鞋粉拿来了,小刘老师亲自用毛刷给公羊母羊身上均匀地刷了一层清水,接着就均匀地涂白粉,涂了一遍又涂了一遍,把两只羊涂得雪样白。琼斯说我披上雪白的婚纱了,约翰说我听见教堂的音乐了。琼斯说可惜他们不是为我们举行婚礼。约翰说管它呢,就当婚礼吧!小刘老师说可惜我的一盒鞋粉了,才买的呢,村长,你可要为我报销哟。村长说好说好说,等记者走了,我给你报两盒。德山老汉说村长,这羊我喂不起了,我求你派给别家喂吧!村长说德山大叔,这话我可不敢说,你找刘副专员说罢。德山大叔啥也不说了。

《高原日报》以头版头条位置刊载记者朱军长篇通讯《副专员爱洒山乡,脱贫羊健壮成长》。文章写得极有感情,材料充实,行文流畅,读罢引人深思,催人泪下。与长篇通讯同期刊载了一组照片:刘副专员与老农赵德山紧紧握手的画面;刘副专员与乡、村干部座谈,对山区脱贫致富作指示的画面;大荒山乡乡长代表刘副专员赠送外国优良羊的画面;一对外国羊在山区落户,贫困户赵德山精心饲养,羊毛雪白,身上没有一点草屑,羊头上戴着大红绣球,表达了山区群众对上级领导的感谢之情;大荒山乡乡长满腔激情地表示,山区要脱贫,要走畜牧路,刘副专员的脱贫思路,是我们脱贫致富的正确方向。

《高原日报》出刊后,引起方方面面的强烈关注。地区畜牧局派出以副局长宋明为组长的畜牧脱贫调研组,组员中有高级畜牧师、草场管理高级技工、防疫专家、羊种进化遗传基因选育专家等;地区林业局派出规划组、设计组、林业高级工程师、土壤分析专家、树种选育专家、树木抗寒耐旱不怕冰凌不怕霜冻不惧土薄喜爱砾石研究专家;广电局也不甘落后,派出声波专家、无线电专家、高原信号传递专家、图像专家、测试专家、安装专家等准备在高寒山区甩开膀子大干一场。科协经费有限,但也带上一大摞资料、仪器、优良植物类品种、动物类品种,看大荒山乡能不能种出天麻、三七、人参、枸杞、银耳、杜仲,能不能养殖珍珠鸡、野鸡、牛蛙、鳝鱼、蛤蚧、蝎子、松鼠、水獭、长毛兔等;文联坐不住了,文联无钱无项目无技术无选题无专家无良种无资料,但文联有作家,于是文联派了一名专业编辑兼业余作家去写长篇报告文学,又派一名专业出纳兼业余书法家去写标语。师出有名——文化扶贫。

四

沉寂的高原苏醒了,寒冷的高原热闹了,各级各部门争相到大荒山乡定点扶贫。"高寒山区要致富,少生娃娃多栽树",于是就栽树。乡机关干部全体出动,一月之内不放假;学校师生全体停课栽树,挖鱼鳞坑、填土、定苗、施肥,一片片山头红旗飘扬,共青团先锋队、青年妇女巾帼队、退休职工余热队、少先队员憧憬队、基干民兵实力队、退伍军人先遣队、林业部门绿色队、外来部门脱贫队、"村建"工作"村建"队,轰轰烈烈、扎扎实实掀起植树造林高潮。

"高寒山区要致富,村村社社通公路",于是就修路。大荒山乡是高原顶部的乡,海拔虽高,却广阔而平坦。虽然有不少丘陵,但却平缓,卵石滩、荒原滩、沙土滩一片接一片,路还是要修,选路线,筑路基,铺砂石,低凹处填平,高耸处铲低,干河道架桥,流水处修涵,大战一冬春,村村社社通公路。

"高寒山区要脱贫,发展畜牧是根本",于是就养羊、养牛、养马。各级各单位齐支持,畜牧部门千里迢迢,从内蒙、新疆、青海、甘肃、宁夏进了一批又一批优良品种的羊、马、牛,大荒山乡的草滩上,到处挤满不同品种的羊、马、牛,还有善奔跑、身板细、脚力健、宜放牧的猪。

五

德山老汉眉头紧攒、忧心忡忡,他家的门槛被来参观、采访、探望、看热闹的人踩得光溜溜的。不光村长来得勤,乡长隔三差五也要亲自来看一转。村长来问:"给怀上了?"乡长问:"给怀上了?"德山老汉急得嘴起泡,怀个干毬,一天就是怀怀怀,会怀的不让怀,不会怀的偏让怀。

德山老汉喂的两只外国羊,不管咋个喂,就是不会怀胎。要脱贫、要致富,老是两只羊怎么脱贫?老是两只羊咋个致富?羊和人的根本差别就是羊越多越能说明发展,可这两只外国杂种羊就是不生育。半年多了,冬去了、春来了，万木复苏、春风和煦、春情袅袅，各种生命在春风里张扬。可羊呢，仍是死木温吞得像暮年的老人，没有一点生命的激情。

乡长比德山老汉焦急，乡长进城去刘副专员家。刘副专员第一句话就问："钟乡长，那羊现在添了几只了？"乡长窘迫，乡长知道刘副专员的心思，羊子不发展咋能脱贫呢，又不是养来玩的。乡长不敢说假话，吞吞吐吐地说还是两、两只。刘副专员脸上不悦，说怎么老是两只呢，难道我送的羊是阉过的？同志，你们做基层工作的，要求真务实、真抓实干。群众的困难就是我们的困难，群众不脱贫我们心难安哟！今年是两只羊，明年是两只羊，年年两只羊，这能说是发展？能说是脱贫？我以一个朋友的身份，请你把这件事抓好，你看行不行？

乡长回来急得一夜睡不着觉，刘副专员这番言辞恳切有分量的话，够乡长慢慢消化的了。乡长感到有千钧重担在肩上，羊倒是两只羊，但仅仅是羊吗？永远是两只羊，这仅仅是数量问题吗？同志哥哟，你的脑袋是啥脑袋哟。

乡长带乡畜牧站的兽医来，乡长说你给我认认真真详详细细地检查，看这两只外国杂种羊到底咋回事，虫虫蚂蚁都会发情，猫儿叫春苍蝇爬背，咋个这两个像太监样的。兽医这里摸摸那里捏捏，一会儿弯腰一会儿趴下，低着头看羊的生殖器，他甚至用听诊器听外国羊的心脏，怕外国羊不适应高海拔，有高山反应。甚至将公羊、母羊的尿接了回去，要做化验分析。乡长见不得他这样神秘兮兮瞎折腾，叫村长去请一个最有经验的放羊老倌来，看看有啥办法能叫外国羊怀上种。

胡子雪白步履蹒跚的七大爷被请来了，七大爷昏花着老眼弯腰撅腚地这里摸摸那里捏捏。七大爷用漏气跑风的沙嗓说不碍事、不碍事，这羊的卵子大得很哩，它不发情是这里太冷太凉，去找些淫羊藿、猫抓草、菟丝子、卢巴子来，给它吃下就行了。

约翰这天羞臊得不行，约翰觉得它的羊格和自尊心受到极大的伤害。一只健壮而又没有疾病的公羊没有性功能还能称为公羊吗？可它奇怪自己来到这鬼地点确确实实没有做爱的欲望。好在漂亮、美丽的琼斯也和它一样没有任何做爱的欲望，否则，它不知怎样地羞愧、怎样地无地自容。约翰在兽医没来检查之前也试图做过爱，那是一个月白风清的夜晚，一轮明月悄悄爬上高原的天空，这是高原难得的一个好天气。时至半夜，约翰老是睡不着，冰清玉洁的月光使约翰神思飞扬，情难自禁。它见琼斯刚刚从睡梦中醒来，美丽的琼斯此刻睡眼惺忪，粉红的嘴唇润湿柔软，一副娇憨惹羊怜爱的样子。约翰心里泛起一股热潮，觉得胯下有些异样的感觉。自从来到异国的大荒山乡，它一直产生不了丝毫的激情，约翰晓得这是身体状态越来越差所导致的，约翰为此而常常感到悲哀。它和琼斯正值青春年华，生命的张力生命的激情应该是激昂的。在这高原难得的好天气里，约翰终于找到一些感觉，它悄悄地靠近琼斯，它看见琼斯和它一样也有了求爱的表情。琼斯脸色绯红，鼻息急促，粉红柔嫩的嘴唇沁出津液，潮湿而温热。约翰急急忙忙地和琼斯亲吻起来，紧接着约翰迫不及待地爬到琼斯身上。但情形却很糟糕，使琼斯很沮丧，很尴尬，很悲哀……约翰不甘心就这样失去了公羊的尊严、自信和能力。一次、一次又一次，但情形就是如此。沮丧极了的约翰羞愧得简直想一头撞死在墙上。

德山老汉觉得乡畜牧站的兽医和七大爷说的话都有道理。兽医说要以调理为主，这里山高水寒牧草质量差气候极其恶劣，外国羊适应不了这里的气候和物质条件，体质下降要调整饮食结构，以进补来增强体质。体质一好羊就想干事，还怨怀不了儿？七大爷说要给羊吃春药。兽医说这也对，但要等体质好些再吃，否则难得怀上，即使怀上质量不高，也难保胎。

按照兽医开的食谱，德山老汉忧心忡忡。见它妈的鬼哟，这羊子不是羊是人了，比人还金贵比人还娇细。又要买黄豆来推成面增加维生素，又要每天在饲料中打几个鸡蛋催情，又要将鸡蛋壳春碎掺在饲料中增加钙质，又要有新鲜的青草调节……德山老汉晕晕乎乎，心中又难过又紧张又委屈又愤怒，自己的婆娘生娃娃都没吃过鸡蛋更没有啥子黄豆面啥子补钙，生娃娃前天天吃洋芋坨坨，生过娃娃也就是吃了些荞面汤。自家喂的几只鸡靠刨草根吃虫子黄不蔫唧，很少很少下蛋。过去下几个蛋，攒起来去买盐巴去买煤油，哪舍得吃过一个鸡蛋哟。

　　刘副专员给的几百元现在已经用得差不多了，其他人捐的不多点的钱在村长手头。德山老汉狠狠心、咬咬牙，起个大早到乡场去买黄豆。这高原山乡是产不出黄豆的，买了，又推成细面背回来。鸡蛋家里没有，只得去向村里其他人家买。村里的人说德山老汉现在靠上大官了，人家有钱买鸡蛋吃了。德山老汉苦着脸，任人们去议论去挖苦。

　　最使德山老汉恼火的是青饲料的事，把黄豆面、鸡蛋、蛋壳粉等拌在青草里，两只外国杂种羊吃得欢得很。没有好青草，杂种些嗅嗅扭头就走。德山老汉再也没有钱请马驮羊了，他决心带着哑巴老伴去野鹤湖边去割草。那里太远太远，已经临近别县的地界了。半夜起床，走到湖边正好天明。踩着露水，忙着找嫩草割。割好两背箩，正好吃晌饭，德山老汉和他的哑巴老伴开始啃冷洋芋。过去，这湖边还有一些杂木、灌木丛和荆棘，割一些来笼燃还可以带生洋芋来烧熟吃。现在这些都没有了，只有吃带来的冷洋芋。

　　吃着冷洋芋，德山老汉的心里泛起一股酸水，莫名地难过。他看见哑巴老伴苍老的脸庞、花白的头发，看见她树根一样皲裂的手掌，老伴跟着自己吃了多少苦呵。什么痛苦什么灾难什么苦楚都埋在心里，无法表述。老伴生娃娃时还在坡上挖地，肚子一疼蹲在地上就将娃娃生了，自己用牙齿咬断脐带，用衣襟将娃娃包着就回来了。日它先人的外国羊，吃这样吃那样还不够,还要吃新鲜嫩草。走了半夜的路割了一早上的草,哑巴老伴吃着吃着冷洋芋就睡着了。德山老汉眼里涌出了苦涩的泪水,过去将衣裳盖在老伴身上,自己也睡着了。

老汉梦见自己变成了羊,哑巴老伴也变成了羊。奇怪的是自己变的不是本地羊,而是那只外国公羊,哑巴老伴也变成了美丽的外国母羊。变成羊的德山老汉心里的甜蜜就不用说了。它和母羊大口大口地吃捏成团的炒面,吃打碎的鸡蛋,吃得心花怒放。它看见哑巴老伴变的母羊很起劲地吃,心里十分不高兴,去你娘的,几辈子没吃过拼了命吃也不怕吃穷,它一头向母羊抵去,母羊也发了怒,一头向它撞来,将它撞了个趔趄,德山老汉醒过来了。

避过毒日头,德山老汉和哑巴老伴背着青草,走到天大黑,才将青草背回来了。

德山老汉觉得一辈子对不起小女儿的就是打她的那一巴掌了。这件事永远永远地折磨着老汉,折磨着老汉那一颗迟暮衰老的心,直到死,老汉也不能原谅自己。

瘦瘦小小、头发麻黄、身体细弱得像棵狗尾巴草似的小女儿,是德山老汉唯一的女儿。在之前,也曾生过几个娃娃,都没活下来。近五十岁了,哑巴老伴才给他生下这棵苗苗。小女孩也好可怜,长到十二岁,没吃过一顿饱饭,没穿过一件囫囵衣。得了该死的啥肺结核,人病恹恹的,没钱看病,就这样拖着。小女儿太懂事了,懂事得不像她这个年龄的人。肚子饿了,随便有点什么塞进肚去就行;冷了,小猫一样蜷缩在墙角;看见别的娃娃有什么从来不要。即使是给外国羊吃炒面、吃黄豆面汤、吃鸡蛋,小女儿馋得清口水直流,眼睛直勾勾地盯着,也不开腔要。一次,老汉实在看不下去了,小女儿那病恹恹小猫一样的可怜让他的心绞疼,他狠狠心拿起一个鸡蛋让她吃。小女儿眼睛紧紧盯着,眼里跳着惊喜、欢乐、满足的光。但她还是怯怯地缩回手,扭过头,嘴里喃喃地说:"我不要,我不要,留给刘伯伯的羊吃,羊吃了下羊崽,刘伯伯高兴。"

可是那天,小女儿却不懂事地缠着老汉。老汉刚要出门去买鸡蛋,买鸡蛋的钱是村长按天数给的,每天三元,买六个鸡蛋,这数量是兽医定的,说不能少的。老汉紧紧攥着钱要出门,小女儿拦着不让走。明天是"六一"儿童节,村小要举行少先队员入队仪式,小女儿虽然十二岁了,才读四年级。小刘老师疼爱她,发展她加入少先队。小刘老师说了,"六一"儿童节要戴着鲜艳的红领巾宣誓,没有鲜艳的红领巾不能参加宣誓。小女儿那天变得非常执拗,非常不听话,从来没有过的任性。老汉耐着性子和她讲,那钱是专门用来买鸡蛋给羊子吃的,兽医说了,不把羊子养壮不能下小羊崽,下不了小羊崽就对不起刘伯伯,乡长、村长也着急,放不下心。下了小羊崽,爹带你进城去找刘伯伯,刘伯伯喜欢你哩,还要带你去看病,买好多好多东西给你。小女儿就是不让老汉走,嘴里说:"不嘛,不嘛,我啥也不要,就要红领巾。没有红领巾,就不能宣誓。"老汉烦躁:"啥先死后死的,快走开,羊叫得很了。"小女儿就是不让,扯着老汉的衣襟拽出拽进。老汉火了,扬起手来给小女儿一巴掌,他也不晓得咋一回事,就见小女儿树叶一样轻飘飘地落在地上,悄无声息地躺在地上。

羊子饥饿的叫声使老汉来不及多想,匆匆忙忙去买鸡蛋了。等老汉买鸡蛋回来,见小女儿还像树叶一样躺在那里,老汉才慌了。忙抱起来,见小女儿脸像干了的菖蒲一样白。眼睛紧闭,牙关紧咬,身体凉冰冰的。老汉浑浊的泪一串串流下来,摇着小女儿轻飘飘的身子:"翠花、翠花,你醒醒呀,你咋啦?爹该死,爹不是人,爹不该打你呀。"老汉悲怆的受伤老狼似的哀鸣,引来了周围的人。有的去坡上叫哑巴大婶,有的忙着拿老汉的鸡蛋去冲蛋花。老汉摇着手:"莫拿呀,你们莫拿呀,那是羊子吃的呀!"王二毛说你怕是疯了,羊子是你爹是你娘,姑娘成这样子,你还舍不得给她吃,你是财迷心窍了。张黑痣飞嗒嗒地去请村上的赤脚医生,说是医生他那儿的药就几种,房檐上吊着的多是筋筋络络的草草药。这医生倒是长于针灸,一团乱头发上插着大大小小十几颗银针,也不消毒,在油腻腻的袖口上擦两下,就插进穴位里,又捻又搓又提又扎的,挺熟练。几针扎下去,小女儿就醒过来了,又喝了一大碗鸡蛋花,小女儿脸色就好些了。但在以后的日子里,小女儿一直沉默寡言,忧心忡忡,惭愧羞怯的样子。虽然那红领巾后来小刘老师垫钱给她买了,她还是快乐不起来,一天到黑依偎在羊身边,心事很重很重。

可怜的小女儿怕她那天吃了羊子的鸡蛋影响羊生小崽崽。她听见兽医对爹说这鸡蛋一天都不能拉下,直到羊怀上为止。她老觉得她吃了羊的鸡蛋,羊生气了就不下小崽崽了。她心事重重、思虑重重,她甚至对羊有了一种负罪感。她想那天要是不惹爹生气就好了,要是不被爹打也就不会吃鸡蛋了。羊要是不下崽崽,自己的罪过就大了。为这羊,爹娘操了多少心。爹的背更驼了,脸上的皱纹更多了,头发胡子快全白了。娘也好可怜好可怜,不会讲话,一天急得哇哇乱叫,地里的活全是她一个人去做,又要去割草,累得坐在哪里都在打瞌睡。前几天,娘半夜和爹到野鹤湖边去割草,背了一大背篓草回来天已黑得很了,过干沟时踩进一个黑坑里,把脚也扭伤了,肿得老高老高。爹急得脸色黝黑,胡子拉碴,嘴上起一层大燎泡。羊再没青草吃,咋会下羊崽崽呢?这鬼羊子又挑嘴,背一背篓草来,走好远好远的路,外面的一层草被风吹蔫了,被太阳晒蔫了,得把外面一层草剔掉,光吃中间的新鲜草。一背篓草也就吃上一两天。

这天德山老汉又起了个大早,要去野鹤湖割草。心事重重的小女儿也醒了,她看见爹一个人孤零零地要出门,她心头一阵难过。对爹的怜爱和对羊的愧疚,使她决定跟着爹去,好给爹做个伴,也可以背点草来,弥补她吃鸡蛋的过失。爹不让她去,说路太远太远,她背不动草。她的执拗劲又上来了,左缠右缠,缠得爹的火气又上来,刚举起巴掌,突然又放了下去,长长地叹一口气,只得带她出门。

漫漫的夜、长长的路,德山带着小女儿在路上的艰难和困顿就不用说了。走到野鹤湖边的时候,小女儿累得再也站不起来了。那时,天将黎明,正是霜冻正浓的时候,老汉找了个背风干燥的凹地,抱着小女儿休息,爷俩的衣裳裤子都被早霜水凌打湿了。高原的黎明是很冷很冷的,又找不到柴火干草来驱寒,老汉心疼地紧紧地将小女儿抱在胸前暖着。疲倦极了的小女儿立即睡着了,老汉的头也垂下来,沉沉睡去。

当老汉感到背脊痒痒的时候,太阳已升高了。老汉一动弹,小女儿也醒了。他让她再睡一会儿,自己去割草。小女儿揉着涩涩的眼睛,也跟着起来。他们沿着湖边走呵走,老也寻找不到一块像样的草滩。高原上的草太少了,这么远的地方仍然有人将羊赶来放牧。羊多草少,好点的草也就不多了。走呵走,总算看见一块好点的草滩,老汉丢下她,忙着去割草了。他怕羊群来了,这草也耐不住啃。老汉低着头撅着腚一刻不停地割,小女儿紧跟着用小镰刀割。割了一阵,毕竟人小体力弱,就累得停了下来。她看见一只有自己小手一样大的黑蝴蝶伏在一株草梗上。高原寒冷,很少见到蝴蝶,像这么大的蝴蝶几乎没人见过。这是个黑色的精灵,是个黑色符号,是个黑色的暗示。黑蝴蝶飞起来了,小女儿始终是个孩子,再沉重的生活也难以泯灭她的童稚的心。她跟着黑蝴蝶追去,黑蝴蝶飞过凹地,飞上一面浅坡,翻过浅坡就是碧水盈盈的野鹤湖。这是高原最明丽的一面镜子,这面镜子嵌在高原荒凉残败的怀抱里,美丽得惊人,清纯得惊人,童话般充满诗情画意,简直就是仁慈的上帝对苦难、贫穷的人类的慰藉。飞呀飞,黑色的蝴蝶突然不见了,小女儿茫然地寻找着,连每棵草叶也搜寻了,就是找不到黑蝴蝶。

失望极了的小女儿直起腰来,她向湖里望去,呀,沿着湖边进去一段路,有一片凸起的草滩,草滩上的草好茂盛好茂盛,好长好长,好青翠好青翠。这么好的草怎么会没人发现呢?这么好的草怎么会没人割呢?这么好的草不晓得那两只外国羊怎么地喜爱呢。有这么好的草,它们吃了,不定会怀上好多好多的羊宝宝,爹不知怎样地喜欢,城里的刘伯伯也不知怎样地喜欢。下了好多雪白的小羊,刘伯伯会来看的。他高兴了,会将我带进城去,让医生给我治病,治好了病,我会好好地读书。小女儿边想边向湖里走去,连接那边凸起的孤岛样的草滩的是一条似路非路的沼泽地。她小心翼翼地走着,尽管小小的瘦瘦的身体很轻很轻,但还是像降落在草茎上的蝴蝶一样左右摇摆起来。越往里进泥越稀越黏软,开始只是陷到脚脖子,她艰难地拔出腿来,一步一步朝里挪。渐渐地,泥越来越稀,陷到大胯了,她开始感到恐惧,想朝后走。在泥里喘息一阵后,她还是决定向前走。那是生命的颜色呵!绿色。那里有葱绿茁壮鲜嫩的草,汁水四溢、甜美细嫩的草。她艰难地拔出腿来,坚定地向绿草迈进。但是,这一次她再也拔不出腿来了,她急了,来自生命深处的本能的恐怖袭上了她的心,她开始扭动,乱抓乱挠,但脚下却像有一只无形的手,把她往湖底的泥潭里拉去。她越挣扎,拉的速度越快,她绝望地大叫,那声音像水里的涟漪一圈一圈散去,引不起任何反应。渐渐地、渐渐地,泥潭里只剩下一颗小小的头颅……

黑蝴蝶倏然飞走了。

中篇小说

徘徊望云湖

一

　　望云村的村长卢章华一点也不知道去年饿死三只黑颈鹤的事被登在了省报上引起了县上的重视。县委书记、县长摔了报纸,发了脾气。卢章华读过初中,在望云村算是文化最高的了,其他的村民几乎是文盲。村里曾经设过一师一校的单小,但老师待不住,都不要工作地跑了。娃娃些要到三十里地以外的学校去读书,村民们是既无钱又嫌远,孩子们也就不去读了。不读也罢,望云村的长辈觉得读了书就犯糊涂,啥都想要,想多了,心里就犯堵,啥也不想,地老天荒,日子嘛是悠悠绵绵混过去的,要那些知识做啥。

读过初中的卢章华知道饿死黑颈鹤是不应该的,是很糟糕的事。望云村从来没有订过报纸,别说望云村的人无钱订报纸,就是订了,又有谁愿意跑这几十里的山路来送报纸。望云村更买不起什么电视,就是有,也根本收不到任何节目。当村长卢章华带着省里的摄影家来到村里的时候,当省里的摄影家在村里七爷家的土墙上拴挂着一条横的尼龙绳,在尼龙绳上挂着一张张鲜艳的图片的时候,村里的人一个不落地全跑来看热闹了。望云村的人是绝少有机会看到这些花花绿绿的图片的。敞着怀奶着娃娃的婆娘,拄着拐杖抖脚抖手的老头,挂着长长鼻涕的娃娃都在拼命地往前挤,想看看花花绿绿的图片有什么稀罕景儿。省里的摄影家很高兴,他们就怕没人来看,望云村的群众环保意识还是很强的嘛,他们喜滋滋地说。于是,他们就更兴致勃勃地大讲人类只有一个地球,大讲人与自然的和谐,大讲如何保护生态,大讲环境污染和生物物种的濒临危亡,特别讲了黑颈鹤是世界上的珍禽,是濒临危亡的物种,全世界只有一千多只,应当如何如何爱护。望云村的村民听得云山雾海,一头雾水。他们眼光木木的,表情木木的,心里木木的,茫然地张着黑洞洞的嘴,流着长长的口水。七爷说黑颈鹤就是饿老鹳嘛?咋个就变得金贵了呢?以前遍坡遍滩都是,肉也不好吃,酸叽叽的,粗得很。石柱家婆娘说,哦哟哟,黑颈鹤咋个就变稀奇了,好说还比人稀奇?我家大黑二黑三黑加上兰兰花花,一天像放猪样的,晚上点下头,人齐了,就得了,哪个拿他们当回事?刘大毛趿着鞋,披着空心棉袄,腰上扎根草绳,抱着双手说,哪个像你们天一黑就上床,整出这许多娃娃来。黑颈鹤又没床又没被盖,人家懒得日哩,数量当然少了。石柱家婆娘不是省油的灯,说你没得婆娘,你去日黑颈鹤最合适了,只是下出来的黑颈鹤和你一样的缩头缩脑,拖衣落食的。众人哈哈大笑起来,省上的摄影家目瞪口呆,愣在画面前说不出话来。

望云村灰蒙蒙、光秃秃的,村里的房全是黄土舂的,山茅草盖的顶。

横在村里的一条沟永远都是干涸的,到处是草屑和浮尘,风一吹连人都看不清,村里只有树干扭曲、树皮皲裂、永远长不大的刺老苞树。村子外面一望无垠,跑马溜溜的地里,种着东一簇、西一簇、稀稀拉拉的洋芋和荞子。也不晓得黑颈鹤怎么会选中了望云村和湖边的土地,这里气候显得太寒冷了,土地是太贫瘠了,连最低贱的人都养不住,还能养得起高原上稀少的黑颈鹤?不管怎样,黑颈鹤年年来,也许它们看中的恰恰是这里地广人稀,极少受到人的伤害吧。也恰恰相信望云村的村民对黑颈鹤是漠然的,是毫不关心它们的存在也毫不关心它们的美丽、神奇。他们自顾不暇,连衣裳都穿不周正,连肚儿都混不圆,他们还有啥子心肠去关心身外的事呢。所以,村民和黑颈鹤之间经常会发生一些冲突和摩擦,这也是在情理之中的事。

尽管霜冻能够在一夜之间将望云湖周围几十里地的庄稼凌得焦煳,手一捻叶片就顺着手指流下成为粉末,但地还是得种,不种地望云村的村民干啥呢?受灾的年成多,种子基本上是上面拨下来的。种子一种下,黑颈鹤就飞来了,黑颈鹤吃啥呢?望云湖湖水冰凉冰凉的,浮生物基本没有,湖里的鱼也极少,即使有点鱼,鱼也是潜伏在湖底的。望云湖是太深太深了,黑颈鹤不可能潜入几十米深的水底去捕鱼的。那黑颈鹤就只有吃湖边湿地里的虫和刚播下的种子了。望云湖周围的湿地经常结着冰碴,再贱的虫也没有多大的繁殖本领,虫就少得几乎成保护对象了。黑颈鹤有黑颈鹤的办法,凡是生灵都有求生、谋生的本领。于是,它们就开始刨食村民庄稼地里的种子,它们在刨食种子时也没有顾及自己高贵的身份和美丽的外表,就像沦落在外的白俄流亡贵族,什么低贱的事情,怎样地与他们的身份不相符合都不相干了。目的十分明确,就是为了生存下去。黑颈鹤刨食种子的本领是十分高强的,它们修长的脚上有坚硬而灵活的脚趾,脚趾上有尖尖的角质锋利的趾头,它们刨食种子的姿势一点也不寒碜，相反的是雕塑般的美丽。它们一只脚支撑于地，另一只脚刨土。望云村土地是严重沙化的土地，地的表层像沉淀了的浮尘，它们不费事就可以将轻轻的浮尘似的沙土刨开，然后身子前倾，长长的啄伸入土内，就将村民种下的种子啄食下去。它们啄食种子的姿势非常优美，贵族进餐似的从容、优雅。广袤的高原顶部的土地上，无遮无掩地展现出一幅幅美丽的画面，黑颈鹤三个一群、五个一簇地分散在各处刨食，有的带着幼鹤，幼鹤的长喙尚不坚硬，它们的父亲和母亲会帮它们将食刨出来，让它们毫不费力地进食。高原的望云湖上空，天空湛蓝而深远，白云轻柔而飘逸，黄土深厚而金黄。湖水轻漾，水波不兴，四周没有喧嚣，只有高原正午的风在舒缓地吹拂，好一个祥和、宁静的望云湖。但望云村的村民没有这种感觉，他们在远远的地方看到黑颈鹤在刨食他们千辛万苦种下的种子。他们只有愤怒和憎恨，日他妈的，这些杂种，别处不去，你来这里吃鸡巴，你们将种子都刨吃了，老子们去喝西北风。村民们一看到黑颈鹤刨种子就火冒三丈，他们就飞快地跑去，拾起土疙瘩就朝黑颈鹤扔去。等他们气喘吁吁地跑去，等他们手中的土疙瘩带着呼啸声飞出去，黑颈鹤早已扑腾开硕大的翅膀，疾速地飞入空中。胆子大的，还飞到他们的头顶，在他们的头顶上嬉戏般盘旋，气得望云村的村民日爷捣娘地乱吵。而黑颈鹤发出长长的优美的唳声，不但丝毫引不起他们的美感，反而更使他们怒不可遏而又无可奈何。

当望云村广袤的土地里的种子被黑颈鹤啄食，村民们既愤怒又无可奈何的时候，村民们就想到了报复。但想到了报复的村民们极少，长期贫穷而慵懒的日子，使他们对什么都缺少了激情，包括报复。他们在晴朗的日子里，宁肯在背风的土墙下百无聊赖地晒太阳，高原的太阳和土墙暖烘烘的气息使他们百虑俱无，使他们感到极惬意。肚里缺少油水，生活又没有指望，脑袋里混混沌沌的，晒太阳，冲壳子，搓脚丫子就成了他们最好的享受。想到报复黑颈鹤的是村里几个对种庄稼还有些兴趣的汉子，但报复黑颈鹤不是件容易的事，这里方圆几十里地完全是裸露的，见不到一棵树，见不到一蓬荆棘和灌木丛，连潜藏的地点都没有，人是无法接近黑颈鹤的。他们又不愿意投毒，山区的农民是老实、憨厚的，他们相信伤害生命是会遭到报应的，伤害了生命下辈子会变鸡、变牛、变猪，甚至连鸡、连猪都变不成，永远沉沦在十八层地狱下。况且，真要投毒，他们连买农药的钱都没有，又极少到几十里外的乡街子去赶场。他们就只得找个沟坎，找些茅草盖住自己，等警惕性特小的黑颈鹤走得靠近自己时，才一跃而去，狠狠甩出早已攒在手里的土疙瘩或者鹅卵石。就这样也极少伤到黑颈鹤，当然也不时伤到黑颈鹤。村里甩鹅卵石最远最准的放羊汉刘大毛就击到过一只黑颈鹤。当刘大毛伸起手扬飞鹅卵石，恰巧一只身躯笨拙的黑颈鹤在刚刚起飞，恰巧起飞的高度刚刚迎上飞来的石头，那身子上中了一石的黑颈鹤在空中摇晃了一下，接着就摇摇晃晃地落下，快要落到地面时，那强壮的黑颈鹤猛地振作起来，又开始斜着向前方飞去，飞得极为困难，极为艰苦，终于摇摇晃晃飞出刘大毛的视线。在下面追了一阵的刘大毛气喘如牛又豪情满腔。日你奶奶，你有本事你不要飞嘛，你有本事你又飞来吃嘛，再来啄老子的种子，老子打死你。

二

当望云村被定为国家黑颈鹤保护基地之后，当县里和乡上的人来村里宣传保护黑颈鹤的条例，在村里贴了许多张盖着红朗朗公章的通告之后，村里的人都十分糊涂，都不晓得上面犯了啥子毛病，心里都窝着一口气。黑颈鹤么不就是饿老鹳，饿老鹳么不就是一些光会偷刨种子吃，又不会下蛋又不能宰吃的东西。养头猪可以宰了吃，养只鸡可以下蛋，下的蛋拿去卖了,可以称盐巴、打煤油。黑颈鹤有啥子用处,当不得衣穿,当不得饭吃,咋平白无故就要保护。村长卢章华这狗日说的更日气,以后不准打黑颈鹤了,打伤黑颈鹤就是犯法,就要去蹲监狱。村里的人更是糊涂,咋的,打黑颈鹤犯法,打婆娘都不犯法打黑颈鹤还犯法?石柱坚持不说黑颈鹤而说饿老鹳,说我婆娘都被打得嗷嗷叫,打得钻床腿,也没得哪个把我的尿咬掉,打饿老鹳就犯法了?卢章华说你狗日的试试瞧。石柱见卢章华铁青着脸,杀气腾腾的样子,晓得是真的了,就叹口气,说那以后饿老鹳要再刨种子吃呢?卢章华说它刨它的,反正不能动它的一根毛。石柱一屁股坐在地上,天呐,这是啥道理,贼偷东西还要被打,饿老鹳偷种子倒不能动一根毫毛,你还让人不让人活?

不久,一块高大的汉白玉的石碑就竖在村边路口了。碑石、碑脚、碑顶全是从城里运来的。望云村的人从来没见过如此漂亮的石碑,碑上还留了个四檐飞翘、琉璃瓦盖顶的碑顶,碑文是凹进去的镏金大字:国家黑颈鹤保护基地。碑面光洁如镜,人影都照得出来,粗糙如树皮的手摸上去,光溜溜、凉冰冰地舒服。七爷说这样金贵的东西只有皇宫才用得起,想不到望云村也有了,怕要发哩。刘大毛说发个毬,那饿老鹳不来糟蹋就算洪福了。村长卢章华说摸么就摸,不要乱整,这碑几万块钱才竖起的,打烂个角角,拿你几爷崽卖了也赔不起。望云村的村民哗然、愤然。噢哟,这冷冰冰的碑就要值那么多钱?政府家的钱硬是多了没处堆了。有这么多钱,不如拿来扶贫,我们也脱贫了。卢章华说脱你娘的贫,你龟儿是个无底洞,再塞好多下去也白毬拉拉的。政府用来扶贫的钱还少啦?猪大肠就是猪大肠,狗鸡巴发情还硬翘翘的,你从来就硬不起来,立不起来。那人说,你晓得我硬不起来?好说你在床底下躺着?众人哈哈大笑。再严肃的话题,都在耍贫嘴的气氛中结束了。

望云村饿死黑颈鹤是去年的事。那时严冬刚过初春来临,对于望云村来说严冬和初春几乎没有什么区别。山下坝里柳树完全绿了,桃花落英缤纷,残红满地,这里的草才冒出一点点嫩芽。黄黄的土地上连似有若无的绿色都看不到,矮矮的刺老苞树枝依然漆黑如铁。这个季节,对望云村来说是最难熬的季节,连坝子里喂猪猪都不吃的蛤蟆叶都被剁来吃了。漫长的冬天令全村的人都像动物冬眠一样蜷缩在屋里,一家一家的人都缩在床上,拥着外面送来扶贫的旧棉被过冬。有啥办法呢?望云村的冬天太寒冷,望云村又烧不起煤,煤要从很远很远的地方运来,一百斤煤要二十来元才买得到,这对望云村的人来讲太奢侈太奢侈了。望云湖周围的海堡也烧光了,肚子也空着,于是每个家庭不分男女长幼全都缩在大床上互相挤着取暖。那些床其实就是在树枝搭成的低矮的楼上铺上山茅草,钻进去就成了。一个冬天望云村的村民睡得昏昏沉沉的,睡得不分白天黑夜、乾坤颠倒。他们醒了又睡,睡了又醒,醒了也就醒了,头脑里一片空白,迷迷糊糊,愣愣怔怔,痴痴傻傻地发呆。肚子实在饿了受不住,才起床用苞谷面、荞面和萝卜叶煮一大碗稀糊糊喝下去,洋芋也是舍不得吃的。这里出的洋芋只有鸡蛋大,堆在墙角也就是一小堆,坝子里用洋芋喂猪叫望云村的人家实在想不通,实在气愤。这是糟蹋粮食呀!糟蹋粮食是要被天惩罚的,是要被雷打火烧的。饿了一个冬天睡了一个冬天的望云村的村民,身子是虚弱浮肿的,走路是轻飘飘像踩在棉花上一样的。他们摇摇晃晃站起来,朝肚子灌一气冷水,又去昏昏沉沉地睡。

春天来了,望云村的人摇摇晃晃地挣扎着爬起来,爬起来仍然找不到吃的,找不到要做的事。他们都眼巴巴地期盼着,期盼着上面拨下救济粮来。往年,到这个季节这段时间,救济粮也差不多要到了,在盼望救济粮的日子,望云村的村民各有各的打算。石柱家婆娘想的是赶紧将领来的苞谷淘好洗净,连苞谷皮一起磨成面,山地萝卜的叶子还有,那是赶在冬天到来之前晾晒了藏在大缸里的。煮上一大锅水,将萝卜叶子煮得半熟,就开始撒苞谷面了。她本想蒸一甑苞谷饭的,让饿了一个冬天狼崽般的五个娃娃饱吃一顿,但她知道肯定要出事的。这帮肚子瘪瘪的狼会一拥而上将还没分汤、半生不熟的苞谷饭狼吞虎咽鼓着腮帮,翻着白眼一气吃完。当他们裸露着全是鱼鳞般污垢的肚子像倒扣着一口锅的时候,祸事就降临了。饿了一个冬天的功能退化了的肠胃,被粗粝而又干燥而又容易膨胀的干苞谷面一撑,个个的肠胃痉挛起来,痛得遍地打滚。五个狼崽一样的娃娃打起滚来,你可以想象场面的悲惨、凄凉。所以,石柱的婆娘就有了经验,开头这顿无论如何是不能蒸苞谷面的,连汤带水煮一大锅稀糊糊,由他们放开了撑去,大不了多让他们撒两泡尿。刘大毛一想到救济粮,脖嗓眼里就有无数个虫子在爬,痒酥酥的,一身的骨头也酸胀胀的,胸口火辣辣地渴望着什么浇灌下去。这个冬天他活得太无聊、太难受了,他得忍受着没有酒的煎熬,啥都能没有怎么能没有酒呢,没有酒的日子能是人过的日子么?没有酒的日子浑身关节都在疼,浑身乏力,从肌肉到骨骼到心脏,都他妈的爬满密密麻麻的蚂蚁,啃得人心慌意乱、六神无主的。只要有酒,不管是啥酒都行,一喝下去,嗞啦嗞啦,全身的骨节都舒展了;嗞啦嗞啦,全身的血脉都流畅,全身的肌肉都活泛了。胃里有酒的火焰在温柔地跳舞,头脑里有酒的骏马在奔驰。人呐,兴奋得很,高兴得很,性情都得到了充分发挥。想唱歌就扯声扯气任性自由地唱;想哭就呜呜咽咽,尽心尽意、巴心巴肝地哭;想骂人就日妈捣娘,昏天黑地地吵;想打架扯上一个人不管三七二十一挥拳就打,尽管随时被人打了睡在地上,打得头破血流依然独自高兴;想睡就更不用说了,村道上,沟坎里,门槛外,倒在哪里哪里睡。刮风也好,下雨也好;白天也好,黑夜也好;睡在猪屎上也好,睡在泥浆里也好,都一样地睡,一样地酣畅。人呐,活到这份上就活出滋味了。刘大毛一想到救济粮,首先想到的就是立马领出来,立马背到乡街子上换成烧酒。一般来说,他将一半救济粮换成酒,还要留一半背回来的。背回一袋粮食,扛回一塑料桶烧酒,刘大毛背一气,喝一气,喝得趔趔趄趄,喝得兴高采烈。有酒的日子就是天堂的日子,他用一个土大碗将烧酒倒出来,啥菜也不要,当然啥菜也没有,烧上两个糊辣子,一口酒一口辣子,喝得滋滋有味,喝得五内沸腾、灵魂出窍。这样的日子,行了,好了,舒服了,还要咋啦? 就是到北京,不也就这样了么?

七爷盼望救济粮,七爷年老眼花,油尽灯枯,离死也就一步的事了。七爷在漫长的冬天里倒是不怎么饿,他已不知道该不该饿了,反正吃多吃少似乎都没有多大区别,人活到这分上就剩一口气,说无就无了。七爷老得常犯迷糊,但七爷对粮食不犯迷糊。最近几年,上面拨了救济粮,救济粮是按一家一户拨的,拨到七爷家里,七爷说你们咋个吃就咋个吃,我不管,把我的一份给我。七爷的老伴死了,就剩七爷和大儿子一家过,七爷也没有分家的意思,但七爷就是要把他的一份粮食分给他。一家人都不明白七爷是怎么想的,但七爷内心里的秘密只有他一个人知道,他要趁还没死的时候把粮食攒起来。山区的风俗,人死后,再怎么穷,远亲近戚、左邻右舍总要来吊丧的,总要招待人吃饭的。村里刘大毛的爹刘老者死后,刘大毛是酒鬼,罐里瓮里掏不出一颗粮食,村里的人来看一眼就走了,刘老者冷冷清清地挺着尸,被刘大毛晚上悄悄拖出去埋了。七爷一想到刘老者心里就难受,人活一世草木一秋,咋说也来世上走了一遭,冷冷清清像条狗样的就打发了,叫人咋不伤心落泪呢? 七爷在心里打了个小算盘,趁活着将自己份上的粮食偷偷藏起来,等到大限到来的时候,再告诉儿子,让他将粮食取出来,让来吊丧的远亲近戚、左邻右舍高高兴兴吃顿饭,让大家热热闹闹地把自己送到山上去。自己这辈子也就活得光鲜,活得体面了。一想到自己挺在木板床上,儿孙绕在尸床前,披麻戴孝,哭声震天;一想到村里的人和远处的亲友,围在门前的空地上,空地上垒着蛤蟆灶,灶里的火焰腾腾,一人抱的木甑里升腾起绵绵不绝的白色蒸气,苞谷饭的香味撩得大家口水直流。饭熟了,十人一桌围在地上,土大碗里盛的苞谷饭堆得尖尖的,地上的菜盆里是热气喧天的大白菜白萝卜煮老豆花。所有的人都吃得大汗淋漓,都吃得兴高采烈,抬棺材的时候一身都是力。执事的先生一声起:棺材稳稳当当、顺顺溜溜离了村。想到这儿的七爷,就会咧着只有一颗门牙的黑洞洞的嘴无声地、长久地笑了。

村里的粮食已经基本告罄了,地里的种子自然一颗也没有,地也无法种了。首先是石柱家婆娘找到村长,说卢章华,你这个村长是咋个当的,现在是啥时候你可晓得?全村人的锅儿都吊起来了,我家一捧牙齿恨不得将我的肉都撕来吃了,你还稳稳当当坐起。共产党的官给是你这种当法?卢章华不愿去乡里催救济粮,去一次要被人奚落一次、嘲笑一次,都称他是丐帮村长了,舍嘴失脸去求人那滋味是不好受的。卢章华心里日气,口气就难听。去个干鸡巴,去,你有本事你自己去。牙齿一捧咋啦,让人给你戴大红花?早就叫你去扎了你不去,老母猪下儿样的不歇气地下,正经你下出猪来还好,还可以拿去卖钱,下些只会吃不会做的崽,共产党就该养着你们呀?放你妈的屁,你婆娘才是老母猪呢。你婆娘不会下就眼红别人,有本事你像老娘下一堆!卢章华的婆娘听不得了,跳出来和石柱家婆娘吵,俩人都是口无遮拦的人,尿尿屎屎的、爷了娘了的拣着不堪入耳的话吵,赛似开污言秽语比赛大会。正吵得热闹,刘大毛来了。刘大毛来了,俩婆娘就不吵了。石柱家婆娘晓得刘大毛更难缠,好看的还在后头。卢章华的婆娘晓得刘大毛更难对付,她要腾出精力必要时帮卢章华一把。

刘大毛也不管刚才发生了什么,他就直奔主题说,村长,上面也太扯毯鸡巴蛋了,这算关心群众死活?望云村百十个活鲜鲜的人,好意思摆着饿死?共产党有这章法?有这章法老子也不要啥救济粮了,老子饿死个把摆着给他们看。你是村长你就该去要粮,你不去要粮死了人就该你搂着。卢章华心里鬼火冒,刘大毛,你这龟儿子不要逼我。要死你去死,当毬不疼,顶多老子不当这个毬村长,我也当不起了。生产你不想搞,粮食来了你狗日拿去换酒喝,共产党的老瘪奶都被你狗日的连血都咂出来了。

三

吵归吵,发脾气归发脾气,当天晚上,卢章华还是睡不着了。村里确实没粮食吃,没种子下地了,如果再拖下去,村里真的死了人,就是刘大毛这样的癞子死掉你也脱不了干系。想来想去,日他妈的,脸始终没得命重要,还是拿脸去蹭。挨到天亮,卢章华叫婆娘煮了一大碗苞谷面汤喝下,朝乡政府在的乡场走去。

走到下午天快黑了,卢章华才走到乡政府。乡长老吴见到他,不像过去那样不理不睬的。老吴说正要找你呢,你来了正好。走走走,我们一起吃饭去,县上的同志来了,陪陪他们,平时我们是不进馆子的呀。坐在沙发上的一个戴眼镜的高个子说,老吴,不要装穷卖苦了,我们拨给你的钱还少呀?今晚我们自抠。老吴哈哈一笑,玩笑话、玩笑话,再穷还能让客人请客呀。说着将另外俩人一起请到馆子去了。

在饭桌上,老吴指着戴眼镜的高个子介绍说,这是林业局的周局长,另外俩人是环保局的。老吴说正要和你说个事儿,省里的专家、摄影家自从来过望云村后,望云村出名了,现在又定为国家级的黑颈鹤保护区,上面重视得很。省里来的专家考察后,说你们那里可以吃的东西少得很,不够几百只黑颈鹤的嚼谷。省里领导听了汇报,关心得很,叫县里专门拨出粮食,专门设投食员,天天给黑颈鹤投食。卢章华,你的担子重要得很哟,望云湖的黑颈鹤交给你喂了,不能饿飞一只,更不能饿死一个,掉根羽毛,我就找你算账。卢章华口里哦哦答应着,心里说你狗日些只会想到黑颈鹤,上面说啥重要你说啥重要,上面说黑颈鹤是你爹你也说是你爹。往年你老吴上山去,看到黑颈鹤刨食吃,问你咋个办你说打毽狗日些,打飞掉。早些年连黑颈鹤你老吴也吃过呢,这下黑颈鹤重要了,望云村一村人你提都不提。戴眼镜的周局长说卢村长,给黑颈鹤投食的粮食是林业局的专款买的,希望你们一定要按时按量投食,就像吴乡长讲的,绝对不能出任何问题,出了问题可不得了哟。环保局的人讲了一通环保问题,生态问题,珍稀动物保护的重要意义。卢章华一句也没有听进去,这些道理他懂,那初中又不是读在狗身上的。但卢章华想的是黑颈鹤重要,人呢?好说只管黑颈鹤就不管人了?饿肚子的滋味你狗日些没尝到,一天五饱十足,一脸的油光,油肚像怀胎妇人一样凸起,说人家的干毽。

  吃完饭,出得门来,天完全黑了。卢章华在暗地里将乡长老吴扯住,老吴,你也是山区出来的,你晓得眼下春荒断粮了,我来是找你要救济粮的,死了人我可负不起责任。老吴说不消说了,我还不晓得你是来干啥的。本来乡上也正要考虑拨点救济粮给你们,但周局长他们来了,是书记、县长让他们专门来的。粮库里有点粮,只有先拨给黑颈鹤了。你是晓得的,乡里通外面的唯一的一条路,桥断了,成断头桥,啥也运不进来,你就坚持一下吧。卢章华说啥都能坚持,饿肚子能坚持吗?如果你不拨救济粮,你写个纸给我,饿死人决不找你。老吴说你这是啥话?谁叫你饿死人?饿死人先蹲监狱的是我。我给你一句话,黑颈鹤不能饿死,人也不能饿死,该怎么办,你自己去想着办吧。老吴说完甩开他走了,卢章华琢磨着老吴的话,心里似乎豁然地一亮,接着那豁然的一亮又熄灭了。卢章华想也只好如此了,老吴这话,叫你摸得着抓不住,管他妈的,先对付着再说。

  在回望云村的路上,卢章华怎么也闹不明白这黑颈鹤别处不去,偏偏要来望云湖。望云湖有干毽给你们吃,要吃鱼就几条鱼在水底,你望着喘气;要吃虾望云湖水冷虫虫都不生,半根虾毛也摸不着;要吃虫虫,虫虫都凌死了,只有吃种子。今年救济粮拨不到,种子也没有,只有吃干毯了。你狗日些不飞到这里,我今年的救济粮还有指望,飞来这里救济粮就打白条了。这是人口夺食呀,你这黑颈鹤真是黑心黑肺黑肚子,从里黑到外了。周局长说以后望云湖前途大得很,县里打算把望云湖黑颈鹤保护区开发成旅游区,人家老外一拨一拨来,各地的游客一拨一拨来,你望云村就是卖烧洋芋,卖荞疙瘩饭,卖炒面都要发财。卢章华心里说尽是屁话,上面就喜欢搞花架子,从城里修路到乡里,从乡里修路到望云村,没得两百万修得拢?就是修拢了,除了几个搞摄影玩相机的来,鬼老二发疯了跑恁远来受冻。就算有些好看个稀罕的跑到望云村看黑颈鹤,县城也就几万人,总不至于个个都来吧,蹬三轮车的会来么?挑着白菜卖的会来么?下岗在家里蹲着的会来么?搁得住花这么多钱修这路么?

　　卢章华还想到谁来给黑颈鹤当投食员呢?这不是件小事是件大事。石柱家婆娘来当?怕还没投食苞谷就被她一窝猪样的娃娃些煮吃了。刘大毛?怕苞谷才到手他就拿去换酒喝了。就是村里最老实的王狗子,一天饿得乱窜,他不想吃肚子想吃,他忍得了婆娘娃娃老丈母小舅子小姨妹忍不了。人穷志短,马瘦毛长。人饿乱整。哪怕有个吃公家饭的人,比如教书的,卫生所的都好,他们有吃的就不怎么会在投食上动脑筋。自己来当投食员?村里人肯定要说心怀鬼胎,好事儿吃肥食的差事独自吞了,以后黑颈鹤出点事,就得自己背了。想来想去,还是刘大毛最合适,这狗日的一人吃饱,全家不饿,既没得老婆娃娃,又没得父母弟妹。他唯一的爱好是喝酒,只要看住他不让他出村,换不到酒就可以了。

四

　　刘大毛就当上了投食员。

当上了投食员的刘大毛神抖抖的,一下子就觉得自己和村里的人不一般了,有些公家人的感觉了,佝偻的腰直了,脚上趿着的鞋也用尼龙绳连脚带鞋底系得牢牢的。村长对他讲了黑颈鹤的重要,讲了投食员的重要,说他是经过认真考察才选用的,一定不能出半点差错。想想,全村能人、狠人多得很,被考察上是容易的么?刘大毛在村街上踢哒踢哒地走着,将灰尘踢得老高,背上背着沉甸甸的苞谷,像出征的勇士一样充满豪情,充满悲壮,充满自信。

卢章华却像躲瘟疫一样地躲着村民,他没有给村民要来粮食却给黑颈鹤要来粮食。饥饿的村民尽管饿得连吵架的声音也软绵绵的,但仍然用最恶毒最污秽最阴损的村骂狠狠地吵他,村民的眼光毒毒的,充满仇恨地到处搜寻他。石柱家婆娘恨他恨到了骨髓,她在吃了两个鸡蛋大的洋芋后找了把菜刀,抬块木板,在门口拉开架势,骂一句,刹一下,这是望云村最古老、最恶毒的习俗。据说刀刹下去表示伴随着最恶毒的语言,能将人咒死。卢章华虽然没被咒死,但卢章华确确实实躺在自家的楼上。听着咒骂声头痛欲裂,几次被吵得跳起来想冲出去,又强制自己躺下去,木床上发出的声音是訇然倒下的声音,仿佛放倒了一棵大树。

村里的饥饿仍然像瘟疫一样在蔓延,不少人家的吊锅里煮的糊糊越来越稀了,有的干脆稀得像镜子,把晃动的人脸照得五官清晰。石柱被她老婆吵得无法,也被那一窝猪样的娃娃哭叫得无法,厚着脸皮找个蛇皮口袋下山去找亲戚借粮。每次去借粮亲戚的脸丧得拧得下水来,晓得他借粮是肉包子掉在狗嘴里,进去就掏不出来了,打发他比打发叫花子还不如。借得一口袋粮食,熬一大碗糊糊,凑合着给娃娃些吃。一吃就吃得鬼火冒,大黑也不顾嘴巴烫起泡,才嘬起一碗嘴对着碗就没松开过,一眨眼就灌进去了,又来嘬第二碗。二黑、三黑吃得慢,扑过来将大黑的碗夺了,大黑将碗扣在二黑头上。三黑将头一低,将大黑拱倒在地,哥儿几个在地下扭着打成一团。石柱家婆娘气得提起吊锅要砸,手在半空却砸不下去,里面还有半锅糊糊呀,只得快快放下。找来竹棍,也不看是谁,也不管打在谁身上,劈头盖脸,劈胸劈背,发了疯样的一顿狠抽。抽得几个崽崽遍地打滚。几个崽崽都裸着身子,平时无事都蹲在灶灰里或者钻进草堆里,竹棍毒蛇般咬噬他们的皮肉,打得他们伤痕摞伤痕。两个姑娘跑来抱住她的腿,大声哭叫着哀求,她仍然坠着两个姑娘追着打。闷着头夹着腿的石柱忍不住了,腾地站起来,你妈的,你给是要将他们打死掉,打死掉老子煮给你吃。说着伸手将打裂了的竹棍抢过来,几把就折断,狠狠地丢在地上。

晚上,几个崽崽全睡了,但他们身上的伤痕太多太多,几个赤裸裸地睡熟的崽崽在睡梦中疼得扭来扭去,呻吟不绝。石柱家婆娘睡不着,在黑暗中揪心地难过,她点亮煤油灯,扒开破棉被,看见他们身上一条又一条的伤痕叠摞叠地交叉,没块好皮肉。她摸他们伤痕的手颤抖起来,心里比针刺还疼,眼泪不断线地淌,淌到崽崽身上,汪成水潭。她越看越难过,越看越伤心,禁不住失声痛哭起来,哭声穿过低矮的土房,随同高原冰冷的夜晚尖啸的寒风,吹散开来,使深夜里听到的人一身紧缩,打起寒噤。

刘大毛去给黑颈鹤投食,尽管刘大毛感到责任重大,尽管刘大毛当上投食员有了自豪感和庄严感,但他给黑颈鹤投食的时候,他还是有些气愤。日他妈的,这到底是扯啥子羊角风了,饿老鹳有人当金值宝,人却没得人管,好说这些吃不成喂不乖的东西硬是仙人的卵子了。骂归骂,但刘大毛想起自己被考察一回,就该考察出人样来。他顺着望云湖边向深处走,他看见黑颈鹤在离他不远的地方懒洋洋地飞翔着,它们飞翔的姿势已经不像以前那样优美,它们飞翔的力度远远不及以前一样刚劲、迅捷。也见不到它们三五成群地在湖边或舞蹈,或嬉戏,它们飞时硕大的翅膀是半耷拉着的,显出了疲惫和慵懒,更看不到它们千姿百态变着花样的空中倩影。刘大毛在心里说你狂啥子,没得吃的就是贵妃娘娘也挨石柱家婆娘差不多。想起石柱家婆娘,刘大毛心里有些怪怪的感觉。这婆娘其实刚嫁过来的时候还是蛮有看样的,脸盘子好,眼睛大大的,鼻子小小巧巧的,嘴巴红润、鲜嫩,胸口是胸口,屁股是屁股,当时看得眼睛珠子都陷进她那肥嘟嘟的胸口,清口水都淌湿了衣襟。几年工夫,一窝崽崽一下,吃的没吃的,穿的没穿的,头发像乱鸡窝,眼屎一坨坨的,红线锁眼边,眼睛被海堡熏得红翻翻的,脸上灰一块白一块的,手脚被凌得开多长多长的裂口。实在疼得很了,将烧熟的烫洋芋捏成团塞进裂口。衣衫披一块、搭一块的,屠户婆娘样光亮。但石柱婆娘终究是个婆娘,奶奶依旧鼓鼓的,屁股依旧大大的,屁股压得死一个小羊羔。想到这里,刘大毛身上就有些燥热,就有些躁动,当了三十多年的光棍,终于当了投食员,美美地憨吃几顿苞谷饭,就开始想那些事了,饿着肚子时咋就没想呢。

懒懒地飞了一程的黑颈鹤落在光秃秃的荒地里,它们开始用长长的脚刨开干燥而又松软的浮土,长长的脖子也弯曲下来,长长的嘴巴也在土里刨着。但它们能刨到什么呢?节令到了,望云村至今还没有种子下地,光光的地里你就是把爪子刨断把嘴壳刨断,也寻不到可以吃的东西。它们无望地这里刨刨那里刨刨,就像无望的农妇,明明知道罐里、瓮里、口袋里没有一颗粮食了,还是忍不住要一遍一遍地这里翻翻,那里翻翻。有的黑颈鹤可能偶尔地找到一条深藏的虫子或者一颗草籽,急忙忙伸长脖颈吞进肚里。有的刨个半天刨不到什么,把头伸向天空,孤独而忧伤地茫然。刘大毛看着也有些心酸,唉,这些长脖子的家伙,你们咋个不飞到别处去呢?到别处有吃有喝的,你们是怕人把你们打伤捕杀么?与其在这里挨饿还不如出去冒险,人穷疯了都会去抢人,你们的命就值钱得很么。

刘大毛将背上沉甸甸的口袋放下来,他按照村长的交代,选好几个投食点,都是离村子很远,平时少有人到的地方。每天每个点投多少食,都是有规定的。卢章华特意拿杆秤给他,叫他称好每天投的食。他倒进一个点的粮食,拿细绳扎了口,又倒进一个点的粮食,再扎一个口,连扎三处,那口袋看起来就像又短又粗的香肠了。他解开绳子,倒出一个点的苞谷,他看见金灿灿的苞谷像金色的瀑布一样流在地上,他心疼了一阵。捡起一粒丢进嘴里,用坚硬的牙齿使劲一咬,松脆的苞谷粒立即弥漫起一股干燥而喷香的味道,呛得他打了一个喷嚏。他眯着眼惬意地吞进肚里去了。他恋恋不舍地蹲下去,两手插进苞谷堆中,使劲地摩挲够了,才一步一回头地离开苞谷堆,仿佛留下了自己珍贵的儿女,使得他的步履变得格外地淤滞和沉重。

刘大毛刚刚离开金灿灿的苞谷堆,远处的黑颈鹤就看见金色的诱惑闻到金色的香味了。金色的香味嘎嘣嘎嘣地跳跃,它们惊喜地本能地飞快地从各个角落飞起来,飞到金字塔上面。飞来后,它们都犹豫了,迟疑着不敢落下来。也许是生命深处的本能告诫它们不得轻举妄动,也许是生命体验中的经验提醒它们切勿被人引诱。它们在食物与生命之间进行艰难的抉择。它们于是在天空盘旋,飞上飞下,飞去飞来,犹犹豫豫,欲舍不能。有胆子大的忍不住诱惑,就用极快的速度俯冲下来,叼住一口食物就飞走,就像飞机飞临设防的城市一样快速和机敏。等它们发现那个面目狰狞的人早已消失,等它们经过再三的试探终于发现没有危险时,它们纷纷扬扬就像雪花样从天空飘下。于是,在食物面前出现了与它们的高贵和优雅极不协调的一幕:先飞下的不断啄食苞谷,后面飞来的插不上前去,就将长长的嘴狠命地朝缝隙里钻去。在空中飞的黑颈鹤见地下没有位置,就飞翔着从低空啄食,但很快就啄不到了,苞谷堆前被密密麻麻的同类的脑袋遮住了,它们只得沮丧地落下来。在后面吃不到粮食的黑颈鹤气愤了,鸟嘛,总得讲点鸟心,讲点鸟道,你不仁就不要怪我不义了。于是它们就猛烈地啄挤在前面的同类的屁股,它们的嘴又长又锋利,一嘴啄下去就带出不少绒毛来。被啄的黑颈鹤疼得跳起来,也不顾抢食了,血红着小小的眼睛,抽身出来,和啄它的黑颈鹤厮打起来。你进我退,你退我进,忽儿扑地,忽儿上天,啄得羽毛纷纷飘扬。那股凶劲,和饥民抢食一般,几只年长的黑颈鹤见不惯了,纷纷向它们围拢,嘴里发出长长的唳声,也许是受到劝解,也许是受到斥责,也许它们鸟心发现,在饥饿面前实在应该有点谦让精神。总之,它们不再争斗了。它们抖着被啄落的羽毛,伤心地飞到远处,其它黑颈鹤还看见它们的眼角有冰凉而晶莹的泪滴。这是两只刚成年的黑颈鹤,正是吃涨饭的年龄,几只年老的黑颈鹤心里也难过起来,退在一边,让其它黑颈鹤去抢食。

　　正在它们争斗不已的时候,远处一个黑影朝这里飘飘忽忽地移来。来的正是石柱家婆娘,这个被一窝饥饿的娃娃折磨得快发疯了的婆娘,已经什么也顾不得了。她要想尽一切办法弄点吃的,她的眼里老是浮动着几个赤身裸体的娃娃身上的一层又一层的伤痕,老是浮现着他们瘦了又瘦的软耷耷的肚皮和饥渴的眼光。她仇视黑颈鹤,这些长腿长肚子长嘴壳、黑漆漆的东西,凭什么就比人金贵,养个娃娃容易吗?从怀胎到生下,生死隔张纸,生下了,一口一口地奶喂大,奶都咂出血来。人再贱,就不如这些鬼东西们?凭什么它们有食吃,人就不能吃?这是村里的粮,被它们夺去的呀,我不能眼睁睁看着娃娃饿死,我要夺点粮回来。

　　背着一个口袋的石柱家婆娘悄悄接近了黑颈鹤,她亲眼看到了黑颈鹤为抢粮食而争斗的一幕。她心里有些惨然,鸟和人一样呢,亲兄弟都要打得头破血流,有吃的还会这样么?她硬硬心肠,扬起手臂去吆喝,饥饿极了的黑颈鹤也不顾有人接近,仍然在拼命抢食,只有几只年老的黑颈鹤飞远了一点。石柱家婆娘恼怒了,只准你们吃就不准老娘拿了。她抓起土疙瘩就朝黑颈鹤打去,受了惊吓的黑颈鹤飞起又扑下,仍然围着苞谷堆抢食。石柱家婆娘腾腾腾地跑过去,掀开黑颈鹤,扑在苞谷堆上,张开口袋，朝袋里扒粮食。被外力欺辱而又饥饿的黑颈鹤也愤怒了，它们纷纷飞起来，扑向地面，向趴在地上搂苞谷的婆娘一嘴一嘴地啄去，啄得这个婆娘鬼喊呐叫，跳起来，追着黑颈鹤疯了样乱跑。她怎么追得上鸟呢？趁她和飞着的黑颈鹤兜圈子时，其它黑颈鹤又去啄食了。

　　站住！你在干啥子？你这贼婆娘，偷七偷八你偷黑颈鹤的粮食来了，你找死啊！石柱家婆娘气喘吁吁地站住了。她看见刘大毛背着口袋鼓着牛卵子眼睛凶狠地看着她，她一下子愣住了，腿也抖了起来。石柱家婆娘，你晓得你在犯法？饿死一只黑颈鹤，拿你全家去抵都抵不得，把你和石柱狗日的拿去关起，看你那帮崽崽咋个办。石柱家婆娘确实被吓住了，她现在醒过来晓得是犯法了。咋办呢？粮食得不到不说，两口子还要被关起来。一被关起，那帮崽崽谁来管呢？只有等着饿死了。想到这里，这婆娘心里难过极了。抽抽噎噎地蹲下去哭起来，她哭得好伤心好伤心，哭得刘大毛心也软起来，走到她身边，说不要哭了，哭毬啥子？又没得哪个动你一根指头。刘大毛边说边拍了一下婆娘的肩，他就看见石柱家婆娘的胸口是敞着的，两坨肥肥的奶子被挤压着，更加饱满，更加诱人。老光棍刘大毛心里蹿起一股邪火，平时无事他就经常蹲在石柱家对面的土墙下晒太阳，别人在捉虱子他在看人。他看见石柱家婆娘走出走进，经常扣不严的胸口里两坨肥肥的奶子甩来甩去像揣着两只兔子。有时撅着屁股做事，那丰满的屁股磨扇样大，肥嘟嘟、软和和地充满弹性，看得他直淌清口水。心想石柱狗日好福气，天天晚上压着一堆肥肉睡觉，自己若能搂着这婆娘睡一觉，这辈子也就值得了。

　　石柱家婆娘正伤心哭泣，猛然听到刘大毛说你哭啥子，也没得哪个动你一指头。这婆娘也是灵醒人，晓得刘大毛常偷看她，平时见他又懒惰又嗜酒，穷得只剩裤裆头那玩意，脏得赛过泥母猪，也就不拿正眼看他。今天这句话点醒了她，要不被拿去关起，只有过刘大毛这一关了。弄得好，向他要点粮食也不是不可能的。石柱家婆娘止住哭,装出笑脸。刘大哥,你不要吓我了,你不晓得你大妹子胆小。你咋个忍心将你大妹子拿去关起。关起你大妹子,你哪里还能天天看到她。再说你那几个侄儿子你就要当亲儿子来养起了哟。几句话说得刘大毛脸热心跳,躁动起来。但刘大毛嘴还在硬,不行,不行,抢黑颈鹤的食是大事,我是被考察过的,出了事我得坐班房。哎呀,刘大哥,你平时最心疼你大妹子了,你咋个那么狠心呀,你摸,你摸,我的心都被你吓得跳出来了。说着,就拿刘大毛的手去摸胸口。刘大毛的手一触到那软和和、热乎乎、肉嘟嘟的奶子,立即就瘫软了,他头脑轰地一响,浑身蹿起烁烁的火来。他顺着石柱家的手一摸,马上就将这女人压翻了,俩人在蓝天白云的草地上,在黑颈鹤扑哧扑哧地翻飞中,将那事做了,做得淋漓尽致,做得酣畅无比。

做完那事,石柱家婆娘趴在地上嘤嘤地哭泣。山区妇女见识少,又封建又保守。平时村里哪个闹点风流事,在村里是一辈子抬不起头来的。现在可好,为了这吊命的粮食,主动和刘大毛这又脏又懒又丑又癞的人滚在一起了。越想越伤心,石柱家婆娘伏在高原阳光照耀的大地上哭了一气又一气。

当晚,刘大毛趁着浓浓的夜色,悄悄地将半口袋苞谷塞在石柱家豁着的门洞里,悄无声息地溜走了。

五

石柱家婆娘得到那半口袋苞谷也不敢张扬,若犯了事她和刘大毛的丑事要被村里人嚼一辈子。这还不说,弄不好她和刘大毛都得弄去关起。刘大毛倒没啥,他一人吃饱全家不饿,自己一家就甑子没箍——散板了。所以,她悄悄地去将苞谷连皮磨成面,藏在任何人找不到的地方,每天趁娃娃睡着，煮一大锅水，放几大把萝卜叶子、野菜叶子，再小小心心抓两把苞谷面放进去搅好。一窝狼崽样的娃娃翻着白眼、喷着热气，呼哧呼哧转眼就将那锅稀汤喝尽，连碗也舔得洗过样干净。娃娃些仍然饿，几泡尿一屙，肚里又没有啥了，比没吃还饿，一个个眼睛发绿，地老鼠似的乱转着找食吃。

这天早晨，饥饿将石柱家的三个儿子驱赶到茫茫的高原上，裸露的大地上，青草刚刚冒出尖来，铁黑的刺老苞树啥也没长出来。刺老苞刚刚长出来时，像婴儿合拢的小手，常常被村里的娃娃掐来生吃，虽然苦涩，但毕竟可以充饥。现在啥也没有，他们只得到河滩里去翻鹅卵石。大块的鹅卵石下，有时藏着拇指大的打屁虫，但现在这种虫越来越少了。过去他们翻得多时，就掐去翅膀，找些茅草来将打屁虫烤黄了吃。大黑眼尖，力气大，翻了一阵终于翻到一只打屁虫，他连翅膀也没有掐丢进嘴里就嚼，打屁虫绿色的肉汁在他嘴里翻滚。二黑、三黑不但没有恶心，倒馋得看着流清口水。翻了半天，哥几个又累又乏又饿，却什么都没翻到。这时，远处刮来一阵风，几个被饥饿折磨得嗅觉特别灵敏的娃崽似乎闻到了什么味，他们将鼻翕扇得大大的，迎着风狼狗一样嗅着。二黑说苞谷，我闻到苞谷味了。大黑、三黑同时说苞谷，哪里来的苞谷呢？走，走去瞧瞧去。

走了很远的路，他们终于看见一群黑颈鹤在抢食苞谷的景象了。他们嗷地叫了一声，光着身子、撒着脚丫子朝苞谷扑去。黑颈鹤被三个狼崽样的东西惊飞了，当它们惊魂未定地歇在远处，看到这几个比它们还要饿的娃崽时，不知为什么，它们竟然没有飞过去用长嘴啄他们。可以设想，如果黑颈鹤要啄这几个赤身裸体的娃崽，那么，他们身上将没有一块好的皮肉。

几个黑不溜秋的动物扑向苞谷，他们好久好久没吃过像样的食物了，他们本能地动物般将苞谷一把一把地塞进嘴里。他们的牙齿被粗糙的食物磨砺得太锋利了，干燥、坚硬的苞谷进入他们的口腔，就像进入小钢磨一样，他们咔嚓咔嚓地大嚼特嚼，干燥的苞谷粉呛得他们直打喷嚏直咳嗽。口里的津液根本无法调湿苞谷粉，干涩的苞谷粉和无法嚼细的苞谷粒噎得他们眼泪直流，眼睛翻白。噎得他们的脖子一伸一伸地像家鹅，但他们却一直没有停止咀嚼，饥饿像毒蛇引诱他们狼吞虎咽，尽管痛苦万状，尽管眼睛外突、肚子膨胀。

吃饱喝足，几个娃崽打起了剩下的苞谷的主意，他们要悄悄将苞谷弄回家去。但他们身上啥也没有，既没衣服裤子，更没有鞋子，除了肚皮里装的食物以外，他们没有任何东西可以拿来装粮食。几个人团团地转，望着苞谷没有办法。大黑毕竟大些，他招呼二黑、三黑，找了几截树棍，跑到一片土丘背后掘土，他们将土洞掘得又深又宽，然后一起跑去用双手捧苞谷。他们欢快地跑着，一趟接一趟，总算将苞谷弄来藏在土洞里，又用掘出的新土填好洞。等他们做好这一切，天都快黑了，他们满心高兴地等第二天来取。刚刚走出几步，大黑觉得有些不对劲，刨出的湿土太显眼了，会被人寻找到苞谷。他蹲在土坎上，支撑着脑袋想了一会儿，叫二黑三黑下去拉屎，二黑、三黑肚子正胀，就下去屙屎了。大黑就在藏粮食的洞口的湿土上屙，他暗暗得意，有谁会在意几泡臭烘烘的屎呢。

投食员刘大毛越来越觉得事情不对劲，自从上次和石柱家婆娘干过那事，他送去半袋苞谷后，他再也不敢做那样的事了。他晓得他不仅被考察过一回，更重要的是饿死一只黑颈鹤他就脱不了干系。村长卢章华咬牙切齿地交代过他，偷食粮食或者让人偷粮食，出了事就只得将他送去蹲班房。他每天一醒来脖嗓眼就有无数个虫子在爬，痒痒得难过，换在过去他早就将苞谷背去换烧酒喝了。现在他每天克制着自己，再馋也不敢动黑颈鹤的粮食。但奇怪的是，望云湖边的黑颈鹤一点也没有吃饱的样子。

它们的羽毛蓬松着,褪去了油亮的光色,灰扑扑的。它们起飞时仍然是软耷耷的、懒洋洋的,有时一群一群地站在地上,耷拉着头,连动也不想动,更看不见嬉戏的景观了。刘大毛敏感地意识到粮食出问题了。

　　大黑二黑三黑毕竟是娃娃,尽管大黑比较有心计,一再叮咛二黑三黑什么也不能讲,但他们吃饱肚子后满村乱窜,遇到其他娃娃忍不住要拍着肚子炫耀。村里的俊妞陈翠花说她三娘到大城市去打工去了,过年要带好多好多的水果糖来,还要给她买新花衣裳。大黑,你有好多好多的水果糖?你有新衣吗?大黑不晓得咋个会喜欢陈翠花,喜欢看她小小巧巧的眼,小小巧巧的鼻子,小小巧巧的嘴巴。大黑说过年还早呢,你有黄生生的苞谷吗?喷香喷香的,找点柴火烤吃,比水果糖好吃一百倍。陈翠花果然闻到了烤苞谷的香味,馋得流口水了。大黑说你不要告诉别人,我带你去找苞谷,只带你一个。翠花说大黑,你真好,长大我给你做媳妇。

　　陈翠花得到苞谷后,又和张柴妹讲了。告诉你,我只和你一个人讲,千万千万莫告诉别人啊!几天工夫,望云村的娃娃全知道了,他们邀约着,朝老远的望云湖边走去。大黑俨然成了他们的头,他经过观察,掌握住时间。投食员刘大毛每天要在三个投食点投放苞谷,每个投食点相隔十来里路,他们像游击队一样匍匐在沟坎里,等刘大毛走远后,一跃而起,一哄而上,去抢苞谷。最初他们像大黑二黑三黑一样,抢到苞谷就朝嘴里狠命地塞,狠命地嚼,其中有好几个吃撑了,疼得满地乱滚,吓得他们一声不吭地发呆。他们将苞谷抢完,人多粮少,每个也没得到多少。他们在大黑的指挥下原地休息,等到刘大毛投放完苞谷走得见不到人影时,他们就开始抢第二个投食点的粮食,每次抢粮食总要发生争吵、殴斗,张柴妹抓破了姜小英的脸,姜小英一脸都是血痕痕;姜小英撕破了张柴妹的裙子,张柴妹小小的胸脯露出来,大家看见里面有两个鸡蛋大的奶子。张柴妹放声大哭,她不是怕羞,她是心疼她唯一的一件好点的裙子。二黑三黑也和几个男娃崽打了架。大黑觉得这不是办法,又吵又闹又打肯定要出事,大黑就叫大家坐下来开会。他说村里有啥事都开会,我们也开会。大黑说再这样下去肯定要坏事,大毛叔听到我们又哭又吵就会发现我们。不如统一分,见者一份,个个一样,大娃小娃,男娃女娃都一样。他还没说完,大家就异口同声地表示赞同,大家拥护他,他成了娃娃领袖,由他来分粮食。他叫大家把身上的苞谷全倒出来集中在一起,他开始用手捧。但捧了一会,他觉得捧的时候吃不准,时多时少。他想了想,叫陈翠花把她的鞋子脱下来,这当中只有她一个人穿鞋。他用陈翠花的鞋子来量苞谷,一人一鞋苞谷,这样就比较公平了。大家更觉得大黑了不起。

等刘大毛投完第三个投食点的苞谷回去时,第二个投食点的苞谷就又被娃崽们分完了。

望云村除了几个孤寡老人外,家家都有了粮食,粮食虽然不多,但搅成糊糊和着萝卜叶、野菜叶,总可以对付了。大家都知道了粮食的秘密,所有家的大人那段时间对娃娃都格外好,总给他们舀稠的吃。

当黑颈鹤越来越疲惫,越来越虚弱,甚至连飞都不想飞的时候,村长卢章华觉得该制止粮食的事了。其实从确定给黑颈鹤投食开始,卢章华一直没松过一口气,一直没闭过一次眼。他是一只肩头担着黑颈鹤,一只肩头担着全村人的命呐。从大黑二黑三黑哥几个第一天抢粮食起,他就知道全部情况了。这个从小放羊又上过初中的汉子螳螂捕蝉一般一直跟踪着这几个小狗日的。后来全村的娃崽都出来偷苞谷了,他想也好,娃崽出面犯不了多大法,要处罚也处罚不到哪点去。但事情总有个了结,总有个分寸,再这样下去,黑颈鹤就要饿死,饿死黑颈鹤,后果就严重了!到制止的时候了。

正疑惑着的刘大毛准备反扑的时候,村长卢章华叫住他,指着病歪歪、软耷耷的黑颈鹤日娘倒爷地吵了他一顿。说苞谷被他拿去换酒吃了,你狗日吃精吃怪吃到黑颈鹤头上来了。黑颈鹤出了事,不把你狗日的拿绳子捆了送到牢房里头我就不是人日出来的。刘大毛委屈得跳脚,指天发誓,我若拿苞谷换酒吃我就舌头生疮,肚子烂个大窟窿,两只脚杆断成四截,两只眼睛烂成黑洞洞。卢章华见镇住了他,就说你没有拿苞谷换酒吃也好,但你管不好粮食也是你的责任。走,看看去,到底是啥回事。卢章华带着刘大毛从投食的相反方向走去,走了几里路,果然就看见一大群娃崽在弄粮食。刘大毛气得直跺脚,日你先人板板,你这帮贼日出来的贼娃崽子,老子酒瘾发了比大烟瘾发还难过,也不敢拿粮食换酒吃。你龟儿杂种些倒放心大胆抢粮食,老子不把你狗日些脚杆掰断塞在屁眼里老子不是人。刘大毛边骂边追,卢章华说你追啥子,等你跑拢他们早跑散了,捉贼捉赃,捉奸捉双,我们顺着沟沟走,等拿到他们再说。卢章华带着刘大毛跳下旱沟去,弯着腰,慢慢地朝猎物接近。

正当大黑带着这帮娃娃用鞋子分粮食分得起劲的时候,突然从天而降冒出两个人来。好啊,小狗日些,老子今天抓到贼赃了。一群娃崽看见村长和刘大毛,吓得脸色发白,呆呆地保持原地凝固了。大黑愣了几秒钟,突然丢下手中的鞋子,大喊一声快跑。不准跑,哪个跑就将哪个捆起来。他那声音又脆又严厉,吓得一个都不敢跑了。卢章华对刘大毛挥挥手,去把大黑这小狗日的抓回来。刘大毛放开腿狠起命去追,连跌带爬跌了几跤才将大黑抓回来。

两人像押一群俘虏样将这群娃崽押回村里。

卢章华召开了村民大会。卢章华对着在坝头冷得瑟瑟发抖的村民说,你们都看到了,除了几个孤寡老人外,家家都有娃娃参加偷黑颈鹤的粮食。村里早就发过布告开过会,严禁偷黑颈鹤的粮食,黑颈鹤是啥?是世界珍禽,饿死一只都要蹲班房,家家的娃娃偷苞谷你们能不晓得?娃娃犯法,大人承担,你们说是请派出所的来,还是咋个整?望云村的村民吓呆了，愣在冷风里讲不出一句话来。突然，七爷说村长，娃娃偷苞谷不应该，但也不能把人饿死呀。如果出了事，你就拿我来抵着，我老骨头一把，反正也活不得几天了。七爷说着流下眼泪，村里人都感动得不行，说这咋行呢，这咋行呢，有事我们一起扛起。

扛起个干鸡巴，卢章华突然火了。我怕你们扛不起。不要说这些没盐无味的话了。从今天起，各家看好自己的娃娃，哪个再偷一颗苞谷，哪家的大人自己扛起，就是我爹我妈，也决不留情。

开过会的第二天，刘大毛气喘吁吁地跑到卢章华家。村长，麻烦大了，我看见有几只黑颈鹤偏偏倒倒的，站都站不稳，怕要出事了。卢章华丢下手中的土大碗，随着刘大毛朝望云湖边跑去。卢章华心里跳得咯噔咯噔的，狗日的黑颈鹤哟，你千万不要出事了，千万千万不要出事。跑了半天，到了望云湖的边上，他们果然看到有几只黑颈鹤跌倒在地上又奋拉着翅膀站起来，跌倒在地上又奋拉着翅膀站起来。它们奋拉着翅膀十分无力，每次站起来都要扇动好几次翅膀才站得起来，有一只已经扇不动翅膀了，硕大的翅膀像降落在地的降落伞，软绵绵地覆盖着高原的土地。它们小小的眼里空洞而茫然，无光无泽，暗自神伤，悲哀而又无奈地等待着死神的降临。

卢章华和刘大毛靠近它们时，它们既不反抗也不逃跑，它们已经没有逃跑的力气了。当他们抱起它们时，它们连翅膀也没扇一下。卢章华一只胳膊夹一只黑颈鹤，刘大毛抱起一只。卢章华说快、快回去，找点红糖水来灌。俩人跌跌碰碰、趔趔趄趄地抱着黑颈鹤朝村里跑。

等赶回村里，三只黑颈鹤已经不行了。

等待卢章华他们的是什么呢……

骆驼草丛书

中篇小说

接吻长安街

一

在长安街接吻是我这些年最强烈的愿望,我不晓得我到底犯了什么邪,老是想在车辆首尾相接,人流如发了山洪水的长安街上与柳翠接吻。在北京打工已经好几年了,北京多如繁星的名胜古迹和风景区我没去过几处。一是没钱,想想看,每个景点的门票都要几十元,几十元对我来讲是个大数目,要做两天到三天的工才能得到这点钱,更何况钱还迟迟拿不到手,要不然报纸上就不会经常登些哪些哪些部门为民工追讨工资的事了,要不然就不会有民工登高跳楼甚至爬到高耸入云的水塔上去的事了。他们不是吃饱了撑的,他们也不愿丢人现眼,或者想当名人挖空心思炒作自己。民工的钱确实来之不易，都是血汗里浸泡，捞出来还是充满血腥味的，我能把自己从骨髓里榨出的钱拿去奢侈吗？再就是没有时间，我们像候鸟一样在北京城里飞来飞去，这个工程完了迁到另一个地方去，尽管都是在北京城里，但北京城有多大？去过的人就知道了。我不知道北京城为啥要修这么大，大得令人目眩，也大得叫人头晕，在长安街上看望不到头的车阵，看滚滚人流，你觉得自己就是一粒沙子，一粒随时可以被风吹走，吹走了不会引起任何反响的沙子，这个时候你看到自己是多么卑微。我想我就是一粒无根无基随风飘来的沙子，这粒沙子落在北京城里，是多么微不足道呵。一想到自己是一粒沙子我的心里就有些悲凉，一粒沙子能拥有属于自己支配的时间么？我们在北京城的某个工地干活，像蚂蚁似的在高高的脚手架上反反复复地攀援。我们干的活就像希腊神话中受惩罚的神一样，将巨大的石头推到山顶，推的过程中我们已经累得脚腿抽筋，两眼发黑了，刚推到山顶，巨石又轰隆隆地滚了下来，我们又继续推，永无休止。我们是很少放假的，工期紧的日子连晚上也要加班加点，能休假的日子是一个工程完成后，下一个工程还没上马的间隙。在两个工程的连接处，时间出现了间隙。在这个时候，我们才有了属于自己支配的时间。

我是工地上所有民工中真正去过天安门广场，并且上过天安门城楼的。我没结婚，在老家的亲戚和弟兄多，家里的地用不着我去操心，反正就那么点地，还不够哥哥姐姐鼓捣的。所以，每当工地上放假的时候，我的民工同伴纷纷卷起油腻腻的行李，背在背上或者用编织袋装好扛在肩上，乱蜂归巢似的朝老家奔跑的时候，我就在心里嘲笑他们。我正好用这段时间来城里乱逛。我向往城市，渴慕城市，热爱城市，不要说北京是世界有数的大都市，就是我所在的云南富源这个小县城我也非常热爱，我爱看书，初中毕业我就辍学在家了。我在富源这个小县城读了三年书，这三年书没读好却使我依恋城市，热爱城市。当我从报刊上读到一些厌倦城市、厌倦城里的高楼大厦、厌倦水泥造就的建筑，想返璞归真，到农村去寻找牧歌似生活的文章时，我在心里就恨得牙痒痒的，真想有机会当面吐他一脸唾沫。这是作秀，这是假模假式，是吃饱了撑的。假设他（她）真想去农村返璞归真，我和所有的乡下人毫不犹豫地愿意对调，他们应该长期在那里住下来，住泥土舂的房子，热爱屋里的潮湿、阴暗，热爱煮猪食的馊臭味和黑压压的苍蝇，热爱门口的臭水坑和下雨后的裹着牛屎马粪猪尿的泥泞，他们喜爱大自然，农村毫无保留地袒露着任他们去热爱。清晨可以牵着牛，扛着犁，踩着白花花的霜，裤脚被霜打湿，身上被荆棘划破，肚里装有满满的煮洋芋，晨曦染红天空，薄雾弥漫坡地，人和牛在地里耕耘，剪纸一般，诗意着呢。晚上，人和大自然更加亲近，门外万物俱寂，但有狗咬虫鸣，你不用担心熙熙攘攘如过江之鲫的人，摸黑在村里溜达一圈，碰不到一个人，回去煤油灯闪闪烁烁，摇摇曳曳，灯影把你一会儿拽长，一会儿缩短，诗意着呢。

我厌倦着这诗意的生活，我知道这是不应该的，这是我的审美情趣出了问题，是与时代进步和发展格格不入的，甚至是反文明反进步的，甚至是心理问题。可惜我没钱，要不然我就真想找一家心理诊所去治疗。我热爱城市，热爱得不得了。我爱那坚硬如铁的水泥路，虽然踩上去不像踩着乡间雨后的土路那样柔软，可上面被清洁工扫得没有一片落叶；我爱水泥路上面的蓬花状的灯，隔一段就是一盏，一条街灯火闪烁，虽然没有萤火虫的天然情趣；我爱钢筋水泥垒成的高楼大厦，蜂巢似的屋里干净、明亮，墙壁白得晃眼睛，虽然领略不到雪花从瓦片上吹进来，落叶被狂风旋进窗里的诗意；我更爱傍晚的街道，落日的余晖尚在天际，街上的霓虹灯已闪烁着光怪陆离的灯光，阔大的梧桐树下，光影斑驳，影影绰绰，街上的车像河里的水样流淌，人也在流淌，车辆的河像湍急的河，街旁的人像雨后的溪水,我更爱溪水似的人行道,它缓缓流动,溪水是春天的溪水,它在城市的树林里穿行,落满了花瓣,使溪水变得五彩缤纷,香气氤氲。其实,这些花瓣就是人行道上的行人,在春天、夏天、秋天的季节,人行道上的溪流都是彩色的,都是青春洋溢、暗香袭人的。说起来羞愧,我不晓得我的心理是不是真的出了问题。只要一有时间,我就会溜到县城的繁华街道上,有时我站在一棵树下或者一幢建筑物的台阶上,装作等人的样子,眼睛漫不经心其实很专注,我喜欢看街上充满生气、浑身洋溢着一种骚动的女人。我喜欢看穿着各种款式的裙服、身材高挑、发髻高耸或者长发披肩的女人,这样的女人从她款款走动的背影里可以看到优雅和气质,看到娴静和恬美。但我更喜欢看的是,唉,不说也罢,说出来我也愧得慌,我的这一爱好有些阴暗,有些卑琐,也有些背离正常轨迹的下作,我不晓得这是不是心理问题,这就是我特别爱看女人的胸口和臀部,我尤其喜爱丰满、性感的女人,我在看人的时候是先看胸口、臀部,然后才看脸的,这已经背离了正常的审美情趣,我看到高耸的浑圆的硕大的胸部,我就想象到温热、坚挺、弹性、柔和,那些半遮半掩,穿着很少,露出深深的乳沟和半截乳房的最引人遐想,如果全部露出来我想它的诱惑力就会大打折扣,那种犹抱琵琶半遮面,那种绿叶掩盖下探出的微微颤动的半个苞蕾才是最惹人怜爱和狂想的。我最不愿写出来的是我尤其喜欢看女人的臀部,尤其喜欢看丰满的肥硕的圆浑的微翘的臀部,这些臀部被各种各样的款式、各种各样的质地的料子、各种各样的颜色的裤子包裹起来,我惊讶于服装设计师的想象和对人们审美情趣变化的把握,这些设计师把各种款式的裤子设计得特别容易突出臀部,把那些并不圆浑的变得圆浑,并不微翘的变得微翘。我尤其喜欢牛仔裤,各种质地各种颜色各种款式的牛仔裤都能使女人的臀部变得丰满,变得性感,变得圆润,变得美丽,那些扭动的肥硕的浑圆的臀部,在行走的过程中有着丰富的表情,向人们展示着健康、青春、活力、欲望和激情,让人萌生出许多该和不该的遐想和激情,一个城市被这些性感而突出的臀部撩拨得热情洋溢,激情澎湃,一条条街道上盛开着田野里的金色的向日葵,一条条街道上浮动着无数颗浑圆的太阳,这些太阳把街道烤炙得空气滚烫,人心躁动,想象飞升。

　　我在初中毕业后就再也不愿回到我生活的山村,我背叛了故乡背叛了父老乡亲,我背弃了哲人的忧虑和诗人的期盼,我不愿再去亲近土地,不愿返璞归真。我在学校后面的一条小河边残忍而决绝地烧毁了我所有的书籍,三年的初中生活没使我学会多少知识,倒使我适应了城市,富源这座我寄宿的并不属于我的小城,给了我太多的诱惑,太多的遐想,它离间了我和乡村的关系,像一只无形的针管,毫无知觉地抽干了我乡村的绿色血液,注入了城市的热烈的躁动的红色血液,城市真是一个魔鬼,它连你的灵魂、你的血液、你的骨髓也能悄悄换去,但它换去你的灵魂、你的血液和骨髓之后他又不接纳你,你是乡村的叛逆是城市的弃儿呵。

二

时间:当代。

地点:北京某工地一角的简易工棚内。

人物:老王——钢筋工。

　　　　大刘——泥工。

　　　　小江——泥工。

老王:这是啥子天气?这北京的天气也欺负外地人,还没到头伏,就热得鸡巴毛都像淹着的水草。

大刘:谁说不是呢,龟儿鬼天气比我们四川还扎实。四川热归热,不干燥,这几天老子天天淌鼻血呢。小江,灯泡又不亮,天气又热,你龟儿看啥子书哟。

小江：你们莫讲话了好不好，半夜三更吵得人睡不成觉，我不看书整哪样？

老王：小伙子，睡不着起来讲讲话嘛，你那个相好这几天怎么不见来看你了，吹灯拔蜡啦？

大刘：你讲啥屁话哟，上个星期人家才来过嘛，俩躲在棚棚头亲嘴，亲得天昏地暗，我来了半天才看到我呢。

老王：（气愤）大刘，你杂种不地道，人家小青年亲嘴你躲着看，要不得嘛。你啥事没经历过，啥没见过，还馋别人亲嘴。

小江：别说了，别说了。讲点别样。

大刘：别听龟儿老王瞎讲，他是嫉妒，我又不是故意的。以后你们就是在里面干事，只要咳嗽声，我要是听见响声还进去，就不是人养的。谁叫他妈的我们住的棚棚儿这样窄。

老王：大刘说得也是道理。小江，以后真要做事，你干脆把两双鞋摆在门口，只要一见到暗号，我们就挪个地方吸水烟筒去。

小江：（急）谁做事啦？谁做事啦？我们就是亲嘴，哪个愿在这猪圈样的棚棚做事？

老王：咦，这小子嘴还硬，你不想在棚棚头做事，嫌棚棚像猪圈样的，你咋个要在里面亲嘴？有本事你像城里人样到长安街上去亲嘴呀。那才新鲜，那才刺激，那才上档次呢。

大刘：老王，你不要恁个说嘛，到长安街亲嘴咋个啦？犯法啦？城里头人亲得乡下人就亲不得啦？我最恨那些不把自己当人看的人。

小江：别说这事，别说这事。

老王：就是嘛，人家小江都不好意思，你还要恁恿人家去长安街亲嘴。人天地面的咋亲嘴？你当你进城打几年工你就是城市人了？你身上的猪屎味还没去掉,你肚子里头的苞谷皮皮还没屙干净呢。

大刘:放屁,龟儿杂种你再讲一句,老子今天就要试试钢火。

老王:咦,你狗日今晚皮子痒了?老子正热得心烦。走,老子陪你去工地上过过招。

小江:唉,别这样,别这样。整啥子嘛,咋个说着说着就动起手来了。

刚才这幕戏是在北京城郊的一个工地上发生的。剧中的老王是广西柳州人,大刘是四川雅安人,我是云南富源人。我到北京打工几年了,前面说过,初中一毕业我就出门打工了,我连家也没回去,写了封信寄回去,就直奔北京来了。我的那个城市梦一直萦回在我的灵魂中,像魔鬼一样赶也赶不走。我被这个魔鬼折磨得神魂颠倒、死去活来。我不敢回到家乡去,怕被父亲的牛鞭抽打,怕被母亲的眼泪软化,他们就我这么个独儿子。读书读不出来,他们就要叫我结婚生子,我害怕被绑在家乡的小山村里,怕日出而作、日落而眠的生活,一想到头俯在地上、屁股撅到天上在土里刨食的日子,一想到要和泥脱土坯砌房把骨头累折把腰累断的日子,一想到一辈子就喂猪种地养娃娃,年纪不大,就头发灰白腰杆儿佝偻脸上沟壑纵横愁容满面的日子,我心里就害怕万分,痛苦万分。

我知道来到这个庞大的城市是会被吞没的,稍不小心就会被一阵风卷走了。我只是狂风中的一片落叶,一粒沙子。我也知道来到城市里是来受苦受难的,能不能融入城市能不能有所发展,心里是一点把握也没有的。但我还是要来,小城富源培养的城市情结深入骨髓,小城街上的一幅幅画面顽固地占据了我的心。

在这里我要讲述的是我在北京的民工生涯中最重要的一件事,我和来自云南昭通的一个姑娘恋爱了。这个叫柳翠的姑娘自然是农村人,要不然她就不会来北京打工了。昭通是个比较贫穷的地方,它的贫穷我是看了柳翠带来的一本小说集才比较深入地了解的,这是昭通的一个作家写的,其中的《好大一对羊》和《徘徊望云湖》写的贫穷我是不相信的,怎么会穷得连洋芋和荞子都吃不上?怎么会穷得人和鹤争食?我觉得这个作家是不是夸大事实。为这个我和柳翠发生了争执,柳翠说谁愿意说自己的家乡贫穷,贫穷又不是光荣的事,可事实就这样。柳翠说她就是从那个贫穷的山乡出来的。柳翠读完初中,她是那个村为数不多的读完初中的人,说起贫穷的读书生涯,柳翠流下了泪。她说初中毕业时她们要到城里体检,她在的那个山区乡离城一百四十多华里,因为没有坐车的钱,她们半夜就约着上路。她们身上背着生洋芋和一双布鞋,饿了就在路上找些树枝和茅草笼燃烧洋芋吃,鞋是舍不得穿的,要到城边才找条河沟洗干净脚穿着进成。她的叙述和眼泪感动了我,我相信了她的话,理解了她后来做的一些事。

我和柳翠相爱是极其自然的事,在举目无亲的人海中,光是那口乡音就磁石一般的将我们吸引在一起。我们的工地里的民工来自全国各地,南腔北调的语言使人交流十分困难。来自云南山区的姑娘柳翠胆小怯懦,她怯生生地生活在工地一隅,孤独、寂寞、自卑地混在一群民工中,在一次排队打饭的过程中,四川人大刘正和我讲什么,她听到了熟悉的乡音,她眼里的火星迸了出来。我和大刘蹲在砖垛下吃饭的时候,她怯生生地走了过来,她说大哥,你是不是昭通人?我说不是,我是富源人。一听是富源人她就高兴。富源和昭通属两个地区,但都属于滇东北,口音基本是一致的。后面发生的事情太琐碎了,叙述起来很费劲,我就不细说了,总之我们相爱了。

我知道我想和柳翠到长安街去亲吻的念头是来自那个燠热的夜晚,来自老王、大刘之间的对话,那晚的对话还引起了两个粗鲁的民工的争斗,甚至打起来。不过第二天他们就将讲的话和做的事忘记了,沉重的劳动使他们的生活简单明了。但他们的对话却在我心里掀起巨大的波澜,那天晚上我一夜未眠,在长安街上亲嘴,经过我的修饰变成亲吻长安街。读中学时我就爱写诗,我觉得亲吻长安街很诗意,如果以后真的能到长安街去亲吻,我将会为此而写一首长诗的。但现在还不能,一切都只是个创意,一个愿望,一种冲动。

想到在长安街接吻这个念头于我太强烈了,我知道这个想法不是空穴来风,多少年的城市情结使我想以城市的方式来生活。这潜意识里的东西一经碰撞就喷发而出,老王、大刘的争吵使我突然明白了我要做什么,这个明晰而具体的想法使我激动不已,这个想法使我感到震撼,想到了石破天惊、海天狂潮这些词汇。

我决心要把这个想法真正地实现,但我知道要实现这个想法是非常不容易的。最不容易的是柳翠绝对不会答应,这个来自山区的姑娘是很内向很羞涩很保守的。她的家乡在高原的顶部,人烟稀少、生态恶劣、交通不便,据她说电视机的出现是去年的事,她们村不通电,去年省里的一家对口扶贫单位才帮助他们通了电的,这家单位能将烟叶变成流水线上的钱。通了电后村长家买了台电视机,但因为不是闭路天线,电视里的人就像得了癫痫病,随时在跳跃随时在抽搐,这样的电视还诱发了一个真正的癫痫病人发病,以至于村长再也不准别人到他家看电视。在她们那个贫穷封闭的村里,女人如果从男人的劳动工具譬如放在地下的板锄、扁担上跨过,都要引起纷争斗殴;如果哪个女人的裤子晾在门口,男人不小心从裤胯下穿过,就更麻烦了,他们认定这个男人要倒霉一辈子的,就要买上一个猪头、两丈红布、几挂鞭炮去冲喜。在这种环境里长大的山村姑娘柳翠,你要让她到长安街去亲嘴,打死她也不会的。

和柳翠亲嘴是件艰难巨大的工程,从和柳翠好上我就一直挖空心思,绞尽脑汁地设计着各种方案和她亲嘴。在别人看来亲嘴简直和吃碗面条,吃根冰棍,握个手差不多。别说亲嘴,人家现代化了的城里人连上床也就是吃顿晚餐、跳次交谊舞之后的事。但和柳翠亲嘴就像到北极探险一样艰难,记得第一次我想和柳翠亲吻时曾经挨过她脆生生的一个大耳光,那个耳光打得我脸上火辣辣的,半边脸肿了起来。柳翠当时恼怒至极,她说江亦宾,我没想到你会这样坏,会耍流氓,会欺负人。我容易吗?从云南跑到这么远的地方打工,把你当成亲人,你还耍流氓。我捂着半边发烧发红的脸跑掉了,我只能怪自己太性急、太自信,同时也没把情况分析透,这不是别的什么人,是云南昭通的边远山区来的姑娘呀。真正和柳翠接吻,是我们已经好了一年之后。那次柳翠提灰浆上脚手架的时候,上到二层,她觉得头晕晕的,脚虚虚的,突然眼发黑,从脚手架上跌下来。好在才上到二层脚手架,好在是顺着脚手架跌下来的,否则她就没命了。但她的脚还是伤得很重,两只脚脖子肿得像水萝卜,虚胖得像喂避孕药长大的黄鳝。那些天她一个人睡在简陋而空旷的工棚里,工棚里连接成排的地铺像抗洪抢险时搭的,四处通花照亮。她孤独寂寞地躺着流泪,每天都是我去给她洗脸洗脚,给她打饭打水,背她到简易厕所边去解溲,替她去找医生包扎换药。那些天我累得走路打闪闪,眼睛皮一搭上就睡着。柳翠看着我做事,心疼得掉眼泪。她说如果没有我,她就活不下去了。终于有一天,当我从工地偷偷地溜出来给她换药、倒水的时候,她突然说江哥,你把头伸过来,我要跟你讲话。她脸色潮红,胸口起伏,我的头才伸过去,她一把就将我的头紧紧抱住,接着在我的脸上狂热地亲起来。受到她的感染,我从迷茫中清醒过来,浑身充满激情,抱住她的头,把舌头伸进她的嘴,疯狂地亲吻起来,直到亲得舌头发麻,透不过气来才松手。那次我趁她在狂热中手伸到她的内衣里去,她扭动着扒我的手,扒了一阵也不再坚持,那次我第一次摸到了一对真正的奶子,这是一个处女的没有任何人摸过的奶子呀。这对奶子像我们家乡刚刚成长熟透了的桃子,毛茸茸汁液四溅的,它的表层还有一层绒绒的粉霜,这层粉霜被手一揩就永远消失了，我是第一个揩净这层粉霜的人，能够揩掉粉霜的人有福了。但是，当我在万分激动的时候，我那个潜伏多年的欲望不可抑制地爆发了，我十分阴险地也是十分本能地想趁机把那件事做了，我想只要是个男人在那种时候都会这样做的，当我的手向下移动的时候，却遭到了坚决的阻击。我以为凡是女人在这种时候都会这样做的，半是娇羞、半是犹豫、半是矜持，书上不是说过半推半就吗？但柳翠显然不是这样的，她拼命地扭动，扯我的手，用嘴咬我甚至用肿得老高的脚蹬我，她一蹬我，立即疼得大叫起来，疼痛使她的脸变了形，嘴唇也因咬牙而流出了血，眼泪不断流出。我被这情形吓呆了，我停止了动作，赶紧去看她扭伤的脚，她的脚更加红肿，摸上去像摸一块烧熟的红薯，被扭伤韧带的脚疼得她发出尖锐颤音。我惊慌失措，脚忙手乱地为她涂药为她按摩。我既内疚又心疼，嘴里不断地说着道歉的话，我发誓我以后再也不做她不愿做的事。为了惩罚自己，我非常真诚地抽了自己十几个耳光。以后，我和柳翠之间除了亲吻之外啥也没做，那次给我的印象是锥心刻骨的。就是亲吻，如果不是绝对的安全，柳翠也是不愿的。

也许我的心理真的有问题，到长安街去接吻这个想法把我折磨得坐卧不宁，寝食不安，一个从农村来的人有什么必要跑到长安街去接吻？接了吻又有什么意义？接了吻又说明了什么？这是荒诞而又无聊的想法，但这个想法却成了我最大的心病。我越来越执拗地坚持着这个荒诞的想法，越来越急切地要实现这个荒诞的想法，如果不实现这个荒诞的想法，我会被灼热的内心之火烧成灰烬的。

我像设计一个重大的工程一样设计实施方案，一个一个的方案都是精心策划的，它的设计耗尽我的心血，包括每个步骤每个细节都经过反复推敲，都滴水不漏无懈可击。但只要和被接吻的对象柳翠一联系，这些方案马上就像暴风雨中的沙雕顷刻之间就轰然倒掉。我想得心烦意乱，脑袋发疼,总不能确定一个最好的方案。想去想来,只有先瞒着柳翠,带她到长安街去,见机行事,甚至不惜再蹈覆辙。好在我们是接过吻的,这个临界点已经越过,并不犯规。

机会终于来了,那天工地因为违规操作被一个权力机构责令停工改进。老王、大刘和其他民工在停工这件事上和老板一样愤愤不平,极其真诚地和老板保持一致。老板因为停工要减少收入,民工因为无事可做而拿不到工钱。正是盛夏天气,停工时间不长,他们不能回家去帮助夏收,待在僵死的工地上无事可做,他们愤愤不平地咒骂那个叫停工的部门。连柳翠也不高兴,她希望天天都能做工,这个来自贫困地区的姑娘做起工来简直是在玩命。我想如果她在国营企业工作,如此玩命似的工作肯定会赢得极大的信誉,当个全国劳模、"三八"红旗手啥的应该是没有问题。但她是在私人老板的工地上打工,目的意义也简单明了,是为了多挣点工钱回去供她弟弟上学供她母亲治病。这样一来她的动机就不是那么崇高,不要说和解放全人类的崇高理想相去甚远,就是和无私奉献也不能相提并论。她的想法是实际和卑微的,不给工钱她就不去干活,因为停工没有工钱她就生气。我约她去天安门走一走,她赌着气不去。其实她是很想去的,从读小学起她就知道首都天安门,小学课本中的天安门五星红旗高高飘扬,天安门广场气势恢宏,天安门城楼金碧辉煌,那是无以计数的少年儿童梦寐以求的神圣的地方。柳翠在童年的梦中就无数次地梦到这个神圣的地方。可到北京几年了,她一次也没来过这个神圣的地方。

说服柳翠出来走一走确实需要花费不少工夫和力气。这个从山里出来的灰姑娘节俭到吝啬的程度。从我认识她起她几乎从来没穿过一件新的衣裳,一年四季她都待在工地上,一年四季她都穿着一套粗糙坚硬如铁板的劳动服,这套劳动服几乎淹没了她的性别,松松垮垮的劳动服里藏着美,藏着曲线和贞洁,可连想象力最丰富的我也难从劳动服里联想到潜在的东西。她只有在回故乡的时候才穿上一套她藏在箱底的带暗色碎花的衣服,那套衣服使丑小鸭变成了白天鹅,山里少有的健康红润的皮肤、乌黑油亮的长发和凸凹有致的身材使我眼睛不会转动。可那套衣服式样毕竟过时了,质地又不好,皱皱巴巴的,每次穿时柳翠都要用一个搪瓷平底大碗倒上开水来回烫一烫。我是下了决心一定要买一套像样点的衣服给她的。我想这次到长安街一定要实现这个诺言。

柳翠终于同意和我出去,她说千万不要乱花钱呵,以后的日子长着呢。我知道她说的以后的日子是什么意思,为了以后的日子我当然不会乱花钱。柳翠对上街是很认真的,她帮我洗干净衣服,她自己洗了澡,换上了那套浅底碎花的衣服,还找出那盒现在几乎买不到的百雀灵雪花膏,这是她在家乡山区的一个购销店买到的,我相信全北京是找不到另一盒的,她很珍惜地用指甲抠了一点匀匀地抹在脸上。我看了很心酸,我想以后我有了钱就买一堆美容的化妆的摆在她面前,任她去涂去抹。实际柳翠是很漂亮的,她的美不是人造的、假模假式的。柳翠健康、丰满、结实,那浑圆而丰满的乳房高高地耸立着,极有弹性。想到那些靠乳罩甚至靠做手术而丰满的城里女人的乳房,我就有些鄙夷有些不屑,就为自己拥有这对乳房而暗自高兴。结婚以后我要天天摸,一有机会就摸,让我的手温润温软惬意无比。

已经走出工棚柳翠又折回去,我对她的磨磨蹭蹭很不满。她到工棚翻出两个塑料瓶拿到水管那里冲洗,冲洗干净倒进开水,刚倒进开水的塑料瓶被烫得几乎要化掉,用手一拿手就像被火烧一样灼热疼痛。我有些气恼,说你这是干啥?一瓶矿泉水值多少钱?何苦这样?柳翠说能省就省点,用钱的地方多着呢。我心里不是滋味,但又不能说,只得默默地看她做着这一切。我们从东八里庄那条小街经过,之所以要走这条小街,是因为东八里庄已在北京四环之外,这里就像我们县城的城郊结合部,热闹、拥挤、肮脏,小餐馆小食铺特别多,烟火气息浓。对于北京那些豪华的大餐厅,我是心存敬畏又不敢张望的,请注意我说的是张望而不是问津,问津还有点希望还有些微的底气。我用词节俭,不敢张望是怕引起内心的不满内心的失衡内心的失落和失望。在八里庄这条街上有便宜而又油腻的小食店。我决心要挑一个干净点的食店请柳翠吃一次饭。为找这样的饭店我们花费了不少时间,柳翠跟在我后面怯生生的,她不敢东张西望,不敢掉我一步又不愿跟我并肩走,有两次我企图借这次机会拉她的手被她甩开了,我想挽着她的腰走更是属于奢想。她想进入城市又惧怕城市,心理上的差距使她永远难以融入城市。在一家相对干净一点的小饭店里,服务员嘀里咕噜地报了一串菜名,这个小饭店连菜单都没有居然报出那么多菜名,柳翠听到这些菜名身子发直脸上的表情紧张不已。我说鸡和鱼我们都不吃了,天天吃腻味了,来点清淡的。经过反复斟酌我点了四个菜一个汤,柳翠用脚狠狠蹬我,她去掉了两个菜,犹豫了一下,又去掉了汤。服务员脸上不悦地走了,柳翠说要啥汤呢?在我们那里可以要点清汤是不花钱的。我受不了服务员的白眼觉得掉面子,我说干脆带个饭团算了,再不行有冷洋芋也行。柳翠知道我在奚落她,她脸红了一下说你当你是谁?吃饱就行。我说我们很少出来玩,稍好一点不行吗?饭菜被我们吃得干干净净,柳翠将茶杯里的水倒进去,涮了涮当汤喝了。

　　北京是个包容性很大的城市,这个大得叫人头晕目眩的城市里不知生活着多少南来北往的人,就是打工这族人也可以到处遇到,至少公交车上可以随时碰到。我知道大家不会在意我这么个小人物的,你的存在和消失都不会引起任何关注,除非你见义勇为勇斗歹徒事迹感人,或者是你敢偷敢抢劫甚至杀人。但这两种我都做不到,我很卑微很怯懦,但内心也很想有人关注自己,不要忽略这世界上还有这么一个人活在他们中间。但我却找不到这种感觉,不要说你这种连蚂蚁都不如的人不会引起关注,就是冷不丁地遇到一个穿着灰夹克甚至中式对襟衣瘦骨伶仃头发花白的糟老头,他的身份都会骇得你半死,有的就是某个顶尖级的大学者大专家,他的名字经常出现在各种媒体响彻云霄,但你见到他时他正用一个小铝锅颤颤巍巍地去倒豆浆或者牛奶。我在内心渴望着有人正视我一下,就像我回老家我爹肯定要冷眼对我,我妈肯定要泪眼婆娑忙着去煮一碗糖水鸡蛋,就连冷眼对我的人都没有,我就感到憋闷和屈辱。

在公交车上我漠然地看着车内的人,车很拥挤使我有机会接触了人的身体,已经是盛夏季节,这个人人讨厌的季节我从内心里却很喜欢,我说过我喜欢城市喜欢城市的街道喜欢城市的人流,这些五彩缤纷香味袭人的人流给了我无限的遐想、无限的憧憬,尽管混在这彩色的人流里我只是一个灰色的泥点,尽管城市不属于我,我还是执著地喜欢城市。在热得滚烫的公交车上人人都想避开别人的身体,但公交车狭窄的空间使人不得不像罐装沙丁鱼一样紧密无间。我的前面是一个身体肥硕穿得暴露的女子,这样的天气使想暴露的人不需要理由。她身上的浓郁的香味是不是名贵香水的香味这是我无法判断的,我连买瓶廉价的香水给柳翠的想法都一直没实现,但这浓郁的香味却是撩拨人使人产生不正当想法的因素。车的颠簸和人的拥挤使我紧紧地靠着她的身体,她的肥硕的臀部正好对着我的下身,这样就使我的身体起了奇妙的变化,我感到小腹一阵灼热下面的东西变得坚挺。我马上有了羞耻感和犯罪感,如果我那东西对着这个女人的屁股我有理由认为这是公交车惹的祸。但我不能这样无耻,我腾出一只手伸进裤袋里压住那东西,我挣扎着扭动身子,想把身子挣扎出挤压面向后方,这样我和她的接触就只是侧面了。谁知这女人扭过脸来说你动什么动?嫌挤坐小车去呀。北京城就被你们这些打工的挤得气都透不过来了。这个女人的话使我心里的火一下腾起来,我为避免敏感部位的接触而产生的想法一下没有了。她眼毒,一眼就看出我是进城的民工,她对我的指责不是我的自然而又羞耻的反应,她指责我的身份看不起我的身份。柳翠听到有人指责我,柳翠说你不要乱动,你一动就挤着人家了。我知道柳翠怕我和人家吵架,柳翠在这座城市里像惊恐的小兔,她惴惴不安,随时准备逃窜,逃窜是她唯一的保护自己的方式。为了保持这一天的良好心情,我努力地压住了腾腾上升的火气。车过了国贸大厦之后,下车的人就多了起来,我瞅准一个位置腾的一下跳过去,我抢占这个位置不是为我,我看见柳翠的脸憋得通红,涔涔热汗湿了她的脸颊,额上的几绺头发被汗水紧贴着,就像戏剧中的化妆。可怜的柳翠穿着她那套长衣长裤,这样的天气她应该穿短袖衬衣穿短裙,那样不光美观而且凉快。我招呼她去坐那个位子,她刚刚挪过来刚刚坐下去。她侧边的那个女的就站起来,说了一声讨厌就离开位置。那是个文静的年轻姑娘,戴着眼镜挺斯文的样子,我没想到她会这样做。在这个短短的旅程中谁也不会妨碍谁,彼此之间甚至还没看清楚模样就分手了,也许永远不会再见面。一个农村进城打工的姑娘碍着谁了?和她坐在一起会跌份?柳翠穿的虽然简单但洗得很干净,柳翠身上是没有任何异味的,还散发出淡淡的来自人体的芳香。既然如此,这种无言的鄙视就具有极大的伤害性。用伤害别人来显示自己的身份是极其无聊的,可到处都有这种无言的伤害。对于这位冷漠的自以为是的女人你是无言以对也没有办法的,她没赶你走没朝你吐唾沫没有语言上的欺辱,但她的伤害却是具体而又深刻的。柳翠孤独地坐在那里脸色通红,她怯生生地不敢抬眼望人,身体无形地缩小,眼里尽是卑怯无助,迷茫和忧伤。我果断地坐上去,我伸手去握住她的手,这回她没拒绝,有一双握住她的手的手减缓了她的恐惧不安和孤独无助的感觉,她的手传导出来的内心感受被我及时地获取,我更加使劲地握住她的手,使她心里平静一些、踏实一些。

那天为去不去故宫我和柳翠争执了很久,到故宫去游一游这个念头在我心里存了很长时间,来北京几年我曾来过这里几次,几次都因门票太贵而下不了决心。我知道这座气势恢宏的宫殿就是在世界上也是屈指可数的,多少外国人慕名而来从容游览,我想作为一个中国人连故宫都没游过也太冤了,而且我就在它的大门外徘徊,能看见它高大的楼门却无法知道它的内部。好几次我都下了决心要进去,但口袋里的钱却凑不足买门票的钱。这次我是带足了钱来的,我决心奢侈一回,像模像样地堂堂正正地带着柳翠去走一走。想着我能像其他人一样带着情侣游故宫我就激动,人的一生不能不过上几次像模像样的日子。可柳翠一听要七十多元才够我俩的门票,她就抵死也不进去。她说七十多元?你没搞错?在我们那里,有一个妇女去乡场上买盐,买盐的一元四角钱被小偷偷了,她急得坐在路上失声大哭,她怕回家去被她的男人毒打。好多人围着她看,同情她,叹息着,劝慰着,有人摸出钱来给她,都是一角两角的毛票,总算凑够了一元四角钱,这个妇女激动得跪在地上朝着人一阵猛磕头,把额头都碰青了。你想想,就是看看房子,就七十多元,你真敢花钱。以后我们在一起过日子……平时我听到这话,我会同意她的看法,可今天我听着不舒服。我说就是叫花子也要过个年节,就是没有被子也要挂笼帐子。我俩恋爱一场,连故宫也没去过,不是惹人笑话?柳翠说要去你去,反正我是不去的。说完她转身就走。

柳翠在前面急急地走,我在后面紧紧地追,在天安门城楼那里,我追上了她,我说上天安门去看一看吧,才十五元,这次不去会遗憾一辈子的。你想北京是祖国的首都,天安门是心脏。过去你是有多少钱也不让你上去,现在花点钱就上去了。柳翠似乎被说动了,也许她觉得再不能拂我的好意,再不能扫我的面子,她勉强地同意了。我花了三十元买了票,我们终于登上了天安门城楼,我站在当年领袖和其他国家领导人检阅游行队伍的位置。我眼里看到的是雄伟壮观的天安门广场,看到的是密密麻麻的人群，看到的是那面在蓝天下猎猎飞舞的五星红旗，在这一瞬间，我心里真的有了当家做主的感觉，真的有了自豪感和自尊感，有了依托，有了一种被重视的感觉。这种感觉是在茫茫人海中寻找不到的，在茫茫人海里我被忽略不计，被茫茫人海淹没的感觉时刻在折磨着我，那种被忽视被淹没的感觉是铭心刻骨的。而在这里，我俯视着茫茫人海，俯视着天安门广场周围的建筑，一种壮阔、开朗、自尊、自信的感觉弥漫在我胸中。我被这种感觉陶醉着、晕眩着，神情有些恍惚。我回首寻着柳翠的时候，这个可怜的女子斜倚在天安门城楼的红色大柱上，她脸色苍白，虚汗直流，她说她不敢看下面的人群，在这么高的地方看黑压压的人群，而且只是看到无数的黑色的人头，她实在受不了。她习惯在平地看人群，就是在平地看人群她也心慌得不行。我知道她的心态有问题，在她那贫穷而辽阔的山区，是很少见到人的。她们那里几十里地没有人烟，只有茫茫的弥天大雾，那种雾把她的心封闭起来，把她和外部世界隔绝起来，使她胆小、卑怯，使她随时处于惊恐不安之中。就是在北京打工，她的生活圈子也极窄，每天和周围的民工一起埋头做活，低头生活。

  在天安门广场漫步，她的心情平静一些了，我们沿着广场慢慢走，看天安门广场上飘飞的风筝，看到风筝她就想起了她的家乡，她很诗意地说我们就是风筝，我们飞得再高，也有线系着，也要回到家乡。说到家乡她有些感伤，她说不晓得弟弟读书读得咋样？她在北京再苦也能忍受，就怕弟弟不听话不争气。他一定要读出书来，读不出书来她这一辈子就不会心安。她非常牵挂她的母亲，她说她母亲长年病着，哮喘病，成天咳个不停，咳得喘不过气来，好几次都窒息得背过气，眼睛睁得老大，尽是眼白，要不断地给她捶背抹胸。山区的浓厚的雾和阴湿的天气使她气喘如牛，咳嗽声揪人心疼。她说她母亲绝对不会给自己买药吃，她带回去的钱她绝对不会使用一分。山区人命贱，活着也就活着，死了也就死了，就是买一粒药吃也非到躺倒甚至快死了才舍得。说到这里她眼睛湿润了,难过地低下了头。她说你不要怪我,我不想扫你的兴,但看一堆房子就要七十多元,我不忍心呀。

我们坐在博物馆前面的草地上看来来往往的人群,我们喝着自己带的白开水,我的心一下子很惆怅也很难过。我们虽然坐在这里的草地上,但我知道这是短暂的,是人生旅程中短暂的一瞬,在以后的漫长的生活中这一瞬会成为我们最辉煌的记忆,它是我们沉重而又苍白生活的最深刻幸福的刻痕。我心里的孤独感和失落感更加强烈。眼前走过的人衣着光鲜、款式新颖、举止从容、雍容华贵,他们在不断地拍照、幸福地嬉戏,有的情侣无所顾忌地在接吻、在拥抱,甚至还有人将女人抱在膝上,女的双臂环拥着男的,男的俯首不停地亲吻女的,大家熟视无睹、习以为常。我的心里不由得不平起来。我想起我这次来到这里的目的。我觉得接吻有各种方式,有各种地点,在树林里、在工棚里接吻和在广场上、在大街上没有本质上的不同。但我就是渴望着在长安街上接吻。在长安街接吻于我意义非常重大,它对我精神上的提升起着直接的作用。城里的人能在大街上接吻我为什么不能?它是一种精神上的挑战,它能在心理上缩短我和城市的距离,尽管接吻之后并不能改变什么,我依然是漂泊在城市的打工仔,仍然是居无定所,拿着很少的工钱,过着困顿而又沉重的生活,但我认定至少在精神上我与城市人是一致的了。刚才还暗淡的心情被一种激情挤走了,我迫不及待地将柳翠拉起来。正像在这之前我充分地分析的那样,我知道说服柳翠和我在大街上尤其是在长安街上接吻是万万做不到的。况且那个过程十分漫长、收效甚微。所以我还是决心冒一次险,寻找机会趁其不备将柳翠吻了,不管她愿不愿意至少接吻这道防线我们是突破了的,对于她来讲无非是换个地点,对于我来讲意义非同一般。

在北京的街头,竟有卖玉米棒子和摊煎饼的。看到玉米棒子,柳翠的眼睛就亮了。煮熟的玉米棒子用翠绿的叶片包着,黄澄澄的玉米粒闪烁着金色的光芒,诱人食欲。柳翠说家乡就在玉米棒上,看到玉米棒她就看到了炊烟,就看到了青青的草坡和草棵上珍珠般的露珠,就看到了自己家的茅草房和茅草房前面的那块蒜地。我不明白平时不言不语的柳翠今天怎么成诗人了,人一怀念家乡就会变成诗人,一不小心就会成为诗人。我平时这样一讲话,她就说牙酸,叫我不要酸文假醋。可她今天却比我还酸,但我觉得她是真诚的,没有做假的成分。我忙着去买了两个玉米棒子,滚烫的玉米棒子烫得我两只手倒来倒去。柳翠说还要、再买两个。柳翠很少叫我买东西,这也不让买那也不让买,即使买也是一减再减。她捧着玉米棒子很不雅观地啃着,她一口下去玉米棒子就出现一块凹地,她嚓嚓嚓地啃着像土蚕吃叶,眨眼之间就剩个光秃秃的玉米核。

长安街真是一条壮观的街。这条街笔直宽广,两边的高楼气宇轩昂,茶色的蓝色的白色的玻璃幕墙闪烁着耀眼的光芒。玻璃幕墙像华丽的服装,把高楼打扮得雍容华丽、熠熠生辉。街两边的绿化带宽大而层次丰富,只有北京才有这样气魄才会培育这么大气的绿化带,高大的乔木浓荫覆盖迤逦远去,碧绿的整齐的草地犹如巨大的绿地毯铺在街上,错落有致的花木闪闪烁烁,花繁叶茂。各种各样的汽车首尾相接,北京的每辆车都纤尘不染,它们的气势它们的华贵叫人振奋。在这样的环境里亲吻和在杂草棵子里在工棚里亲吻确实是不一样的,前者给人华贵、气派、高尚的感觉,后者给人的感觉则是卑琐、肮脏、混乱和低贱。一些书刊上说接吻和做爱都要营造很好的气氛,要有温馨的环境和优美的音乐,要有鲜花和美酒。对于这些我自然是不敢去想的,能在野地里和工棚里接吻我已经很满足了,是我潜意识里的念头一直在作怪,我无法拒绝。我和柳翠站在长安街的一棵大树下,街边人行道上行人很多,已是夏天,艳丽的服装使街道变成了一条鲜花浮动的河流,就像陡然上涨的河水,掠过一座花园,将鲜花全部卷来浮在水面。也有一些凝止不动的鲜花,他们分散在林荫道上,他们在接吻!一看到他们相依相偎不管不顾旁若无人地接吻,我心里陡然蹿起一股热焰,全身滚烫,一阵痉挛,我猛地转过身,一把抱住正在啃玉米棒子的柳翠。我原是想等她啃完最后一个玉米棒子的,我觉得啃完玉米棒子让她用自己带去的瓶装白开水漱漱口,虽然柳翠的口里永远是青草的香味,但这样更文明些、更典雅些,但那一瞬间我却控制不住自己,我突然抱住柳翠就猛地吻了起来,其实不是吻,而是像柳翠啃玉米棒子样凶狠。柳翠猝不及防,啃了半截的玉米棒子掉在地上,她的嘴里还留着玉米棒子的蜜甜和清香,毫无准备的突然袭击使柳翠一时回不过神,懵懵怔怔地任凭我吻而没有任何反应,也就是几秒钟的时间,柳翠突然醒悟过来这是在人来人往的大街上,在众目睽睽之下,柳翠突然爆发了,愤怒了,以柳翠过后的说法是她觉得她突然被人在大街上脱掉裤子了。这怎么行呢?她未及思索猛地就将我推开。我正处在幸福的巅峰上,正处在终于在长安街和自己恋人接吻的狂喜之中,猛不丁被柳翠推开,我来不及想什么又猛地扑过去,紧紧抱着她企图继续亲吻。柳翠在我的怀里挣扎着脱不出身,她恼怒了,她抬手给我几个大嘴巴,情急中她下手重,我被她打懵了,脸上火辣辣地疼,头晕眩着眼冒金星。在我还没反应过来时,街边蹿出几个人,扭住我的手就开始打,有人说妈的敢在大街上侮辱妇女,狗胆不小。有人说我早就注意这人不怀好意,站在这个姑娘边贼眉贼眼。有人说你看他那土老帽样儿,一看就是打工仔,到北京过洋瘾来了。你以为长安街是你家的苞谷林,想啃就啃,想干就干。有人说外地民工流氓小偷多,要小心防范。柳翠尖声叫起来,说他不是流氓,他不是流氓,不要打呵,他不是流氓。柳翠真是没见过世面的山里姑娘,在这关键时刻她又喊不出他是我爱人的话。如果喊出来了,我就会少挨几下打。她哭泣着去拉那些打我的人,拉了这个拉不了那个,最后还被一个小伙子甩了老远。

小伙子说你拉我干啥？这个流氓污辱你你还护着他，坏人就是你这样的人惯出来的。我一边挨着打一边心里还直感慨，全国都像北京这样就好了，北京人真是见义勇为，敢作敢为呵。

我和柳翠被带到了派出所，经过一番询问，派出所的人对我和柳翠的关系，将信将疑。他们说如果你们真的是恋爱关系，那你为啥要大喊大叫，打他的嘴巴呢？柳翠低着头一脸涨红，她心里又难过又后悔，她说谁好意思在大街上亲吻，人又不是牲畜，站在哪里都可以。派出所的人被逗笑了，说按你的意思，在街上亲吻的都是牲畜了？柳翠慌了，说我不是这个意思，我没说他们是牲畜，人家是城里人嘛。派出所的人笑得更开心，他们不好说城里人可以在大街上亲吻和乡下人不能在大街上亲吻的话，这亲吻没有任何法规有过规定：时间、地点、人物、身份。它不属于法律法规管的范畴。

从长安街回来后，我消沉了很长一段时间，我的自尊心受到极大的创伤，我做任何事都提不起劲头，觉得自己活得太卑微，连这么一个小小的极不起眼的愿望也遭到巨大的打击。而且这打击来自于自己的恋人，来自于她的封闭、缺乏自信和不把自己当个人的想法，她把自己和城市的距离拉开，自觉地按乡村的做法要求自己约束自己。她极大地伤害了我，她在我走向城市的路途中猛地给我一闷棒，打得我趔趔趄趄几乎倒下。

有好长时间我都没理她，我一个人独自去工地，下了工我哪儿也不去，我在工棚里独自舔伤，舔心灵上的伤和身上的伤。工棚里的工友问我被谁打的，如果是无缘无故地被人打，他们就要出头，就要讨回公道，他们说别样咱们斗不过人家，打架还有优势，只要你认准人，一定去揍狗日一顿，让他们知道咱们民工也不是好欺侮的。我无言以对，低着头默默坐在床上不讲话。老王说你狗日是不是去找小姐被人家打了。我气不打一处来，说你娘才是小姐，你妹子才是小姐。老王一听气了，说这小狗日吃错药啦，老子诚心帮你，你还出口伤人。老王从床上跳过来要打我，被大家拉住了。我倒巴不得他打我呢，打了我心里会痛快一点。

那些日子柳翠比我还难过，她为我跑到离工地很远很远的医药门市买药和敷伤口的药膏和棉纱，我冷冷地将药和棉纱扫在地上，我宁肯让伤口发炎溃烂也不用她买来的药和药膏，我晓得外伤好得快，即使不吃药不敷药很快也会好的，但我心上的伤口不是用药医得好的。柳翠呆呆地站在我床边，她委屈得想哭，鼻子一抽一抽的，眼泪已经溢出眼眶。她站了一会儿，默默地把药、药膏和纱布之类捡好放在我的床头，然后默默地走了。到了工棚门口，她回过头来想讲什么，见我仍然恨恨地看着她，她没讲出来，回过头走了。

我们就这样僵持着，柳翠的心里也是很苦的，她孤身一人，举目无亲，她害怕城市，畏惧城市，心里充满漂泊感和孤独感，她需要有人呵护、有人关爱、有人慰藉，在城市这个巨兽的身边，她小心翼翼地活着，怕一不小心就被城市的巨口吞噬。她还怕拐骗，怕迷路，怕人呵斥，怕骗钱，尽管她只有很少很少的钱。她怕失去我，我是她唯一的依托。在我不理她的日子里，她迷茫、彷徨、惴惴不安。我在前面叙述过她是一个非常节俭的人，节俭到吝啬的程度，但为了和我缓和关系，她破例地去买了水果和半只烧鸡，她知道我最爱吃烧鸡。最后我终于和她和好，在一个大家都不在工棚的时候，我搂住她和她亲吻，并且摸她的乳房。她偎在我的怀里，忧伤而又感激地看着我，她说在长安街那天，我为什么会突然在大街上亲吻她？她说她当时一点思想准备也没有，根本想不到我会当着满街的人亲吻她，更没想到会动手打我的嘴巴。她说你当时到底咋了？你讲讲你当时的想法好吗？我理了理思路，我觉得必须把我的真实想法告诉她，哪怕她认为我的想法太荒诞太无聊太偏执。我把我潜意识里隐藏了许多年的想法清清楚楚、彻彻底底地告诉了她。听完我的叙述，她陷入了深深的沉思，她的脸上很忧伤也很美丽,忧伤的美丽使这个贫贱的山区姑娘变得高贵起来,这样的神情一点也不比出身高贵的妇女差。美丽和忧伤不仅仅属于有钱人,贫贱的人也同样可以拥有。

　　柳翠了解了我的内心世界,她理解了我的近于偏执的荒诞想法,她说如果我早点将这想法告诉她,她也许会同意我和她一起到长安街上接吻。她说这对她来讲是很难的事,在大街上接吻需要的不仅仅是勇气,更主要的还是观念和心理承受能力,她如果做了就几乎等于让她赤身裸体站在大街上。但她认为我的想法也不是没有道理的,接吻虽然只是一种形式,但这种形式却是逼近城市精神内核的一个举措。她说她不敢逼近城市,她畏惧城市,畏惧城市的一切,她挣了钱只想回到老家过平稳的生活。她担心我和她的想法会产生不同的结果,但她理解我的想法,支持我的想法。听了她的话我很感动,我直到今天才知道这个看似木讷的山区姑娘其实是很有思想的。我要携着她的手,让她去掉对城市的畏惧心理,一步一步走向城市。

三

　　我想对自己的心态和心理进行调整,北京应该是有心理诊治的门诊的,但我没有钱去付心理诊治的费用,听说心理诊治的费用是很高的。我只得到旧书摊去寻找廉价的心理书籍,我要自己解决自己的心理暗疾。事实上,一旦心理上的问题成为疾病,要调整和治疗好是非常困难的,它是潜伏着的魔鬼,没有什么法力能拘束它,所有调整和治疗它的理论,在这个魔鬼面前都是苍白无力的,就像一只蜘蛛竭尽全力地编织了一张蛛网,你伸手轻轻一挥,它就荡然无存。但我还是要顽强地编织心路历程上的蛛网,一张接一张地编,不停息地编,被魔鬼之手拂去之后再接着编。

为编织一张接一张的蛛网,我耗尽了心血,殚精竭虑,神情憔悴,走路发虚,精神恍惚。工棚里的工友都说我中了邪,着了魔,他们说这小狗日的废掉了,是个花痴,弄不好要进疯人院,可惜他外婆家的三箩鸡蛋了。这里说的三箩鸡蛋指农村中闺女生娃娃,外祖母要送三箩鸡蛋表示祝贺。柳翠面对我这个浪费了外祖母三箩鸡蛋的人焦虑万分。她不明白我其实是在和内心荒诞的想法作斗争,是在和魔鬼作斗争。这个多年以来我用血肉和灵魂喂养大的魔鬼太强大了,他吞噬着我的灵魂让我不得安宁。柳翠知道我的内心活动之后,她心痛得流泪,她绞着手红着脸说这是何苦呢?要到长安街接吻就去嘛,我不晓得你内心里有那么些想法,我伤害了你,对不起你。

  柳翠这个善良的山区姑娘,为了让我实现那个荒诞的匪夷所思的想法,她克服了与生俱来的羞怯和封闭,她说只要你好好的,干什么我都依着你,在这个庞大的城市里,除了你我再没有一个亲人了。柳翠轻轻地啜泣,孤独感、飘零感、时时缠绕着她。我和她商量着找一个放假的机会就去了却这桩心愿,简简单单地去,郑重其事地接吻,要吻得隆重热烈而又真挚。柳翠断然地否定了我的提议,柳翠说我们不能简简单单地去,既然决定了去,就要有充分的准备。内容是重要的,形式也不能简化。她说我们选个好日子吧,其他事我来做。

  柳翠在做些什么事呢?她将藏得很隐秘的存折找出来,所有存折都是一样大小,一样分量,但是面额的差距却是无法比拟的。柳翠的钱差不多都寄回去供她弟弟读书、供她妈治病去了,上面的三千多元差不多都是我拿给她存起来的。我的一个朋友写了首诗叫《用爱订做天堂》,我深切地感受到应该改为《用钱订做天堂》,我对城市的没有由来的敬畏和爱慕,其实也是很物质的。他说俗,你太俗了。柳翠的存折上的钱很长时间都原地踏步,甚至有朝后退的趋势。为了守住基本的底线,柳翠几乎连冰激凌都没吃过一个。但这次她却破釜沉舟,非要大手笔一回。她拉我到郊区的农贸集市去买衣服,她说我其实是很适合穿西服的,身材肥瘦适度,身高也适中,不在身残的范围。但我们不敢去大商场,去大商场不但令人沮丧还让人自卑。那些她说不出名字我也说不出名字的品牌西装的价格,会使我们像遇到劫匪一样夺路而逃。那些日子只要工地上一下班,她就消失了。她不厌其烦地在离工地不远的一个农贸集市转悠,一个摊位一个摊位地看,看颜色看质地,当然她不看标识。那些蹩脚西装即使有标识也是假的,这点她是明白的。不知看了多少天她终于看中了一套浅灰色的西装,价格也和摊主反反复复地磨,磨得摊主都失去耐心答应了她的出价。她兴冲冲地拉我去试衣,我一穿上她就啧啧叹息,前看、后看,左看、右看,把我像一捆柴火似的搬来搬去。她说太合适了,你穿上变了个人。确实,穿上这套西装我也觉得自己精神了许多,漂亮了许多,走近了城市的边缘。她还给我买了一条猩红色的领带,一双声称是名牌的皮鞋,摊主把皮鞋很响亮地在水泥台阶上拍,拍得惊心动魄,说,看看,货真价实,不是名牌谁敢这样拍。那双皮鞋很亮,亮得反常,真的能照得见人影。后来我才知道是塑胶加一种特种漆做的,穿在脚上不透气,把脚捂得像块腐烂的大白萝卜。但这并不妨碍我们的高兴。只是柳翠在付钱的时候嘴角不经意地咧了咧,我知道她心里很疼,刀剜一般的疼。

柳翠也买了一条连衣裙。依我的想法上衣和裙子应该分开买,这种衣服不是衣服、裙子不是裙子的服装,我觉得就像我那个写诗的朋友写的散文诗。说它是诗它又是散文,说它是散文它又是诗,不伦不类的,令人讨厌。但柳翠很喜欢它,说实在的,柳翠穿上它确实好看,但这种好看是因为她从来没穿过裙子,它的好看是相对又硬又厚泥迹点点的工装。有了工装垫底它就高尚就雅致就漂亮了。我们像举行婚礼的新郎新娘,喜气洋洋喜不自禁。柳翠将买来的衣服小心翼翼地藏在木箱里,在放衣服的时候她像抚摸婴儿的皮肤、婴儿的小脸一样小心，一脸的幸福一脸的陶醉。我心里又是感动又是忧伤，这么廉价的衣服就使这位姑娘这么满足这么陶醉。我发誓要拼搏要奋斗，要使她进入城市过上城里人的生活，我把到长安街去接吻看成是我在出发时的誓言，有了誓言就有了挑战，有了挑战就有责任和目标。

在我们确定的去长安街接吻的日子，工地上却不放假。我和柳翠去请假，工头说不到轮休的日子请假要倒扣三天的工钱，我横下一条心扣三天的工资就三天的工资，柳翠也义无反顾，她的嘴角照例地抽搐了一下，我感到疼痛，是那种锥心刺骨的疼痛。我怕自己先垮掉，拉着柳翠匆匆忙忙地逃离。

那天柳翠破例地提出要到肯德基去吃东西，她说再也不能啃着玉米棒子去接吻。在长安街啃玉米棒子是不雅观的，喝水也不再喝矿泉水瓶里注入的白开水，要喝真的矿泉水。她说了这话的时候又说就这一次，真的，我们以后再不能这样奢侈。在一家非常拥挤的肯德基餐厅，我和她各要了一份。说实话，炸薯条炸鸡腿之类的东西并不是真的好吃，塑料纸里装的一小点果酱汁吃起来也真莫名其妙，饮料有一股怪怪的味道，远远没有我用罐头瓶泡的浓茶好喝。我们在一张条形餐桌旁坐定，我穿那套西装很别扭，手脚也没处搁。我们将托盘端到自己面前，不敢像在工地上吃饭和像在家乡啃洋芋那样放肆。事先我们也没商量过怎样吃，在之前我们从来没来吃过，但我们不由自主地打量别人怎样吃，唯恐吃错程序吃错方法惹人笑话。我们都怕别人说我们是乡下的土包子，其实我在杂志上看过肯德基汉堡包是外国穷人的食物，麦当劳前掌门人坎塔卢波因心脏病发作去世，坎塔卢波的猝死就是因为食用太多汉堡包、炸薯条的结果。那本杂志上还说洋快餐属于典型的"三高"（高热量、高脂肪、高胆固醇），而炸鸡腿鸡翅之类的食品含的"三四苯并芘"属致癌物质之首。但此时我们并不怕"三高",也不怕什么"三四苯并芘",怕的是不会吃而出洋相。正当我们看到吃这类食物并无特别的工具和特别的技巧时,我们暗自高兴,也增强了信心,像模像样地用吸管吸饮料,用薯条蘸果酱。

　　我们的样子肯定哪里出了问题,否则北京人不会打量我们的。北京人啥没见过？见了高鼻子蓝眼珠的外国人就像见到隔壁老朱老刘家的二小子三闺女似的,眼皮都懒得抬一下。那天柳翠去做了个发型,她的头发原来是披着的,在工地时她随随便便绾一下塞在安全帽里,穿着肥大膨胀的工装,弄得连性别都没了。穿了连衣裙的柳翠太看重这次接吻,她说将奢侈进行到底,要糟大家糟。她的话土洋结合,方言与时髦话混淆在一起。这里说的糟是糟蹋的意思,是不顾一切挥霍浪费的意思。我们富源那里有一个笑话,说一个土财主因不满败家儿子的挥霍,气得进了城,在饭馆里连续要三大碗阳春面,痛心疾首地说"要糟大家糟,哪个怕哪个"。柳翠不是土财主,柳翠只能算土财主家的帮工。她说这话时很悲壮,神色肃穆,大义凛然,赴汤蹈火的样子。柳翠赴汤蹈火地去做发型,理发师建议她将头发盘成高髻,这样她的身材更苗条更窈窕。接受了理发师的建议她的头发就盘成高髻了。理发师还为她化了淡妆,试探地问她是不是要举行婚礼,她含糊地答应着。等理发师为她做完发型,让她在镜里左顾右盼、前瞧后瞧,她看得头晕目眩,为自己转眼间变了个人似的而惶惑、而兴奋。我看着她这身打扮和晒得黝黑的皮肤,总觉得有些不对劲。哪里不对劲也说不清楚,就像一个画画的人将各种色块拼在一起,艳丽是艳丽了,醒目也醒目了,但总觉得别扭,到底是哪块色彩拼错了也说不出所以然。对着长安街上打量我们的人,我开始是猫抓火燎地不舒服,那些眼睛是带着刺的荆棘,它刺穿你的衣服,刺伤你的皮肤,在你身上留下深深的刺迹。我就愤怒,有啥好看的？你不过就是命好一点,你投胎投得好,投到了城市里,是条狗投到城里也是一条狗。再以后我就傲然,我得理直气壮挺直腰板,我得找到勇气,找到支撑点,我必须与他们对峙,用眼光和精神来对峙。他们看我我就看他们,他们如果觉得我们可笑我觉得他们更可笑。我紧紧地挽着柳翠的胳膊,柳翠是很不愿我和她在大街上挽胳膊的,这阵她和我配合得很好,其实不是配合,是她感到惶恐,感到紧张和不安,她怕被人看动物一样地观看,难道我们是动物园里化了妆的猴子?她靠着我是她需要支撑,需要有人鼓舞,否则她会瘫软,会掩面逃弃。

终于到了长安街,终于到了那天我被人围打、被扭送到派出所的那个地点。之所以要选择在这里,在我是有些报仇雪耻的味道,有些宣战的味道,有些发表宣言的味道。我和柳翠还是站立在街边那棵如伞的大树下,我挽着柳翠的胳膊调整情绪,我对柳翠说放松些再放松些,你不要看周围人,你要忽视周围的人,你要把他们看成是树林里的树丛或者是野草,我们需要的是勇气,我们在精神上要和他们对等起来,如果我们不热烈不投入,其实我们的接吻还是失败的。记住:旁若无人,旁若无人!我像念咒语似的说。

柳翠的身体是僵硬的,脸也是僵硬的,她一时进入不了角色。她跟着我念咒语一样的念旁若无人,旁若无人,但这咒语并没有缓解她的情绪,她更加紧张更加惶悚,她羞愧地说她做不到,她无论如何去不掉眼里的人和物,她对不起我。说着话她眼里溢出了泪水,眼随即涨得通红。我说你要拯救我,你如果逃弃我就毁了,你不会让我毁了吧?柳翠,挺起腰来,想想我们也是人,我们有什么理由逃弃。柳翠在我的劝说下身子渐渐地活泛,眼睛不再去左顾右盼,脸上除了悲壮就是柔情。她突然闭住眼睛,浑身战栗,脸色绯红。她说来吧,我们开始接吻吧。我心跳加快,热血喷涌,头开始晕眩,那多年来埋在心底的一个怪诞的想法就要实现了,那个虽然荒谬却又神圣庄严的想法即刻就要实现了。我的热泪滚滚流出眼眶。我伸出双臂将柳翠的头拥入怀中,正要开始亲吻,突然一声断喝:干什么?

干什么？退后退后，不要站在街边。那突如其来的断喝惊心动魄，我放开环抱柳翠的手，看见几个戴红袖套的人正在朝我挥手，他们神色肃穆，语气不容置疑：朝后退，不要停留，外宾的车要来了，不要影响市容。我的心立刻冷到冰点，汹涌澎湃的激情倏然退去，心里沮丧到极点，恨不得一拳将那棵大树击倒，让那狗屁的外宾的车开不动。

一队黑色的车出现在我的视野中，车很豪华，也不知道是啥牌子的，统一的式样统一的颜色，悄无声息地朝我们的方向驰来，转瞬之间，消逝在长长的街头……

四

我从主体建筑的四楼上跌下来了，主体大楼已经封顶，外墙的装饰也已经完工。我们像剥笋壳似的要将墙外脚手架卸掉。我在扳脚手架的接头时，不小心从上面跌下来。跌下去的时候，我很茫然，像飘在空中的一片羽毛或者一片落叶一样，轻飘飘地往下坠。所不同的是羽毛或者落叶因其轻，可能会飘向其他地方，而我却是径直往下坠的。在呼呼的风中建筑物飞快地朝后退，一扇扇窗子瞪着惊恐的眼睛将我的身影留入瞳孔，又飞快地从瞳孔里抹去，在呼呼的风中我的第一感觉就是完了，彻底地完了。说真的，当时我是啥也来不及想的，只想到将和这个世界道别，没有悲哀，没有失望，没有惆怅，更没有惋惜。当我砰的一声摔在水泥地上时，所有工地上的人都惊呆了，他们在各自的位置上呆呆地望着我，等有人首先惊醒过来朝我跑去时，所有的人才从各自的位置下来，潮水似的涌到我身边。

我被送到医院，三天之后我才从死神的怀抱里挣脱出来。当我睁开眼睛时，我看到了穿着白大褂的医生，他们像冬天公路边被刷了石灰水的白杨树排列着,睁着惊喜的眼睛。我看见了柳翠,柳翠的眼睛像赶场天卖不掉的烂桃子,又红又肿。她看见我醒过来顾不上羞涩,紧紧地挽住我的脖子,将我的头放在她怀里,生怕我挣脱她的召唤,游丝一般脆弱的生命又回到死神那里去。她嘤嘤地哭着,嘴里喃喃地说着什么,又哭又笑。医生们才撤离,她就抱住我的脸使劲地亲吻起来,弄得我差点又憋过气去。

　　长安街上两次接吻失败,给我心灵上带来巨大的创伤。我怀疑这是命运的安排,是命运对我荒诞想法的嘲弄,凡事一旦背离了正常的轨道,一旦背离了常理,都会受到惩罚的。但我又觉得我的这个想法很简单也很卑微,我没有想着去银行抢钱,没有想着去大街上调戏妇女,更没有想像古代的农民起义军首领带领浩浩荡荡的队伍,攻城略地,杀人无数,然后君临城市,把一切视为己有。我的这个想法不危害社会,不妨碍正常的生产生活秩序,该上班的人照常上班,该逛街的人照常逛街,商店的霓虹灯依然闪烁,车流依然河水一般流淌。但别人在街头接吻是小事一桩,跟吃饭打牌下象棋看电视一样的寻常,而我精心策划、苦苦追求的为啥屡屡受创呢?我想这一切恐怕是命中注定的,命中注定的事是谁也无法改变的。我的命运大概是永远做一个城市的边缘人,脱离了土地,失去了生存的根,而城市拒绝你,让你永远地漂泊着,像地里的蚯蚓为地松土,为它增长肥力,但永远只能在土里,不能浮出土层。一有了这个想法我就很消沉,很失落,原有的精神气儿随着两次重创散失了,人訇然倒下,只剩了个躯壳。

　　在这之前,我曾在繁重的劳动后的工余时间坚持看书,坚持学习电工技术。我的一个富源老乡是我的远房亲戚,他当兵转业后,不愿回到贫穷的家乡去耕耘,对那桃花盛开的可爱家乡没有兴趣,他凭着在部队学的电工技术来到北京,经过打拼,终于站稳了脚。他在一家豪华的大酒店当水电工,月薪三千元。这家大酒店对水电工的技术要求是很高的,不少人在这里干了一段时间就干不下去了。在这栋二十多层高的大厦里，数不清的管道、线路埋在墙体里和地下，它像人的筋络一样遍布全身，但它又是隐蔽的，哪里的灯不亮了，电器失灵了，你总不能刨开墙体来查看吧，那等于是把人的皮肤划开来查找。我的这个老乡能拥有这份高薪的工作，得益于他精湛的技术。他现在已经是体面的北京人，有了一套房子，还娶了一个北京姑娘。他说没有学历和好技术是站不稳脚跟的。我受了他的启发，发愤地学起电工技术来。我买了不少的书来看，一到放假就到他那里去。但第二次到长安街接吻受挫折后，我的心一下子就灰暗起来，冥冥中的一种力量使我相信命运，相信命运的不可逆转性。在那些日子里我颓废起来，神思恍惚，精神萎靡，工余时间不再看技术书籍，脑子里随时出现一些不可理喻的幻觉。在这样的状态下，不出事才是怪事。

　　住了一段时间的医院，我的伤基本好了，所幸的是我从木板上跌下来时是脚先着地，如果是头先着地，看到我的人肯定会在夜里做噩梦，一地的红白相间的脑浆和扭曲歪斜的面孔，肯定会给人留下阴影。但我的脚成了粉碎性骨折，医生给我接好后用石膏来固定，医生的话不啻是晴天霹雳，一个从遥远的云南山区来的年轻人，一旦留下残疾怎样生存？我不是国家公务人员有医保，也不是富家子弟衣食无忧，就是在城市里的平民家庭里，无疑也是个巨大的负担。想到我的梦，想到我的从小培植的城市情结，想到那荒诞无稽的街头长吻，想到既将失去的爱情，想到以后漫长的生存之路，我心灰暗到极点，难受到极点，后悔到极点。我想我将永远地离开城市，回到自己的山村，在父母兄弟的眷顾下，像狗一样爬行，像猪一样生存。每天能得到一碗粗粝的苞谷饭，得到几个烧洋芋就很满足。这样的生存方式活不如死，但死对我来讲也非易事，我在柳翠的看护下得不到任何可以致死的药物，我以头撞墙，头还没撞疼脚就撕心裂肺地疼起来。在暴躁虚浮的心情过去后，我却陷入沉闷、陷于绝望、陷于颓废。

我要感激柳翠和我的粗鄙而仗义的民工朋友们。他们平时酗酒、打架、说下流话、说黄段子，为了谁的一双袜子不见了可以打得头破血流。但到了关键时候，他们身上的优点就熠熠生辉了。他们为了我的医药费和包工头发生了冲突，在他们的坚持下包工头和老板商议后全部付了，并付了我一笔养伤的费用。在医院要对我停止治疗时，他们围在医院办公室，那个四川人大刘抓住外科主任的领口，声称要和他一起跳楼。他们怕我伤口感染也怕我养伤不利，在工地的一角他们抬来工地上的废弃砖头，拾来拆卸下来的旧木板，为我搭了一个工棚。当得知我寻死觅活时，大刘抬手就给我俩大耳刮子，大刘说你龟儿杂种死呀，死给老子看。早晓得你骨头恁个轻，老子也不到医院去闹，让你龟儿死在医院算毬了。你不把自己当人看，还拉着柳翠到长安街亲嘴。羞先人，你要是男人，你要是有种，就亲给长安街上的人看，亲给疑着自己是人别人不是人的人看。你去亲，我叫上弟兄伙去给你助阵，亲出气势来，亲出水平来。

　　大刘那俩大耳刮子打得我灵魂出窍，打得我晕晕乎乎地回不过神。柳翠见我被打，哭着喊着去撕咬大刘。大刘说你闹啥子闹？不打龟儿他就废了，不打他他就是活着也死了。果然，大刘那俩嘴巴打出了我失落了的灵魂，我的灵魂在外面游荡了一圈回来，像受过洗礼似的，我顿时变得轻松了，变得有灵性了，变得有自信也有自尊了，我的心里慢慢升腾起一股勇气，我不能自暴自弃，我必须珍爱自己，为了我那个卑微、怪诞而又不失为一种寄托、一种追求的想法，为了柳翠，为了这些来自四面八方，像我一样漂泊着的工友，我应该振作起来，即使我的脚残了，我还可以学习电工技术，这种技术性很强的活是不需要多少力气的，我应该凭自己的能力尊严而体面地活着。

　　去长安街接吻成为一种庄严的仪式，成为一种精神追求和价值体现。我没想到那源于我内心深处的混沌不清的怪诞想法，竟被演绎成了一种清晰而透明的东西,赋予了崭新的内容。我的工友和柳翠积极地张罗着这件事,他们要以整体的姿态来实施这个仪式。他们在大刘、老王的倡导下秘密地而又热情地做着准备。他们要求每个要去的人都要穿新衣服,而且要穿西装。许多民工在外打工都是蓬头垢面、肮脏不堪的,身上一股酸臭味。民工出现在城市的任何一个角落,不用分析、判断,凭着他们的穿着和神态就显示了自己的身份。他们当中的许多人舍不得乱花一分钱,钱是从血汗里浸泡出来的,他们要把它寄回去养家糊口。但这一次我的工友都豁出去了,他们集体出去选购衣服,他们嘻嘻哈哈豪气冲天,每到一个摊点就大声地吆喝,气粗得像发了大财的富豪。他们选购了西装、皮鞋和领带,他们系的领带,跟系草索一样笑人,在各自的自嘲声和别人的讥讽声中一丝不苟,像模像样而神色庄严。等到那天要集体出动的日子,他们全到大澡堂子洗了澡,头发乱蓬蓬的还去理了发。他们请假的要求没有疑问地遭到拒绝,工地上的活计正在紧口上,包工头急得头上冒烟嘴里喷气,他说如果要去的一律扣三天的工资,不去的一律加三天的工资,扣三天加三天的利益确实诱人,一些人已经开始动摇,大刘威严地说去就去不去就算毬了,我就不信一个人只值这点钱。他的话使犹豫的人变得果断起来。柳翠为他们的决定激动得流泪,我为他们的决定激动得无话可说,傻乎乎地看着他们行动。

  那天我们是包了一辆面的去长安街的,大刘说不要去挤公共车了,今天我们要体体面面地去,让大家看看我们,让他们惊讶,让他们关注,让他们看重。在包来的面的上,没有人吐痰,没有人乱扔东西,烟瘾极大的老王临行时要带上他的水烟筒,他那只水烟筒随时带在身边,他像背枪一样斜挂在身上。大刘说哪有穿西装背水烟筒的,不要丢底现形了。老王出奇地听话,咽了一口清口水,把水烟筒悄悄放下了。

  车到长安街,许多人的眼睛被这群人吸引住了。正如我在前面叙述的,北京人啥没见过,任何人种的人他们也没有丝毫兴趣,但北京人眼光敏锐,他们从这群人的肤色、身材、神态和穿着上,还是发现了微妙的东西。这些人身材粗壮、面孔漆黑、皮肤粗糙,走路不是笔直的,他们背部都有些佝偻,习惯于低头走路。在工地上,如果你高视阔步,肯定会被各种障碍物绊倒甚至跌下脚手架。他们走路的姿势很笨拙,腿向两边叉着,跟罗圈腿差不多,长期的负重,使他们的姿势发生了变化。但他们一律穿着颜色不一大小不一的新西装,那些西装一看就不是正经的货,穿在他们身上别别扭扭,尤其是系着的领带,真是有点惹人发笑。很明显,他们根本不知道颜色的搭配,更不会打领带,有的领带勒得很紧,勒得脸红脖子粗;有的松松垮垮,歪歪斜斜像才入伍的新兵打的背包,没有个形;有的简直像扭麻花系大绳,一看都很惹人发笑。但他们发现这群人很庄重,一脸肃穆,目光凝聚,充满自信。他们不知道这群人要干什么,不像组团旅游的农民,更不像上访请愿的民工。他们有秩序,很精神,说不上容光焕发、神采奕奕,但他们努力地调整身体,使身体都充满了张力,从身体内部折射出他们的渴求的尊严。他们簇拥着一个同样穿着西服的年轻人,这个年轻人在穿着上比他们得体一些,但拄着双拐,这人就是我。我在他们的搀扶下努力地抬着头、挺着胸。我目光平视看着街上围观的人。我没有一点自卑,心里很充实,我的精神提升将由一个怪诞的形式来完成。柳翠在我们当中显得格外引人注目,这个群体之中只有她一个是女的,她如画龙点睛的一笔,使整幅灰色基调的作品鲜活生动起来。她开头还有点羞涩,很快她就镇定起来。她明白这不是我和她的个人行为,我们的行为已变成一个群体的行为,她不能怯阵,不能退缩,不能慌张,不能装模作样,更不能敷衍。她要以极大的热情高度的投入和我接吻,要在长安街上吻得自然、吻得生动、吻得忘情、吻得激情澎湃。这已经变成表演,变成宣言,变成潜意识的具体物化,变成群体意志和愿望的体现。

我和柳翠在众目睽睽之下,在车流奔驰之侧,在期待盼望之中,热烈而又真挚地亲吻起来了。掌声热烈地响起来,掌声不光来自簇拥我们来的民工,还来自所有围观的人。我的心被巨大的幸福所陶醉,我的灵魂轻轻地升上了高空,在高空俯视北京,呵,北京真美。

中篇小说

好大一棵桂花树

一

我是不该烦躁的,我没有理由烦躁,也不会烦躁,说来也是日怪,现在我却莫名其妙地烦躁。天气实在是太热了,太阳像悬挂在天上的一个炼钢炉,它把热气腾腾灼热无比的钢水瀑布一样倾泻到地上,把已经长到半腰高的绿油油的苞谷烤得焦黄,苞谷叶片像悬挂在树干上的筋筋绺绺的布幡,这种已经硬化的布幡在热风的吹拂下互相碰撞,发出金属相碰的钝响。田里的禾苗早成了稀稀落落的毛发。水是见不到一滴的,田里没有水,就裂得跟我早先养过的那只乌龟的背一样了,我算是真正地理解了什么叫龟裂。田的一角有一个小水坑,所有的鱼和泥鳅都避难到那里去了,这里的景象更叫人难受。按说我是不会难受的,但我却感到真正揪心地难受,说来真正日怪。我爱使用日怪这类字眼,也爱使用一些书面化的语言,这和我当过代课教师又当过农民有关。我看到那个小小的泥塘在白炽的阳光下迅速地缩小,那种缩小是以分来计算的,泥塘里拥挤着无数的生灵,那些泥鳅哇鱼虾哇明显地感到大难来临,更明显地感到泥水变得越来越烫,太阳这个巨大的火炉几乎要把泥水煮开了,这些绝望的生灵拼命地乱窜,拼命地跳跃,把个泥塘搅得沸沸腾腾。我心里难受极了,眼看这些生灵转瞬之间就要在我眼前死去,变成白翻翻的一片尸体,我却不能帮助它们。我没有能力,在这个白炽的中午出来在太阳下瞎逛,对我来说已经是非常痛苦的了。我的同类没有谁敢在白天出来,只有我是另类。我身上越来越难受,头疼得快炸裂了,好不容易拢集起来的形体,也快散了,我忍着锥心的疼痛,也不愿再看到暴死的惨景,我迅速地回到我的住地。

　　我的住地离村子不远,就在村后的土坡上,这里有十来棵巨大的柏树,据说是我的爷爷的爷爷辈栽的,说起他们,所有的后人都肃然起敬。我原以为能寻找到他们,和他们在一起聊聊天,听他们讲那些没有文字记载的生动鲜活的往事。可我来到这里已经一年多了,却没有找到他们,都说聚散两依依,可他们为什么只有散没有聚,想见他们一面都不可能?他们不见了,他们栽的柏树却活着,活得拮据扭曲,活得皮皱骨硬,可现在这些柏树都快活不成了,持续两个多月的高温,把这些坚韧得像石头一样的树也快烤死了。我周围所有的土堆上,漫天延伸的绿油油的草和星星般闪烁的野花全成了枯死的植物,像这样干旱着,即使没有火也会自燃的。好在我住的地方离地面比较深,土都几乎干了,却有一丝丝凉凉的地气。我是再也支撑不住了,一回到住处,聚拢的形体倏然飘散,附在不知所附的地方。

二

这些天村里爆出一个叫狗伸出舌头缩不回来,叫人眼睛鼓得牛卵子一样的消息,已经疲惫得断了脊梁的狗一样匍匐着的村人,已经沮丧得对生活完全丧失了信心,连话都懒得讲的村人,突然一下子兴奋起来、激动起来,像发情的狗闻到异性的气味一样到处乱窜。喂,听说了吗?成子狗日家发了,县上要买那棵桂花树,听说给了三万呢。啧啧,三万,白花花三万呀,扎成捆打得死人呢。真的?你不要吹牛皮了,哪个不晓得你那张嘴是染缸,白的进去会变成黑的,红的进去会变成蓝的。三万,抢银行呀,一棵树值三万。你不信算毬了,我看你老实才挨你讲的。我算白说,我回去和门口的老公狗讲去。来人说着要走,听的人急了,拉住他,和你说着玩的嘛,真的成子家那棵桂花树要卖三万?这是啥道理嘛,一棵树咋能卖三万?政府家是憨包?咋会出这么多钱来买一棵树。来人说这你就不懂了,你以为桂花树是你随便栽在沟沟边田埂上的白杨树,几年就可以砍来做楼椽了。这是桂花树呀,几百年才长得这么大。听说政府家派了好多人跑遍全县的旮旮角角,跑得这些人腿肚子抽筋,脚巴丫沤烂才找到的,全县就这么一棵,能不值钱?听的人仍是不解,就是一棵树嘛,当不得衣穿,当不得饭吃,拿来做烧柴也不经烧,花恁多钱不是有病。有病,你才有病,咋个和你说话恁个费力。县里要建文化广场,没有一棵桂花树不行呀。

县里要建文化广场真有那么回事。新上任的刘县长很想做番事业,刘县长是复旦高材生,学中文的。他从中学教师做起,做到教导主任、校长,然后到县政府做办公室主任、副县长,接着调到这个县做县长。刘县长到这个县上任三个月,除了开人代会选举他那会儿见到他外,全县的干部几个月都没见到他了。他到哪里去了呢？其实他哪里也没去,他就在本县城乡之间到处转悠,他就带着秘书一人,几个月内几乎把全县的大多数地方转悠遍了。转悠一圈,刘县长人瘦了一圈,眉头也越锁越紧,脸是铁青着的。当他最后一趟从山区乡转回来时,他长长地叹了一口气,心里沉重得不行。这个县的情况出乎他想象的严峻,三分之二的乡是山区乡,生态严重恶化,人口却又出奇的多,连温饱都难以解决。而坝里的几个乡呢,出产虽然好点,人口却更是多多,农民连土地都不够耕种,吃饭尚且是个难题,谈何发展？几届县委、政府都因发展不力而届期不满就撤换了,自己能做什么呢？工作上没有亮点,要想发展那就是癞蛤蟆想吃天鹅肉,异想天开了。

　　这天傍晚,心情郁闷的刘县长独自一人到城边散步,城是太小太小了,几乎抽一支烟的光景就到了城外。顺着公路,他看到了城边一片洼积地,这片洼积地大概有四五百亩吧,地势比公路低下好几米,地势低洼是排不出水的。这里就成了城边菜农种茭瓜的地方。已是初春,晦暗不明的太阳刚刚沉到山下,迎面吹来的风都带着料峭的寒意,新的茭瓜叶还没长出来,去冬残留的枯黄的茭瓜叶沙沙作响,使他感到寒气袭人。刘县长裹紧大衣,望着这片低洼地出神。也许是天意,他突然想起电视新闻中播放的一个遥远城市,兴建起一座设施完善、功能齐备的现代化广场,成为这座城市的亮点。省里、市里的领导都到过那里,一边走一边兴致勃勃地和游人交谈,一脸幸福的样子。他心里豁然一亮,一片祥瑞的红云刹那间布满这片洼地。

　　于是,县里决定兴建广场,而且冠名为文化广场。

　　广场建立起来了,广场的豪华、气派、精美是不言而喻的。这座广场不光以气势恢弘而著称,想想看,一个市十来个县没有一座广场。就是市里,几个广场也小得可怜,大的也就是几十亩,小的索性就是个晒太阳的光坝坝，这个广场几百亩呀，转一圈也要一两个小时。广场里音乐喷泉，半月形露天表演舞台，巨大而精湛的石壁浮雕，人工园林，人工瀑布，各种雕塑，应有尽有，就是各种奇异、古老、巨大的树木，都是从全县收集、挖掘、种植在这个广场里的。全城人高兴得不得了，这个广场几乎把全城人都容纳了，没有谁不夸刘县长好的，就连离小县城几十里远的市里的人，都慕名而来，广场周围摆满了各种各样的小汽车，一时间，这座广场声名大噪，传遍全市。

  在一天的中午，来了一长溜汽车，来了一群气宇轩昂、神闲气定的人。他们兴致勃勃地在广场里巡视，一群记者举着摄像机、照相机跑前跑后地拍摄，有人拿着小本本飞速地记录。刘县长和一位身材矮小、其貌不扬的人走着，他脸色涨红，神情亢奋，比比画画地为这位作解释。刘县长平时腰板是挺直的，今天却微微地欠了欠腰，欠也欠得恰当，很有分寸的样子。刘县长平时西装革履、风度翩翩，今天却穿了一身灰色休闲夹克装。那位身材矮小的人穿的也是休闲夹克装，很是随意。游完大半个广场，身材矮小的那位指着一座雕塑基座上的落款问，刘县长，你这上面落的是桂城，怎么不见一棵桂花呀？桂花我倒是喜欢的，现在还经常喝桂花茶。刘县长有些窘了，这是他没想到的，桂城而不见桂花，这倒是名不副实了。他说市长，我来时看过县志，也听很多人讲起过去这里桂花很多，成林成片呢。多少年大家都叫它桂城。市长脸色不悦，现在呢？一棵桂花不见，怎好叫桂城呢？就像你不当县长了，还能再叫县长么？刘县长脸一下惨白了，茸茸的虚汗从毛孔里渗出来，粘在脸上痒酥酥的。他说我晓得了，这是名不副实，我一定改，一定改。市长说你这个广场不光是你这个县的，也是全市的标志性广场，既然群众喜欢这个广场，你就要满足群众的要求。好的东西，好的资源，要充分利用，要集中使用，你说是吧。

三

　　我说过我是不该烦躁,也不会烦躁的,但我却不由自主地烦躁。村子里的情况,使人忧心不已,好多天了,这狗日的天就是不下一滴雨,小河干了,小沟干了,连多少年没干过的坝上水库也见底了。村里的人没日没夜地挑水抗旱,我看见他们裸露的背脊、裸露的全身被毒辣的太阳晒得漆黑如炭,而被晒褪的皮肤泛着白色的透明的光,像被揭开的一层层凌乱的塑料薄膜,而揭开的薄膜下是叫人心惊肉跳的红彤彤的肉。看到这样的肉,我不由得浑身一紧,感到锥心样的疼痛,这种疼痛我是经历过的。他们尽管白天黑夜地拼命抗旱,可持续三十天的高温干旱还是毁了他们最后一丝希望。

　　最使我心疼的是我那唯一的儿子,好多次我飘飘忽忽地经过家门,好多次我一看见他拄着棍子,挑着水桶的身影,我立即消散了好不容易聚拢的无形的形体。我宁愿化作丝丝缕缕的空气也不愿看到他,看到我那心疼心酸的家。他只有四十来岁,可看上去比我还显得苍老,头发凌乱,比干旱之后晒死的茅草还枯焦,脸颊塌陷,疲得只有二指宽了。那双眼睛,那也能叫眼睛吗?灰暗、麻木、迟钝而又充满惊恐,松弛塌陷的眼皮将它遮盖得几乎看不见。两颊的牙齿落了他也没钱去补,凹陷的双颊看上去使他更像垂暮之年的老人。哎,不见也罢,见了除了心疼就是心烦。尤其是他拐着一只腿挑水的样子,看见的人没有不摇头的。当然我说的是外边的人,他们见他这副样子摇头叹气,无限同情的样子。城里来抗旱的一位文文静静的中年女子还落了泪,劝他别去挑水了。他漠然地摇着头,漠然地扭转身子,拄着棍子,一跛一跛地去挑水了。他也许在心里说不挑水我吃啥子?一家人吃啥子?真的,我是听到他在心里这样说了。可村里人却见惯不惊了，沉重而艰辛的日子使他们对一切都漠然，都麻木。生活就是这样，人像一条牛，除非你摇摇晃晃站不住，除非你倒下去死了，一切磨难一切困苦一切艰辛才会结束。否则，哪怕你的肩被轭磨烂了，哪怕你的脚和蹄被扭伤磨烂了。哪怕你奄奄一息站都无力站稳，你还是要撑住，还是要艰难前行。

儿子去挑水了，我那可怜的小孙女也随着去挑水，她有十四五岁了，可看上去只有十一二岁，她和她爹一样的疲弱，身段儿瘦弱得像插在沙漠里的一棵草，头发照样是枯黄的，脸上没有血色，手和脚皲裂得像开裂的田缝，皮肤晒得漆黑。这哪里是十四五岁的女孩，简直就是个被人丢弃在垃圾箱旁的全身羽毛被打湿的脏兮兮的丑小鸭。我经常飘飘忽忽四处闲逛，在城里我看到那些十多岁还在大人怀里撒娇的小女孩，见过那些长得胖乎乎的小女孩为减肥而苦闷而斗气而绝食而只吃开水和水果。她挑着和她爹一样大小的水桶，水桶和她的身高不成比例，沉甸甸的水桶压得她脸色苍白大汗长流趔趔趄趄，她几乎是拖着水桶前行的。这一老一少的挑水，是叫人心酸叫人痛楚的风景，然而，他们挑的那点水，嗞地倒进干涸的四处是纵横交错的裂缝的田里，嗞地冒出一股白烟，眨眼间水就只剩个印痕了。而那被浇的禾苗呢，反而剧烈颤抖起来，那不是在浇水而是在浇油呀。但他们还是不停息地干，为一个盼头为一份希望为一份期待，不停息地干着。

县里组织的抗旱工作组下来了，来的人是从各个部门抽调的，男女老少高矮胖瘦都有。他们住在村公所里，他们集体开伙食，除了米饭外就是洋芋酸菜汤，就是炒莲花白和茄子，而这些东西都是他们从城里带来的。有的人实在吃不惯，有的人把碗一搁就去泡方便面和吃饼干了。队长是个五十来岁的干部，丧着脸不说话，他大口大口地扒饭。第二天他把他们带到我的家里，在我的家里我进出更是方便，堂屋的正中间还挂着我的镶着黑边的相片,我从我的相片的眼里就可以看到他们的一举一动。队长揭开了我家的蒸盖,他看到的不是雪白米饭而是连着皮煮的一锅毛皮洋芋。这些洋芋都只有鸡蛋大,他还看到了我家那张像我儿子一样瘸着一条腿的白木桌子,断了腿的桌子是用草绳绑住的,桌子上啥也没有,只有一碗腌得青不青、黄不黄的腌菜,我那可怜的儿子和那病猫似的孙女正在吃早饭,他们从锅里抓出洋芋,几乎连皮也来不及剥就囫囵着吞下去了,他们嘴里发出嚼腌菜和洋芋的难听的声音。队长问你们就吃这些东西?中午呢?晚上呢?我那可怜的儿子脸上木然没有任何表情,他冷冷地硬硬地说不吃这个吃啥?吃米饭?我们能吃吗?队长脸上越发难看,他对随同来的人说都看到了吧,现在旱情这样严重,群众已经揭不开锅,我们还在闹着伙食不好,我晓得我们是可以吃好点的,可吃得下去吗?如果哪个吃得下去,我马上派人去采购猪肉、鸡蛋、火腿,更好的也可以。我看到随同来的年轻人脸上有了赧颜,表情极不自在。有个戴眼镜的女青年还悄悄擦起了眼睛,我看到她随身带的一个包上有××日报的字,我想她大概是个记者吧。队长开始在身上摸索,他摸索出一张皱皱巴巴的票子,是一百元的。队长一句话也不说,他把钱压在我儿子粗糙的手掌里。接着,所有的人都开始掏钱,他们异常沉重地把钱塞到我儿子的手心里,这个被生活压得驼了背,瘸了腿,一脸苦涩,满心冷漠的汉子,攥着钱,苦巴巴的脸抽搐起来,接着,他哽咽起来。他的哭泣是没有声音的,几大颗浑浊的泪在他丘壑遍布的脸上艰难地移动。那个女记者抱着我的孙女的头,开始抽泣,大家的眼里都蓄满泪。队长跺一下脚,转身出去了,大家默默地随他而去。

其实,我这个家原来还是挺好的,我读过高中,只是因为我成分不好一直没有机会出去工作。后来一直在村小代课,代到村里有了教师不让我代时,我的工资也只有八十元。尽管如此,在村里我家的日子还算是好的,那时老伴能干,比一条牛还能吃苦,后来得了病,只生了一个儿子。儿子诚实、木讷,但肯下力。只是后来她的病越来越重,等到儿子把媳妇娶进门后,她再也撑不住,一蹬腿走了。走的时候,她老是合不上眼,眼泪汪汪地拉着我的手,说对不起我,这些年把我拖累苦了,她说儿子体质弱,又没有啥能耐,要我扶持着儿子过日子。我再也忍不住,流着眼泪答应了她的要求。

四

桂花在千里之外的一个城市打工,确切地说桂花是在工地上当挑沙工。她一个女的,没有技术,对外面世界两眼一抹黑,啥也不知道,连上街都要跟着人走,不当挑沙工干啥呢?她的工作单调而沉重,每天就是挑着拌搅好的沙浆挑到楼层上去。楼层越升越高,她挑着沉甸甸的水泥沙浆也越爬越高,她实际上就是一只蚂蚁,一只不停地干活的蚂蚁。每天回来,她草草洗漱一下,倒在床上就沉沉睡去。她木然地拼命地干活,就是要挣一份工钱,去供养正在上中学的儿子和那个贫困而又破败的家。

桂花其实是个漂亮的女人,三十多岁了,身材还是姑娘的身材,该凸的凸,该凹的凹,儿子女儿都大了,小腹还是没有多余的赘肉,两只奶子,除了有一些松弛外,还是浑圆温润而有弹性的。但她却不知道自己的漂亮,她挑着沉重的沙浆穿着厚如铠甲的工装,连性别都模糊了。每天除了累还是累,除了苦还是苦,桂花忘记自己是个女人了。

说桂花啥也不想也是假的,桂花最忧心的是读高中的儿子,最忧心的是瘸腿的丈夫和病猫似的小女儿。儿子在读高中,眼看就要考大学了。可钱呢?那可憎可恨而又可爱的钱呢?丈夫是靠不住的,这个可怜的人已经尽了他最大的努力了,他把颠簸而又沉重的生活背在背上,他在拼命地挣扎。当村里的人对土地失去了信心,相继邀约着出来打工的时候,她毅然地离家出来了。她不来谁来?这个残败的家只有用自己的肩来扛了。

对自己桂花是太苛刻了,甚至是自虐。她每顿饭只打五角钱的,就连工地食堂猪食样的大锅炒洋芋、炒莲花白也舍不得买。工地上炒洋芋是用个巨大的铁锅来炒的,炒菜不是用勺子是用铲沙浆的铁铲,当然是洗过的。炒出的洋芋片脱了剩个圈,洋芋是不刮皮的。黏黏糊糊无盐无味,就这样的炒洋芋她也不买,经常用开水一泡撒点盐就吃了。有时她也趁人少时去塑料大桶里舀一勺涮锅的清汤,里面飘着几片枯黄的白菜叶。有一次她受到食堂师傅的呵斥,自尊心极强的她再也不去舀汤了。

桂花闲下来的时候是满心忧虑的,她忧虑残败的家也忧虑儿子和女儿。很多时候她实在坚持不住,她太想回到自己那个破败的家。在家里一切都是实实在在的,哪怕是残败而又贫困,眼里看着心里就有底。她还怀念家里那棵桂花树,没有谁比她更疼爱那棵几百年的树了。桂花、桂花,她的生命就是因桂花而缘起的呀。

再艰苦的生活,生命也是坚韧地延伸着的;再艰苦的生活,爱情也是艰涩而又顽强地蔓延着的。那一年,一对青年在桂花香味弥漫着的小树林里,违背了父母的愿望,在一阵桂花馥郁的氛围里不可遏制地完成了爱情的浪漫而又庄严的仪式。一年后,那个爱情结晶的生命就要破土而出了,可年轻的母亲却遇到了难产,接生婆使尽了浑身本领,在她已经完全丧失了信心,对着一大摊殷红的鲜血和垂危的产妇宣布她已经没有办法,要准备后事时,那脸色蜡黄呼吸微弱双眼紧闭的产妇却喃喃地说起了话,桂花,桂花……年轻的丈夫听到这话了,他眼睛一酸,泪流满面,他返身冲出家门,他冲向那棵巨大而古老的桂花树。他来不及向树的主人说一句话,他艰难地爬上树。那时,桂花还没有完全开放,米黄色一般的桂花密密实实地挤成一团团、挤成一簇簇。他折了一束桂花,飞快地跑回家去,把桂花放在产妇的鼻前。产妇嗅到了幽幽的尚未完全开放的微微的馨香,产妇努力地睁开眼睛,无限深情地呼叫:桂花、桂花……她的声音由小到大,她的僵硬的身子活泛起来,她开始拼命地扭动、拼命地挣扎。"哇"的一声,一个小生命终于诞生在这弥漫着桂花香味的屋里。

这个小小的生命与桂花结下了不解之缘,桂花成了她生命中最重要的部分。离开桂花,她就会枯萎。真的,桂花是最真切地感到这棵桂花树在她生命里的最深切的意义的。小时候,她常生病,这个难产生出的孩子体质太虚弱了,她一会儿腹泻不止,一会儿肚子绞痛,一会儿咳得喘不过气来。农村的孩子都是极贱的,像她这样娇弱的实在太少,家里为她医病弄得很穷,请了许多医生都说不出病因。但无论她怎样哭闹,只要把她抱到桂花树下,只要让她的小手抚摸着巨大的桂花树干,只要嗅到桂花的香味,她就不哭不闹了。但农村人总是忙,总不能天天抱她去摸桂花树,那个年轻的父亲就觍了脸,提了一箩媳妇为他装备好的鸡蛋到成子家去。成子的爹那个乡村教师知道了原由,他断然拒绝收他的鸡蛋。当他失望之极地要转回去时,那个乡村代课教师叫住了他,他领着他到了屋后的高坡上,他亲自爬上树亲自折了一束桂花送给他。乡村教师说这树是我爹丢掉一条命才留下来的,村里人没有谁能摘一束桂花。以后,孩子闹了,你可以来摘桂花。听到这话,这年轻的父亲流下了热泪,他知道这棵桂花树是成子一家人的生命,是成子爷爷一条命换来的。五八年大炼钢铁,村里的树全砍完了,坟山上的树由一个老头带着,全村人跪在那里而没砍成。当时的生产队大队长率领大家来到这棵大树下,正当他们要砍时,那个平时胆子小得像老鼠、成天战战兢兢、一双惊恐的小眼睛眨个不停的老地主,突然变得胆大妄为,突然气冲斗牛,他紧紧地抱住大树,说要砍树先砍死我。树是保住了,他却遭到了更加巨大的灾难,他天天晚上都被揪去斗争,说他破坏大跃进,说他妄图翻天。在一个雷雨交加山摇地动的晚上,遍体鳞伤悲愤交加的老地主吊死在桂花树上了。老地主的死震撼了全村人,谁也不敢再来动桂花村的一个枝丫、摘一束桂花。

有了桂花,桂花不再哭闹。更为奇特的是,桂花的父母发现她尤其爱吃桂花,当桂花的花朵枯萎之后,这个小姑娘会小心翼翼地一朵一朵地摘米粒大的桂花吃,她吃得无比香甜,吃得无比高兴。他们尝试着摘下枯萎的米粒大的桂花煮稀饭给她吃,他们为她加上了舍不得吃的红糖,小姑娘划拉划拉就把桂花红糖稀饭吃完了。很快地,她再也不病了,那些叫大人忧心忡忡烦恼不已的病无影无踪。小女孩不哭不闹了,她的脸色渐渐红润,她的纤弱如麻秆的手脚渐渐粗壮。长到十五六岁,桂花出落成村里最水灵、最聪颖、最漂亮的大姑娘。

爱唱山歌的美丽聪颖的桂花姑娘嫁给成子,实在叫全村人想不明白。成子的爹是个拿钱不多的山村代课教师,成子的爷爷是村里唯一的地主。人虽然死了,阴魂还在。成子长得瘦弱,木讷而又拙朴,桂花嫁给成子,既是冥冥之中的安排,又是自己果断的选择。当年大队长曾为儿子向她家提过亲,可桂花见不得闲游浪荡、胡作非为的大队长的儿子。她选择了苦涩的荞酒。

这天晚上,一挨床就沉沉睡去的桂花却怎么也睡不着,长长的工棚里闪着一盏幽暗的灯,所有的人都在酣睡。沉重的劳动使他们没有失眠之苦,可桂花却睡不着,她在睡梦中醒来后突然感到无限的忧伤,无限的寂寞,无限的孤独。她的鼻翼里传来一阵似有若无的桂花的幽香,自从住在这个拥挤、闷热、气味复杂的工棚后,她再也没闻过桂花馨香了,这使她很郁闷。她是吃着桂花瓣、嗅着桂花香长大的呀,再苦再累的日子,只要嗅到桂花香,她都能心情舒放,她在桂花馥郁的香味里走过了多少艰辛的岁月。可到了这座城市后,她是再也嗅不到桂花的香味了,她觉得魂飞了、魄散了,人变得无依无靠,空落落地难受。在今天这个闷热而又潮湿的晚上,她却突然嗅到了桂花的香味,她感到异常的兴奋,异常的激动。可她突然地惶悚了,惊恐了,在这遥远而又拥挤而又沉闷的地方,怎么突然就闻到了桂花的香味了呢?她心里猛地沉了下去,这不是好事呀,这是一种预兆呢?还是一种不祥的信息?桂花想恐怕是一种不祥的信息吧,人要死时,总会托梦给最亲最亲、最不能放下心的亲人的,桂花呢,这么千里迢迢地送来香味,怕是遇到什么难了吧。桂花的香味是桂花的魂儿呀。

五

  我说过我是不该烦恼的,原以为一了百了,啥都与我无关了,所有的困苦,所有的磨难,所有的煎熬都应该由成子他们去承担了。可我仍然忧心忡忡,仍然烦恼不已。和我住在土丘上的这些邻居,他们过得比我自在,比我轻松,他们或聚或散、漂泊不定,逢年过节,遇到庆典祭祀,他们忽忽悠悠从不知道的什么地点将无影无踪的看不见摸不着的形体聚拢,他们心安理得地接受着子孙们的供奉,听他们讲些祈求保佑的话,然后拿上属于自己的钱和供品,兴高采烈地不知所终。我怨恨自己,怨恨自己不能像他们那样随心所欲,随遇而安;怨恨自己是天生的苦命,满以为到了这个世界就终于解脱了。我还是满心苦楚地在这高原上游荡,孤苦伶仃地受着心灵的煎熬。

  这个荒诞的年代有许多叫人痛心叫人绝望的消息,美伊之战是不必说的了,印尼海啸让人感到绝望感到毁灭。这些我都不关心,我可以到任何一个地方看电视,但我最关心的还是我的村子,我的房子,我的子孙们以及那棵百年桂花树。持续近百天的严重干旱,这棵形体庞大吸水量极大的桂花树居然没有死掉!这简直是一个奇迹!今年的干旱别说是我,就是我爹,那个孱弱、胆小而又倔犟的老地主都是没见过的。所有河塘、河渠、水洼都没有一滴水,白花花的太阳光是融化成钢水的瀑布,村人苦死苦活浇上的水被它的舌头轻轻一舔,全变成沙漠一样粗粝而龟裂。田野里的庄稼全都毁了,就连长在小河边水沟旁的白杨树也基本死了,这可是命最贱最耐得住苦涩干旱的树呀。望着这棵古老的桂花树,我心急如焚,可我却无能为力。

村里陷入绝境,连人畜都没有饮水,有的大牲畜像石柱家的大水牛站着站着,咕咚一声就倒在地上了。那庞大如山的大水牛皮子干裂得见得到血丝丝,眼珠被火燃烧得滴血,原本潮湿的牛鼻子干得像磨刀石,倒在地上连脚都没蹬,就流着鼻血死了。为了水,村里已经发生了好几桩械斗,驻扎到村里的抗旱工作队一天到晚地去寻找水源,去制止各种纷争。看到那些工作队队员,我真的很感动,他们在那个年纪较大一点的队长的带领下,背着几个干馒头和一壶凉开水,成天在山里、沟里到处乱钻,见到一块湿润的凹地,他们会高兴得大叫,带着人拼命乱刨。可结果呢,除了他们累得躺在山坳里爬不回来,还得村里人去背以外,啥也没有。眼见的事再不向县上求援就要出人命了,队长终于下定决心,不再发扬风格,他原想全县都这样干旱,能自己解决最好,该为领导分忧就要分忧。

我看到队长和两名工作队员才到城边就不走了,他们被乡下毒辣的太阳晒得黧黑的脸上出现了愤怒的表情,队长甚至因愤怒而颤抖起来。他们走到城边时正是夕阳西下的时候,整个大地仍然笼罩在燥热难挡的气流中,但在城边的这个巨大无比、精致无比、美丽无比的广场上,穿着各种各样的裙子的人和穿着短衫短裤摇着扇子的人把广场装点得绚丽无比,他们闲适而不满地咒骂着天气,谈些茶余饭后的琐碎话题。使队长和两个队员愤怒的不止这些,因为如果不下乡,他们也是这样地生活着的,在广场里的人并不都是有钱有地位的人,也有城里的贫民,但在城里当贫民也比在乡下强,就像城里的狗总比乡下的狗日子好过得多。至少现在他们可以来到广场上乘凉,享受广场的美景和广场广阔的绿荫带来的氧气和凉意。更使他们愤怒的主要是,广场的正中间一个巨大的音乐喷泉此刻已经随着夜幕的降临而铺天盖地地以各种图案的形式铺陈开来,几十米宽的幕状的喷泉使周围凉爽无比。而相隔不远,一座人工假山上的瀑布已经开始流淌,几十丈长、十多米宽的瀑布气势恢宏,飞珠溅玉,瀑布下的一个几丈高的水车在激流的冲击下正缓缓转动;而另一处,园林工人手持茶杯粗水管,正在为那些才移置成活的大树、草坪、花丛浇水,水的潮湿、温润、甜腥气息刺激得他们鼻孔痒痒,水流到地上小河一样漫淌。他们莫名其妙地愤怒起来,他们被一种巨大的无法遏制的怒气包裹着。队长对一个园林工人发起脾气,你搞什么搞,把水浇得遍地都是。那园林工人见一个黧黑的乡下人样的人质问,很不以为然说咋个啦?端碗汤还会撒几滴,有你的鸡巴相干。两个年轻人早就忍不住,跳到他面前,你狗日的嘴干净点,有你这样浇水的吗?一地全是水。园林工人不屑地看着土不拉叽肮里肮脏的两个人说,哟,看不出来,你们还挺讲究呢。怕水淹到你们的高档皮鞋?怕水溅到你们的名牌西装?两个穿着脏得看不出颜色、臭烘烘的胶鞋和散发出一身酸臭衣服的年轻人被激怒了,放你妈的屁,你狗日啥子东西?一肚子的苞谷皮皮还没屙干净,一肚子的洋芋屁还没放完,就充起城里头人来了。你睁开狗眼看看,老子是啥子人?园林工人也不示弱,啥子人?你屙泡尿去照照,还消我说。两个年轻人攒了一肚子火,冲上去扭住就打。园林工人手里的水管落在地上,粗大的水管里正汹涌地往地上喷水,队长来不及去劝他们,队长把水管捉在手里,他大声喊关水关水,你这些龟儿子要遭雷打哟。他们一扭打,立即围上了许多人,大家正闲得无聊,看到打架就兴奋起来,边看边评点,朝左边拽呀,他桩子不稳。拽,再拽一下就倒了。揪头发,揪住往地下按不要松手。对,就是这样。有人叫来了保安,几个保安把他们撕扯开,带着他们到治安室去了。

我心里感慨万千,我是随着他们一起进城的。我不能帮他们劝他们,我不明白他们为何要大动肝火,好不容易进趟城该回去好好洗个澡,好好换身干净衣服,好好地吃一顿饭。他们是很长时间没有好好地洗过穿过吃过了,然后和亲人讲讲话,逗逗孩子逗逗孙子,然后,然后自然是和老婆好好亲热一番了。可他们走到这里,人家喷人家的音乐喷泉,淌人家的瀑布,浇人家的水,你看不惯个啥?愤怒个啥?你们不是才下乡几十天么?几十天的乡下人的生活你们就过不惯了么?我爹我爷爷我儿子我孙子不是世世代代都在乡下活么?好说他们一进城就见不惯这见不惯那?就骂人就找碴子就打架就发泄?那这世界还叫世界么?这秩序还叫秩序么?这规则还叫规则么?我们都没找别扭都没找碴子都没愤怒都没撒泼,你们撒什么泼找啥别扭?

第二天,我看到了队长和两个工作队员,他们比昨天精神多了气派多了,没有疑问,昨天他们肯定是洗了澡换了衣服的,当然包括吃了好吃的还有过上了好销魂的生活的。队长穿得土一点,但也是休闲夹克黑色长筒裤,天气热他把衬衣豁着露着胸。两个年轻人就是白的衬衣和宽大的短裤了。他们昨天发了火,宣泄了一通,当保安知道他们的身份后非但没批评他们还骂那个园林工狗眼看人低,只认衣冠不认人,是扶不起的猪大肠。他们扬眉吐气、高高兴兴回了家。今天他们是来抗旱指挥部求援的,他们要求抗旱指挥部无论如何要派消防车运水下去,再不运水下去死了牲畜死了人他们不负责。抗旱指挥部的一个领导站在一张全县的地图面前,指指画画,说你们能不能再坚持一下,再想想办法?全县都在水深火热里挣扎,哪里都缺水哪里都会出现严重后果,这个村太远太偏僻,车辆不够你们说咋办?水也不够你们说咋办?队长说能坚持我们还不坚持?

现在实在无法了才求援，再不去人和牲畜就会出事了。队长是有心人，队长叫小刘把照片拿出来，照片上是那条渴死的水牛。指挥部领导看了照片，觉得问题是严重了，说我代表县委、政府向你们和全村人民表示慰问，你们受苦了，无论怎样紧，我都要派出人和车来，你们放心吧。

县里派来的运水车终于到了，每天一车水，每户人家的用水量是由工作队长和村长共同商定的，每家发了牌，这样村里就没有为了抢水而打架的事了。

我家分到了一挑，水是由我那瘸腿的儿子挑回来的，他怕水会因他走路的颠簸泼洒出来，他将分到的一挑水让我的小孙女看好，再用桶分三次挑回去，他还在桶里放上毛巾，以往是用菜叶的，菜都枯死了，他就改用洗脸的毛巾。这样，水浅，又有毛巾盖着，再怎么颠簸也洒不出一滴水来了，回到家里，我看见他将那肮脏的毛巾取出来，将水狠狠拧尽，最后几颗冒着黑色的水珠，他贪婪地吸进嘴里。

水，就这样被他们一滴一滴地计划着用，一滴一滴的水，维持着干渴而又坚韧的生命。

然而，桂花树，我家的那棵用我父亲的生命保护下来的桂花树，却出现了生命的危机。这种危机是我先看到的，在毒热的阳光下，我看见桂花树的叶片开始萎缩，整棵树出现萎靡困顿的样子，巨大的树冠再也没有氤氲的绿色笼罩，取而代之的是一团灰色的不祥的气氛。我心里焦虑起来，我知道再这样这棵桂花树肯定要死了，我希望我的儿子来救它，但我又矛盾着犹豫着，他们的一挑水是何等地金贵，他们已经多长时间不兴洗脸了，洗脸是太奢侈的事。这挑水他们要用来煮饭、喂猪、煮鸡食，家里还喂着一群鸡呢。如果用来浇树，就远远不够了。我的大孙子在城里上中学，他的学费就指望两头猪和这群鸡呢。

正当我犹豫着矛盾着的时候，我的病猫似的小孙女发现了桂花树的生命危险,她急得脸色通红地跑回去。我的儿子听到她的述说,同样地着急起来,他在屋里毫无目的地转着圈,嘴里说着,那咋办呢?那咋办呢?我知道他的心思,这棵树是他的爷爷我的爹用命换来的,树死了,他有什么脸去面对他的爷爷呢?他无头苍蝇似的转了一阵,咬着干得渗血的嘴唇作出了决定,每天给桂花树浇一桶水!这个决定意味着他们几乎用不上水。猪是必须保住的,鸡也必须保住。人呢,能节省就节省吧。节省的结果是,他们几乎是把饭煮熟就行了,淘呵洗呵根本省了,汤也不喝,爷俩就喝一杯水。到最后,他们眼睛都红如火炭了,眼屎成堆地堆在眼角,嘴角的燎泡一个接一个,舌头糙得像锉子,嘴一动,血就冒出来,疼得咝咝叫。屎也屙不出来了,硬得像木橛子似的,屙屎疼得小孙女哇哇哭。

树,叫人心疼叫人忧愁的桂花树呵。

这情形被村里人知道了,村里的人心疼那棵树,心疼这爷俩。这棵树给村里人带来了多少喜悦,带来了多少欢愉。在多少空寂而又贫困的日子里,桂花树浓郁芳香的味儿覆盖着村子,覆盖着村子以外很远很远的地方。当他们弯着快要折断的腰沮丧得没有一点生气的时候,浓郁的桂花香味不经意地吹拂到他们面前,他们深情而又惬意地抬起了头,生活,除了苦涩,还有馨香呢;当他们在月明星稀、蝉鸣蛙叫的夜晚,坐在自己的院里,盘算着艰难的生计,或者讲述着不知讲述过多少代的古老故事时,浓郁的桂花香味,使他们觉得生活就是从遥远的年代走来,虽艰难,却也是有情味的。

于是,村里的人,都省下了一碗、一瓢的混浊的水,浇到桂花树下,桂花树,终于在大旱中挺过来了。

六

桂花树,那棵历经磨难、历经苦旱活下来的桂花树,最后还是没有保住,被永远永远地移到城里去了。

上百天的苦旱终于过去,山川大地、村庄河流还笼罩在一片苍凉之中,寻找、挖掘、移置桂花树的行动开始了。

县长一边指挥着灾后的抢种和安置群众灾后生活的大事,一边没忘记市长那句话,桂城没有桂花还叫桂城？市里已经决定在秋后恰当的日子,在这个县召开城市建设的现场会了。由于有了这个广场,有了改造过后像模像样的街道和改善了的城市市容市貌,良好的卫生状况,这个县的先进典型已经被确定了。

寻找桂花树是不难的,政府办把通知发到各个乡镇,各个乡镇的头头立即召开会议,让大家提供线索,弄来弄去,全县就只有牛头寨有这么一棵桂花树。县长立即派林业局局长带人下去调查,林业局局长带着几个技术人员一下子高兴起来,那是怎样一棵桂花树呵,高几十丈,光胸围就要三人才围得过来,根系遒劲,延伸到几十米之外,树冠巨大而浓密,半亩地都遮住了。劫后余生的桂花树正要打苞,大旱之后的花苞虽然稀稀落落,但桂花的香味,在人们的想象中仍然在几里之外就可以闻到。正常年景,方圆十里都笼罩在桂花馥郁的香味中,把村庄、草木和人畜都熏得香喷喷的了。

发现桂花树并不难,可购买桂花树,却是一件艰难的工作了。

那时,成子已经住进了医院,成子得的是一种叫脉管炎的病。这种病发作起来,那种疼痛是常人难以想象的,是锥心刺骨,疼得人每个毛孔每根神经都要炸裂,叫人死去活来的。往年,成子最初患病的时候,家里为了他医病,把所有的积蓄所有的财产都用光了。他爹,那位代课教师急白了头发,到处奔走,厚着脸皮向所有的亲友借贷。成子的命是保住了,可借了一身无法偿还的债务的老爹,被彻底击垮了,他在毫无希望的绝望中郁郁而死。成子呢,除了一身债务,就是那拖着一条瘸腿的残疾之身了。

成子注定要住院的，那个苦旱的季节使他病情加剧，他其实早就病得不能自持了，但在那个季节他却没有倒下，人有时是很坚韧的，尤其像成子这样的人。他们就是漫山遍野的荆棘，任人践踏，任牛羊啃噬，任山火焚烧，眼看已经没救了，不经意间又蓬蓬勃勃地生长起来。但这次，坚韧如荆棘、轻贱如野草的成子，也抗不住了。他是在疼得哭娘喊爷、遍地打滚、以头撞墙的情况下被送到医院的。成子在读高中的儿子急得嗓子哑了，嘴上尽是血疱。他住进医院还是抗旱工作队的队长和村长担保的，否则他住不进医院。

成子的病越来越恶化，越来越严重，每天都靠着打止痛针来减轻疼痛。成子疼痛的时候把病房的墙撞得咚咚响，杀猪样的叫声让一座楼的病人愤怒不安，大家都围到他的病室来，眼睁睁地看他疼痛打滚。光是这样也罢了，问题是他的已经瘸了的腿必须锯掉，这个决定是医院里的几位很权威的医生会诊后下的结论，不锯掉就保不住命。成子老婆不在家，家里能做主的就是他自己，疼得恨不得马上就死的成子听了医生的决定，没有犹豫就点头了。在那个时候，只要不疼，就是叫他去死他都会同意的。问题是锯腿不是锯树，那是一个很大的手术，很复杂的手术，整个医疗、检查、护理等等叫人眼睛发花，而这一切，初步算就要三万元。三万元，成子一听到这个天文数字当时就晕了过去，他现在担心的不是被锯得光秃秃的腿了，也不是疼得死去活来的身子和那条可怜的命，三万元，他宁肯选择死。医生听到他这个咬牙切齿恶狠狠的决定后，冷漠着脸走了，留下成子在病房里疼得杀猪般嚎叫。

柱子，成子那可怜的在城里读高中的儿子，看到被停了药停了针疼得在床上打滚的父亲，心疼得眼泪汪汪而又手足无措，他疯了样跑去叫医生叫护士，谁都冷漠着脸任他发狂地喊，任他泪流满面地哀求，他甚至给医生和护士跪下了。柱子是个倔强得很的人，天大的委屈天大的磨难都咬着牙忍受，从来没给人下跪过。就是有一次被几个城里的小流氓堵在巷道里打得鼻歪脸肿，一身瘀青，他也没下跪。然而，这个倔强的孩子下跪了，他的头把水泥地碰得咚咚响。有个护士不忍心了，拿起输液瓶要走，一个领导样的医生冷冷地说你给他出钱？如果这样，我们就恢复治疗。那个护士走了几步，又回来了。

　　柱子开始卖血，那年轻的殷红的然而是连带着生命一起出卖的血，能换回多少钱呢？仅仅是够维持成子的止痛的针水罢了，成子的病，仍然在向死亡的方向迅奔。

　　当柱子得知县里要买那棵桂花树时，柱子连夜连晚赶回了村里。正在为找不到卖主的林业局局长着实高兴，他已经接到县长的几个电话，催促他迅速落实买树的事，市里的现场会很快要开，总不能临到开会才栽树吧，总要把树弄活，弄得枝繁叶茂水生生的才好，一副蔫头蔫脑死不温吞的样子，是要叫人笑话的。这就需要时间。局长正邀约了工作队长要进城时，柱子却来了，这叫他惊喜不已。

　　柱子先和林业局局长谈价钱，柱子是不知道一棵罕见的几百年的大桂树值多少钱的。柱子只知道村里人几百元就把一棵大柏树卖了，那棵森森的大柏树也和这桂花树一样粗壮，一样繁茂，是村里难得的大树。柱子想柏树几百元就卖了，一想到三万元他的心就凉了，他想能不能卖一千元？甚至两千元？尽管和三万元比差了一老截，总可以让父亲多医一阵子。所以，当林业局局长用怀疑的眼光看着他时，他就不由自主地挺了挺瘦弱的身子。当林业局局长问他能不能做主时，他头脑里出现遍地打滚的父亲那拂之不去的印象就很坚决地说能。局长怕他漫天要价，就试探地问你要多少钱呢？柱子原想说三千，不知怎么一说却说成三万了。局长沉吟着不表态，局长想这孩子看似幼稚还老道呢，一下子就把价位抬上去了。局长知道这是个小数目，听说另一个县去外省买花了十万呢。局长怕他反悔故意说太高了吧,一棵树怎么能值这么高的价呢?工作队队长不知道桂花树的价格,他知道这孩子是为救他父亲的病呢,他怕林业局局长压价,他说老金,莫欺负人家娃娃哟,他爹快死了,没得钱做手术就完毬蛋了。你再考虑考虑吧,在三万上再加五千。林业局局长心里有底了,他说钱是公家的又不是我的,多给我也不掏腰包,问题是要有个说道。这样吧,就按这孩子的,三万就三万,怎么样?

卖了树,柱子到桂花树前抱着树干狠狠地哭了一场。柱子哭得很伤心很哀痛,他是知道这棵树的来历的,这树是他死去的曾祖父用命换来的呀,是他的爷爷、父亲和母亲的命根子,她的母亲和这棵桂花树简直就是一个根里生出的两条命。每次打电话来,除了问他们的情况外,剩下的话全是问桂花的,要他们照料好,要他们给它施肥、浇水,不许任何人和牲畜糟践桂花。在他的身下,他还看见依稀的一圈水的印痕,旱季过了,他的病猫似的小妹和村里人还没忘记给它浇水。母亲每次来信都说梦见了桂花,梦里都嗅到了桂花的馨香,卖了桂花树,母亲还会做那样的梦么?母亲的魂,还会系在桂花树上么?柱子的哭,哭得哀伤,哭得叫人身寒心冷,村里的人都不愿看见,纷纷走了。桂花树颤动起来,纷纷扬扬地洒了一地的花瓣,金黄色的碎碎的花瓣,覆盖在这个伤心的孩子的身上,幽幽的香味,淡淡的飘了好远,好远。

成子家桂花卖了三万元的事,也有人嫉妒,那是村里的那个搅屎棍,任何事被他一搅都变得臭烘烘的。但这次搅屎棍并未扇起村人的嫉妒,大家知道成子家的处境,知道成子很快就要被锯了腿,深深地同情使他们稀释了对三万元的妒忌,他们反而为成子和桂花树的命运感到心酸。

七

当桂花一身风尘,满脸疲惫地出现在村里时,她被眼前的景象惊呆了。她是搭着一辆农用拖拉机回来的,拖拉机才到山脚下,她就焦急地叫停,她知道路到山脚下就断了,她带着沉甸甸的一蛇皮口袋的东西,这些东西是她连续跑了好些天,在那个城市的批发市场买的,价钱明显地便宜。她为家里的人买了不少穿的用的,甚至为丈夫成子买了一条皮裤子,她知道成子畏寒,皮裤子会暖和一点。也为儿子买了一套运动服和一双球鞋,她知道儿子在学校爱好运动,常常穿着露出脚趾头的胶鞋踢球。为小女儿买了一套裙子,她要让小女儿像彩蝶一样在桂花树前跑来跑去,兴奋得大声喊叫。当她要提东西时,那个好心的拖拉机驾驶员说你慌啥子?你不进村啦?你们村的路修通了,我送你到村里。桂花懵头懵脑,说我们村不通路,还是让我下吧。拖拉机驾驶员也不讲话,猛踩油门,拖拉机就蹿到山脚下了。果然是一条新开凿出来的路,山脚边的泥土都是新鲜的,潮湿的泥土的味儿老远就闻得见。桂花呆了,说啥时修的路呢?村里说修这条路说了好些年,都是没有钱摆下了。咋一下子就冒出一条新路呢?拖拉机驾驶员见她发愣,说这条路是专门为你们村的那棵桂花树修的,听说那家人大发了,一棵树卖了三万元呢。三万元,我的妈呀,可以修座房子了。这家人的运气咋就这样好呢?桂花一下子警觉起来,桂花树?村里除了自己家有桂花树外,谁家有呢?没得疑问,这棵桂花树就是自己家的了。她一下子就愤怒起来,成子呀成子,你龟儿是穷疯了还是病疯了,这棵桂花树能卖吗?你不知道它的来历?不知道它的轻重吗?这树是你爷爷的命根换来的,是你一家人的魂是我桂花的魂呀,卖桂花树,就是卖你爷爷你父亲和我的魂呀,连魂都卖了,人还活啥劲呢?活着还有啥滋味呢?活着也就是活着罢了。她一下子就从拖拉机上跳下来,她打了个趔趄差点跌倒,刚站稳,她就撒开腿飞跑起来。拖拉机驾驶员莫名其妙,这人有病,一听桂花树就连东西也不要了,奔丧呢,也没有这样急。他叫住了她,把她的东西拿给她。桂花拿上东西,又亡命地跑起来,转眼就消失在山嘴后。

村后的坡地上,黑压压地站满了人,一台高大的挖掘机正伸着巨臂,把挖起来的土倒在坡地的另一边。桂花是见过挖掘机的,在城里的工地上经常使用这种机器,而村里人就稀罕得不得了,不少人是第一次见到这种怪兽似的机器。它那长长的手臂一挖下去,满满的一铲土就够一个人挑几天呢。他们张着嘴半天合不拢,嘴里发出嘘嘘的感慨,那棵巨大的桂花树呢,兀然傲立在坡上,挖掘机是沿着很大一个圆圈挖掘的,那个圆圈足有半个篮球场大。土已经挖下很深了,是个圆形的深壕,人站下去都见不到头顶呢。尽管圆形的深壕离桂花树很远,桂花还是听到了桂花树的叹息,听到桂花树的哀泣,听到桂花树伤痛的呻吟。她看见桂花树的枝叶颤动,看到桂花树的树叶纷纷扬扬飘落下来,泪雨一般倾泻,幽幽地,香香地打湿了人的衣裳。桂花知道这棵桂花树就要永远永远地离开山村离开她了,她感到灵魂一下子就被抽空了,她绝望到极点愤怒到极点,凭啥连一棵树都要弄走,连这点小小的最为卑微的念想都要弄走?她一下子暴怒起来,平时胆怯得恨不得见到城里人都要躲的她一下子冲到那些挖桂花树的城里人面前,她激动得满脸通红,浑身乱颤,她质问那些人凭什么要挖她的树?正在指挥挖树的林业局局长冷冷地说,凭啥?凭钱,没交钱我敢挖你的树么?桂花说凭钱,你有多少钱?你的钱买得到这棵树买得到一个人的命买得到人的魂么?林业局局长听不懂她在说些啥命呀魂呀的,说我们是按合同办事,是交了钱合理合法的,城里需要这棵树,你要支持要理解。这话使桂花疼到极处,城里需要我就不需要么?你们有钱就什么都可怪买么。她由疼痛到愤怒到疯狂,她说管你们需不需要钱不钱的,这树我就是不卖,说到大天去也不卖。

正在这时,巨大的挖掘机的巨大的铲子大概触到了桂花树的一根根系,同样巨大的桂花树剧烈地颤抖起来,就像人被伤到脚趾头似的疼痛,桂花感到自己的脚趾头疼得跳起来,她不顾一切地跳到深壕里。天呀,好险,村里的人惊叫起来。幸好那巨大的铲子已经扬起来,否则,一条人命就不在了。林业局局长也吓得惊叫起来,他脸色苍白,冷汗刷刷冒出来,他摘下金丝眼镜,立即有人递了一叠手纸,他狠狠地擦了起来。他朝空中扬着手臂嘶声喊叫,停,给我停下,立即停下……

桂花树最终还是挖起来,运出去了,挖这棵桂花树确实付出了沉重的经济代价。在林业专家的指导下,这棵树的整体根系是完整地挖出来的,土是原来的土,根是原来的根,一个庞大的足有半间房子大的根系被手臂粗的草绳密密麻麻地缠着,缠得严丝合缝,缠得粒土不漏,这样完整而又庞大的根系是为了保持它原来的土壤和不破坏原来的根系的。为了完整地将它刨出来,光那深壕就比战备工事还深,为了将它整个地吊离地面,光是重型起重机就来了两台,两台起重机同时使力,将树完整地吊起来。为了运载这棵庞大的桂花树,县里又去借调了一辆平台的大型运输车,而这些机械要进来,就得修路。这样算来,七七八八几十万元就不在了。如果不是村里的人参加修路,那费用更是惊人!

桂花是怎样离开深壕,桂花树是怎样挖去的呢?

那天,林业局局长下令停工,他掏出手机,把情况向县长作了紧急汇报。县长也感意外,他没想到事情会这样复杂,买树给钱,又没侵犯群众利益。不就是一棵树么?如果不是市长提到桂城要有桂花树的话,他也不想费这么大的劲,但树已经买了、挖了,路也修了,机械和运输工具也调了,如果挖不出,这笔费用怎么办?怎样向市里和群众交代?他焦急地对林业局局长说先不忙挖树,一定要做好群众工作,不能出任何事,在做好群众工作的基础上,一定要将树挖来,这事不能动摇。他又叫抗旱工作队队长和村长接电话,讲了同样的话,要他们一定要配合着做好稳定工作,同时也一定要完成县里交给的任务。听完电话,工作队队长一脸愠怒,说挖树挖树,现在是啥时候呀,旱灾刚过,一切都等待恢复,这时挖啥树?村长也为难地搓手,对这树他的感情和村里人一样复杂,他们舍不得这棵树,同时又嫉妒成子一家一下得了这么多钱,他们巴不得成子家把钱退了,把树留下才好。但留下树,成子的腿又怎么办?村里是没钱帮助他的,成子如果死了,他的良心也得不到安宁。

说归说,但县长的指示是不能违背的,他们还是蹲在坡脚下,商量着做桂花工作的事了。

天黑了,风起来了,山里的夜晚是寒冷的,风是砭人肌骨的。桂花一个人蹲在深壕里,尽管冷得瑟瑟发抖,尽管饿得眼睛发花,她还是不爬出深壕来。她对深壕上的村长、抗旱工作队队长和林业局局长的劝说一概不听,她要他们答应不再挖树她才出来,这样的对话是艰难的,是难以进行的。村长、工作队队长和林业局局长披着别人送来的大衣,但也冷得打抖。他们把一件军大衣丢下去,桂花用手一扒,把它扒到旁边去了。

柱子是被人从城里接回来的,他正在城里照顾截了腿的父亲,父亲的命算是保住了,病根除了,他不再撕心裂肺地喊叫。熬红了眼的柱子正伏在病床的边上打瞌睡,就被人急慌慌地接走了。在车上,来人对他说了事情的经过,叫他一定要配合着做好他母亲的工作,否则就要退出三万元,否则就要连挖树修路的费用一并承担。柱子坐在车上一语不发,他的心里复杂极了矛盾极了,想着要去面对视桂花树如命的母亲,他心里害怕极了。

柱子去了,在深壕那里,有人用手电筒照着,让柱子把合同拿给他妈妈看。柱子看到母亲的头发一下子白了起来,柱子看到母亲的身子像秋后的树叶一样瑟瑟抖动,随时都会被一阵风卷走。桂花看着合同听着儿子带着哭腔的诉说,她知道这不是儿子的错,也不是丈夫的错,没有卖桂花树的钱,丈夫也许死了,那她回来面对着的就是具冰凉的尸体。如果真是这样，自己的良心会安稳么？桂花愤怒的是卖树的事不该瞒着她，但就算告诉她，远在千里之外的她又能怎么样呢？

钱和一条生命的联系，是多么地紧密。

桂花慢慢低下头去，桂花慢慢将那张合同认认真真折好，放在贴身的地方，桂花慢慢地从深壕里爬了上来。爬到深壕的边沿上，她嗅到松软的充满桂花香味的泥土的气息，她一下子泪流满目，悲伤不已，她飞速地抓了一把混合着桂花味儿的泥土吃了下去，吃得眼睛发直，看得大家心里发憷。

八

我看见桂花痴呆呆地坐在自己门前，痴呆呆地看着对门的山坡上，她的目光是空洞洞的，期待、盼望、温柔、失落、伤感抑或愤怒都没有，空洞洞的，没有什么比这更可怕。她就这样一坐就是一下午一坐就是一下午，有的时候她也到山坡上去，在那个巨大的墓穴似的深坑周围转圈子，定定地向空无一物无限深远的天空看着。我知道她是在看那棵巨大的桂花树的树冠，树冠浓密得像一把伞，从浓密的树冠中筛漏出来的阳光刺疼了她的眼，时而她撮着嘴唇翕着鼻翼，深深地无比陶醉地吸吮，我知道她是在吸吮桂花的香味，她的胸脯一起一伏，她的眼里迷离虚幻，是桂花馥郁的香味使她忘形；时而她又弯腰在地下寻觅着什么，把一粒小小的草籽或者什么认真地捡起来，凑近眼睛看，放在鼻下闻，我知道可怜的桂花以为拾到了几颗碎碎的桂花粒。

看到这样的情景，我的心无比地酸楚。我说过我是不会酸楚或者愤怒或者兴奋的，但这些年我却明显地感到各种情绪在不断地折磨我。我知道桂花这可怜的孩子，那棵与她有着密不可分的关系、与她的生命有着神奇联系的桂花树一旦失去,她将失去生命的依托,失去灵魂的依附,她将变成一具空壳,一具游走在高原上的没有灵魂的躯体。是呵,谁说农民只知道种田种地、吃饭穿衣、繁衍生子而不会有对大地的感知,对生灵的眷恋甚至如痴如醉、如癫如狂呢。

桂花终于走了,她消失在一个白霜遍地、冰清玉洁的早晨,她是沿着那条专门为运载桂花树而新修的土路上走的。村里人对桂花的状况、对桂花的行为开头是不以为然的,自从她从那个大城市回来后,就彻底变了一个人,成天神思恍惚,成天东游西逛,一个农村人咋能这样呢?成子现在不是瘸了腿而是少了一条腿了,她也不好好照顾。对这村里人有看法我也有想法,谁叫成子是我的儿子呢?桂花走了,消失在一个白霜遍地的早晨了,村里人一下子想念起她来。村里人现在觉得生活里是少了什么,少了那棵可以张望可以挂记的桂花树。人总是要有点挂记的呀。过去他们到任何一个地方去,只要说起牛头寨,没有人不提那棵桂花树的,好棵香味浓郁得可以覆盖到十里之外的桂花树,给他们带来了多少荣耀和幸福。他们怀念香味馥郁无处不在的日子,他们仿佛在桂花的香味的海洋里浸泡、在香味弥漫的水里漫游,睡梦中也是浸泡在香味里的。桂花树一下子没有了,那棵浸泡了他们几代人魂魄的桂花树移到城里去了,他们一下子就感到苦涩生活的无望,一下子就感到失去依托的迷茫和伤感。桂花在时,桂花代替他们承载了失去桂花树的迷茫、愁闷和伤感。桂花走了,这种沉甸甸的感觉就由他们自己来承载了。失去桂花树和桂花的村子,莫名其妙地沉闷起来,村人莫名其妙地忧伤起来,莫名其妙地烦躁起来。

桂花是在一个下午到城里的,当时正是夕阳西下的时候,天气虽然已经冷了,但那夕阳的余晖仍然烁烁闪光。桂花对那巨大的辉煌的精致的广场没有一点兴趣,她在广场里寻寻觅觅。走进广场大门不远,她就毫不费力地看到那棵巨大的桂花树,桂花树被种植在广场中部的一片草地上,那片草地绿油油的,桂花向桂花树急切切地奔去,她仿佛见到了失散多年的孩子,她兴奋得涨红着脸,她眼里噙满了热泪,走近那片草地时她没注意不准践踏草地的警示,她像在自己的山坡上一样飞奔,她奔到了久违了的桂花树前,她忘情地去拥抱桂花树,她甚至像外国人一样去亲吻桂花树。桂花树感到了巨大的亲情,桂花树以它自己的方式颤抖起来,树枝乱晃,叶片纷飞。

我看见有两个人朝这边飞奔,他们是看到了桂花树剧烈地晃动而来的。这是棵珍贵的树,为了挖来运来种活这棵树,耗去了多少人力物力财力,他们甚至二十四小时值班,时刻巡视在树的周围,像保护王后和公主似的保护这棵树。可是这个时候竟然有人来摇树,把树摇得哗哗乱响。在当时,他们根本来不及想一个人怎么摇得动这如磐石般稳固的树。他们冲进去喝令这个女人住手,喝令她立即出来。我看见桂花这可怜的孩子为喝声所惊悚。她不明白她亲亲这棵魂牵梦绕的树到底犯了什么?她连亲亲这棵树的权利也没有了吗?就像自己的孩子卖给别人,亲亲孩子也是人之常情。桂花树在这时不合时宜地晃动起来,那些人急得丧失了理智,他们冲上去抓她的手臂抓她的肩,可桂花的手却像钉子钉在了桂花树里,怎么扯也扯不出来。这更激怒了他们,他们几人一起上来,抓的抓拖的拖,终于将桂花拖出草地。

在看守广场的工棚里,他们听到桂花伤心痛苦的叙述,他们的心也沉重起来,这些来自农村的打工者和她有同样的感受。他们劝慰她并且给她倒了开水,他们允许她来看桂花树但他们不允许她再去摇桂花树。

桂花就这样在城里住了下来,最先,她没有工作做。这是一个很小很小的县城,城市人口少,流动到城里的农村人多,找工作做比在大海里捞针还难,比到月亮里折桂枝还难。她天天去帮在广场里干活的那些民工清扫广场、拔杂草,捡拾游广场的人丢弃的塑料袋、饮料瓶,她还帮那些民工洗衣服、做饭、钉被褥。看到这些,我都有些愤怒,家里一摊子事丢下不管,断了一条腿的丈夫不照料,却来这里出义务工。可看到她天天痴迷地看桂花树,痴迷地护着桂花树,我也就不忍责备她了。

后来,桂花终于有了事做,民工们被她一片诚心感动,他们帮她找了工地上的事做。广场的后边,正在修一座庙宇似的建筑,说是文化宫。她在那里做最苦的活,从挖基脚到抬石头,从抬石头到挑灰浆,啥她都干,她为有一份工作而高兴。这样,既可以看着桂花树又可以挣些钱寄回去,何乐而不为呢。

九

那棵桂花树终于活了,它不活是没有道理的,它就是不想活人们也要让它活。从挖树开始,到运输、到栽培、到护理,那么多的林业专家,那么多的技术员费了多少心思,光方案就定了多少套,讨论、修改、争论、定稿,最佳方案出来了。人们严格按照专家、技术员的要求做。这一切,它能不活吗?

活归活,但活有活的活法。这棵高龄而又庞大的桂花树,自从搬到城里来,就变得萎靡,就变得困顿,就变得心灰意懒。桂花进城的时候,正是冬季,冬季的树木,大抵都这副样子,尽管桂花在冬天萧瑟的寒风中听到过它的叹息,听到过它的呻吟,桂花想这也许是正常的,它原来在的环境,是四面环山的山窝子,背风。这里无遮无拦,冷肯定是冷的,叹息、呻吟和咳嗽,都应该是正常的了。她原想找些草席、破衣之类为它裹一裹,但她到广场上的时候,她看到管理的人已经为它裹上厚厚一层草索了,这些草绳像过去的军人打的绑腿,整齐而利索,里面还垫着棉毯呢,树呵,进城也就娇贵了。这日子,按说也就是糠箩跳到米箩了,也就是穷窝挪到金窝了。见到她,桂花树仍然发出低低的叹息。

　　转眼就到夏天,那棵桂花树依然病怏怏的,半死不活的样子。桂花开始着急,她想树也好人也好,要活就活出个样子,要活就要活出个精神气,这样死不温吞的样子,看着让人沮丧,看着让人泄气。桂花知道广场管理人员也着急起来,知道县长也着急起来。这个广场自从开放以来,成了最热闹的景区,不光是全城的人来,连与这里相隔几十里的市里的人,也慕名而来。他们开着自己的车,带着亲人、朋友,兴致勃勃地来广场游玩。有的整个假日都在这里度过,他们游玩、照相,在长廊里,在凉亭里,在花影迷离的环境里怡然自得,品茗的是少数,打牌、打麻将的无数。玩得差不多了,就在广场周围的餐厅就餐,然后余兴遄飞地乘车而去。就是没有车的,也坐公交车来,车费是极便宜的,一个小时就到,仿佛自己的后花园。渐渐地,大家都注意到了那棵惹人注目的大桂花树,他们都不经意,但都说出了它的状态。唉,这棵树是咋回事?上次来是这副样子,现在来仍然是这副样子。有人说这树是活的还是死的?咋个灰头灰脑、死不温吞的,它会开花吗?又有人说莫不是假活,听说百年大树难移活,树挪死、人挪活嘛,真死了就可惜了,听说移这棵大桂花树花了几十万呢。

　　桂花是听到了这些话的,桂花每天一下工就奔广场,但来广场之前她都要梳洗一番的。天气正热得起灰,做一天的苦力流了无限的汗水,一身的劳动服都浸湿了,一身酸臭得要命。桂花的头发是很长的,长长的头发里藏了厚厚的灰尘,灰尘混合着汗水又辣又痒气味更难闻。桂花想不能让自己熏到桂花树,桂花树原是很爱干净的,要让它见到一个干干净净、清清爽爽、模样俊俏的女主人,否则,它会伤心的。它见到无数的穿着各式各样裙子、梳着各式各类发型、干净体面的人,而见到女主人的落魄相,它会失望的。况且,桂花有桂花的自尊,为了桂花树,为了自己的尊严,桂花不会邋里邋遢到广场上去的。

　　桂花就这样每天到广场，每天到广场桂花都很伤心很失望。夏天的季节是个丰饶的季节，夏天的季节是个生机勃勃、蓬勃葳蕤的季节。所有在这个季节开花的，都开得丰丰盈盈、丰腴雍容、仪态万千；所有在这个季节不开花的，都繁茂、都苍翠、都汁液四溢，像发情的母牛，热情似火地等待生命的激情。唯有桂花树，树叶不多不少，不肥不瘦、稀稀落落地缀在枝头。春天的时候，桂花看到的就是这景象，她原以为只要过了春天，桂花树就该枝繁叶茂了，谁知一个季节过去，它像被施了魔法的灰姑娘，永远永远长不大了。

　　那天，桂花看见一群人踏进草地、走到桂花树那里了。他们正在为这棵桂花树会诊。这些人中有本县的林业专家、技术人员，还有从市里请来的林业专家。听广场上的民工朋友讲，有一位还是省里请来的古木专家呢。县长、副县长、林业局局长也在。他们一会儿让人刨开桂花树的根系里的土看，一会儿剥开桂花树树干一小片树皮看。剥树皮的专家拿着一大把做手术用的寒光闪闪的刀，只一下，就露出了指甲盖大小的皮，专家把它递给助手，放在一个亮晶晶的玻璃瓶里，说是要带回去做病理分析。有的还采集了桂花树的树叶，还查看了土壤里有没有病虫害，还有的将土也带了回去，要做土壤营养成分分析。县长脸色不好看，很焦虑，他是学中文的，对林业方面不便讲话，但他看到他们不断地折腾，不断地分析，不断地争执，就是没有一个准确的意见，他能不着急吗？着急也没用，你是领导你不是专家，他请他们到城里最好的餐厅用餐，每人送了一份本县最有特点的礼物，然后请他们尽早拿出诊治方案，然后亲自送他们上车，殷殷话别、殷殷情深，连专家们也感动。

　　也不晓得专家们的诊断结果和治疗方案是什么，也不知道他们是怎样治疗的。桂花成天都在工地上，整个过程莫说她不知道，就是广场上的管护人员也搞不清楚。但桂花知道的是结果,结果就是那棵桂花树依然是旧时模样,不死不活,不繁也不茂,病怏怏、哭兮兮、苦楚楚的样子。这个样子使桂花感到伤心绝望也感到愤愤不平,以至于有一天晚上夜静人稀的时候,桂花溜进草地走到树那儿,她双手抚摸着树干嘴里数落开了,树呀树呀,你咋是这样子?你咋这样不争气?你咋这样让人看不起?你以为你是金枝玉叶么?你以为你是皇帝娘娘天宫彩娥么?你从深山峡谷到城里,你是糠箩跳米箩了,天天有人给你浇水,时时有人给你施肥,你还这样蔫头巴脑,你对得起谁呀?桂花数落着,树似乎有些不服气,乱枝摇动,抖落下一些树叶来。桂花说你还真生气了,我是为你好,人要认命,树更要认命,我晓得你不服城里的水土,我晓得你过不惯这种天天有人伺候的日子,就像我走拢哪里只晓得洋芋最好吃,只晓得苦荞粑粑最好吃。但习惯是可以改的呀,人都可以适应环境,你就不能么?树呀,我晓得你舍不得离开山村,舍不得你看着活过又死去的一代一代的山里人,你是有情有义的,你吸惯的是山里没有污染的风,你听惯的,是山里只有虫鸣鸟叫的声音,城里没有,城里只有噪音,但你要习惯,要认命,我都认了你咋不能认呢?我舍不得你我来了,人家城里人也喜欢你,你就好好活吧,活出个样儿来,活得精精神神,活得枝繁叶茂,活得繁花似锦,活出山里人的精神气儿来。树呀,你听懂了么?你会这样做么?你不要让我失望,让我担心呀。

桂花树似乎听懂了,它停止了晃动,它静静地伫立着,像一个听着母亲絮叨接受着母亲抚慰的孩子。

可是,隔了一段时间,桂花发现桂花树并没有渐繁渐茂的样子。树的上面,甚至出现了一团灰色的气雾,这团气雾笼罩着它,使桂花感到很是不祥。桂花不再责备桂花树了,她想到底是啥原因使它越来越萎缩越来越憔悴,这样下去是很危险的,桂花树如果死了,就连城里人也欣赏不到了。它活着，它开花，不管长在哪里，总是好事呀。桂花开始观察广场里的人怎样管树，她发现他们不停地给树浇水，粗大的管子哗哗地冲着，桂花想这棵树在山里可不是这样的呀，它靠自己的根系吸纳地下的水分，你一天到晚地冲，它喝得完么？于是，她跑去找管理人员，建议他们减少浇水的次数。管理人员说这事是上面根据专家的意见定的，我们可不敢。但我们可以将你的意见反映上去。她发现管理人员将尿素、复合肥等搅在大桶里，将稀释了的肥向树根浇去。肥是好肥，桂花知道这肥催庄稼，在山里就是这样的，但土容易板结。她想这棵几百年的老桂树是从来没施过化肥的，几百年，它就是靠吸取土里的养料而生存的。她记得婆婆在世时，隔一段时间，就会用木桶将一家人的尿加上水，抬去浇桂花树，浇了这种尿水，桂花树长得枝繁叶茂，长得遮天蔽日，长得粗壮无比。但这种尿得放一段时间发酵，新鲜的尿水会把桂花树辣死的。桂花想到这里，兴奋得拍自己的大腿，她想这恐怕是最好的办法了。一棵树几百年养成的生活习惯，就像一个人几十年养成的生活习惯，改也改不了，它就只服那一口，你就是龙肉燕窝熊掌王八，它吃不惯就吃不惯。

　　桂花开始攒尿，她去买了一担塑料桶来，这种塑料桶很粗很大，是专门做了卖给农民挑粪挑水的。她把塑料桶摆在工棚的角落，晚上就在里面解小溲。可这工棚住的不是她一人，她晚上窸窸窣窣、叮叮当当地屙一气也罢了，但小便放得时间一长就奇臭无比，那种臭是冲脑壳的臭。天气又热，几天工棚里就臊腥腥、臭烘烘的了。工棚里的姐妹虽然都来自农村，但她们也忍受不了这种臭。在她们的一致抗议声中桂花不得不将尿桶移到外边去。可移到门外，臭味仍会被风吹了飘进来，工棚里的姐妹们难以忍受，又数落她，她只好将尿桶提到很远很远的地方才息事宁人了。

　　晚上桂花要起来解溲，桂花是个胆小的人。老板是个吝啬的人，连灯也不肯在外面安一盏，桂花每次去都要被吓得面白心惊，抖抖索索，可山区县城的边缘就是在夜幕下也有野物冒冒失失撞来的。那天晚上桂花正在尿桶上解溲,一只不知是狐狸还是野狗的动物猛地从山坡上冲了下来,夜里慌不择路,竟从桂花的大腿上擦了过去。桂花被惊得全身冰凉,木木地坐在尿桶上,半天,才晓得提起裤子飞奔回去。从此,晚上再也不敢出去。

尿发酵得极好,浓浓的、酽酽的,臭得浓烈,桂花用清水稀释的时候,浓烈的臭味熏得她透不过气来,可她高兴,这才是真正纯正的农家肥呵。桂花做这一切的时候是在半夜,她选择的这段时间,正是长夜快近,黎明来到的时候,所谓阴阳之交,效果最好。当然,更主要的是这个时候正是人们睡意最浓的时候,连守夜人也回到住房,呼呼大睡起来。桂花提着沉甸甸的尿桶,悄悄潜入广场,悄悄走近桂花树,天光未明,桂花树的上部,在一片鱼肚白的背景中剪纸样挺立。见到桂花,树开始颤抖,枝叶乱晃,桂花好生感动。她来不及和树叙话,她匆匆地、匀匀地、无限深情地将稀释了的尿浇了出去,然后匆匆溜走。

走了老远,桂花还闻到浓浓的酽酽的味儿,闻到那味儿,桂花竟深深地吸了一口气,无比陶醉的样子。桂花看到,那棵桂花树长出了沉重的油亮黑绿的叶子,她看到密如繁星的桂花,层层叠叠压住树枝,桂花馥郁的香味,香透全县。

十

很长时间了,我没进城去。这段时间,村里的人都在忙活着。大旱之后的雨淅淅沥沥地下起来了,焦土似的山野和田地里,渐渐有了绿色。一些树重新发芽,第二年重新长叶,野草也开始为山川染上绿装。到了夏末村里的人忙得一塌糊涂,家家都在收庄稼,挖去那些已经枯死的或者半死不活的茬子，重新点种。这个时节，唯独我家，依然冷冷清清，成子原来虽然瘸了腿，可挣扎着还能种一下庄稼，现在，他连走路都无法了。我知道成子的心性，这孩子一生只恋庄稼，看着别人家忙早忙晚地种庄稼，他急得抽自己的嘴，拧自己的残存的腿。他几次挣扎着去捏锄头，可还没走到遍地坑凹、泥泞稀滑的小路上就跌倒了。他疼得嘴都扭歪了，手掌和脚被划得流出了血，成子坐在地上，伤心地哭了。

我怨恨起桂花来，怨恨她为了那棵桂花树，变得如痴如傻，变得不可理喻，桂花，莫不是桂花树的精灵？莫不是桂花树的魂灵？可我知道，我自己就是魂灵，桂花是实实在在的人呀。我也知道，桂花实在舍不得用一分钱，她打工带来的钱，够买全家的粮食了。用她的钱来维持生活是没有问题的。可庄稼人认死理，庄稼再贱他们还是要种。

我到城里来，一是想看看桂花的近况，如果可能，我要用梦或其他方法，譬如眼皮跳、心慌等暗示她回去。我才到城边，就被一股浓烈的黏稠的气味熏倒了，这味儿我是熟悉得不能再熟悉的，可城里怎么会有这种臭遍半个城的味？城里怎么允许有这种味？

我终于知道这是怎么回事了，我看见早起晨练的人纷纷捂着鼻子从广场上跑了出去，他们嚷着臭死了、臭死了，谁这么缺德，在公园里倒尿。管理人员慌忙忙地去看，寻着味儿到了桂花树那儿，他们慌了，他们慌的不是气味，他们慌的是有人搞破坏，用尿来浇树把树烧死，没有发过酵的尿是可能把树烧死的。他们看见广场上的人跑得一个不剩，偌大的广场显得空阔清寂。他们看见好些人簇拥着一人走来，我知道那人是县长，县长气色很好，长久而又疲惫的抗旱工作早已结束，雨水悄然降临，新一年的庄稼长势良好，烤烟的成色也很好，他松了一口气。但此时他脸色非常难看，很气愤的样子，随行的人谁也不敢搭话。他们匆忙而又肃穆地走着，像是去参加什么告别仪式。

查看完现场,县长问这棵树的根系受没受到破坏?会不会死?随行的技术人员说现在还不知道,这棵树被浇的范围大,所有的根系都被浇到了。关键是尿液的浓碱度,我们把土带回去化验就清楚了。县长的脸色仍然难看,他说迅速把化验结果送给我,全市的文化广场建设现场会就要召开了,树死了,这会就不好开了。市长说他还要来赏桂花呢。去年,由于全市的旱情都很严重,全市的城市建设会就改到现在了。其实,我知道他是不必要紧张和难受的,这棵树一经桂花这一浇,只会长得更苍翠、开得更繁茂。但我无法说。临走时,县长对随行的人说一定要把破坏桂花树、破坏广场的人查出来,这事一定要有结果,并且要根据有关规定严惩不贷。周围的人立即记下了他的指示,表示坚决照办。我的心里一惊,桂花呵桂花呵,你傻呀,你为桂花树好,到头来,你倒成破坏桂花树的人了。

强烈的腥臊的尿味好长时间才慢慢消散,广场上的人也逐渐多了起来,大家都一致要求查出倒尿的人来,看看这个人到底是啥人?到底为什么要做这么无聊的事?

渐渐地,查找破坏桂花树的人的工作有了进展,这事是由桂花的行为引起的,她见这事似乎没啥动静,她想该第二次为桂花树施肥了,她又在半夜爬起来去浇尿水,那浓烈的气味终于被查的人嗅到,他们寻着味儿来到广场外的山坡脚,把桂花逮个正着。桂花浇尿的时候,我急得不行,急得跺脚,可我跺脚是没有声音的,我的警示作用是没用的,她终于被人家逮着了。

县长听完查破坏桂花树的人汇报,没有急于表态,他心里是复杂的,他为这个执拗的农村人所感动,也为自己的行为有些内疚,但他又恨她的行为,那棵桂花树现在还看不出好歹,一旦树真的死了,那政治损失、社会影响和经济损失就大了。各种复杂的心情使他作出了决定,他说罚也不要罚了,罚那么重,她哪里拿得出钱呢?我们还是要以人为本,从实际出发,这样吧,你们把她送回乡下去,让她写下保证,不再来广场,不再看桂花树就行了。

　　桂花走后的一段日子,那棵巨大的桂花树突然开花了,由于尿水的浇灌,它的叶子变得繁茂而碧绿,桂花成缀,像绿色的原野上开放的无数金色的灯盏花,桂花的馥郁的香味,掩盖了整座县城,掩盖了附近的乡村,来赏桂花的人一下子多起来。市长在县长陪同下,欣赏了莽莽高原上难得一见的桂花。市长兴致很高,边走还边吟了一首有关桂花和月亮的诗,诗的意境很远,诗的格调很雅,诗的画面很美。

　　可惜,桂花是闻不到桂花的馨香了;可惜,桂花是见不到桂花的繁茂了。

中篇小说

飞来的村庄

那一夜,望云村的人谁也不知道发生了什么事。天黑得浓稠黏密,黏密得可以用勺子舀起来盛到瓮里,可以张嘴就喝,只要你不怕撑破肚皮。山区的夜就是这样,一到夜里,一个村庄就像坠到一个亘古不变的深渊里去了,星星是鱼嘴里吐的几个泡沫,银河是飘着几片水草的涟漪。可是,这天晚上,巨大的黑鱼也不吐泡沫,几片水草也不兴涟漪,夜就黑得死去一般。

德山老汉这晚莫名其妙地爬起来,爬起来后,他到门外撒泡尿。凌厉的夜风使他猛地一激灵,他撒到一半的尿憋住了,身上也打了一串激灵。他觉得有些日怪,感到地下在动,就像那次他送哑巴老伴去医院。哑巴老伴自小女儿死了,一病不起,既不肯看病也不肯吃东西,一拖就拖得只剩一口气了。村长请村里有小马车的人家送她去看病。老汉本来就迷糊,加之照顾老伴累得不轻,坐上马车就昏昏欲睡。当时的感觉就是路在朝前退,地在朝前退,沙沙的,缓缓的,不急不躁地朝前退。

德山老汉松了口气,将半泡尿舒缓地撒了,用手扶住门框。他感到事情有些怪,现在他是完全清醒了,是那疾疾吹来冷飕飕的风使他清醒的。那风一个劲儿朝一边吹,就像坐在小马车上,马儿撒欢吹来的感觉。但这风彻心彻骨地冷,冷得他倒吸了一口凉气,用手将披在身上的衣裳往紧里拢。这是六月的天气呵,望云村虽然在大山的顶上,但季节究竟是热的季节,咋就像寒冬样冷呢?老汉袖着手蹲在门槛上,他想怕是地要震了呢。房子似乎有些晃动,还听得见一些咔嚓咔嚓的声音,还听得见低沉悠远的似有若无的声音,像是一个在沉沉暗夜中经历了许多伤痛的人的叹息。老汉甚至觉得有些晕眩,晕眩也就晕眩了,他是晕眩惯了的人,也不觉得有啥奇怪,有啥了不得。昏昏沉沉地,老汉准备回去了,他觉得就是地震也没啥毬了不得,村里的房子就是那样子,垮了也就垮了,反正砸不到啥东西;人呢,也没啥了不得,活着就是活着,死了也就死了。村里死了人,没有人会悲伤的,反而过年样热闹,推豆花,熬老腊肉,跳四桶鼓。像自己女儿死了,哑巴老伴病在床上,早盼死了呢,却韧着劲,活得自己都心烦,活得自己都无盐无味。

老汉这样想,但毕竟觉得地震死了人不好,就想扯开嗓子喊人。但房老是不见倒,等得老汉都有些心焦,说咋不见倒呢,咋不倒呢。老汉站了好一阵,风还是那样刮,地还是那样走,房子还是那样咔嚓咔嚓响,就是不见倒。老汉心焦,说日你先人,要倒就倒,不倒算毬了。老子等不得,睡觉去了。

望云村在浓厚的夜幕里沉沉酣睡,风声、大地的呻吟声、房屋的咔嚓咔嚓声谁也没觉察。这一切算啥呢,这个高原的村庄在寒冷的冬天,在风沙肆虐的春天和急风骤雨的夏天，经历得太多太多了，谁也不在意，谁也不当一回事。

　　村长卢章华倒是醒了。严格地说，卢章华不是被异样的声音、异样的动静弄醒的，他是自己醒的。白天，他去乡上开会，乡长说最近大家辛苦了，杀两只羊罢。于是就杀羊，杀了羊，土坯垒的灶也起了。会一散，乡政府的院坝里就灶火熊熊，香味撩人了。众人八人一席，围在地下吃羊肉，喝转转酒。卢章华是狠起劲吃的，在村里难得吃上一回，酒也是狠起劲喝的，喝得通身舒泰。回来，昏昏沉沉睡了，半夜却醒了，醒了就觉得一身燥热，下边硬撅撅的，奇痒难耐。好在顺手一摸，婆娘睡在身边，浑身软和和的，虽说一身汗臭味，却是真正的女人，哪样也没少。他猛一翻身，人就上去了，也不管婆娘醒还是不醒。床晃动起来，晃得吱吱嘎嘎心烦，也不管它，尽了兴情快乐。好半天，床还在颤动，还在吱吱喳喳地叫。已经睡下的卢章华觉得日怪，咋睡下好久还在晃呢，就警觉起来。匆忙穿好衣裳，跑出门外，门外黑漆漆的啥也看不见，他屏息静气，凭感觉去触摸，好半天也不见有更大动静。想想，许是风太大了，吹出这种感觉，许是自己骑了马回村，才有晃动感觉。于是就摸出烟来抽，抽了两支烟，还是那样，风又冷，打了两个喷嚏，卢章华对自己说没毬啥事，睡觉，睡。摸回去钻进热乎乎铺盖，觉得不对劲，管他有事无事，还是要通知全村人，谁叫自己是村长，谁叫自己吃了乡上的羊肉，喝了乡上的转转酒呢。卢章华扯声咽气顺着村子喊了一圈，风硬且冷，将他的喊声扯成丝丝缕缕的烂棉絮，望云村的人蜷缩在棉絮、毯子里，挤成一团酣睡。年老的听了，推醒身边的年轻人，说有事哩，村长叫魂呢。年轻的人转个身，咕噜一句：管毬他，龟儿发神经，复又沉沉睡去。

　　卢章华喊过一圈，嗓子虽然嘶哑了，却觉得一身轻松了。管他妈的，老子叫也叫了，喊也喊了，对得起乡上那顿羊肉、那碗散酒了。卢章华摸回家,摸上床。毕竟心里有事,一时睡不着,就静静听,听着、听着,也悄悄睡去。

第二天,卢章华被强烈的太阳刺疼了眼,醒来了。醒来了的卢章华觉得这太阳好生奇怪,咋这样亮,这样刺眼,这样热。望云村早上都是雾蒙蒙的,大多时候下海罩,将村子严严实实包裹起来,人站在几步外,只听得到讲话声,见不到人。这大清八早的,咋就出太阳了呢?咋就这样热呢?连盖在身上的棉被,也盖不住了呢?

卢章华走出门去,他被眼前的景象弄糊涂了,咋就有了屏障似的小山了呢,屏障似的小山都长满了树,都绿得滴水,绿得晃眼,太阳的光斑在上面跳跃,一波一波地跳去跳来;山坡下是稻田,一畦一畦地不规则,但却盛着汪汪的绿,绿得有层次,是那种嫩绿、翠绿、老绿交错的颜色;山脚下有竹林,有芭蕉丛,有一条蟒蛇样扭动的大河,望云村就在河拐弯的宽大的河滩上。卢章华傻眼了,他使劲地揉自己的眼睛。他看不到自己熟悉的高原了。那是大山之上的一望无垠的高原,只有无边无际的卵石滩,卵石滩之外是浮土,浮土盖得过脚背,人一踩上去就不见了脚掌,卵石滩上只有稀稀落落的草,浮土上连草也长不出;望云村周围全是黄褐色,绿是极少的,连最贱最贱的白杨树和刺老苞树也只长得人高,就永远不会长了。羊倒是有,但羊永远吃不饱肚子,永远啃草根过日子,霜冻一来,荞子和洋芋的叶子就凌糊了,手一捋,黑色的叶子成为碎屑,顺着手指流下来。可眼前,咋就是这样一派葱茏,一派富庶,一派生机呢?

望云村的人都出门来了,他们全呆了,傻乎乎地望着眼前的一切,半天回不过神。德山老汉发了半天呆,就拧自己的大胯,他手下得狠,拧了一把不放心,又拧一把,把个大胯拧青了,拧得火辣辣地疼,他才相信自己是活的了。石柱和他婆娘,和几个一身长着鱼甲似的光着黑漆漆身子的娃站在一起,石柱以为自己一家人中了魔法,先打了自己几个耳光,把自己打得回过神来,又依次向自己的婆娘、娃娃打去,清脆的巴掌声在明丽的洒满阳光的早晨格外清晰。婆娘和娃被打了回过神来,回过神来又愣愣怔怔地茫然,他们咋也不清楚自己的村庄,咋就成这样了呢?七爷是村里年纪最老的,他虽然头晕眼花,看啥啥糊涂,但他也分明感觉村子变了样子,暖暖的太阳照在他穿的厚厚的棉袄上,使他感到暖和,感到身上发痒,他一边伸手去棉袄里挠挠,一边不停地朝地下吐口水,他最先的感觉是中了魔法,被什么神灵使了法,村子变成这样了。他感到恐惧,感到穿心穿肺的冰冷,刚才还发热的身子一下就冰凉了。他相信巨大的灾难就要来了,魔鬼不会给你好日子过的,眼前的景象,不过是短暂的,随之而来的,是无边无际的黑暗,是到处飘动的龇牙咧嘴、青面獠牙的鬼魂,是油烟乱窜、沸沸滚烫的油锅。他扑地跪在地上,闭着两眼,将头磕得咚咚直响。他一磕头,其他人膝盖软了由不得随他跪了下去,把头磕得咚咚直响。

望云村的人处在极度的惊恐和不安中。

很快,事情有了结论。当地的一家报纸发了一条消息:

A

本报讯 近日,邻省一座村庄,经过缓缓的山地滑坡,移动到我县A乡境内,坐落在凌云江的一个湾口上。这块飞来的土地面积一千五百余亩,土石方约有一千多万平方。最令人惊奇的是,这块飞来的土地上,竟有一个村庄,上有居民二百余人,房屋四十来座,房屋均为黄土舂成、覆盖茅草的草房。经过漫长的移动,房屋虽有裂缝,但无一倒塌,村民亦无伤亡。事发当天,省府即派出有关专家进行考察。

一

望云村从高达几千米的B省的凉冷高原,滑到了A省的江边坝子,这是谁也想不到的奇迹。A省自古物华天宝，经济发达，就是人口太多，寸土寸金，每寸土地恨不得捏出把油来。凌云江湾口上的这片滩地，就是因为两省交界，对这片土地自来就有争议，为了平息事态，就一直荒着。否则，精明的A省人，还不早把它熬成油，挤出血，敲出髓，化成膏，做成羹，岂有让它闲着之理。

望云村突然热闹起来。

对于这个从天而降的村子，两省的地方领导表示了极大的关心。先是B省、B地区、B县派出了以分管农业和民政的副县长为首的慰问团，携了大量的物资和资金，浩浩荡荡乘了几辆汽车，绕道进入A省。A省、A地区、A县的地方领导，同样派出了分管农业的副县长率人到县境边界上迎接。A省是礼仪之邦，自古崇尚礼仪，现在更是礼仪得了得。事关两省往来，岂能马虎，于是派了警车开道，派了部门相等、级别相等的人员乘车迎接。两帮人马汇合，领导握手拥抱、寒暄、致欢迎词；部门领导握手，拥抱、互相致词，此时，两省两县人员，欢情洽洽，犹如失散多年的兄弟，其情其景感人泪下。

A省A县县城宾馆里，早做了精心准备，双方领导会晤，洽谈，互相致意，然后举行盛大宴会。酒足饭饱，A县副县长提出请他们看县城夜景。B县副县长知道A县富足，发展很快，请他们看县城是有炫耀的意思，就婉言谢绝，说望云村飞到你们这边，是割了我们身上的一块肉呵，就像自己生的娃娃，管它好孬，总舍不得的，急着去看，我们就休息早点罢。A县副县长误解了意思，说你老兄知道，我们别的没有，人倒是有的是，负担重呵，自己的娃娃都养不起，还养得起别人的娃娃，还望担起。这话触到敏感话题，上面定了只讲慰问，不讲其他，两人就噤了口。

卢章华在之前已接到通知，让他做好准备，迎接自己家乡的慰问团。卢章华为这事犯愁，慰问团到村里，不比过去，就是领救济粮、救济物资。

这次是家乡人跨省而来,是自己的父母官来看流落在他乡的儿子呵!卢章华的心里又酸又涩,他不明白自己现在算 B 省人呢,还是算 A 省人?两边现在对这个敏感的事保持沉默,慰问团不可能以后经常来,那以后有了困难该向哪里请示该由哪里来解决呢?他这个村长算哪个省的村长呢?不要弄得亲爹不管养父嫌弃就糟糕毯了。再说,他这个党员的党费该交给哪里呢,找不到组织,岂不成了断线的地下党了么?

卢章华把村人召集起来开了个会,把自己的忧虑向全村人说了,希望大家一起来理清脉络。石柱家婆娘招呼着几个在地坪里窜来窜去的娃儿,她大呼小叫,一会儿扯这个的耳朵,一会儿打那个的屁股,没得一分钟的消停。卢章华被闹得鬼火冒,卢章华指着石柱家婆娘,说石柱婆娘,你讲该咋整?石柱婆娘说整个啥子?该咋个整哪个不会,虫虫蚂蚁都会,还要人教。村人哗地笑起来,笑得前仰后合,笑得打滚。刘大毛说你看你,你看你,啥也不晓得,就只认得整。不过大家也不要笑,她的这个整不是你们想的那个整。刘大毛自从在望云湖边和石柱婆娘有了一腿后,说话就时刻关照着石柱婆娘。石柱婆娘不领情,石柱婆娘说我说的整就是那个整,不要你多管闲事。众人又轰地笑起来,说刘大毛拍马拍错地方了罢,马屁股没拍着,倒着马踢着。石柱婆娘说拍你婆娘,叫刘大毛拍你婆娘。

七爷再也忍不住,七爷把拐棍挂得咚咚响,一个泥地上尽是圆圆圈圈。七爷说不要尽讲些狗屁潦草的话了,村长说正事,你们讲散话,村子说飞就飞到外省来了,也不晓得是吉兆还是凶兆。再说,猪狗都要有个主人,我们现在连哪点管都晓不得,你几爷崽几娘母还有心肠讲骚话。刘大毛拽拽快掉下去的棉袄,这里的天气是很热的了,他还披着棉袄,说七爷呀,你老人家操啥子心,天掉下来有长汉子顶着,那里不管有这里管,这里不管有上面管,望云村又没飞到外国去,飞到外国,大鼻子也要管。卢章华听得火冒,说刘大毛,你狗日的这癞子硬是癞到家了,硬是癞得流脓冒血头歪脚烂沟朝天了。刘大毛不服气,说我咋个了?你咋就盯着我?石柱说刘大毛说的也有道理,我们望云村反正是在中国地界上,反正有人要来管,不管我们吃啥?喝啥?政府啥时也不会放人饿倒不管。张柴妹的妈说村长莫焦心,我们晓得你是为大家好,急也急不了的。其实,只要耐心等着,总会有人来管的。

一时无话,大家神情漠漠的,发生了这样大的事,一个村庄说飞就飞到邻省去了,大家先是惊奇,惊奇过了,也就一副无所谓的样子。飞就飞吧,飞到哪里也是这样子。日子依然是慢慢流淌,日子依然是原来的日子,咋过,也是过呵。

倒是七爷说庄稼该咋种还得种,羊子该喂还得喂。卢章华一听这话心里沉甸甸的,望云村从高原高寒的顶部飞来,气候一下变了。那里现在虽说也到了天气暖和的时候,但气温始终是低,晚上还在冷得叫人打摆子。村子一下飞到这里,荞子、燕麦一下全枯了,手一捋,枯黑、焦脆的叶子变成细末,顺着手指水一样淌下来,连荞子、燕麦的秸秆也脆得一碰就断。庄稼是没指望了,该种啥呢?这里的气候是种水稻、甘蔗的气候,但种水稻就要开沟引水,就要挖地成丘。水稻是勤快庄稼,望云村的人见这里的人老早就起来,心里实在犯憷。刘大毛不说,就连二顺子、赵从义这样勤快点的人也叹气。他们爬起来屙尿,就见远处的田里有了朦胧的人影,他们说遭罪呀,这是人过的日子么?就缩着颈,又摸回去睡回笼觉去了。等他们爬起来,已经有人挑着豆腐、豆花、凉粉叫卖了。所以,说到种庄稼,大家都说这不好办呀,要挖沟到人家水库去接水,晓不晓得人家愿不愿呢?况且,这沟十几里长,是我们修得起来的么?卢章华只得摇头,心里是灰灰的,冷冷的。

现在,家乡的慰问团要来,卢章华激动了,村人激动了。卢章华读过初中，当过多年的村长，有一种找到娘家的感觉。村人激动了，他们知道慰问团来，必然带好多东西。刘大毛最盼望的是带了酒来，有了酒，日子就变得有滋有味，嗞溜嗞溜一喝，人就成神仙了，管它天玄地黄，顺墙根一靠，恍恍惚惚，晃晃悠悠，那种感觉，拿个县长也不换哩。不过，没带酒来也行，只要带了票子来。没有票子也行，只要带了苞谷来，可以去换么。石柱婆娘最想的是带衣服来，姑娘看着看着也在大了，还穿的筋筋绺绺的，实在不好意思。就是自己，看见人家这里的人穿得花里胡哨、光光鲜鲜的，也觉得脸上无光。况且，天气这样热，也总不能还捂着长三短四的裰子吧。人家德山老汉，和行署的一个副专员结了对子，人家送的薄菲菲的衣裳、裙子，老汉不懂行，拿去给冻坏了的羊披着，还说是糟东西。其实，听人说，那是韩国棉纱啥的，值钱得很呢。德山老汉呢，现在最想要的是一对羊。也是日怪，这村庄，这土地在高原上的时候，寸草不生，泥尘飞得呛鼻子。现在这里三天下小雨，五天下大雨，泥尘虽然冲跑了，却长出草来。望着小葱样青葱的草，德山老汉心里感慨不已。当初有这草，何至于让小女儿去望云湖找青草、陷在泥潭里淹死呢？过去有了羊无草，现在有了草无羊。要去买羊，哪里有钱呢？

卢章华说家乡的慰问团就要来了，我们没有啥好招待的，我看杀两只羊来招待吧。刘大毛一听要杀羊，先就高兴起来，说要得、要得，人家怹远来，连羊肉都吃不上一口，也太没情面了。卢章华生气，说情面个干鸡巴，买羊的钱要大家凑，你凑一份？刘大毛不吭气了，蹲着咽清口水。七爷说村长说得有理，我还有十块钱，是去年村里给的，一直没用。村人说不消宰羊了，村长。宰了羊，人家慰问团吃了，还说我们日子过得好，以后人家就不带东西来了。前些年上面的人来，见我们吃羊贴根叶，羊贴根叶熬得像阳沟泥，连盐都没得，人家难过得流下泪来，掏光身上的钱不说，人家记者还写了文章，将德山大叔，将石柱那窝崽崽照了相，外面不是捐了许多钱和物么。卢章华心里撒了盐样难过,面对这样的人,说啥呢?连话也是多余的,他难过得蹲在地上,想着自己这村长有啥用毬场,这村子也没啥奔头,心也灰、意也冷了。

  心灰也罢、意冷也罢,该做的事还得做。卢章华布置大家回去打扫卫生,说这该不要钱了罢,以前住在山顶,天气冷,水也缺乏,大家脏点也罢了,现在天天晴,洗件衣裳,早上洗了下午也干了,水也方便,凌云江就在下边,水随便使。石柱婆娘说水也不近哟,下到江里有里把呢。太阳又毒,一出门就晕得眼睁不开。卢章华火不打一处冒,石柱婆娘,你是大家闺秀?是黄世仁的姨太太?怕把你的脚走大?怕把你水淋淋的脸晒破?你硬是四两肉放二两花椒,花椒不麻肉麻。石柱婆娘脸上挂不住,心一横就抹下脸来,说卢村长,也没得哪个说要嫁给你,哪个晓不得你爱的是脸又白、眼又双、奶又大、腰杆又细、穿得又如人意的人,只是人家吃的是公家的饭,拿的是硬邦邦的票子,是望云湖边的黑颈鹤,屁你也闻不到一个。村里只有村小的小王老师是吃公家饭的,她随这个村子飞到邻省,钱从哪里拿还不晓得,心正烦呢。小王老师一下子跳起来,伸出手指戳着石柱婆娘,石柱婆娘,你闭住你的骚嘴,哪个是黑颈鹤?哪个想吃黑颈鹤?你说不清楚我撕你的嘴。石柱婆娘一步跳起来,蓬乱的头发夯起来,眼睛血红,扑过来就抓小王老师。小王老师毕竟是吃公家饭的人,毕竟力小,被石柱婆娘抓住,几扯几拽,就跌倒在地。众人急忙上前,抓的抓手,抱的抱腰,掰的掰手指,费了天大劲,才将石柱婆娘扯开。卢章华气得脸都白了,悻悻走回家去,关上门睡觉。

  村里日子,和以往任何时候一样,依然慵懒地流淌;村里的人家,没有啥变化,村街上,鸡屎、猪粪、草屑、树叶,脏得下不了脚。小王老师始终是文化人,她气了两天,自个儿为自己解闷,觉得和石柱婆娘计较,也太无聊。村里的娃娃好长时间没去读书了,再不读书,这村子怕是没救了。小王老师又挨家挨户去动员娃娃些来上课,村里的人对娃娃读书本来没有多大兴趣,但觉得闲着也是闲着,闲在家里一天吵得慌,不如让娃娃些去读书。

小王老师让娃娃些明天早点到校,说要打扫卫生。第二天清早娃娃些来了,拿着七长八短的扫帚、撮箕,村小其实也就是村里的一间公房,原来是堆粮食的。土舂的墙裂了老长的口子,茅草盖的顶也坍塌了,通花照亮的。一伙娃娃就一会儿将房子扫了,浮尘,泥土堆了一大堆。看时间还早,小王老师想起慰问团要来的事,就将娃娃些带到村街上扫地。太阳已出来老高了,一个村子还在寂寂沉睡之中,小王老师沉沉叹口气。小王老师家在山区,好不容易考取个中师,毕业分配一无关系二无票子,就分配到一师一校的望云村了。来到望云村,她不晓得哭过好多场,但最终还是认命呆在村里了。但她的心始终向往着外面,她常常在村口望着远处发呆。现在这个地方,是她向往的地方之一,但在高原顶部,只能望云雾缭绕的大山,大山之下是什么?谁也看不清,看不清越神秘,越神秘越想看,她成天就迷迷糊糊想外边的世界,以至于村里的人都觉得她有些呆了。

娃娃些听老师的话,大家就挥起扫帚扫地,这些娃娃基本没有扫地的习惯,是小王老师教他们找了些山茅草来,用竹竿扎了,就成扫帚。她叫他们带回家去,每天打扫屋子,可大人们都说不要土狗学着洋狗叫,穷讲究啥。于是扫帚在家里就派不上用场,他们也不晓得扫地该洒些水,扫起来尘土飞扬,呛得小王老师直咳嗽,眼也睁不开;他们扫地的姿势也很笨拙,不是右手捏住扫帚把,就像写大字样一撇一捺顺着写,而是两只手握住扫帚,使出一身蛮力,把灰尘向上扬去,扬得一村子赛过沙尘暴,一群鬼崽崽在弥天的沙尘暴里看也看不见,仿佛被魔鬼放出的烟雾吞噬了一样。他们还在沙尘暴中大声地咳着,笑着,你扫我一扫帚,我扫你一扫帚,谁扫谁也看不清楚。小王老师退出沙尘暴,她刚换过的一身衣服落了厚厚一层灰,随便抖一抖,那灰又成一个小小的漩涡;她刚洗过的头上,更是沾满了枯叶、草屑,被风吹干、被人踩成碎灰的鸡屎、羊粪,她一摇头,草屑、树叶、灰尘纷纷扬扬,呛得她又打了几个喷嚏。但她心里却是高兴的,娃娃些终究在学扫地,终究会养成讲卫生的习惯。但灰尘的雾越来越大,她不得不用干涩的嗓子,急急地呼唤他们,让他们停下来。等尘雾散了一些时,她看见村长卢章华也在灰尘里扫地,这个身躯不算高大的山里汉子站在娃娃中间,仿佛是一只骆驼站在羊群之中,显得有些不协调,有些出众。她正要和村长打招呼,哗地爆发了一阵冲天的笑声。娃娃些看见他们的老师实在太逗人笑了,头上、身上堆满了灰不说,那张平时他们看着清清秀秀的脸,现在变成真正的花猫一样的脸。小王老师的皮肤很白,高原的紫外线也没把她晒黑,白色的脸上覆盖着黑色的灰,又被呛得打喷嚏,眼泪揩了又揩,那脸就花得像狸猫了。学生娃娃一笑,她也笑起来,她看见村长卢章华和这帮崽崽花得好笑,她一笑,娃娃些笑得更起劲,沉寂、憋闷的村街,被他们的笑声笑得晃动起来。德山老汉、七爷、张柴妹的妈等跑出来了,他们以为村庄又动起来,不知又要飞到哪里去。等他们看到眼前的景象时,他们忍不住笑了,他们笑得开心,笑得弯了腰,这笑声有的是嘎嘎的,有的是跑风漏气的,像时断时续的风箱,带着嘶嘶声,有的是尖声尖气的,像划玻璃的声音。总之,他们很高兴,很开心。但小王老师笑着笑着却流泪了,她心里一下难过起来,那种难过是难以名状的,是说不清道不明的。她怕大家看见她的窘态,她掩着面悄悄走了。

慰问团来了,望云村出现了少有的热闹,村人全部涌出了家门,朝村里的那块空坝涌去。那块空坝里,堆着小山一样高的东西,几张蒙满灰尘的小车和货车停放在村街上。卢章华和小王老师率领着村小里的学生娃娃,将村小的桌子、凳子抬出来,桌子、凳子虽然破烂不堪,摇摇晃晃,龇牙咧嘴，但毕竟比坐在地上强。带队的副县长指挥着随行的人将车上的东西搬下来堆好，随行的人有的爬上货车，朝下递东西，有的吭哧、吭哧搬东西。村里的人激动得很，这次送来的东西比以往任何时候多，光棉絮就是百多床。刘大毛趿着鞋子，啪嗒啪嗒游来游去，他伸手去摸棉絮，棉絮上立即出现五个手指印，咦吁吁，这个好软和，整两床来盖着，安逸死了。他看到地下堆着一堆亮铮铮的水壶、钢精锅、八磅热水壶，还有大件大件的家用电器。他伸手去这个拎拎、那个提提，嘴里说这玩意有毬用，不如换酒喝实在，煮呀、煨呀、麻烦死了，鬼老二有心肠。刘大毛光棍一个，从来不兴做饭，有了酒，烧几个洋芋，烤一个苞谷，烧几个干辣子就一顿，有时连这也没有，就把干辣椒在裤脚上擦擦，就着酒也就一顿了。

　　村人善良，见家乡慰问团来了，就加入到抬东西的行列中，尽管一身的骨头睡得生疼，他们还是吭哧、吭哧卖劲。卢章华见不得刘大毛的样子，说刘大毛你狗日的摸啥摸，快来抬东西。刘大毛说我在瞧给有酒呢，咋个一瓶曲酒都不见，就是有桶散酒也好嘛。我今天，要招待慰问团的喝一杯呢。众人笑起来，说招待个干毬，你不要丢人现眼了，你除了吊着的玩意，你拿啥子招待？刘大毛说你们也好不到哪点，大哥不要说二哥。不是我穷，不是村里穷，人家会来慰问？

　　东西搬好了，带队的副县长在别人搀扶下上了桌子，那是两张课桌拼起来的临时讲台，人站上去嘎吱嘎吱的，摇摇晃晃的，副县长站在桌上，俯视着台下的人。台下的人噤了声。他们有的蹲在地上，双手抱住膝盖；有的木然站着，双手袖一起；有的干脆坐地上，啪嗒啪嗒哑叶子烟。副县长心里有些发酸，这就是自己土地上的人呀，你看看他们，现在还穿着长一件、短一件的衣服，衣服也是千奇百怪的，有穿棉袄的，有穿夹克衫的，有穿中山装的，还有穿西装的；女的穿的也是千奇百怪，有穿线衣的，有穿薄衫的，有穿运动服的，还有的穿的是时髦的，像带着一大帮娃娃的那个女的,人胖得不行,穿的却是露出肚脐的短上装,叫人看着想笑,但又笑不起来。这些五颜六色、式样不一的衣装,都是各个时期城里人捐来的淘汰的衣服,颜色是看不清爽的了,皱皱巴巴,七长八短,唉,这叫啥呢?

  副县长清理一下情绪,讲了一通省里、县里对望云村的关怀;讲了一通过去扶贫工作没做好,现在心里有愧;讲了一通一方有难八方支援的道理,最后又说现在望云村滑坡滑到这里了,关于望云村的权属,两省两地区两县正在协商,希望望云村的村民,思想稳定,安定团结,发扬艰苦奋斗、自力更生的精神,在当地党委、政府领导下,克服困难,适应环境,彻底改变贫穷落后面貌。我们是不会忘记你们的,我们的心是连在一起的。讲完这话,副县长心里一阵轻松,县里正通过省里和 A 省协商,准备以高姿态将望云村的管理权划给 A 县,而 A 县仍没有明确表示。他想他们是无法不接受的,总不能将这块地、这个村庄、这里的一切原封不动地搬回去吧。

  村人听副县长的话挺润心,他们虽然也没闹清副县长讲些什么,到底啥意思,但他们看到副县长带人送了这么多东西来,凭这些,他们能不高兴,能不感激么? 倒是卢章华听出了副县长话里的意思,卢章华说林副县长,你是说以后我们就在这里,你们就不管我们了么? 以后我们有事就去找这里的政府了么? 副县长愣了一下,说不是这意思,县里领导还是时刻关心着的嘛,只是你们要依靠当地党委、政府,主动争取领导,依靠自身力量,走上发展之路。村人咂摸一下,有些明白了,他们急了,一下子涌向副县长站的地方,乱纷纷嚷起来。有的说给是以后我们就无人管啦,你们想打撂边鼓,把我们推出去了? 有的说儿不嫌母丑、狗不嫌家贫,望云村自古是×县的,虽然现在飞到这里了,又不是我们使法力搬来的,我们反正跟定你们,有你们吃口干的,也有我们喝稀的。石柱婆娘将身子左一拐、右一推,就挤到前面来了,她说我不管你是啥领导,再大的领导我们也见过,那年和德山大叔结对子的副专员,还给过我家大黑、二黑、三黑、兰兰、花花一大抱衣裳,来德山老汉家也不忘送一口袋盐巴,一口袋苞谷。你们安起心要把我们揉出去,你们还有良心?反正找不到吃的穿的,翻山越岭我也要带上这帮娃娃去找你们。七爷站在远处,七爷说世道变了,世道变了,咋说不管就不管呢?我一个孤寡人倒无所谓,也没几天的活头,沟死沟葬,路死路埋,只是可怜一个村的人了。

  小王老师带着村小的娃娃站在远处,这帮娃娃也不晓得发生了啥事,见村里的大人蚂蚁样涌向站在桌上的那个胖胖的领导那里,那胖胖的领导像个暄软的大馒头,那群蚂蚁要把他咬碎掰成块抬回家去,他们也想涌上前去。小王老师厉声止住了他们,她的眼里噙满了泪,她说同学们,我们就在这里上课,我教你们认字。她从地上拾起一根棍子,在地上写了一行大大的字"天、地、人、山、水、云"叫他们跟着自己念。

  望云村热闹了,那些天,Ａ省Ａ县的许多人涌进了望云村,他们是来买东西的。先是一个游走四方的货郎无意中走进望云村,对这个陌生的地方,周围村子的人不敢贸然踏进,他们不知道这个飞来的村庄到底咋回事,他们现在属哪里管,他们的风俗习惯如何,能不能容纳外人。这个收购废品的货郎那天早晨走着走着就走到了望云村,他昨天在一个朋友家喝酒喝得烂醉如泥,早上还在云山雾海,昏昏沉沉的,就走入这个村庄了。他进了村子,鸡不叫、狗不鸣,家家还闩着门。他好生奇怪,看看这些房子,都是泥土舂的,茅草盖的,树没几棵,都是蔫头搭脑的。他觉得没得搞头,这样的村子是没有多少油水的,他们的东西本来就不会多,更说不上有啥废品好卖了。他正要折回头走时,一扇门吱呀响了,一个头发乱糟糟、眼角堆满眼屎的人,正提着裤子走到墙角,向土墙上冲尿,他那泡尿是憋足了的,热刷刷的尿将土墙冲了一道湿淋淋的沟。货郎向屋里一看,屋里空荡荡的,由于墙很黑,窗子又小,屋里就朦胧,就晦暗,一阵浓烈的臭味从屋里冲出来,货郎被这味呛得后退了一步,他不知道这味是啥味,不是鸡屎、牛屎、羊膻味,但似乎啥味都有。刘大毛见有人在向他屋里窥看,立即警觉,看啥子看?你是干啥的?想偷东西?告诉你,我这村子几十年没出过一个小偷的,你莫坏了规矩。刘大毛说的不是假话,望云村穷么穷,但几十年来村里确实没有丢失过东西。刘大毛别样不行,在这点上大家也是公认的,哪怕连把荞面也没有,哪怕连个洋芋也没有,刘大毛也不会偷一点东西。刘大毛经常拍着胸口说人要穷得新鲜,饿得志气,就是饿了抓土吃,也不要动偷的念头。

　　货郎要走,刘大毛拽住他的挑子不让走,要拽他到村长那儿去。货郎只得停下来,说老哥,我是来收废品的,偷东西不会晚上来?大清八早偷东西不是背锅上门找锤打吗?再说你这屋里有啥好偷呢?你屋里那几个烂草墩,丢在我们那里还会被罚款哩。刘大毛一听就生气,你、你是看不起我们村,看不起我?你们A省人有啥子了不起,人多得赛过耗儿,五八年饿肚子,你们这里的姑娘跑到我们那里,十斤粮票就嫁人。你说我只有烂草墩,告诉你,老子有的你未必有。说完他跑进屋,你等着,我拿几样给你看,省得你嚼舌头。说着,他将新屉锅、新水壶、新垫单、新棉絮、新铅桶,乱七八糟抱出一堆,神气活现地说,你睁开眼看看,这是啥子?还怕你有得起。货郎说老哥,你这些东西卖不卖?闲着也是闲着,与其闲着不如换点钱用。刘大毛一听换钱用,马上就想到换酒喝,他转着头嗅了嗅,果真闻到酒味,他的脖嗓眼开始痒了,心里渴求一种热辣辣的东西,顺着脖子嘶嘶的一声灌进胸口,呀,那感觉,那滋味。但刘大毛忍住馋瘾,想到在外省人面前应有的尊严,说你说话舌头不和牙巴骨商量,我这东西是卖的吗?我是靠卖东西换钱的吗?闲着也是闲着,我不靠它换钱,放着让它生锈长霉变成灰,我也不心疼。说完这话,他挺神气,把裤带紧了紧,人也精神了许多。那人一副讨好的嘴脸,说老哥、老哥,我晓得你不会把这些东西当金值宝的,你就照顾我一回,我家里七老八小的,靠我赚点钱养家糊口,就算你接济我吧。刘大毛更得意,高声大嗓地说这还差不多,看你的老人、娃娃造孽你拿去赚几文吧。货郎说大哥你要多少钱?刘大毛说你看着给,只要差不多,我还会为几块几角和你争吗?货郎说好、好,我算遇到慷慨大方的人了。只是我也不会乱压价的,不会赚昧心钱的。说着拿出一个计算器。得了得了,你用嘴算不要用洋东西蒙人。那人就一五得五,二五一十,三七二十一地指着一样东西说个价,噼里啪啦,叽里咕噜,算得刘大毛头发晕。刘大毛说算了、算了,你说个总数。那人摸出160元钱来,说大哥,这是整数,六六大顺,有福有禄,有衣有禄。刘大毛心中窃喜,怎么有这么多钱呢?块把钱一斤的苞谷酒,要打多少斤呵!就是找罐罐装,小点的罐罐不晓得要好多个才装得完。喝不完的拿来窖在地下,听说窖的日子越久越好喝呢。

收废品的货郎稳稳地走着,一脸的懊丧,极不情愿的样子。等转过村口,他拽开大步,飞嗒嗒跑起来。他怕那人回过神来不卖,等他跑出望云村地界,鬼影子不见一个,才满心欢喜,哼起小调来了。

接着,望云村周围的人涌来了,他们这家那家窜,买这样、买那样。望云村的村民没经见过世面,绝大多数人一辈子没进过一趟县城。过去,人家送啥用啥,送啥吃喝,送来的衣服、毯子、棉被,大多是机关单位捐来的,送来也就穿了,也就用了。可是这次送的,全是新的,有些是他们见都没见过的东西。像洗衣机,他们不明白有啥用,也不晓得怎样用,更不能用,因为电都没有,总不能点上煤油灯就发电吧。石柱家婆娘得到一台洗衣机,她看着心焦,烧不能烧,煮不能煮,看个半天看不出有啥用,为此她还和村长卢章华吵了一架,说村长欺负她,假公济私,公报私仇,说到底就是她和小王老师吵架的事他记在心头了。卢章华说你懂个屁,这洗衣机洗衣裳不用手搓手洗,插上开关衣服就洗干净了,你家恁多娃娃,将衣服洗干净点不好吗？省得像窝猪省得丢人现眼。石柱婆娘说电呢？没得电它还会自己动？这倒是个问题,卢章华也答不出来了。其实,当初慰问团拉了几大汽车这样那样的东西,卢章华就知道这些东西用不上,可他不敢问。人家副县长带着这么多人泥一身、汗一身地送到这里,你不领情还说三道四,这还是人吗？就是送片鹅毛来,扛着也是沉甸甸的。但卢章华最后还是问了,他不敢问副县长,他问一个他熟悉的人,这人是文化局的一个画家,来过望云村采风、画过七爷、画过玉秀、画过德山老汉,听说他画的德山老汉,还得过全国大奖。哭兮兮、愁兮兮的,还得奖,再说,他看到他画的那些景,也是土得掉渣,用的颜料,多半是土黄色的颜料,一堆一堆涂上去,还用刀子刮,他当时看着就不舒服,说咋不多用些红的、绿的颜料,好说红颜料、绿颜料贵,舍不得用？画家笑得脑袋歪去歪来,头发甩来甩去的,说这你就不懂了,这是艺术,原汁原味,反映生存环境,反映厚重文化底蕴的艺术。卢章华不敢再问,但他和画家成了朋友,有谁不愿坐着给画家画的,卢章华去做工作,连唬带吓地让人乖乖坐着。画家悄悄地告诉他,县里是最后一次来慰问你们,省里、地区都给了钱,钱不少呢。但县里经费紧,就不让带现金了。县长叫百货公司把他们积压的东西拿出来,说又可缓解百货公司的困难,又支持了贫困山区,还给他们送去了先进文明的东西。也有人说望云村不通电,洗衣机、电视机、电饭煲、电炒锅、电毯这些带电的东西就算了吧,望云村没有电。县长一拍桌子:你这同志,头脑少根弦是不是？望云村没电是事实,可它飞到了发达的省份去了,人家会坐视不管么？等人家安好了电,我们啥也没有,不是惹人笑话么？再说,贫困山区的群众缺少文化,没有现代文明的东西,我们难道让他们永远过愚昧、落后的生活么？我们的责任何在？难道望云村飞出去了,我们就忍心让他们永远落后么？画家说完话,匆匆搬东西去了。卢章华迷茫起来,不知这话是对还是错。

吵归吵,东西还得要。石柱婆娘看来看去看不出洗衣机可以拿来整啥子,最后,她看见墙角堆着一堆还没去壳的荞子,地下潮湿,下面的已经变霉了,这婆娘灵机一动,一拍大胯,说我咋恁笨呢,拿来装荞子多好,又不潮,虫虫、耗子也吃不到。嘿,还和人家村长吵呢,真是狗咬吕洞宾不识好人心,真不是东西。她边骂自己,边把荞子装进洗衣机缸里,大缸装完又装甩干那个缸。她嫌甩干机里的东西碍事,也不懂得咋个弄下,也懒得去想,叫大黑、二黑坐在洗衣机上,呼哧呼哧将它拔下。两个缸还真顶事,地下的一堆荞子装完,还空了一截呢。

望云村热闹之后,家家都把那些用不着的东西拿出来卖。他们正愁钱用呢。买煤油要钱,买盐巴要钱,买块布要钱,头疼脑热不作数,不兴看病的,可总有耐不过去的病,总有这样急事那样急事要用钱。小王老师为了让娃娃些能上学,已经把自己的积蓄用干了,光铅笔本子课本就是不得了的一笔钱。村人看着小王老师渐渐憔悴、渐渐蜡黄的脸,心里其实也不是味。她现在是领不到工资的了,连望云村都晓不得归哪里管,她到哪里领工资呢?

望云村出现了短暂的空寂。收购东西的热潮退去后,望云村周围的人对这个村庄失去了兴趣,这个村尘土飞扬,遍地鸡屎羊粪,树也就几棵,村庄又破败,人又肮脏木讷,来这里干啥呢?连摆龙门阵也搞不在一起,你说东他说西,不要说啥艰深的了,连现在常识性的东西也搞不清,有啥谈头。

但沉寂也就是短时间的。精明的 A 省人又在动望云村的脑筋,他们晓得望云村的人最近手上有点钱,不在他们手上赚点钱,那才是憨包日脓包。望云村周围的这些村庄,说富裕其实也不富裕,别看他们出产好,人勤快,把水稻种得齐崭崭,谷穗沉甸甸,把大肥猪喂得溜溜圆,要有门扇宽,肥得站不起身子,一天只会趴在地上哼哼。其实,他们腰里的钱袋子是瘦的，喂头猪苦死苦活，看着光溜水滑逗人喜爱，卖出去也就五六百元。菜叶、红苕、泔水不算，连上精饲料，其实等于没赚到钱，但还是要喂，不喂干啥呢？等于零存整取罢了。这里柑橘很多，柑橘投入大，农药、化肥、器械、人工一刨，有时连本也保不住了。日她妈的，Ａ省人说，老子们苦死苦活赚不到钱，不如人家飞来的这个村庄，有政府管，救济物资救济款时时拨来，跷着脚享受就得了。要穷穷到底，政府好管哩。

  头脑灵光的人，就先到了望云村。会理发的江黄鳝，将家里多年不用的理发工具找出来，这些工具闲置了好多年，生的生锈、霉的霉变了，将工具修理好，剃头刀磨得铮亮，理发剪磨得飞快，又买了新毛巾、新围巾、新屉锅等等东西。他到了望云村找个地方摆开摊子，一看糟糕，没地方煨剃头水。没剃头水是无法剃头的。他推开邻近一家的门，张柴妹的爹在裹叶子烟，说你干啥子？没得东西卖了，你别家瞧去。剃头匠江黄鳝说我不收东西，我剃头。他说你更是找错门了，我不剃头。江黄鳝说清来意，请他帮忙煨几锅剃头水，不让他吃亏的，他会付钱。张柴妹的爹说你就见外了，望云村的人咋会收钱呢，望云村的人咋会见钱眼开呢。兄弟，只是没有柴火，实在对不起人了。江黄鳝说老哥，麻烦你帮我去附近搂点柴草，好歹烧点水罢，来，这是两块钱，不成敬意。张志林看剃头匠啪地将票子拍在桌上，很自得的样子，不由得来了脾气，咋，摆谱来了，你看你那票子，捏得汗叽叽的，油都捏出来了。你是欺负望云村的人？两块钱就想支使人？告诉你，政府家每次给我的钱也不下一二百，也没支使过我，连口水也不喝的，你倒拿两块钱支使我来了，好说我就恁贱。剃头匠见他突然翻脸，突然发脾气，觉得好没来由，在他们这里，做事给钱，天经地义，做事不给钱，才要被人吵的。嘿，这村里的人，咋恁日怪。

  村长卢章华听到争吵声，忙进来问清缘由。卢章华说张志林你没毬道理，不烧就不烧，吵个干毬。在这里我们是客人，人家来村里，人家是客人,你狗日的连这点道理都不懂。说完扯起剃头匠就走,到了他家,吩咐婆娘燃火煨水,婆娘嘟囔说柴草不多了,要吃生的了。卢章华眼睛牛卵子样一瞪,婆娘就不吭声了。卢章华叫婆娘去舀了一大碗雪白的炒面,加了糖,捏成坨,让剃头匠吃。剃头匠江黄鳝吃了一坨,觉得好生好吃,炒面做得地道,细腻绵软,回味悠长,入嘴甘甜,很有嚼头,连连吃了几坨,噎得脖子伸得老长老长。

水煨好,剃头匠说为卢章华村长剃头。刚要剃头有人吵架,他忙着去了。剃头匠看村里的人蜂拥着赶去,觉得好笑,这村的人闲着无事,有了动静,大家都忙去看热闹。不像他们村里,各人忙各人的事,就是在门口打翻了人,只要不是自己的家人,都没人管的。刘大毛趿着鞋忙着去看热闹,经过剃头匠的摊子,咦,剃头的,咋会来这里?剃头匠见他那身打份,那头乱蓬蓬的、沾满草屑灰土、长及下巴的头发,以及隔着几丈远就闻到的刺鼻的汗酸味,就不想招揽这个顾客了。但也是一刹那的时间,剃头匠排除了杂念和感官的刺激,非常冷静并且迅速地接纳了这个顾客。这是营业呐,只要找得到钱,管他男的、女的、老的、少的,干净的还是脏的,都要做。于是,剃头匠迅速地调理好表情,热情不已,请刘大毛理发。

给刘大毛理发,确实是件痛苦不堪的事。刘大毛浑身散发出的酸臭,一股一股地喷射出来,浓酽得旷野里的清新空气也化不开。剃头匠被这一股一股的气味弄得五脏翻滚,胃里泛起的热物几次差点把他熏得呕吐起来。这伙计似乎从来不洗澡,脖上的汗垢层层叠叠摞起来,手摸上去像田埂的感觉。洗了一盆水,把剃头匠江黄鳝吓了一大跳,那水肥得可以压田,黑黑的,稠稠的,黏黏的,像熬胶的水。剃头匠也顾不得心疼洗头水,忙又倒了一盆,刘大毛却说够了、够了,洗一盆就得了,还洗啥子?剃头匠好笑,只见有要多洗的人,还没见有要少洗的人,就势将水端开去。谁知,吃亏的还是剃头匠,他那新毛巾拿来一擦,那新毛巾就乌黑了,他忙抓了一把洗衣粉去洗,咋洗那毛巾也是乌的。刘大毛不耐烦,说你快毬点剃,紧洗慢洗,洗得出朵花。剃头匠忙来剪发,好在剪子新磨,锋利好使,咔嚓咔嚓一通狠剪,脚下堆起小山一般一堆头发。他这一剪,刘大毛反而难看,开头是头发、胡子连一片的,虽肮脏,却也看得顺眼,现在剪去头发,剩个毛蓬蓬、乱纷纷的连腮胡,反而不顺眼。

剃头匠不想剃那又硬又蓬乱的胡须,恐怕磨几次剃头刀也剃不干净的,就说可以了,要他起来。刘大毛问胡子咋不剃?剃头匠哄他,说剃头是剃头的钱,刮胡是刮胡的钱,不划算哩。刘大毛生气,说你是狗眼看人呀,不就是钱吗,你疑得老子没钱,欺负老子?江黄鳝笑起来,好,好,我是为老兄节省哩,既然这样剃就剃,哪个怕哪个。尽管如此好糊弄,剃头匠江黄鳝还是讲信誉的,他前后磨了三次剃头刀,认认真真为刘大毛剃了满脸的胡须。理完、剃完,光棍刘大毛焕然一新,连剃头匠也惊诧,咋这一日弄,人就变了。刘大毛尽管衣裳还是那身衣裳,鞋子还是那双鞋子,但人一下精神起来,年轻起来,有头有脸有模样了。

看热闹的回来了,那里的热闹刚看完,这里又有热闹看。望云村以前是从来没来过剃头匠、补锅匠,这样匠、那样匠的,所以村子沉闷而孤寂。见到有剃头匠来,他们觉得稀罕,又尤其是为刘大毛剃头,他们不光觉得稀罕还觉得纳闷。好不好的一个剃头师傅,穿得干干净净的,人又体面,咋干上这行了呢?这也不说,做活也分个主,你看刘大毛,啧啧,谁不知道这个老光棍一身又脏又烂又臭,公然有心肠去伺候,拿给我,给多少钱也不干。他们看到黑得压肥似的洗头水,看到那变成乌黑的毛巾,看到剃头师傅又洗又刮,反反复复地折腾,弄得一脸是汗的样子,他们有些同情起这个剃头匠来,同时也有些看不起这个外省人,不就是两块钱的生意,犯得着吗?

站在人圈外的小王老师也在看热闹,小王老师看见这剃头匠不怕脏,不怕累，拿得起，放得下，心里有些感动。看这人样子，斯斯文文的，干干净净的，怕有些文化呢，这种活计人家也做，难得呢。莫名其妙的，小王老师心里有些热，热什么，她也不明白。

接着，望云村又热闹起来，补锅的，做木工的，漆匠，猪贩子，补鞋的，爆米花、苞谷花的，卖布匹的，卖成衣的，卖水果糖、冰棒、袋装食品、娃娃玩具的都来了。望云村的人那些时神气极了，大家捧着、哄着、说着奉承话，嘴巴甜蜜蜜，大爷大婶、叔叔娘娘、姑爹舅舅、老哥小弟、嫂子、妹子的一通喊，说望云村风水好，运道好，说望云村人诚恳善良厚道古风犹存现今难找，说望云村人热情大方慷慨有气质不小里小气夹里夹壳男的英俊女的漂亮小伙潇洒姑娘温柔娃娃聪明，听得望云村父老乡亲眉开眼笑自信陡增自豪顿出心情开朗怜悯悲壮。要请人家喝茶喝转转酒，哪个不喝哪个就要被吵，请人家吃荞面吃炒面吃荞疙瘩饭甚至吃羊肉，哪个不吃哪个就脱不了身，有的甚至连鸡都杀了和人家喝酒吃鸡肉一吃就是一天，村街上就躺倒了好些村里村外的醉汉。望云村人感到前所未有的尊严和自信，走路脚上有劲身上有力，胸口也不自觉间挺了老高，村长卢章华都感到高兴，活人，不就是这样活吗？

望云村慷慨和大度，连耍猴戏的、要饭的都来了。他们的东西在前些日子基本卖光了，手里的钱在这种滋润和自尊的日子里很快也没有了。好在所在县送来一笔安家费，送款的同志再三嘱咐不要将钱分了，要留着安排生活、发展生产，作长远考虑，不要乱用了，政府以后不可能再给。卢章华攥着钱心里沉甸甸的，他不敢将钱分了，也不敢让村人知道这笔钱，他偷偷地去把钱存在 A 县的银行里，银行的人在帮他办完手续离开柜台的时候，感慨地说现今大款的日子也不好过，为了怕露富，穿的比穷人还穷人，又怕娃娃遭绑架，又怕强盗打劫，还是我们省心，盖章拿钱，按月领钱，富也富不了，穷也穷不了，多好。

望云村的繁荣和热闹是短暂的,木工来了又走了,这个村的人又不做门窗又不打沙发、做家具;贩猪的来了就走了,村里只有羊,羊也又脏又瘦的,只有几家喂了猪,那猪是不兴圈养的,精瘦,常年在野外跑,跑起来爬坡上坎灵便自如,速度快得像训练过的运动员,看得贩猪的目瞪口呆。补鞋的也失望,那些鞋是不用补的,还不够补的钱,况且朽得很,手一用力就坏了,成为烂筋筋;倒是爆米花、苞谷花的忙了几天,这里没苞谷,A省人聪明,叫他们将荞面掺水搅成疙瘩,爆出来还格外好吃。冰棒和袋装食品使望云村的人开了眼界,冰也有这种吃法的,一根棍子上竟然挑着一坨冰,还根根一样大小,一样形状,使他们大惑不解。反正也不贵,娃娃吃大人也吃,开了洋荤。袋装洋芋片也使他们大开眼界,洋芋片片撒作料,又薄又脆又香,到底是咋个装进去的呢?也不见针脚也不见火烙痕迹,狗日的,城里头人这脑壳也不晓得是啥做的。

耍猴戏的使望云村村民大开了眼界,他们里三层外三层围得针插不进水泼不进去,他们看得直咂嘴直叹息,世上咋有这灵巧的猴呢,叫立正就立正,叫稍息就稍息,叫翻筋斗就翻筋斗,叫挑担子就挑担子。一个猴子坐上木板加滑轮做的车,一个猴子推着滴溜溜转,还挤眉弄眼抛飞吻。他们笑得直喊肚子疼,感慨又感慨,把手中的硬币、毛票尽其所有地丢进猴子头上顶着的盘子。天黑了,村里一反过去的沉寂,家家都燃着煤油灯不睡觉,都在回味白天看到的一切,为一些细节争执得面红耳赤。七爷也加入了争执的行列,七爷说你们没见过世面,眼光也太短,见识也太少了。解放前的头两年,我进城给吴四老爷送肥羊的时候,见到的那猴把戏才真是猴把戏,现在这猴子哪像过去那猴子,挤眉弄眼没真功夫……七爷一说大家也就不好开口,村里进过城的数来数去就两三个,解放前是七爷,解放后是卢章华,小王老师是外地人不作数的。

像潮涨潮落一样,潮涨得快也退得快,况且这潮也就一回,不会再来的。望云村的村民开头还沉浸在潮涨的回味中,天天讲述着这些天的见闻和感受,渐渐地,村子又回归到过去的沉寂中,日子过得又单调、沉闷起来。单调也就单调、沉闷也就沉闷,多少年多少代都这样过来了,也没啥。问题是没有过这种日子也好,一度的滋润而受人尊重的日子一经有过,大家就有些怀念起来。就像一个从来没结过婚的闺女,对那事是模糊的,不太想念的,一旦有过那种体验,就会怀念起来,而且越得不到就越想。

大家开始并不知道上面发了安家费,后来就知道了这笔钱。石柱婆娘愤愤然,嗯,这钱是大家的,又不是哪个自己的,藏着掖着,整啥子名堂,好说想吞掉?刘大毛前些日子尝到了做人的滋味,人呐,有了钱就是爷,就有人敬着、捧着,就风光,就体面。被剃头匠江黄鳝剃过头刮过胡子后,刘大毛对自己也怜爱起来,他甚至花了十块钱买了一面大镜子钉颗大钉子挂在墙上,他甚至有了照镜子的欲望和爱好。分给他的衣服早就卖了换酒了,但卖东西使他手里有了钱,他又买回一套灰不灰、黑不黑的西装,还像模像样打条领带,那领带挂在他脖子上要多难看就有多难看,就像七爷死去的老伴七奶奶缠的裹脚带,但那毕竟是领带呵。邻村的一个上了年纪退了役的在城里无法营业的土鸡,在望云村最热闹的时候也来凑热闹。凭着职业敏感,这个退了役的处于歇业阶段的鸡发现背后有热辣辣的眼光,这种眼光从背脊烧到屁股,又烧到侧胸,又烧到胸口,她就知道遇到猎物了。她漫不经心地逛街,漫不经心地搔首弄姿,漫不经心地在看热闹的人群外站着造型,一会儿双腿微开,一会儿单腿撑立、臀部隆起,一会儿双手抱胸,把个乳房高高挤出,使得刘大毛浑身出火。其实这个鸡土得掉渣,四十多岁了不说,一身的赘肉臃肿不堪,身上大红大绿的衣裤是乡场上十分便宜的货,脸上抹的也是红一块白一块的,又没抹均匀,就显得像生癣了。她的手一个钟头前还在剁猪菜、煮猪食,留有一股浓浓的猪食味,但这并不妨碍刘大毛的审美,在刘大毛眼里这简直就是天上的仙女。

腰包里的钱使他有了胆量和欲望，但这毕竟是个从来走不出山村的汉子，他不知道怎样才可以和这美女接触，他担心一开口就被人家一顿臭骂，最要紧的是怕人家抓住他，大喊抓流氓、抓流氓，弄不好被人臭打一顿不说，还会被拿去挂牌游街，天天罚做苦活。望云村是古朴的望云村，望云村极少发生这类风流事，人家这样漂亮的一个女子，怕是村长的婆娘、乡长的姨妹也难说。所以，刘大毛一边跟着一边浑身冒火一边犹豫。他的种种表现被明察秋毫的女人看在心里，时机已经成熟，鱼儿已经上钩，鱼漂已经震颤，女人折回身去，嫣然一笑，灿烂无比。

大哥，这猴戏好看不好看呀？

好看、好看。

你是村里人吧，大哥？看你穿的恁漂亮。

是村里人，是村里人，不过我没老婆，光棍汉一个，孤楼人哟。

哟，莫哄人了，这么伸展，这么标致的人，咋会没老婆？

真的、真的，哄你我是猪！

大哥，也不请我去你家喝碗水呀，你看妹子一头一脸都是汗，脖嗓眼干得冒火。

要得、要得，我怕妹子嫌弃哩。

刘大毛有了那次体验，快活得很久回不过神。杂种的，有恁好的女子，有恁好的享受呀，以前是白活人了。啧啧，人家那身皮肤，缎子样的，摸到哪点哪点滑刷，嘴巴又甜，大哥、大哥喊得魂都丢了，功夫好，劲道足，还教他几种玩法哩，还叫哩，把人骨头都叫酥了。只是要的钱也不得了，开口要十块，他简直高兴坏了，腰包里的钱，不晓得要玩多少回哩。谁知一块是十元，妈的，一百就一百，就是卖房子也值，就是死了也值。只是，他的钱始终有限，卖东西的钱又要喝酒又要吃饭，有好多羊子赶上山？他和望云村的所有的人一样,体会了钱的种种好处,更体验了没有钱的难过,对于钱,比任何时候都渴望了。

二

正当他们在石柱家商量着去找村长卢章华要钱的时候,正当卢章华也分头做工作,争取了七爷、张柴妹的爹、陈翠花的妈、姜小英的舅舅等人的支持,执意不分钱,要将钱用来发展生产时,两边的人就旷日持久地争斗起来。他们都用尽了心机和力气,苦闹、争吵、威胁、开会,连娃娃些也如此,搅和了进去。小王老师天天一家一家喊娃娃去上课。小王老师心里很苦,人瘦了许多,她现在家不是家,工作不是工作。最要命的是,上面给钱给物没她的份,她是教师,不是救济对象。小王老师随着望云湖飞到A省后,就像断线的风筝,脱离组织的人。望云村的管理权属两地一直没扯定,一个要给,一个不要,给的硬是要给,不要的硬是不要。两边的协调会已经开过多次,但望云村划给哪边的事,一直没有结果。没有结果小王老师就找不到领工资的地方。她一封又一封地写信,均是泥牛入海无消息。

灰心极了的小王老师还在坚持上课,但总要生活呀,现有的那点底子,早就耗在村子了。娃娃些苦呵,连买课本、买铅笔的钱都没有,上啥课呢?

这天无课,小王老师烦得不行,就信步走出村子,走到这块土地的边缘。她发现望云村的土是黑褐色的,这里的土是赤红色的,好鲜明的对比呀,这两种土壤能融合在一起么?能渗透在一起么?她想到了这个问题,想着想着她就信步走进了这个村子。这是个多么秀丽的村子呵,潺潺的溪水环绕着村子流淌,一丛丛的翠竹绿得滴得下水来,高大的黄桷树将村子笼盖在绿荫之下,村里好洁净,家家粉墙青瓦,也有几栋小洋楼,地上扫得干干净净,卵石铺路,清清爽爽,小王老师心里好生感慨,人呵、人呵……这人字,多简单的笔画,也就是一撇一捺,但内涵是多么不同哟。

正感慨,有人和她打招呼,那人穿着短袖白衬衣,一条长及膝盖的短裤,一双凉鞋,正在修理打谷机。小王老师一看,不是剃头匠么?剃头匠江黄鳝把小王老师招呼进屋,屋里其实也没啥,就是些竹椅、竹凳、竹茶几,值点钱的,还是从望云村低价买的电器哩。但屋里清爽无比,墙粉得刺眼,水泥地上没有一点灰尘、杂物,竹椅、竹凳擦得亮铮铮的,鸡圈在院内,猪圈在屋后,几丛芭蕉,几簇竹子,就把舒适、宁静、恬美的农家生活勾勒出来了。

江黄鳝其实不是剃头匠,那只是他会的一门手艺。江黄鳝其实不油滑,是地道的农家子弟,初中毕业回乡,皆因父母多年患病掏空家底,在家吃得苦、做得活,就是爹死娘瘫在床,不敢出去打工、闯世界。在望云村剃头,他对小王老师印象深得很,这女子穿得不出众,但干干净净、文文雅雅,知道她是村小老师了。小王老师呢,看见剃头匠体体面面、整整齐齐个人,不怕脏,不嫌苦,给刘大毛等人理发,也留下了深刻的印象。

喝着又苦又凉的大叶苦丁茶,剃头匠谈起了对望云村的印象,特别提到荞麦炒面,提到荞麦炒面江黄鳝嘴里还有余味。那是尽善尽美的环保食品呀。小王老师说那有啥用,环保也好,无污染也好,不值钱的。江黄鳝突然一拍大胯,说我们这里从来没见过炒面,做得又地道,营养好,味道好,吃法又别致,特别是用手捏,传统又正宗,何不去镇上摆个摊,专卖望云村炒面。小王老师也顿悟,说这就好了,炒面上市,就有销路,就有卖价。二人兴奋起来,细细策划一番,连如何加工,如何销售等等都想好了,又不要多大投资,是心想事成的生意。江黄鳝热情邀请小王老师入伙,说炒面的吃法,要用手捏才地道,而捏的人要清秀干净,人家才爱吃,小王老师人又文雅干净,何不一起来做?

小王老师没想过这事,猛的一下提出来,她就有些犹豫。但想想,卖炒面也不是啥不光彩的事,人家这里的人修脚、补鞋子、拾破烂啥都干,现在工资无着落,能卖点钱,也才能支撑着,可是她答应只在休假时去卖。

那天是星期六,小王老师从远处挑来水,干干净净洗了个澡,换了一套自己平时舍不得穿的裙服,和江黄鳝一起去镇上卖炒面。由于这玩意这里的人都没吃过,加上炒面确实好吃,绵扎有筋骨,细腻沁凉回味悠长,加之小王老师人长得秀气,穿得整洁又得体,加上江黄鳝人周正,能说会道,讲了一通营养价值抗癌功能保健作用特色产品本地没有外地不多的转珠话,镇上人蜂拥而至,抢着购买,尝一口,确实好吃。只是忙得小王老师一刻都不消停,脚都站木了,比连续上几堂课还累人。回去一数票子,麻麻渣渣一大堆,竟然卖了三百来元,把个江黄鳝喜得走来走去,搓脚捻手的。

小王老师手里有了钱,心情开朗起来,衣服比原来新鲜时髦,脸色红润,精神饱满,课教得更认真。有了钱,她基本上不让学生再交费了,有时还将从镇上买来的食品分给学生吃。张柴妹掰着一块沙琪玛,一点一点舍不得吃,说要带回去让她妈开开洋荤,这世上竟有这样好吃的东西。小王老师眼睛湿润起来,心里酸酸地不好过,干脆把那袋沙琪玛送给了她。

村里的人渐渐对小王老师不满起来。石柱婆娘见小王老师的衣服越穿越新,式样越来越多,还剪了新发型,化了淡妆,村里的男人、女人的眼都被勾了,心中实在不是味。那天石柱见小王老师走门口过,眼睛盯盯不断线,石柱婆娘心里蹿起一股火,过去就朝石柱胸口上猛地揉了一下,说看啥子看,看不看还不是狐狸,看不看除了那身皮,哪样和老娘不是一样的?一天朝镇上跑,也不晓得去整啥子?不干见不得人的事钱会猛起来!石柱正聚了精神看,被这一揉就差点跌倒在门里了。石柱恼羞成怒,扬起手掌就给婆娘几巴掌,还忘不了朝婆娘磨扇样的屁股踢上几脚。婆娘被打,委屈得要命,索性坐在地上,也不管地上鸡屎成堆,拍着大胯边哭边骂,引得村里人全出来看热闹,屋里屋外黑压压的人。

刘大毛说这事村里要是不管,我们饶不过。望云村的人啥时跑到外边去做生意?丢人现眼,还穿得金毛亮板的。老子们望云村没有这种人。张柴妹的妈说人家也不是望云村的人,人家是老师,做生意咋个了,像你一跤跌在政府怀抱里,不把奶咂出血你会松手?刘大毛说做生意就做生意,咋个和个剃头匠搅在一起,这不是丢我们的脸?姜小英的妈说人家跟哪个有你的屁相干?不跟剃头匠跟你?你也不撒泡尿看看自己。只是她不该拿我们的炒面去赚钱,即使赚钱,也该见者一份,发财大家发。七爷拄着拐棍,颤巍巍地说造孽哟、造孽,是你们这帮人无出息,连个老师都养不起,将个大闺女逼出去找钱,闺女人生地不熟,舍嘴失脸混碗饭,该打自己的嘴巴哟,还说人家。卢章华来了,卢章华说这不是坏事,小王老师为我们闯条路子。只是不合她去做,她是老师,职责是教书哟,误了娃娃可不好。

其实,小王老师想的比卢章华还多,她知道卖炒面其实成不了大气候,这里的人从来没吃过炒面,图的是个新鲜,这样的小本生意做不大的,所以对教书的事,她反而抓得更上心。但她还是在一个周末将村子的学生集中起来,带他们到邻村的一条小河里洗衣服。洗完衣服,又划了地界,让他们分开,男学生到一边,女学生到一边去洗澡。望云村的娃娃从来没在河里洗过澡,在小河浅浅的沙滩里,他们高兴得又喊又叫,互相泼水,打水仗,互相搓洗,洗去一身污垢,穿上干净衣服,望云村的娃娃变精神了。她让他们排起队去镇上,顺着镇街参观。

尽管这是一个不大的小城,现代化的东西也不多,但望云村的娃娃看到了整齐的马路,看到了高低错落的建筑,看到了来来往往的各种车辆,看到了新华书店里一架一架的书,看到了百货公司各种各样的货物,望云村的娃娃惊呆了,外面的世界咋恁大,咋恁精彩呀,他们叽叽喳喳地议论,满眼都是惊讶和敬畏,是迷惑和不解,甚至感到恐慌。小王老师还出钱买了电影票,让娃娃些看了一场电影,银幕上的枪声、炮声吓得他们叫起来,轰隆隆的装甲车朝他们开来,胆小的女生吓得钻在椅子靠背后,哇哇哭起来。小王老师还请他们到餐馆吃了顿饭,那是自助快餐,饭是白米饭,菜也就是几块鸡肉,一点炒茄子、炒韭菜、炒青椒之类,但他们吃得津津有味,吃得舔嘴抹腮。大黑拍着沙锅样的肚子,连连打着饱嗝,说不晓得哪年才能吃到这样好的饭菜了,说完又去舀了半碗饭,夹了不少菜。小王老师鼻子发酸,这种自助餐是餐馆里最便宜的,专门卖给打工的吃的。吃饱的娃娃些围着她叽叽喳喳地说、咕咕咕地笑,笑得她的眼泪差点掉下来。

卢章华最近心情烦躁。他在家里无缘无故地发脾气,见鸡踢鸡,见狗踢狗,鸡被他踢得不敢进屋,狗被他踢得见他的影子掉头就跑。望云村飞到这里,他不晓得该怎样搞,他甚至不知道他现在还算不算村长。过去,每搞一段时间,乡里总要开开会,布置些任务。譬如计划生育,尽管望云村地广人稀,但养不住人,卢章华抓起计划生育比抓别的事热心,他常常说的话就是你不要像老母猪样一窝一窝地下,下得出养不起,害了你,害了下一代,还害了国家。一到秋季,他就到乡上请计划生育小分队进村,把那些肚子翘起或没有翘起但必须计划掉的人,统统捉起来,用农用车拉到乡上去做手术。现在,连这事也没人管了。

望云村穷,但上面也没忘记给望云村订几份报纸,全国的、省的、本地的都有,尽管一两个月送次报纸,新闻早成旧了又旧的旧闻,但卢章华还是饶有兴趣地一张一张地读完,读过初中的卢章华成了望云村最有学问的人。但现在报纸也没人送了。村里发生的事,卢章华找不到地方汇报,没有人指导，没有人批评，甚至没有人骂他。过去，乡长那狗日的最爱骂他，大会骂、小会骂、喊去骂，弄得他一见乡长就躲。乡长在嘴上骂，他在心里骂，现在没人骂他了，他反而觉得少了点什么。他陷入了深深的失落中，不知道该怎样办，前景茫然，心中惆怅而空虚，没有依托失去母爱一般。

就说上面给的那笔安家费吧，村民天天逼着要，他也何尝不想要钱，何尝不需用钱。半月前娃娃被马蜂叮着，一身肿得像水桶，烧得昏迷不醒，他也不敢用那钱，要不是七爷精通草药，去找了些草药来敷上，差点没命了。这笔钱像块火炭，含在嘴里吐也不是，不吐也不是。分掉倒简单，不过以后咋个过日子呢？家乡的领导说过，这是最后一笔钱了，望你用来发展生产，安排好社员的生产、生活。但咋发展呢？卢章华想来想去想不出头绪。突然，他想起慰问团带队的副县长的话，依靠当地政府，请求他们的支持、领导。对嘛，卢章华一拍脑袋，任何时候，离开政府就是孤儿了。现在望云村飞到这儿，就该找当地政府，就是飞到外国，也要找当地政府。

小王老师支持卢章华的想法，她约剃头匠江黄鳝来给卢章华理了发，修了面，还送了一套夹克衫给他。她知道卢章华穿西装结领带不协调，不自然，还是夹克衫自然，也有点身份。况且这套夹克衫质地不差，牌子不错。她说你不要推辞，现在不是你个人去找镇政府，你代表的是从外省来到这里的望云村，代表望云村形象。卢章华经过打整，还真有几分模样。

镇政府离这里也就十多里路，卢章华没心思去看市容市貌，径直来到镇政府。听说他是望云村的村长，镇政府的人都十分稀奇，跑来看热闹。大家对他都十分热情，沏茶的、递烟的、让座的，问这问那，仿佛他是天外来客。两个省的人操着两种语言讲话，讲风俗、讲习惯、讲气候、讲物产、讲得唾沫横飞。正讲着，有人说镇长来了。于是门里、门外的人潮样退去。镇长是个皮肤白皙、白白胖胖的中年人,他紧紧握住卢章华的手,久久不放,亲热得像失散多年寻找多年终于找到的亲兄弟,卢村长,小卢,早想到你们村里去看望父老乡亲,早想去和你摆摆龙门阵,向你们学习取经,但事与愿违,最近有几项工程,上面催得紧,忙得脚底板翻天。才说抽个时间去,不想你却先来了。卢章华说怪我、怪我,行客拜坐客,我早该来了。镇长正色,卢村长,你见外了,啥行客坐客的,你们来到这里,就是一家人了,还说这话就是你不对了。卢章华感动得不行,忙着将自己的意思讲了,后悔自己迟钝,不开窍、没见过世面。

谁知镇长说:卢村长,你说的事,我们何尝没想到呢?中国和越南、和朝鲜该是两个国家吧,但一水相依,我们还要尽力帮助人家,自己舍不得吃拿给人家吃,自己舍不得用拿给人家用。我们谁和谁?是一块土地上的兄弟姊妹呀。不过,我们有我们的顾虑,你那村飞到我这里来,毕竟隔了省,你们归哪里管,是大事呀,这事不要说镇里,就是县里、地区都无法,要省和省协商,要报国务院呢。我们一管你们,就说明我们越权了,说大了就是不尊重你们省了,你说,我敢管你们么?

镇长的话说得卢章华云山雾海,出一头雾水,心里犯起糊涂来。但人家说的合情合理,没有一句话是可以推翻的。卢章华有气无力站起来,怏怏和镇长道别。镇长热情地握住他的手,要邀他到快活酒家吃饭,他谢绝了。

卢章华一走,镇长推开窗,挥挥手,似乎要把残留的气息挥出去。

三

上面拨来的款,终于还是分掉了。一则是石柱一家、刘大毛等人不断纠缠,伙起一帮人天天来要钱。石柱家婆娘甚至将一大帮娃娃带到他家,要在他家吃喝,说村长总不能看着他一家饿饭。刘大毛喝完最后一瓶散酒,醉醺醺地在他家门口胡闹,又哭又叫,把尿屎也撒到裤子里,弄得门口臭烘烘的。二则是他跑了镇里许多单位,连小王老师、江黄鳝也跟着去跑,联系做一些项目,但镇里没有一家愿意和他们合作的,对这个神秘、陌生、贫困而又无根无基的村,谁也不愿去沾惹。久而久之,卢章华自个先丧失了信心,管他妈的,连自己都没人管,还能管别人,走一步看一步,先分了再说,砍了白杨树,乌鸦不再叫。

望云村又热闹起来,先是刘大毛去买酒,刘大毛财大气粗,一次就买了一大桶散酒。那桶是白色塑料桶,五十斤装的。买了酒,刘大毛又在镇上美美吃了顿饭,点了好些菜,吃完气派地大呼结账。有擦皮鞋的来,他招呼人家给他擦皮鞋,尽管那皮鞋是慰问团带来的,人家捐的,早被他穿得皱巴巴,三弯三翘的,鞋面开了裂,鞋底断了掌,鞋帮豁了嘴。擦皮鞋的看了看鞋子,心想这是蚀本生意,半盒鞋油下去不会有起色,就不愿擦。刘大毛发了脾气,将桌子拍得咚咚响,碗和盘子震了跳起来。咋个,不擦?!你给是嫌老子土气?看老子寒酸?怕老子出不起钱?!老子问你一句话,你擦一次多少钱?一块,好,我出十块,你擦不擦?擦皮鞋的见他发脾气,出钱不擦道理上说不过去。又见他拍出十块,心就动了。擦,谁说不擦,刚才我以为老哥说笑话呢,得罪、得罪。刘大毛站起来,把脚翘在椅子上,一手叉着腰,看那人蹲在地上低着头为他擦臭鞋,心中十分满足,竟哼起山歌来。

周围的人信息灵,又跑到望云村来了。但这次望云村的人很谨慎,他们晓得以后难得有人送钱、送物了,这点钱必须捏紧用。他们买东西都是买非买不可的,盐巴、煤油最好卖。其次是粮食,苞谷、洋芋买得多,米是不敢买的,哪家称个十斤、八斤,也是家里有人病了,坐月子了。化肥、农药是没人买的,生产器械更无人问津。卖农用物资的人觉得奇怪,咦,农民不买农用物质只买粮,硬是日怪,硬是日怪。

　　江黄鳝的一个老表从深圳回来,这人出去得早,也不晓得这些年在外面干啥子。但这人确实赚了些钱,到底有多少钱谁也说不清。只是这人做事稳、塘子深,回来也不弄身西装弄个皮箱提着,弄个太阳镜戴着,更不弄辆出租车坐回来,一回来见人就招呼,就发好烟,就请喝酒,就大谈外面的繁华。这人不吭不哈,穿套洗得发白的工作服,人朴朴素素、精精明明、清清爽爽的。他来江黄鳝家看望瘫痪在床的姨妈,给老人家送了糕点食品,然后和表弟搬了凉椅在院里摆龙门阵。正摆着,见一女子来,江黄鳝忙着介绍,这是望云村的王老师,我们合伙卖望云村的特产燕麦炒面。江黄鳝的老表何等人,看他们的眼神就知道他俩有些名堂了,热情地请她坐下来。这位老表姓王名镜,和小王老师成了本家,顺理成章就叫他王哥了。王哥早听说过飞来的村庄的事了,这个奇闻使人很是议论了一段时间。王哥自然好奇,向小王老师问了许多事,小王老师一一作答。话还没说完,王哥就站起来,说请小王老师带着去看一看,百闻不如一见嘛。江黄鳝执意要留他们吃饭,他执意要去,说回来吃、回来吃,趁这段时间还可以用,去看看嘛。

　　走进望云村地界,王哥看到望云村黑褐色的土和本地赤红色的土形成鲜明对比,看到望云村很大一块土地上什么也没种,只是长了草。这草长得不错,望云村从凉冷、干旱、霜冻的高原来到光照足、雨水好的地方,草就蓬勃起来了。周围的每一寸土地都种上了水稻和其他作物,这么大一片地光着,叫人心疼。王哥丢开他们,一步一步顺着地界走,他们没搞明白,也随着一起走。走了好久才走完一圈,王哥说好大一片地呀,足有一千五百亩。他们都很惊讶,王哥怎么会想起计算土地面积呢?他有啥想法?

王哥说这里可以搞个综合性的农场,栽泰国优良米,不用化肥,纯粹的生态农业,环保产品;可以搞大棚蔬菜和花卉产品,也可以挖塘喂鱼喂王八,但现在鱼已经不值钱了。可以搞个饲养场,专门喂纯种乌骨鸡,光这几项就足够了,前景大着呢。

江黄鳝是精明人,试探着问,老表,你是说你想在这里发展?表哥说这地点好倒是好,土地连片,地势平坦,就是开发这个地方不是小事,投资大,要技术、要人才,当然也要劳力,这需要好好论证论证。更重要的,不晓得这个村的具体情况,人家愿不愿搞,事情多得很呢。小王老师听他这样一说,先就高兴起来,跳着脚说太好了,太好了,要是搞得成,表哥你就做了件功德无量的事了,望云村的人就有事做,有饭吃,有钱花了。江黄鳝说你别高兴得太早了,好说你还晓不得望云村这些人的德性,宁肯坐着、等着,也不肯做事的。他的话还没说完,小王老师就不高兴了,黑丧着脸,说不许你这样说望云村,望云村咋个啦?哪点得罪你了,放着一个好不好的姑娘跟你好,还不知足。你看不起望云村,就是看不起我。这样一说,江黄鳝不敢多嘴了,忙说我是说着玩的,你就认真了,我认错,我认错。

江黄鳝的老表做事认真、沉稳,他不动声色、不讲啥,一个人早出晚归,去望云村那块地上这里走走、那里看看,还随身带了把皮尺,也不叫人,自己去拉,去算。开头,望云村的人也不警觉,见有人低着头在地边走来走去,还以为这人有啥想不开的事,出来散闷呢。望云村的人心善良,还说大家看着点,这人如果想不通寻短见,去拉他一把,人人都有难处啊!谁知几天过去,那人不但没寻短见,还一个人拉起皮尺来了,他找块石头压住皮尺的这一头,拉完了,记个数,又如此再拉。刘大毛说狗日的怕是土管局、水电局的,怕是要搞啥工程了,这回有整场,只要价钱高就卖毬给他们。七爷听不得,说刘大毛呀,你龟儿就想吃清闲食,农民是整啥子的?是种地的。卖掉地你吃毬。卢章华不高兴,管你买地卖地搞工程搞啥子,管你哪个单位哪个组织,你总得来讲一声吧。我这村子还没撤,村长也没撤嘛。

卢章华有了使命感和责任感,老远老远跑去质问干什么?那人不急不躁,通报了自己的身份和姓名,请问了对方的尊姓大名,知道对方是这个村的村长。那人说我早就想来拜访村长,本来有一些打算和设想早该来向你汇报、向你请教,但想法不成熟,就没来了,想先摸摸底再说。那人拉卢章华到地界外的黄桷树下将自己的想法和盘托出,边说边审视卢章华的脸色,对卢章华的内心活动早已掌握。卢章华听完,也不急于表态,搓着手说这事不是小事,我还得和村民商量商量,合计合计。那人说你一商量、一合计这事就黄了,我还不知道你们村的脾气?卢村长,你能定就定,不能定我就走人,找我合作的人等着呢。卢章华一把抓住他的手臂,别忙,别忙,我是说还有好些细节要商量呢。

要办综合性的农场,首先就是引水。望云村自古缺水,这条引水渠要到邻省地界去接,途中要经过望云村之外的好几个村子,有十几里长。对于开发望云村,村民也没有啥意见,觉得是好事,虽然石柱婆娘、刘大毛等人嘟囔了一阵,无人支持也就没话了。修这条水渠,王镜采用的是招标办法,分段招标。望云村之外的几个标不费事就被招去了,只有望云村这段,以及村内的一些鱼塘的开挖工程在承包过程中遇到了问题。标段是以每米来计算的,引水渠的宽度、质量要求也是非常严格的,要求用石块支砌,沟底、沟面三面光,用水泥勾缝,其中自然也包括石料、水泥等原材料。招标公告一贴出去,来竞争的人很多,望云村这段工程也被人竞争了去。卢章华原来想去竞争的,但考虑到望云村的情况以及工程质量等,就没有去。但望云村村民炸锅了,大家纷纷聚集在一起,说卢章华吃里扒外,像汉奸,出卖村里的利益。水沟在自己的地盘上,都让外人去修,简直是欺负人。村长卢章华有口难言，又不好说村人的问题，只好说技术难度。姜小英的爹当过几天工程兵，说话大口大气，说怕毬啥子，铁路爷们都拿得下，打隧洞爷们都打得穿，还怕一条小沟沟。卢章华实在不想讲啥，蹲在地上不吭气。村人气愤，连七爷也觉得卢章华有点像汉奸了，像维持会会长，两面不是人。众人就相邀着去找投资老板王镜。王镜这个名字还是小王老师晓得，讲出来的。

望云村外的标段已经开工了，工地上热火朝天，招来的民工光着身子，只穿一条短裤，挥汗如雨地干着。望云村这段，也有蚂蚁一般的人在忙着挑石头、抬水泥，公路到村边就没有了。有人正在测量沟的路线，画线、定桩，王镜正好也在，跑来跑去地忙着。望云村的人将他围了，要他答复为啥不把这段工程给村里做，拿望云村的人不当人，欺负外来的人不是？欺负山里人不是？王镜说我正忙，找个时间再商量，说完想走，但他是走不了的了。望云村的人把鞋子脱下垫在屁股下，蹲的蹲着，老汉些摸出叶子烟耐心细致地裹起来，婆娘些拿出针线，开始纳起鞋底。王镜急了，就说大家有啥要求提出来，一起商量好不好。姜小英的爹，那个当过几天工程兵的汉子说也没啥事，就是招标承包的事。望云村的这段不让望云村做，你们就别想在这里修沟建农场，哪天不答应我们就守到哪天。老板王镜气愤了，说这话咋说呢，我们是经过商议，签订了合同，经过公证，有法律效力的，如果反悔，我就要起诉。刘大毛站起来拍着屁股，把灰拍得一堵一堵的。你说个干毬，地是我们的，你想咋个干就咋个干啦。你去起诉，老子正愁没地方吃饭，皱下眉头就不是人日出来的。石柱家婆娘将身边的大黑、二黑、三黑、兰兰、花花往王镜身边一推，说你们喊他爹，从今往后他就是你们的爹，你们就找他要衣穿，要饭吃，要买东西找他，要读书也找他，省得老娘操心。小王老师站在人圈外，一脸尴尬，一脸发烧，心里不是滋味。她见石柱家婆娘把大黑、二黑往王镜身上推，急得叫起来，大黑、二黑快过来,快过老师这里来。大黑、二黑毕竟是学生,听到老师的呼唤,急忙走了。老板王镜气得满脸通红、呼呼喘气,卢村长、卢村长,这是哪个搞起的,你不将这事理码清楚,你龟儿要负法律责任。卢章华也气得发抖,有话说不出,把头夹在裤裆下,任你喊叫不吭气。七爷说话了,七爷说我也不晓得咋个称呼你,今天我负责把望云村的人喊回去,大家听我一句话,不要胡扯瞎闹。不过嘛,你也太不把望云村当回事了,地是我们的,我们反倒不能搞啥招标、承包了。老汉今天就讲一句话,这段工地、鱼塘还有其他工程,只要在望云村内,就得由望云村的人承包。要不然,你就枉想,不信走着看。七爷讲这话,底气十足,正气凛然,讲完老汉还陶醉在自豪之中。德山老汉有些发憷,木呆呆地站着,也不晓得该咋讲、该咋做。张柴妹的爹问德山大叔,大家都表态了,你的态度是啥呢? 德山老汉认死理,反正上面做的事不会错的,他把老板做的事也认成是上面安排的。他想上面让做啥做啥,让咋做咋做,咋能由自己去闹呢? 刘大毛推他,德山大叔,七爷都讲话了,你还装聋卖傻呀。德山跺了一脚,咳,我不晓得,你们莫问我,要咋整你们整,没得我的毬相干。

  走南闯北,到深圳、到珠海、到海南,半个中国都闯遍了的老板王镜傻眼了,他啥事没经历过,啥凶险没经过,大江大河都过了,想不到要栽在这点了。不让他们搞,他们会躺在工地上,你还敢朝他们身上挖么? 他们缠住你,让你一天到晚寸步难行,半点事做不成,反正他们时间多得是,你和他们耗得起么? 但工程已经开工了,投进了大量资金,搞不好就搭进去,就破产了。老板王镜想到这里,头嗡地响起来,眼前密密麻麻的脑袋像无数个巨大的马蜂飞快地旋转,飞快地向他进攻,他感到自己被一点一点地啄碎,只剩下一架白森森的骨头架子,他的冷汗一层一层涌出来,他啊的一声,向后跌去……

  最后,望云村这段工程还是被望云村承包了。那天,老板王镜的表弟江黄鳝将他接到家里,灌了红糖水和姜汤,又去买了几支葡萄糖和几支十滴水。十滴水,他喝了,葡萄糖说死也不喝,责怪表弟大手大脚,用钱不计算。江黄鳝说这是小王老师买的,他才不吭气。小王老师是天黑了才偷偷来的,她怕望云村的人看见了,又是满村的闲言碎语。三人坐在满天星空的夜幕下,经过反反复复的比较、分析,权衡成败得失,最后还是决定把望云村的工程拿给望云村做。

工程到手,卢章华召开了村民大会,卢章华为工程负责人,由他拿出施工方案。他又推举工程兵姜云豆为采购。卢章华对施工实际是个门外汉,望云村何曾搞过啥工程。小王老师建议他找老板王镜讨教。王镜本来是不愿说的,但想到这段工程搞砸了,其实吃亏的是自己,王镜就将整个施工方案拿了出来,又建议让表弟江黄鳝协助他。卢章华不同意,连小王老师也不同意,小王老师说既然让望云村承包了,横整、直整,由望云村去整,外人最好不要插一杠子。小王老师心里明亮得很,知道掺和不得的。

卢章华提出的施工方案遭到大家的反对,这个方案是将开挖方量承包到人,每挖一方土方二十元,这已经是不小的数了,支砌等工程也按平方计算。村里人不干,说这是啥子规矩,一个村的人,打得吵不得,转去转来都是亲戚,现在又飞到人家外省,互相不拉扯着点惹人笑话。七爷是村里辈分最老的长辈,他看着一村的大人、娃娃,一脸的慈祥,说伙在一起好,有干吃干,有稀吃稀,不要弄得有人哭、有人笑的。七爷说了话,大家说了话,卢章华也就无辙。最后决定每人每天出工补足五元。第二天卢章华去办事,等他回来,见村口已经垒起几个两三人才围得圆的蛤蟆灶,灶里燃着熊熊大火,新买来的人多高的大甑子放在巨大的铁锅里,腾腾冒着热气。德山老汉在和泥拌煤,石柱家婆娘、张柴妹的娘娘、姜小英的妈一干人在淘米、在洗菜,一块卸下来的门板成了案板,上面放着半头横剖下来的猪肉,巴掌厚的肥膘和巴掌厚的瘦肉红白相间,煞是逗人喜爱。地上还堆着几大筐白菜、豆腐、蒜苗、萝卜、姜葱。村里洋溢着氤氲喜气,像是过年,像是讨媳妇。七爷拄着拐棍,眉宇间尽是笑意,他张着空洞无牙的嘴,笑得舒畅,笑得慈祥,他自己其实已经吃不了啥,但他高兴,多少年了,从来没有现在这样高兴。

卢章华沉沉地摇头、叹息,他高兴不起来,工程还没开工,这如何是好呢?

吃饭的时候,村里的空坪热闹极了。大家各自带了碗筷,涌向大甑里舀饭。饭是雪白的米饭,只有过年才能吃到的。也没谁选举,石柱家婆娘成了伙食团长。她举着一把大铁勺,往新买来的白色瓷盆里舀回锅肉,舀猪肉萝卜,舀青椒炒白菜,八人一桌,围成圆圈,蹲在地上吃。大黑、二黑、刘巧巧、孙长芬一帮娃娃,这里钻钻,那里拱拱,欢天喜地。刘大毛更是喜得合不拢嘴,他抢先坐在空地上,将鞋子脱了垫着,稳稳当当的、笑眯乐和的。张柴妹的妈吵他,说今天又不吃臭猪脚,你脱掉蹄壳整啥子,整得臭烘烘的。刘大毛说哪时讲究起来了,你男人从来不洗脚,你还不是让他钻被窝。嘻嘻哈哈的,气氛更好了。热气腾腾、香气扑鼻的回锅肉刚舀上来,刘大毛从怀里变戏法样摸出一瓶散酒,用牙齿噗地将瓶盖咬掉,辛辣浓烈的酒香弥漫开来。男人们兴奋了,说刘大毛你狗日的好意思吃独食,拿出来大家喝。刘大毛说拿就拿,哪个吃独食啦?只是你们的婆娘也不要吃独食,拿出来大伙用。男人们哈哈大笑,将酒抢了,说没得事,没得事,我们拿个双排扣给你,随你用。刘大毛晓得那是老母猪,也不恼,说你婆娘就是双排扣,拿出来、拿出来。大家哄地笑得欢畅,敞开怀吃肉、喝酒,高兴得像讨婆娘。

谁也没注意,只有卢章华和小王老师没来吃饭。卢章华坐在家里生闷气。他老婆发现他没在,丢下碗,回来将他扯去吃饭。他望着一大海碗白生生的米饭,望着堆在上面尖溜溜的一大勺回锅肉出神,半天没吃下一口。

开挖工程开始,工地上倒是热闹,不光全村的大人出来了,连小娃娃也全来了。家家都不让娃娃去上课,说上啥课,去一个娃娃算半个大人呢。小王老师站在空荡荡的教室里出神,她大脑里一片空白,就像站在望云村原来的高原上,是大雾天,天地、村庄、望云湖,啥都看不见,弥天的大雾将世界变为虚无,将人的心掏得空空荡荡,使人没有依托,没有希望,没有过去,没有未来,心中是无限的惆怅和感伤。

工地上热闹倒是热闹,但是一天下来,地表就只陷进浅浅的一层,还没有脚脖子深。德山老汉是实在人,他捡了挑土的实在活,三四个人围着为他一个人上土,把他的撮箕上得满满、尖尖的,刘大毛还往簸箕里踩了踩,老汉一声不吭,挑着土吭哧、吭哧地走。老汉想上级是关心自己的呀,又吃白米饭,又吃回锅肉,不好好干对得起谁?人要有良心呀。张柴妹的妈拿把板锄,这里刨刨、那里刨刨,干一小会,就说小肚子疼,怕是那个了,说着就走到远处去歇息。刘大毛干一小会,就喊手臂酸,腰杆疼,就说歇气、歇气,这简直不是人干的活,比地主黄老八还毒辣。姜小英的爹姜云豆在指挥人下水泥,见他这样,说刘大毛,你硬是扶不起来的猪大肠,没得钱你天天喊穷卖苦,可以苦钱了你又死人的鸡巴硬翘翘的,掰都掰不弯。刘大毛说老子干不起,这点钱哪个要哪个拿,当今世道,啥值钱?人最值钱,没得人,你再有好多钱也等于零。石柱婆娘说,你就有人了嘛,你死了,全村人都是你的孝子。这话戳到他的疼处,气得他跳起来边走边骂,你人多,一窝下一大堆,老母猪比不上你。说着刘大毛就走了。他走了,其他人不愿走,大家都是拉家带口的,不像刘大毛一人吃饱、全家不饿。但大家有办法混时间磨洋工,有的挖两板锄、铲两铲就歇住了,挂着板锄把发呆。有的讲老公公和儿媳妇爬灰的事,笑得嘎嘎嘎的。有个小伙和村里的婆娘讲荤话，几个婆娘跳起来，将他按住，拿出奶奶来，将奶挤得他一脸都是。有个婆娘将他的裤子脱了拿去藏起，他急得双手蒙住下面那玩意儿，趴在地上不敢动，有人拿铲子铲泥土盖在他的屁股上，他也不敢动，大家都跑来看热闹，笑得打滚。

接着，吃饭时间到了，大家嗷嗷地叫着，把工具丢得遍地都是，朝村里跑去了。

卢章华急得嘴上起了一层泡，眼睛珠上布满血丝，他急得随时在工地上吵这个、骂那个，嗓子都喊哑了，疼得咝咝冒气，但工地上仍然是那模样。他急，王镜更急，望云村的工程一拖延，全部工程跟着瘫痪，对于他来说时间就是金钱，多耽误一天，他的票子就要多付出许多。他后悔自己太草率，什么都了解清楚了，唯独没把望云村人的历史、现状了解清楚。他也怪表弟江黄鳝，怪小王老师，特别是小王老师，只晓得胳膊朝里弯着，就不晓得帮他说清情况，害他陷在泥潭里。

埋怨也好，焦虑发脾气也好，都得想法解决问题。他请卢章华到镇上的馆子吃饭，上了满满一桌菜，酒是好酒，他平时也不兴喝的。他忍着心里的痛惜和痛苦，向卢章华敬酒，说卢村长，我求你了，求你把工程把质量抓上去，兄弟来世做牛做马报答你。说着，这个深沉、稳健、有城府、有心计的汉子，竟忍不住流下了泪。卢章华将他扶了坐下，心里也很凄然，觉得自己对不住人家，把人家拖了陷在泥塘里。卢章华说王老板，你放心，我就是得罪全村人，就是累得脱层皮，也要把工期和质量抓上去。王镜站出来，要给他磕头，慌得卢章华双手紧紧扶住，硬将他按了坐在椅子上。王镜哽咽，不瞒兄弟，我苦了一生的积蓄，这次在望云村栽了，我就破产了，我也活不下去了。卢章华再次拍胸口，信誓旦旦表态。俩人泪眼相对，频频举杯，喝得烂醉如泥。

在工地上,卢章华召集了全村人,他脸上布满肃杀之色,眼睛通红,像刚啃过死娃娃的野狗,头发奓着,多日没刮的胡子怒张,脸上的肌肉横列,牙齿咬得咯咯响。村人从没见过他这副样子,有些害怕。这是咋啦?谁惹着他了?卢章华还系了一条皮带,勒得紧紧的,怀里掖着什么东西。他劈头劈脑讲起来,讲村里要走出贫困,只有依靠自己,外面再怎样帮助,自己不争气,也只是扶不起的猪大肠。讲了老板王镜对他说的话,讲了王镜向他磕头的事。刘大毛不晓事,说这是好事嘛,不折磨狗日的,他会跟你磕头?你长脸、我们也长脸。卢章华气得日妈捣娘吵起来,跳下土坎要打刘大毛。众人慌了,忙紧紧抓住卢章华,大家不晓得他是咋个了,咋个变得这样狂躁、这样凶恶、这样伤心。刘大毛吓得蹲在地上,说我错了还不行,我打自己的嘴巴还不行。

揩干净自己的泪,卢章华站上土坎。他宣布了一条决定,从今天起,工程土方实行承包按方量计算,哪个不答应,站出来说话。说完,他从怀里掏出一把锈迹斑斑的菜刀,逼问大家:同不同意,大家说。大家面面相觑,呆头呆脑回不过神。卢章华说大家如果不同意,他就将自己的手剁下来,从此到外面讨饭去,说着蹲下来,伸出左手垫在地上,右手将菜刀高高举起。村人慌了,纷纷上前去抢菜刀,说同意,同意,整毬啥子嘛,我们同意还不行。

土方、石方、支砌等工程承包了,工程的进展有了明显提高。大家心里窝了气,觉得卢章华逼人,动辄就要自伤。另外不是想办法维护村里的利益,倒向着包工头老板。窝着气干了几天,工程进展快了一些,承包土方的钱也多了一些。但大家憋着的气一散,就觉得累,从未有过的累。他们觉得浑身的骨头都卸架了,浑身又酸又疼,一屁股坐在地上,就不想爬起来。过去早上十点过了还窝在铺上,起来弄点吃的,也就一早上了。现在多早就要起床,过的啥日子呀?这是人过的日子么?他们觉得人来世上一遭,要多少钱干啥呢?再好再宽再高再大的房子,躺下去,也就是占了七尺宽的地方;再好再时髦再漂亮的衣裳穿上也不会多长一斤肉,都要烂、都要脏,只要不露皮不露骨冷不着冻不着就得了,再好再漂亮也是穿给人看的,何消淘神费力;至于吃的,吃山珍海味也好吃龙肉燕窝也好,吃下去都要变成粪,能填饱肚子也就行了,何消去苦呀、忙呀、累呀的。多少年都过去了,都过来了,望云村的人不是活得好好的么?

刘大毛被憋着苦了几天,打死也不去了。他悄悄摸到镇上去喝酒,反正值钱的东西也还有几样,卖点,就潇潇洒洒上茶馆喝酒。他现在紧缩开支,不敢摆阔了,二两散酒、一碟萝卜条也就可以混一天。这天他正独自喝酒,酒喝得慢,半天吱地咂一口,眯着眼,哑着嘴很陶醉的样子。一个人坐在他对面的凳子上,他要了一碗菜,看了看刘大毛,这不是望云村的刘大哥吗?刘大毛睁开眼说怎么我不认得你?你是谁?那人说我到你家里去买过东西呢,现在你还有东西?有个干毬,我就那点东西了,天上又不会平白无故掉下来。那人说你们那里的慰问团还会来?他说来啥子嘛,好久没得音讯了,人家怕把我们搞忘记了,说完很伤感的样子。接着刘大毛愤怒起来,你们这点的官些也太不成样子,太没得点人情味了,恁长时间也不见哪个龟儿来一趟。那人好笑,说谁跟谁呀,你们是哪点的都说毬不清楚。刘大毛愤然,哪点的?天上掉下来的。我们又没飞到外国去,都是一个国家统着,都是一个领袖领着,你们好说还隔离我们?那人说不说这个,不说这个,你现在在干啥呢?刘大毛将工地上的事讲了,又骂起来。那人说这样好不好,你去承包你的,我去帮你干,你得一股,我得两股。刘大毛从椅子上跳下来,真的?你讲的给是真的?那人说龟儿杂种讲假话,真的就是真的。好,要得、要得。我哥俩就这样定了。要得、就这样定了。说着,那人扯了刘大毛就要走,刘大毛说慌啥子嘛,等我把这点酒喝完掉嘛。

这次，工程倒是很快上去了。

刘大毛将他承包的土方、石方转承包给那人，那人干得很卖力，天一亮就来，天黑也不走，还将老婆、娃娃也叫来，点着马灯连夜干。望云村的人见有这样的好事，坐着还可以得钱，忙请那人去找人，那人回去一说，呼啦一下来了一大群人，大家忙着和望云村的人签合同，只有德山老汉和工程兵和几家没签。小王老师去签了几份，让江黄鳝和他的亲戚来做。江黄鳝和他的亲戚很感谢她，给她送了一筐橘子、一捆甘蕉、几只母鸡。

旷日持久的望云村的归属已经被望云村的人渐渐忘了，但上面其实没有淡忘，双方经过各种形式、各种规格的磋商，经过不计其数的不同层次、不同规格的友好往来，光在不同的城市和不同的地点就洽谈了许多次。往来的文件和信函堆起来几尺高。这可不是件小事，事关两个不同的地方，就得严肃和慎重，这也不是一只鸡、一只鸭或者一只羊的事，是一个村呀。邻近两个县的领导频频往来，洽谈磋商。商量来商量去，洽谈来洽谈去，最后有了一个初步的、意向性的意见，即征求望云村的村民，他们是愿留在那里，还是愿意迁返回来。如果愿意留在那里，当地负责领导并且安排好他们的生产、生活；如果愿意回来，当地愿意补偿搬迁费，由原来所在县重新安置。这是相当地民主、科学、近乎完美的方案。

工作组进村来，做了动员工作、宣传工作，做了严密谨慎的组织工作，做了深入细致的思想工作，不搞强迫、不搞误导、不搞个别谈心、不说任何带倾向性的话。工作组在组织工作、思想政治工作等完成的第三阶段，开始给每家每人发了票，在票上设计了留在这里还是返回原地的空格。考虑到望云村的人多不识字，就以画○代表留在本地、以画△代表返回来地。德山老汉说：我不画，我听上级领导的话，叫留就留，叫返就返。姜小英的爹，那个当过几天志愿兵的姜云豆，犹犹豫豫，在留还是返上拿不定主意。他刚在工地上赚到一点钱,钱也不多,苦得脱层皮。他婆娘说她爹,干脆回去算了,这段日子虽然赚到几文,但一家人苦得五痨七伤的,全村人还心头不舒服,你没听见石柱家两口子指鸡骂狗,吵得难听,好像啥好处被我们占去了。姜云豆说闭住你的×嘴,老子心烦得很。卢章华、小王老师不想走。卢章华打定了主意,即使望云村的人全走了,他也要留在这里,能组建个村子更好,即使不能当村长,就到王镜手下打工,慢慢熟悉,慢慢适应,学些技术,迟早总会改变生活。小王老师已经和江黄鳝好了,江黄鳝他们村正好要办个村小,再三请小王老师来教。她做出不回去的决定是艰难的,为此她难过了几天,流了几天的泪,她舍不得望云村那帮娃娃,以后……唉……管不了了,管不了了。

出人意料,愿意回去的竟占了三分之二以上的总数。刘大毛、石柱家婆娘等人不说,姜小英、张柴妹、黄梨花等的爹妈都愿回去,七爷也愿回去。七爷说树高千丈,落叶归根,我年纪大了,死在这里总觉得是他乡的孤魂野鬼,再说,走惯的山坡不嫌陡,儿不嫌母丑,狗不嫌家贫,还是回去好,回去好,过不惯这里的日子……

望云村终于又飞回去了。确切地说是搬回去了,望云村的土地还在这儿,村庄还在这儿。望云村的村民一搬走,出现了空前的寂寞,陈旧低矮的房子像废墟,不少草房的顶莫名其妙地坍塌,露出了朝天张着的大嘴,仿佛在与苍天对话,在询问什么。

然而,没有多久,这村庄就尘埃漂浮,黄灰冲天而起。王镜的工程队开进来,通往望云村的路已修通,推土机、农用车来来往往,几辆推土机轰隆隆地朝土房推去,到处是一片倒塌之声,仿佛经历了一场地震。

中篇小说

冰冷的链条

　　春生感到自己是掉进冰窟窿里去了,那种冷,是无法用什么来形容的。他走在通往凉风垭口的路上,说是路,其实早就没有路了,几天前的一场暴风雪,将大路、小路、山路全吞噬了,到处白茫茫一片,只有突出的山峰和凹进的深壑有高下之分,其他地方是分不出平坦和凹凸的。在这样的路上行走,人是不能奔跑的,每走一步,他都用棍子探索一下虚实,否则,一个深深的陷阱,或者路边的一个陡坎,就将你陷进去了。人陷在厚厚的雪窝里,是无法攀援的,也没有人救你,就只有等着大雪化掉之后,人们才会发现一具僵硬的尸体。

　　正是这样,春生才感到特别的冷。他穿得不算薄,临走时父亲在被窝里将他的厚绒衣服脱给了他。父亲不能到凉风垭口去,他有严重的哮喘,一个冬天咳得人心里淌血。不能去凉风垭口的父亲就只好成天躺着,他没有了厚绒衣,起来更加受罪。尽管春生穿了一件线衣,又加了一件绒衣,外面还穿了一件厚厚的牛仔服,但他仍然冷,冷得几乎没有感觉。

这是怎样的地方,这是怎样的冷呵。凉风垭口在海拔三千米以上的山上,凉风垭口之外,是个很大的高原坝子,这个坝子的寒暖阴晴都和这个垭口有关。这个垭口一起雾,坝里的气温骤然下降,这个垭口一刮风,坝里的天气立即冷飕飕,即使出着太阳,人们也得穿上厚厚的衣服。整个冬季和春季,凉风垭口的路都是冻着的;整个冬季和春季,凉风垭口的树都冰清玉洁着,都晶莹剔透着,琼树玉花般。可人呢?都冰清玉洁着,都玲珑剔透着,那就彻底完蛋了。春生走在厚厚的积雪上,他真有了冰清玉洁的感受,他觉得他连心脏都快冻硬了,冻成晶莹透明的水晶心。正在读高中的春生想这晶莹透明的水晶心并不诗意,反而残酷得比流血还令人惶悚。此刻,春生感到最冷的不是身上也不是心,而是他的脊背、他的前胸和脖子,他的身上,盘旋着一条蛇似的铁链,这条有二十多斤重的铁链现在使他冷得发抖,冷得灵魂出窍,冷得想骂娘。铁链是僵硬的,冰冷的铁链是会吸纳冰冷的冷的,正像它在火里会吸纳热,会变得通红,会将人的皮肉烧得吱吱响,发出刺鼻的臭味。而在冷得人发抖的季节,铁链也会吸纳冷,它同样会使人的皮肤像烧伤一样撕掉皮,会咬人的肉,会使你一想到它就浑身打颤,一身出鸡皮疙瘩。此时,这条铁链盘在他身上,就像一盘会啃啮人的皮肉、会将皮肉烧得吱吱冒烟的大蛇,会疼得人的心尖滴血,只是这种感觉,是用最恶毒的冷来表示的。

春生盘着冰冷的铁链去干啥?

原来,凉风垭口上有个钻山隧道,出了隧道,就是一条高速公路。所谓高速公路,其实是高等级公路,这在乌蒙山区就是最好的一段公路了。这条公路是国道,连接着滇川两省的交通运输,其重要、其繁忙是可想而知的。偏偏凉风垭口是这条路的老虎口、鬼门关，大约有两公里的路，完全裸露在凉风垭口的山坡上。这里风硬，冰冷的风被逼仄的垭口磨得刀刃样锋利；这里的风冷，冷得你每一寸肌肤、每一根头发、每一根神经都像泡在冰窟窿里。所以，这段路从入冬到春天，都被厚厚的冰凌覆着，很少有化的时候。这段路恰恰又是坡多、弯急、悬崖多的地方。提起这段路，所有的司机都会脸色煞白、身上发抖，就是最有经验、胆子最大的司机，对于这段路也从来不敢吹大牛，顶多也只敢说日他妈的，那天总算闯过来了。在这段路上，司机是不能用刹车的，路面比镜面滑，事实上镜面怎么会有冰面滑呢？只要一用刹车，汽车哧溜就到崖下去了。所以，所有到这里的车，都必须上链条。

车多、路滑，给汽车上链条，竟成了凉风垭口附近村民的一项产业。

每天，上百的村民从远远近近的村落赶来，他们带着大大小小、长长短短的铁链，从各处汇总在这里，为各式各样的汽车上链条。来的人有青壮年，有妇女，有十多岁的山里娃子；有的是父子，有的是夫妻，有的是弟兄。经营这种营生的时间长了，来的人就有了经验，有的用蛇皮口袋缝成袋子，把铁链盘在里面，背在背上；有的用背篓，沉甸甸的铁链装在里面像背着一块石头。有的拖在地下，有的盘在背上，还有人别出心裁，用弹子做了个木板车将链子放上拖着，但这样的机巧，在山路上是没用的，只有在公路用得上。

春生是第一次来，明年就要参加高考了，日子逼得紧，爹就让他抓紧复习功课。春生是附近村里唯一的高中生，进的还是市里的重点中学，爹指望他成为村里第一个大学生。爹当了一辈子的代课老师，因为没有文凭而转不了正，直到今天每月还领六十元，只要哪次惹得校长不高兴，校长就要叫他回家。爹一辈子活得战战兢兢、萎萎葸葸，他发誓一定要盘出一个大学生，在校长、村长以至于所有人面前直一回腰。自入冬以来，爹就随着村里的人去凉风垭口给汽车上铁链。爹身体单薄，又患有严重的哮喘病，每次从凉风垭口回来，他就咳得透不过气来，好多次都差点背过气去。春生一夜睡不着，他的心一阵比一阵紧缩，他比爹更难受。他几次提出要换爹去，爹都硬撑着，说不碍事的，咳还能咳死人？十几年都这样，不也过来了么？爹其实是要让他潜心读书，混出人样来，为他争口气。

这天晚上，爹咳得实在太凶了，没有间歇地咳，一声撵着一声，像决堤的水，这浪还没过去，那浪又压过来。以至于到天亮的时候，他几乎喘不过来了，眼睛瞪得老大，脸憋得青紫，痰里带着血。春生急得哭了，把家里有的药全翻出来吃了也不顶事。

天才亮，刚刚平静了一会儿的爹，又要挣扎着去凉风垭口。春生晓得，爹是为了让他读大学在攒钱呢。春生知道就是一年四季都在下雪，就是一年四季路都凌着，爹挣的钱也是不够上大学的费用的。但那是个梦，是爹苦涩一生的一个温馨的梦。春生将虚弱的爹死死压在被窝里，不准他起来。爹挣扎着要起，春生倔犟起来，说你硬是要去，我就不读书了。我说过的，我一定做得到。爹这才软耷耷地躺下了，把脸埋在枕头里，似乎在低低地叹息，也似乎在低低地抽泣，脊背一抽一抽的。

一

春生走得早，他在山路上没有碰到一个人，他想他今天的运气一定会好，会比别人多上两次链条。春生尽管没去上过链条，但他从爹以及其他人嘴里知道上链条的竞争是很激烈的。尽管这件事是又苦又累又冷又脏，但上一次链条可以得六十元，六十元在他们这一带贫瘠山区，是个很大的数目了。在这高寒贫瘠凉冷的高原山区，一亩地的产值也就是两三百元，遇到冰凌干旱，啥都没有了。所以，上链条成了最抢手的生意，为抢生意,弟兄反目,父子不和,这村人和那村人打架的事时时发生。

　　春生满以为自己是今天第一个早起的人,山里人习惯睡懒觉,日子再贫穷,也不能穷得连懒觉都没睡了。这是他们唯一的享受,就像大款们要到啥阳光海岸游泳,要到海滩上晒太阳,要到酒楼吃海鲜一样。但春生刚爬上一个陡坎,走上高速公路的时候,他就看见远远的一个人影,从这个人手臂舞动的姿势上看,像是在铲雪。春生想这怕是收费站的人在铲雪,他有些感动,也有些遗憾。这雪和冰凌铲了,还上啥链条呢?但想想又笑,觉得自己愚蠢,枉自还读着高中,这雪和凌怎么铲得掉呢?几里长的路面,就算你动用了机械,也是铲不完的。就是铲完了,大雪顷刻之间又把路面覆盖了,刺人肌肤、穿入骨髓的凌风一吹,路面马上又冻住了,冰凌只会越积越厚。

　　这时,大雪又旋下来了,满天满野像有人在天上倒灰面一样,铺天盖地倒下来。雪片密集,纷纷扬扬,搅得天地一片混沌,像煮在锅里的沸腾了的苞谷糁子稀饭,看得人眼花缭乱、心烦意乱。春生的心情一下子坏到极点,他一步一滑地走到那个铲雪人的前边,隔着纷乱迷离的雪片,他看清是村里的周膘子。周膘子在小学时曾和他同过学,年龄比春生大三岁,读小学时就牛高马大,壮得像石碾,很冷的天气也穿着一件单衫,露出圆滚滚的肉。周膘子是孤儿,村里让他去读书,他读书不长进,读到小学四年级就辍学了。自小他在村里就很霸蛮的,偷鸡摸狗,翻墙上房无所不为。修这条高速公路的时候,周膘子就率先来偷汽车上的东西,说是偷,其实是抢。汽车一到这里,山高坡陡就得减速,他伏到比汽车高的岩坎上,汽车一来,一个箭步就落在车厢上,然后把车上的东西掀下来,等车走远慢慢扛回去变卖。那几年周膘子突然富起来,经常见他把"金利来"的领带系在腰上当裤带,把昂贵的西裤横七竖八、重重叠叠穿在身上,把五粮液、茅台成件地打开请他的朋友喝,边喝边说妈的这酒还不如荞麦地的苞谷酒好喝,包装搞得这样漂亮,真是糟蹋。他把这些酒五块钱一瓶就卖给了修路的工人,拿着钱他还骂这些外地人傻B,这话是他听一个到外地打工的朋友讲的,觉得时髦,就成了他的口头禅。后来事发,周膘子和他的同伙被抓去蹲了大狱,前年才放出来。看见是周膘子,春生心里不是味道,他讨厌他又有些怵他。但已到了面前,不打个招呼是说不过去的。春生问膘子,你在干啥子？这么早来出义务工？周膘子停下铲,说你狗日也来啦,对了嘛,你天天窝在家里让你爹五痨七喘地拴链子。要得啥子？春生有些尴尬,说我在复习功课呢,又没玩。他原本想讲又没去偷去抢,但这话他不敢说出来。周膘子说有毬复习,考上读出大学,还不是一样找不到工作,还不如早点出来找点事做。春生不想再跟他讲啥,春生说你咋往路中央铲雪呢？应该朝路坎下铲呀。周膘子说你懂个毬,把雪铲到路上去,车一辗,就成冰了。这些狗日太懒,只认得拴链子要钱,一个也不早点来。春生听得心里发凉,惊得目瞪口呆,他想咋能做这种事呢？这是伤天害理的事呀。过往的司机本来就把心悬在半空,提心吊胆、冷汗嗖嗖地过这道鬼门关,你为了弄钱,竟做这种昧良心的事。人咋就堕落到这种地步？再穷,也不能穷凶极恶,把人的生命不当一回事呀。他想把这话讲出来,他很愤怒,很冲动,喷涌的热血把他的脸憋得通红。话都到口边了,他身上的肌肉都激动得发抖了,可最后他还是把话硬硬地咬断,吞咽回肚里。他怕周膘子,真的很怕。读小学时,周膘子就时常欺负他,他从小就身单力薄,和周膘子也是较量过几回的,每回都被打得鼻青脸肿,一身是伤。以后虽然读书去了,和他基本上没来往了,但他知道周膘子更凶恶了。一次和村长吵架,他抓起一把杀猪刀追上去就要杀村长。村长是转业兵,平时挺霸蛮的,但遇到不要命的人,村长也慌了。好在村长敏捷,爬起来就跑,周膘子追着他跑过村子,跑过小河,跑过肖家冲、钟家垴包,实在追不上了,才放弃。虽然放弃了,周膘子还举起刀,把一棵茶杯粗的树生生砍断了。以后,连村长也怵他,也让他三分。

春生脸通红着憋着肚里的话,目光迷离地呆站着。周膘子不耐烦了,说你站着吃毬,来帮着铲雪,这条路又不是我一个人包着拴链子,多堵点车,大家也多拴几辆。春生听说叫他帮着铲雪,春生更不愿意了,春生心里热血喷涌,想叫他不做伤天害理的事,他倒叫你来帮着做,这不是他要杀人,就让别人也帮着杀吗?他是无论如何也不愿做的。他哼哼叽叽地说膘子,我最近胃病犯了,几天吃不进东西,疼得打滚,浑身没力气,铲不动雪呢,我要回去吃药了。春生是不该这样说话的,但他情急之下找不到其他理由。周膘子一听就发怒了,他把铁铲啪地摔在地上,铁铲溅了春生一脸的雪。他说你读书读到牛屁眼里去了,连扯谎都扯不圆。你病了,你还这么早就来到公路上?你病了你还背着链子走这么远的山路?少废话,要拴链条就快铲雪。春生气得发抖,泪花在眼里打转,他强忍着不让它掉下来。他说我不拴还不行吗?我真的要回去吃药,支撑不住了。周膘子说我晓得你的心思,你读几天书就以为自己清高,就以为自己正派了。我铲雪也不是为自己,你看城里这帮狗日些,吃好的穿好的住高楼大厦,出门就是小汽车。凭啥他们该享福老子们就该受罪,赚他们几文钱也是血汗钱。这种天气,哪个不想在家暖暖和和烤火,还不是为了这几文钱才来受罪。你要是男子汉你就来铲雪,你要不铲你蹲在这里屙泡尿你就走人。春生被他羞辱得脸由红变白,由白变青了。春生说我就走,哪个把毬咬来吃了。这话一说,春生立即后悔了,他知道一场祸是躲不过了。不过,既然说了,就豁出去了。果然,周膘子眼睛一下瞪得卵子大,两个拳头攥起来像两个擂钵。他说你再说一遍,不说就是他妈和他舅舅养的。这话是很恶毒的,春生咬着牙,梗着脖子,大声地又说了一遍。周膘子再不说话,追上来,几拳就把春生打在地上。春生也豁出去了,狗急了也要咬上几口的。他躺在地上奋力反搏,手、口、脚一起上,拼了一条命狠命地打。两人在凌了冰的路上翻过来覆过去,乱打一阵,周膘子也是挨了几拳并被咬了一口的,但毕竟春生瘦小,又没常年参加劳动,被凶悍的周膘子不用多大工夫就打得没有还手之力,眼青了,脸肿了,嘴角流血。

如果不是秀娟赶来,春生吃的亏更大了。

二

搅天的大雪把人心搅得更加烦躁。整个凉风垭口完全笼罩在灰蒙蒙、迷茫茫的雪雾中,这里的天气也真是日怪,凉风垭口之外的天空完全放晴了,站在凉风垭口的边缘上可以看见远远近近的天,全披上了一层橙黄色的暖暖的色调。这样的色调,使人想起温暖的绒毯,大山是有福了,在温软蓬松的绒毯下还会寒冷,还会战栗吗?春生走了很长一段时间,一路还跌了几跤,才走到凉风垭口的边缘,在垭口上,看见了暖暖的色块,他知道那是阳光编织的,凉风垭口的人没得这福气,凉风垭口的人一年有半年在风雪冰凌中苦苦挣扎。看见这阳光编织的暖暖色块,他就想哭,鼻子发酸,心里难受极了。

春生不是爱动感情的人,苦涩的日子早把他的心磨砺得很粗糙了。但今天早上的事,仍然使他伤心不已,寒心不已。今早出门时,他是有充分的思想准备的,饥饿、寒冷,被堵车辆的司机的傲慢、歧视、鄙夷,包括同去的人之间的无情的竞争,他都想到了。但他没想到的是,同村的周膘子竟然会做出这种伤天害理的事。人的道德、良心竟然沦丧到这种地步。这到底是谁的错?春生是个爱追问的人,他想是生存环境太过于艰难的错?是贫富悬殊造成的人的心理变态扭曲?抑或是人性中最冷漠最残忍的显现?周膘子这样的人,难道与生俱来性格中就有最邪恶的东西?春生摸摸被打青的脸,他的上唇也肿得老高,是周膘子的拳头揍的,他感到屈辱,感到愤怒,但又无可奈何。

身上的伤疼痛着,身上也被垭口上的风刺得针扎一样疼,春生感到的,是心上比身上更疼,心里比身上更冷。在他和周膘子打架的时候,秀娟来了。秀娟看着他们打,看着他们在地上翻来滚去,秀娟也不去拉。秀娟说周膘子你真有本事,不光敢抢东西敢打村长,连春生这样弱小的学生哥你也照样打。怪不得大家服你,称你是大哥,威风着哩。你今天不要打春生你来打我,大家更服你了。秀娟这样一说,周膘子举起的拳头就放不下去了,周膘子压在他身上坚如磐石重如泰山的身子就松弛了。周膘子触电一般颤抖了一下,他一步从春生身上跨下来,说老子今天不揍你了,你不值得揍,要揍就揍那些一锤一朵火、比老子更横的人。

周膘子走后,秀娟把他扶起来,秀娟用挎包里的一块干毛巾给他揩干身上的雪水。好在高速公路的路面是冻着的,坚硬如铁,要不然他一身泥水是无疑的了,凉风垭口的风一吹,不把他冻成冰棍才怪。秀娟捧来路边干净的积雪,让他把脸擦干净。春生手上的雪一接触到脸上的伤,冰凉的雪变得像灼灼的火焰,猛烈、疼痛尖锐地烤炙着伤口,使他疼得跳了起来。他把手里的雪狠狠摔在地上,再也不去擦。秀娟说还是男子汉哩,这点伤算啥?你看我一年到头,哪里不是伤。秀娟走过来,秀娟将捧在手里的雪用双手捂成了水,她把雪化成的水渗到手绢上,那是一条折叠得方方正正的洁白的手绢。在山区,这是姑娘家最珍贵的小饰物,是做姑娘时的一点小小的享受和小小的奢侈,是做姑娘的美好的念物。秀娟让他把脸抬起来,她轻轻地、柔柔地用洁白的手绢将春生脸上的脏污揩去,春生不再感到灼热的刺疼。秀娟为他揩去脸上的脏物时,她嘴里的热气轻轻地吹拂到春生脸上。这柔柔的揩拭和轻轻的吹拂,使春生心里漾起一股柔情,一种从未体验的躁动,春生的脸红了起来。他扭过了头,不让秀娟再擦。

秀娟是村里女孩中唯一读过初中的人,秀娟读书时成绩是蛮不错的,从他们村里到有初中的学校去，要走十五里山路。山区的天亮得晚，山区的路，曲曲折折，坑坑洼洼。曲折坎坷的路一会儿伸入谷底，一会儿隐入林中，一会儿又爬上山崖。那时，秀娟和春生都在读初中，村里就他俩人读中学。秀娟的爹瘫痪在床，他是在背木料时跌下山崖摔残的，山区的人常常靠扛一点木料去换点钱。秀娟的妈也是病秧子，拼命挣扎着养活一家人。秀娟的妈找到春生，让春生在上学的路上照顾秀娟。山高谷深，不是野兽出没就是坏人作恶。春生口头上是答应了的，春生尽管身单力薄，但毕竟是男孩子。但春生性格内向，又羞怯，十多岁的男孩是会羞怯的，所以春生从来不去秀娟家叫秀娟。秀娟也是个腼腆的不善言辞的人，两人从不互相邀约，每次春生走出村口，秀娟早就立在村口的那块石笋样的巨石下面了。他们谁也不说话，春生在前面走着，秀娟隔了一段距离。山道上只有沙沙的脚步声，岑寂的山道上，像是行走着两只潜行的小动物。那时，春生一门心思放在读书上，他的父亲，那个代了一辈子课，一辈子只拿六十元工资，还经常提心吊胆、惶恐不安的小学老师的境况，极大地刺激了春生。有好些次，秀娟实在憋不住，想和春生说几句话，春生都紧锁着口。他怕一和秀娟说上话，事情就会朝不可逆的方向发展，十六岁的春生被生活的重压和读书的强大诱惑所控制。春生闷着头只顾走路，秀娟也就觉得没趣。在将近一年的相伴走路中，他们就是以这种状态来来回回地不知走了多少沉闷、沉默而又冗长的路。只有一次秀娟在后面发出撕人心魄的一声大叫，春生才回过头来。那是一条突然从路边的草丛中蹿出的长蛇，粗大滑腻、吐着血红蛇信子的长蛇，使得秀娟发出利刃似的尖叫。春生回过头时，那条手臂粗的长蛇已蹿过路面，还扭头朝他们望了一望。春生看着秀娟苍白如纸的脸，看着她脸上密密的一层细汗，也不晓得去帮她擦一擦，只是问了句咬伤了没？秀娟摇摇头，眼泪大颗大颗地落下来。秀娟无比地惊恐，无限地伤心，尽管春生和她走了一年的路，但她仍然是孤独和寂寞的,是孤立无援的。春生见她没伤,说快走吧,要不就迟到了,说完扭头就走。

秀娟认定春生是个冷漠无情的人,是个极度自私的人。从此她宁肯一个人走路,也不再和他结伴而行。

很快,秀娟就辍学了。她爹的病越来越重,家庭越来越困难。

秀娟帮春生擦了脸,秀娟对春生为啥和周膘子打架的事清清楚楚。其实,秀娟是知道周膘子的所作所为的。对这事,秀娟心里是很矛盾很复杂的,一方面,秀娟从内心确实是厌恶周膘子这样做的。本来就天寒地冻,本来这段公路就危险到极点,再铲雪压冰,不是雪上加霜么?不是乘人之危么?做这种事是丧失良心的。但另一方面,秀娟又希望路上多堵一点车,多一些车拴链条。村里和邻村的人能动的都来了,贫穷驱使着一大群人像一大群被冻坏、饿疯的羊,走到到处是沙砾,只剩些枯草茬的草甸上。羊多草少,能不争夺么?你挤我,我挤你,强壮的还能抢上几口,瘦弱的就连一口也抢不到吃,有时还会被强壮的挤倒踩翻。秀娟深深叹一口气,她的心感到一阵阵发冷,沉重的阴霾,重重地压在她心上。

秀娟叫上春生,秀娟想安慰一下春生,但又不知从何开口。她看到春生单薄的身子在冰凉的寒风中瑟瑟发抖,像一株孤独的小草。秀娟心里涌出一丝怜爱。他们在路上默默地走,谁也不说话,秀娟觉得仿佛又回到了过去上学的日子。秀娟知道春生一直在读书,他是知道生活的艰辛和生活的沉重的,但沉重、艰辛的生活被他父亲,那个羸弱的小学代课教师扛了,他体会得到但承受不了。像现在,也就是不大工夫,凉风垭口周围的人都匆匆赶来了。他们从四面八方,从各条山路,从旮旮旯旯,汇集到公路上来了。看着他们的穿着和装束,真叫人心里不是滋味。山区寒凉,加上为汽车拴铁链是件又苦又脏又冷的活计,他们都穿得臃肿而又肮脏。

各式各样的人穿着各式各样的衣服,男的多是穿黑棉袄,用绳子把腰系得紧紧的,外面罩上塑料编织袋,编织袋耐磨又耐脏。尽管如此,他们的衣服裤子上仍然涂满泥浆,还有铁链的油垢。女的穿扇子摆的棉袄,还加上羊毛擀的坎肩,像古代的盔甲。无论男女,脚上都裹着羊毛擀的毡片,毡片防潮、保暖。脚上的名堂更多,有穿长筒水鞋的,走在坚硬的冰面上嘎叽、嘎叽响,很叫人羡慕。有穿解放牌胶鞋的。有穿放羊人穿的放羊鞋的,这鞋是生牛皮做的,皮坚、底厚,鞋底上还有几排铁钉,像过去年代城墙大门上的泡钉,把滑得很。这种鞋是山里人最羡慕的。当然,各式各样的人穿的也千奇百怪,有的就穿得很现代,穿风衣的,穿夹克衫的,穿防寒服的,还有穿羽绒服的。当然,这些服装都是城里人淘汰不穿,送来扶贫的。有的服装,原本是好好的,有的人家其实才穿过几次,是蛮新的,但一穿到他们身上,你就感到好笑,感到无奈,也感到心酸。譬如一个瘦高个穿着一件长长的米黄色的风衣,现在肯定不能说是米黄色的了。穿风衣是很绅士很气派很高雅的,可穿在他身上,就别提那些字眼了。提那些字眼是作践这有美好含义的词汇呢。他风衣上的纽子全掉了,也许是嫌碍事,他把那有装饰味的收束风衣的带子也扯了,他用一条宽宽的、长长的黑色头巾紧紧裹住风衣。这样一来,腰带上面就凸起一大堆,是他的黑棉袄凸现出来,风衣的下摆,他嫌不御风,撕成两块,分别绑在腿上,热倒热乎了,但能飘逸、能潇洒、能气派、能绅士么?他这种奇特的穿法,不光把坐在车里的城里人逗得发笑,还引来不少城里人的鄙夷。有的鄙夷地说人是桩桩,全靠衣裳。可这桩桩是七翘八弯的烂木头,衣裳再好,有作用吗?有的说可惜这风衣了,从款式、面料上看,是名牌呢。说不定是哪个有钱有脸面的领导捐的。与其捐这么好的风衣,不如捐块麻布更实惠。也有个戴眼镜的人说话不能这样说,这么冷的天气,上铁链又是很脏的活,能穿出好样么?换上我,也只得这样穿。这是有文化的人,他不说别人说自己。这样一说,大家也就不好说什么了。

春生深深叹口气,他是听到这些话的了,尽管听得不明白,不清晰,断断续续的,意思还是知道的了。春生毕竟是山里人,即使他现在仅仅是读高中,就算他考上大学,就算是以后有了体面的工作,就算是他坐在大客车上,甚至坐到豪华的小车上,也改变不了他的身份,这是深入到骨髓里的。山里人的卑贱,山里人的自尊,山里人的人格,其实是深深地烙在他的灵魂里的。春生一方面为自己的乡亲感到悲哀,感到伤感,一方面又为山里的愚昧感到羞耻和无奈。像穿风衣的这人吧,就是再冷,你穿这薄薄的风衣干嘛?穿它不如穿编织袋做的套子好,编织袋厚实、耐脏,穿着土气而难看,但至少比这样不伦不类地穿风衣惹人笑话好。这就是没有文化的悲哀。你看秀娟,秀娟尽管也穿得厚实、臃肿,但她穿得得体,从她领口上的线衣上看,她的线衣是陈旧、粗糙,基本上褪了颜色的,但她罩在外面的那件短的防寒服,是深灰色的。说不上干净,在冰天雪地的车轮泥泞下,能干净么?但整洁。裤子是黑色的长筒裤,脚上是一双平底皮鞋,也不横三竖四地系些带子、绳子,也不用脏兮兮的方巾系在头上,而是系了一条橘红色的纱巾在脖上,正是这条纱巾,使秀娟一下子生动起来、亮丽起来。小小的点缀,竟然有这么大的作用。

秀娟和春生前后走着,春生仍然是过去上学时的样子,木讷、茫然而又若有所思,只不过这次是秀娟在前、春生在后罢了。秀娟见他期期艾艾、畏畏缩缩地走着,秀娟知道他是还没有完全摆脱羞怯。长期的学校生活使他封闭、内向而缺少面对生活的勇气。生活能是这样的么?生活是拼搏、拼命、挣扎,甚至是残杀,严酷的生活尤其是这样。秀娟停住脚,秀娟等他走拢,告诉他凉风垭口被堵的车多,需要上链条的车多,但四面八方赶来上链条的人更多。这是山里人赚钱的唯一机会,给大车上一次链条六十元,小车三十元。想想看,从地里刨出的洋芋,翻山越岭挑到城里卖，一挑洋芋也就是十来元。六十元呀，要当卖几挑洋芋了。上链条的机会一年只有一次，春天来了，很快冰凌就会化掉，到时再也上不成链条了。所以呀，哪怕脚趾头冻掉，哪怕身上的皮冻烂，大家都希望这个季节长一点。你没看见吗，今天早上三奶奶跪在村口的那座小庙前，在祈祷天气再冷一点，这样的气候再长一点呢。

春生倒吸了一口冷气，春生的心疼痛起来，也厌恶起来。清早出门时，他是看到三奶奶跪在村口那个小庙前的。这个所谓的小庙，简陋得叫人不忍目睹，它其实就是依着崖壁，垒了几块长方形的石头，搭成一个神龛的样子。里面供奉着一尊佛像，如果没有人说，谁也不知道那是观音菩萨。春生是知道观音菩萨的，中国人都喜欢、敬仰观音菩萨，观音菩萨是救苦救难普度众生、专做好事的。春生也知道观音菩萨是慈眉善目、清丽飘逸的。可这几块石头搭成的小庙里，观音菩萨却成了一尊臃肿的，脖子和身子一样粗，头上的五官粗陋不堪，连性别也分不清的泥坯。尤其那眉毛，春生记得是柳叶眉，秀丽而又隽永，现在却被捏成粗粗的向上仰着的眉毛，像张飞一样威猛。贫寒的日子，使庙宇也贫穷着；粗陋的生活，使塑像也粗陋着。尽管如此，香火仍然是很盛的，每家有了烦难事，解脱不了的事，都要来燃几炷香，烧几沓纸，纸是钱币，一般不向佛烧的，但钱可通神，他们就烧。以至于小庙的三壁，烧得黑黢黢的，观音菩萨的像，也像庄稼地里的汉子一样鳌黑。

使春生想不到的是，三奶奶来观音像前祈祷的，竟然是祈求这酷冷的天气不要结束。他知道酷冷的天气，是没有谁会喜欢的。他们班上的一个女生，爹在邻县的一个什么局当局长。一到冬天，她就叫苦不迭，说她最憎恨的就是冬天。春生知道她并不是怕冷，她身上御寒的衣服五花八门，防寒服、羽绒服齐全，只差没穿貂皮大衣。她憎恨冬天是这个寒冷的天气穿不出去短裙，穿不出五光十色、露这露那的服装。她说她爸爸已经在昆明买房子了,等一放寒假,她就过去就不怕这鬼天气了。可三奶奶却跪在雪地里,身上冷得瑟瑟发抖,脸冻得发紫发青,清鼻涕不停地淌下来,她刚用宽大的衣袖一抹,又流出来了。这样的状况,她却祈求继续寒冷。

说到底,三奶奶还是贫穷给逼的。她的唯一的一个儿子,在深圳打工死了,剩下儿媳妇拖着七大八小的三个孩子。儿媳妇桂花每天都到公路上去给汽车拴铁链子,三奶奶是希望寒冷的天气长些再长些,好多挣一点钱,好使一家大小一年不至于饿着,使大孙子读得上小学。

三

秀娟的话还在继续,秀娟告诉他既然出来,就要大方一点,她说不仅要大方,脸皮还要厚,要皮实,很多时候还要耐得住……秀娟话还没说完,突然拔腿就跑,路面很滑,她几次差点跌倒也不管,飞哒哒跑到一辆微型车前。这是一辆装六人的车,车轻,功能也不好。这种车在大城市是不准上路的,开车的人本来有些自卑,满路上都是豪华的车,一比起来,微型车就很寒碜了。可当拴铁链的山里人一窝蜂地围住车时,他们的感觉立即高贵起来,傲慢起来。围住车要上链条的,怕有七八个之多,被人众星捧月似的围着,看他们可怜巴巴的样子,听他们低三下四地乞求,这种感觉,是很好的。他们有的扛着链条,有的拖着链条,尽管在挤,谁也不敢把链条放下。这当中有老头,有青年,有婆娘,还有不少半大不小的伙子,他们挤的挤,嚷的嚷,趴在车门上,一窝蜂地叫着。有的说我绑链条最稳靠,一上路四平八稳,滑都不兴打一下的。有的说你那链条才多重,轻飘飘的,十多斤的链条也会稳靠么?我的链条二十多斤,你能比?一个蓬头垢脸、眼睛翻红的婆娘说我是最先来的,车一停下我就上来了。凡事都要讲个先来后到嘛。春生一看,是三奶奶的儿媳桂花。坐在车上的那个开车的人,也就二十多岁的样子,龇着牙,叼着烟,把嘴一撇说去去去,啥先来后到,我这里又不是卖东西,我高兴让谁绑就让谁绑。你看你那样子,眼屎巴巴的,看着都叫人恶心。春生站在外面,听见这话很气愤,春生忍不住骂了一句日你妈的,你有啥了不起,不就是开辆烂微型车么。当然,他这话是在肚子骂的。他想桂花肯定要发作了,肯定要和这人吵架了。谁知这桂花却笑眯眯的,她一笑,人更难看。她说你这师傅真会说话,你又不是找媳妇,难看不难看有啥关系?其实我身上还是有劲的,包你绑得又稳又结实,一气不歇就到坡顶。坐在车里的其他几人都朝她挥手,赶苍蝇一样,去去去,让谁捆就谁捆,不要在这里烦人。他们这样一说,车外的人趁机挤了起来,开始他们还不好意思挤她,毕竟她是最先来的嘛。

在这混乱的拥挤中,秀娟竟挤到前面靠开车师傅的车窗那里去了。春生不明白秀娟怎么会这样勇猛,不顾一切。这些挤的人,多是老头、男子汉、小伙子,穿得肮脏破烂不说,这种人贴人肉贴肉的挤法,这种在混乱拥挤中滋生出的趁机摸一把、捏一把,占点便宜的事,不是不可能的。秀娟在学校读书时,连和男生站着排队打饭,距离近一点都会脸红。现在却不管不顾,就是为了争取给车子上链条的机会。更使春生出乎意料的是,秀娟突然之间换了个人似的,她把胸口贴在车门,把头伸到车窗边,只是车窗关着的,要不然她肯定把头也伸进去了。秀娟这时脸是绯红,神采飞扬,每块肌肉都绽着笑,那双藏在深深睫毛下的毛茸茸的眼睛,此刻顾盼传神,大胆传情。司机顾不得外面的寒冷,把车窗摇下来了。车里的人饿狼似的把眼珠子纷纷弹射出去。秀娟趁机踩上车门的踏板,把一双饱满的奶子挤压在车窗玻璃上。秀娟飞着媚眼,说让我绑吧,我的东西最好,绑得紧紧的,拴得牢牢的。这话就明显的是挑逗的意味了。果然,车里的人兴奋起来,司机说你说你的东西好,我们又没用过,咋个晓得。车后的一个瘦子说绑得紧紧的,不见得哟,现在哪里还有紧紧的,多是大卡车都开得进去的。车内的人全乐了,笑得东倒西歪。车外的人也在笑,说你的东西是真正好,一个凉风垭口的人没有哪个有你的东西好。你就比别人俏,啥活都落在你手里。秀娟的脸真正的红了,脸红之后是倏然而至的阴云,看得出她内心里很愤怒的。但她没有生气,说师傅,既然你说好,就让我绑吧。春生听到这些话,见到这一幕,气得五雷轰顶。秀娟不是他的什么人,本来秀娟说啥跟他没关系。但一个淳朴、姣好的山里姑娘,为了绑个链条竟然说出这种话来。春生尤其气恼的,是车内的人,看样子也不是啥金贵得很的人,看样子也不过是打工混饭吃的人,咋这么下作?你们没有兄弟姐妹么?春生更气恼的是,车外的人竟然也在说无聊的话,都是乡里乡亲的,有的还是转弯抹角的亲戚,不外乎是抢个绑链条的生意么?人啦,咋就成这样了呢。

尽管气得发晕,尽管愤怒得吐血,但春生不敢去和这些人较量。他几次想冲过去和这些人大吵一架,甚至大打一架,但他到底还是忍住了。他知道自己身单力薄,根本不是这些人的对手,再加上才和周膘子打过一架,一身都青着一身都伤着,再被人打伤打残咋办呢?家里是没钱给他治伤了,如果残疾了,更是痛苦一辈子。春生这样想着,就收回了迈出的半步,就抑制住了愤怒得发疯的心。

司机终于答应让秀娟为他的车绑链条。车外的人见没戏了,骂骂咧咧地散去。秀娟红着脸喘着气,开始从背着的沉甸甸的包里取出链条来,又取出一块折叠得方方正正的粗帆布,垫在车轮后,开始给微型车绑链条。秀娟开始绑链条,司机也下来了。他色迷迷地看着秀娟,说不要绑了,车上不去,今晚就到你家。你不是说你的东西好么?秀娟不答话,既然已经拿到活计,秀娟就不愿再和他们讲了。秀娟装着没听见,弯着腰为车绑链条,秀娟一弯下腰去,肥硕丰满的屁股就更加浑圆地凸现出来了,浑圆的丰满的屁股性感得让司机浑身冒火,也让春生感到不好意思,春生转过脸去。谁知那司机却走上前去，蹲了下来，在秀娟屁股上使劲捏了一把，说别绑了，我给你一百元，上你家去。秀娟被他捏得尖叫起来，秀娟站了起来，听到他这样的讲话，秀娟气得脸色通红，两只眼里尽是鄙夷的目光。秀娟说你放尊重点，你给是人？我看你顶多也就是有辆值几千万把块钱的烂车，跑跑路赚几文辛苦钱的样子，连你这种人也要欺负人？你狗眼看人把人看扁了，你哪里钱拿去找你姐姐妹子。秀娟这样一说，司机就气疯了，他听说这条公路线上有的十多二十元就可以玩个妞，没想到却受到这样的奚落、嘲弄。司机开始反击，也用恶毒、下流的话，两人开始吵了起来。

春生正想去劝阻，却见周膘子从前面的汽车阵里走了出来，春生就不想再过去了。周膘子一身泥污，黑熊似的捏着铁链子。周膘子恶狠狠地说哪里来的杂种想在这里占便宜，也不睁开狗眼看看这是啥子地方？想占便宜的人他妈还没把他生下来。司机一看是个粗壮而凶狠的人，一脸的横肉，尤其是那半睁半闭血红的眼光，里面尽是阴冷和凶残。司机有些发憷，愣了一下。但这人也是久跑江湖的人，也是见过些世面，经过些凶险的，加上车里有人，也就壮起了胆，立即开始回击。他骂人的话还没说完，脸上就被周膘子狠狠地击了一拳，司机被打得朝后踉跄了一步，差点跌倒，嘴角的血也淌了下来。就在这时，车内的几人全跳下车，开始向周膘子围拢。他们手里都拿了铁棒和木棍，秀娟急得叫了起来，秀娟说春生快去喊人。春生说喊谁呀！秀娟说你蠢呀，就喊车上的人打人就得了。春生跌跌撞撞地跑到车阵中，大喊车上的人打人了，车上的人打人了。没想到凡是听到喊的人，男男女女，老老少少，认识的不认识的，都捏着、拖着链条赶来了。有的正给汽车上链条的人，也丢下活计赶来了。一会儿，周膘子在的地方就密密麻麻围满了人。司机和他的同伙，看到这么多的人，仿佛天降一般，将他们紧紧围住，个个怒目而视，个个气愤不已，个个捏着铁链,一场恶斗,他们恐怕要被打成肉酱,司机吓得发抖,但还是硬撑着,几个人围成一圈,准备恶斗。

天空突然暗了下来,雪花密乱如麻,大片大片地旋转,把人搅得更加心烦意乱。这样的天气,人总想做点什么,总想有个机会发泄一下,就是什么缘由也没有,也有人想对着迷迷茫茫的旷野,对着雪花纷飞的天空狼样大叫。微型车司机的无理,山里人因为贫穷,因为和城市之间的差距,因为歧视,因为屈辱,因为无法摆脱的困境,积攒了一肚子的怨气。这种情绪一旦引爆,不可避免的冲突厮斗就将来临。

晦暗如铁纷乱如麻的天空,突然出现一抹血红的颜色,这血腥的颜色,使所有人都战栗起来。春生脑海里出现了古战场两军对垒、血腥拼杀的场面,看到了血肉模糊的尸体和血流成河的场面。听到了原始铁器的钝叫,听到了悲惨的号叫和锥心的哭泣。

四

凉风垭口的天气真是奇怪,刚才还是大雪纷飞,迷蒙混沌,一眨眼的工夫,大雪竟停了,晦暗如铁的天幕也出现了一抹亮色。天气依然冷得人跳起来,风依然针样尖锐,但雪确实停了。

那场械斗,终于没有发生。

正当周膘子和在公路上拴铁链的乡亲们围住了微型车司机一伙,正当双方剑拔弩张,拿着冰冷的铁链,举着冰冷的铁棍、木棍要展开一场血腥搏斗的时候,正当年纪大的乡民和春生、秀娟束手无策,想劝又不敢劝,想阻止又不敢阻止的时候,一个个子矮矮的、单单薄薄的中年人出现了。他是从前边一辆被阻的客车上下来的,他穿过厚厚的人群,挤到两方对峙、一触即发的中间,他声音不高,但清晰而沉稳,他环视着周膘子他们,他说你是周膘子，我没说错的。他又指着一个中年汉子，你是顺山冲的张二柱，对吧。又指着一个粗壮、强健的婆娘，你是周膘子一个村的，叫冯大翠。这边的乡亲一看，这瘦小单薄、面孔黧黑的人，不是刘主任吗？他怎么到这儿来了？他来干啥？这刘主任，他们是再熟悉不过的人了，他们知道他是县上一个部门的领导，到底是啥部门，他们也弄不清楚。但他们熟悉他，尊敬他，亲近他。他不知多少次来过凉风垭口的这一带村落，他带人在大雪封山的日子给他们送来救济粮，使多少嗷嗷待哺、饿得快要咽气的人家，锅里有了粮食。他挨家挨户地搞调查，在三奶奶家，他看着几个地鼠似的蜷缩在火塘边的娃娃，看到三奶奶苍老、憔悴的皱纹交错的面容，病了也死挨着。听说他们一家的困难，娃娃读不起书，粮食不够吃，他流了泪，掏出了身上的钱，让三奶奶去看病，让他们买点穿的、用的。冯大翠是村里最凶最横的婆娘，她家和村长家关系不好，每次分救济粮、救济物的时候，她家得到的都最少也最不好。有一次她得到了一堆在山区根本用不上的东西，其中还有女人的内裤和乳罩。冯大翠一气之下，把女人的内裤绑在老母猪的屁股上，把乳罩戴在老母猪的奶上，吆喝着老母猪在村里游，惹得村子里的人围着看笑话。村长气得七窍冒烟又无可奈何。老刘到村里时，冯大翠找到他，问他敢不敢为村民做主？老刘肯定地说敢。听了冯大翠的反映，老刘亲自主持了救济物资的分配。冯大翠见人就说老刘是个好人。周膘子因抢劫关了两年放回来后，土地没有了，住房也没有了，成天瞎晃荡，到处惹是生非，眼看又要走回老路。老刘亲自找到村长，做了许多工作，把他的住房要了回来，把地也重新划给他。周膘子天大的胆子，天王老子也不怕的，唯独服老刘。当着全村人的面，他膝盖一软跪了下去，说我一生只给死去的爹妈下跪过，今天你一定要接受我的跪拜。

老刘一讲话，狂暴、愤怒的村民安静了。老刘问清了事情的原因，他转过身来,盯着微型车司机说他们说的是不是事实？司机脸色苍白,他知道这场械斗一旦发生,他和他的同伙将被狂暴的山民打成变形金刚,不死也要骨折,不死也要脱层皮。这么多人,真正追究起来是谁也无法认定的。他为自己轻薄、无聊、下流感到后悔。他终于知道,任何人的尊严、人格都是不能侵犯的。他支支吾吾、闪烁其词,在老刘严厉的追问下,他承认了事实。老刘见他承认了实事,老刘知道事情有了转机,不会向恶性事件方向转化了。老刘措词严厉地教育了他们。老刘说看样子你和你的同伴也不是啥尊贵得很的人,你们也是靠卖力气挣点钱养家糊口的人,凭啥你们就觉得比山里人尊贵？凭啥你们就有优越感？冰天雪地、僵手冻脚的天气,人家出来挣点血汗钱容易吗？稍微有点钱谁来这里受罪？如果稍微有点良心,会这样做吗？你们摸着胸口想想,你们该这样做吗？换个位置,你们来这里上链条,你们又如何？老刘讲得真情真意,讲得义正词严,讲得润心润肺,几个年青人羞愧得低下了头,手里的铁棍也掉到地上去了。老刘要求他们向凉风垭口的乡亲道歉,向秀娟道歉。微型车司机和他的同伴诚恳地道了歉。微型车司机在给秀娟鞠躬时,眼里有了泪花。

一场血腥冲突结束了。

秀娟默默地走到公路的远处,那里没有被堵的车,没有等着为车绑铁链的人,她心里一下子难过起来,那是一种难言的伤感,一种难言的惆怅。刚才的事,使她一下子感到自己的卑微、卑贱、无奈和痛楚。从冬季以来,她几乎天天都是用这种方法去和乡亲们争夺绑链条的生意的。她不知道自己从什么时候起,变得这么不自重、变得这么轻薄。当她用这种方法从别人手里抢到活计的时候,她还很自得,为自己获得活计而高兴,同时觉得自己比别人有本事。尽管如此,她最多每天也就是抢到一次活计,更多的人连一次也抢不到。不少司机一到天气不好的时候,宁可跑其他道也不走这段路,没有特殊事的是根本不愿跑这条路的。她为自己的轻薄感到难过,其实,谁没有个自尊心呢?更何况她读过初中,如果爹不残废,家里宽裕点,凭她的成绩,她是会读高中的,更何况,自己还是一个大姑娘。在过去,山区是很封建的,青年男女之间连开开玩笑也是犯忌的。而现在,自己却主动去挑逗,说些轻薄的话。可不这样又咋办?爹瘫在床上,时刻要看病,地里不出产,种的粮连吃都不够吃,几个弟妹又小,还要读书,不这样咋办呢?

  周膘子来了,周膘子一脸的得意神色,他觉得他为秀娟争回了面子,为秀娟讨回了公道。这周膘子也是个实心眼儿,他打小就喜欢秀娟,喜欢秀娟单单薄薄的身子,喜欢秀娟文文静静的模样,喜欢秀娟会淌水的眼睛,会说话的眼神,喜欢秀娟微微上翘的嘴角,似乎随时在笑的样子。他知道秀娟不会喜欢他,秀娟咋会喜欢一个从小就是孤儿,从小就打架闹事无人管教桀骜不驯的人?秀娟漂亮、聪慧,还读过初中,在山区是难得的人了。但周膘子就是喜欢她,喜欢一个人是不要条件也不要理由的,喜欢就是喜欢。好在周膘子虽蛮强,虽霸道,虽强悍,但周膘子还算有自尊,有自知,他从来就没有或者是不敢表露他的爱慕之情。他只是默默地关心着秀娟,帮秀娟做事,听秀娟的话。秀娟说什么他听什么,秀娟动个眼色,他就会去做一切事。尽管如此,秀娟从来不给他脸色,从来不把他放在眼里。周膘子也会感到失落,感到难受,也曾发誓再也不帮她做任何事,再也不巴结她、讨好她。但习惯成自然,长期养成的一种心理定势和习惯,是难以改变的。

  周膘子笑嘻嘻地走近秀娟,周膘子笑嘻嘻地从衣袋子里拿出几个殷红的橘子,这几个橘子他舍不得吃,放在口袋里好久好久了,已被他的体温焐热,夹带着浓浓的汗酸味。他把橘子递给秀娟,说这几个狗日的,不是刘主任出来,我不把他们打得屙稀屎才怪。你看那个司机,才一拳,狗日半边脸就肿了。

秀娟正在心烦,秀娟心被复杂的、难以言喻的情绪所折磨。她想一个人到清静的地方呆一呆,平复一下内心的痛苦。周膘子不识趣,他以为为秀娟撑了腰,出了气,想来表表功、讨讨好。秀娟把他塞来的几个橘子一下子就摔了出去,秀娟爆发了,怒不可遏,她气冲冲地吼,滚,你给我滚远点,不要在这里戳我的眼。秀娟说完,眼泪大滴大滴地滚落下来。周膘子一下懵了,怔怔地站着。这是个粗人,他不知道秀娟的内心活动,但他被秀娟的举动吓住了,呆呆地站着。可怜巴巴地站着。一扫刚才的霸蛮和粗野。

几个又大又红的橘子,散落在路边的积雪上,白雪雪白,白得耀眼,橘子殷红,红得滴血。这是一个山区姑娘从心里滴落在茫茫原野上的血呵。

倘若高原有知,高原也会叹息;高原有感,高原也会战栗。远处的春生,默默地看着这一切,默默地叹息着。

五

春生站在路边发了一阵呆,想了一阵心事,他回过头去看,秀娟早已不在,只有地上的几个橘子还在雪地里灼灼地燃烧,像几个疼痛的太阳,看着使人心疼。春生想秀娟肯定又回到前面那段汽车拥挤的公路上去了,只有在那里,在那段不上链条就上不了坡、不上链条就下不了坡的地段,才会寻找到为汽车上链条的机会的。在沉重的生活面前,一切都是沉重的,失去尊严的;人格、人性中的宽厚、忍让、善良,在这严酷的生活面前,是多么苍白无力。

春生决心去闯一闯了,他想如果自己用这样的姿态这样的心态去揽活计,肯定是一桩活计也揽不到的。揽不到活计,他来这里就是白来,就无法面对躺在床上的父亲。父亲以他瘦小单薄的身体来支撑着沉重的生活,他要养家糊口,要拼命挣钱供他上学。父亲的那个梦,是遥远而又现实的,他这辈子只有读上大学,才能抚慰父亲残缺的心。现在,父亲病得爬不起来了,他在这个假期如果不能替父亲挣一点钱,自己的良心何忍?自己的心还能平静?

走到停车最多的地方,春生听到一辆大卡车背后有嘤嘤的哭泣声。声音幽幽的,长一阵、短一阵,听着叫人心颤。春生转过去,看见一个女人在卡车的大轮子下蹲着哭泣。她的面前摆着一盘铁链子,铁链子散乱地盘踞在冰冷、坚硬的雪地上,像一条僵死的蛇,放着幽幽的、刺人骨髓的寒光。春生一看,这蓬头垢面、肮脏不堪的女人不就是三奶奶的儿媳桂花么?她为啥在这里哭呢?莫不是发生了突然的事,家里遭到了不测?三奶奶病了?娃娃摔伤了?想想都不是。早上出来,不是还见三奶奶跪在那小庙前祈祷吗?三奶奶时刻病着,不是这里疼就是那里疼,但山里人不到快死时,这病那病都不算病,哼哼叽叽吃些草药,叫人捏一把、掐一把,还得硬撑着做事。娃娃摔伤也不可能,在山区,到处是岩坎,只要不摔成骨折肉绽,就不算伤。如果摔得重了,她还会坐在这里哭么?她肯定赶回去了。

终于弄清事情的原委,原来,三奶奶的儿媳桂花,这个有着美好内涵的名字的女人,在凉风垭口的这段路上,连续几天没揽到一桩活计了。也许是她人长得太丑陋,头发像鸡窝似的乱翻翻的,眼睛又细又小,眉毛却又粗又长。她的眼睛真是叫人不忍目睹的,上下眼皮经常朝外翻着,眼珠红彤彤的,时刻流泪。这种眼在山区叫红线锁眼边,是长年烧柴熏出来的。去年乡里推广柴改灶,这是县里给的一笔扶贫基金,农林部门的技术员经过长期研究、设计出来的一种铁皮炉,有烟管,很好烧的,又燃火又节约柴,烟全部顺着管子出去了。这种灶只收八十元,完全是象征性的。她家却拿不出钱,仍然在地火塘里烧柴,而她家缺少男劳动力,烧的都是湿的树枝树叶,屋里像熏耗子似的。她的眼还能不被红线锁吗？加上她又是塌鼻梁,嘴又特别阔大,一嘴的黄牙齿,穿得又邋遢,她能揽到活吗？今天早上她的活被秀娟揽黄了,后来又拼命去揽了几桩,仍然一桩也没揽成。失望至极,伤心至极的她就忍不住蹲在车轮边哭泣了。

春生的心像被谁掏空了似的。他望着空茫茫的大山,大山披上了银装,由近而远,起起伏伏,直至视力不及的地方,是一片辽阔的虚无的和白茫茫雪光交织的渐去渐远的云雾,白茫茫的雪原上连只苍鹰也没有,空阔得令人惆怅,令人伤感;空阔得令人心里空落落地没有依托。他想人在这世界上其实是很渺小的,渺小得蚂蚁似的卑贱,卑贱得蚂蚁似的渺小。活着,是很奢侈很艰辛的。

春生决心去揽活,他下定了决心,今天无论如何要揽到活,无论如何要让冰凉的铁链绑上汽车的轮子,让冰凉的铁链在坚硬溜滑的路上载着汽车行驶。而揽到的第一桩活,无论如何也要让给桂花,让这个可怜的女人不再失望,不再哭泣。

春生在长长的车流中逡巡,这段路被堵的车多,说多是一种错觉,其实车并不多的。因为这面缓慢的坡使所有的车都必须停下来,等着让山民拴铁链。而坡的那头,也就是下坡的地方,一些司机急于赶路,就将车放下来了。这条高等级公路是在一条路上双向行驶,路并不宽的。放下来的车,遇到停在坡底的车,就无法走了,车就被堵住。所以,看上去车多,其实是被堵的原因。

短短的一段路很热闹,来来往往,扛着、拖着链条的山民章鱼样逡巡,逮住谁就不放。一伙一伙的人,围着汽车讨价还价,抢到生意的忙着上链条,被堵的人无聊极了下车来走走,刚一下车就被呛人的裹着雪雾刀刃似的凌风逼了回去。有人跑到车后边去屙尿,尿才屙完一半,就冻得哆哆嗦嗦地回来了。

　　春生看见秀娟在人堆里,她那鲜红的纱巾是冰雪中跳动的一缕火苗,给人心里一丝温暖。但春生看见她仍然和原先一样装得很热情、很娇憨,甚至很轻薄地挑逗汽车司机,他心里说不清是啥滋味。他现在是有些厌恶她,有些看不起她了。他漫无目的地转悠,老老实实地转悠。他也想变得热情一点,变得皮实点,甚至变得无赖点。但他做得到么?周膘子在不远处冷冷地看着他,嘴角冷冷地挑着嘲弄的笑。春生不理他,依然不声不响,老老实实地转悠。

　　不知转悠了几圈,一张豪华的黑色气派的高级小轿车的车窗摇开了半截。车里的司机朝他喊过来,小伙子。他朝周围一看,身边没人,知道是喊他了。司机说我们领导叫你来上链条。我们的车是八缸的,用不着上链条,领导看你老实,转去转来也不晓得去揽生意,照顾你哩。春生朝车里望进去,一个胖胖的面目和善的中年人正对他微笑哩。中年人把车窗按了一些下来,问小伙子是这里的人吧?春生说是。中年人说看样子你是个学生?春生说是。中年人说看样子你读高中了吧,放假了?是。利用寒假来做做工,挣点学费是吧?是。你们村里初中生多不多?高中生多不多?春生心里有气,想说多个毯,谁读得起这书。但他嘴里说的却是多啥,初中、高中都只有我一个。哦……中年人说。读不起书是吧?我晓得你们这一带是高寒贫困地区,但不读书是没出路的。再穷再苦,也要读书的。司机转过头说这里自然条件太差了,种啥啥不出。只能出点洋芋、荞子,但霜凌一来,全凌坏了,温饱都难解决的。中年汉子脸色不好看起来,他说这里什么时候冰雪会化?我要来搞搞调研,实在没有生存条件,恐怕只有搬迁。

　　春生实在没有心肠再听他们讲了,他站在车外,风又冷又硬,一会儿全身都麻了。他知道村里来过不少人搞调研,也来过不少人扶贫。他在村长家还看过好几本《农村经济》杂志,上面登了好些篇调研文章,但调研来调研去为啥老没结果呢?为啥一直是这个样子呢?他对胖乎乎、和和气气的领导说我去叫人来给车上链条吧。司机说不是让你上吗?你叫啥人?春生说我姐姐,我才来,上不好哩。司机嘟囔了一句,毬,读书读憨了,连链条都不会上。中年人说小李,咋能这样说呢。不会上链条就是读书的错?读书的目的不是上链条。

春生刚回头,看见秀娟站在身后。秀娟是听到春生的话了的。秀娟以为春生真的不会上链条,要去找人帮忙的。秀娟拉住他,说春生,我帮你上吧,你在旁边看着,挺简单的,上一次就会了。秀娟是真心实意想帮他。春生扭开她的手,说不,我要去找人来上,说完就走。秀娟大惑不解,春生是怎么啦?好好的活计放着不做,要去找人,得到一次话计多不容易呀。她随春生走,转过一辆大卡车,她看见春生在和那个蓬头垢面、肮里肮脏的桂花讲什么。她明白了,春生是要把活计让给桂花做呀。秀娟心里一热,一种久违的类似感动的东西在她心里升腾。在这段公路上呆得时间长了,秀娟的心也变得冷漠、变得冰冷了。不是她想冷漠、想冰冷呀,是这该死的日子,是这漠漠的遥遥无望的日子使她变成这样的呀。

桂花摇摇晃晃地从地下站起来,她几乎快被冰雪冻僵了。如果没有人来,她可能就要这样伤心而麻木地蹲着,把自己蹲成一块粗陋的石头。桂花听了春生的话,桂花开头一直不明白,等到春生再次重复的时候,她才晓得春生要把活计让给她。这话像一声春雷,像一瓢迎头淋来的开水,使她为之一震。当她相信是真的时,她一下子拉住春生的手,眼泪鼻涕一起出来,感动万分地说这咋行呢,这咋行呢,春生兄弟,咋能让你这样做呢?我是啥时修来的福,让你这样帮我,我咋感谢你呢?咋感谢你呢?春生见不得她这样子,春生心里一阵难受,一阵厌恶。春生说快去吧,一会儿让别人抢去了。这样一说,她才放了他的手,拖着链条踉踉跄跄地去了。

六

　　风,依然是坚硬着,雪,依然飘落着,路面,依然僵硬着。已是中午了,先前堵的车,被拴了链条,可以慢慢地、小心翼翼地上坡了。这得感谢那张黑色轿车里的中年领导,当桂花被春生领来为他的车上了链条后,他拿出手机打了个电话。好些车其实都是上好了链条的,但被坡上下来的对头车堵了,谁也不愿让车,谁也不敢轻易让车,路太滑,让车是非常危险的。因为让车要倒车,这在平时是小事,在这坚硬溜滑的路面上倒车,就是闯鬼门关了。司机们互相吵了一阵、骂了一阵,也无济于事。大家就无可奈何地在车上坐着等了。

　　来了两个交警,他们是被临时派来的。他们的上司接到电话不敢怠慢,两个交警也不敢怠慢,从炉火通红热乎乎的值班室赶来。他们一出现,权威就出现,秩序就出现,服从就出现。在他们的指挥、疏导下,车子一辆一辆地爬上坡去了,朝下开的,也很快开走了。

　　这段热闹的路面上出现了暂时的空寂,空空荡荡的路面就更加肆虐地寒冷,使人们想起了时间,想起了饥饿。已是中午,不少人开始朝路面下走,他们要赶回去,匆匆地扒一碗饭。他们其实都是带着干粮的,这些干粮不外乎是硬得打得死人的荞粑粑,啃这种荞粑粑会把人的牙齿都硌下来的。牙龈会被磨破,渗出的血丝丝会连同荞粑粑咽进肚里。再就是冷洋芋,洋芋一被冻铁就是鹅卵石了。现在,车没有了,趁这短暂的空寂,大家要回去喝一口热汤,吃一碗热饭。

　　现在,公路上只剩下这么几人了,秀娟、春生、在远处磨磨蹭蹭的桂花、无聊之极只得甩石头玩的周膘子。桂花想趁这段时间,遇上车辆就有活做,吃的东西她是准备好的。她不怕冷硬,不怕把牙龈硌出血,就怕没活做。春生呢？出来到现在，还没做上一桩活计。周膘子是无家的人，他父母早亡，哪里都是家。秀娟嘛，也是想趁这空当揽桩活计做的。

　　秀娟叫住春生，走，这里冷得死人，我领你到一处避风的地方去。春生狐疑地跟着她，春生想这荒天野地有啥避风的地方？下了公路，秀娟领他到了山顶上的一块凹地，凹地里长满荒草，但都被厚厚的雪压伏。秀娟跳下凹地，折了一把干枯的树枝，利利索索地把雪扫了，留下一个圆形的干燥的地面。更为奇特的是，在茅草掩映的凹壁下，竟有一个土洞，里面放着不少干柴，还有好几段圆木，似乎是人家隧道口修房子拆下的旧木料。秀娟让春生帮助把柴火弄出去，她掏出一个打火机，嗤的一声点燃一截浸满油渍的棉纱，火很快就燃烧起来了，红红的火焰柔柔地舔着被冰死的空间，似乎在舔着受伤的伤口。红红的火焰舔着他们，他们感到一身暖洋洋的，软酥酥的。秀娟和春生坐在火边，蛮舒服、蛮惬意。春生看见秀娟抓了把雪细细擦脸，擦完了，又用那条白色的手绢，那条手绢其实已被春生弄脏了，细细致致擦脸，又掏出一瓶雪花膏之类的东西，蘸了，在脸上、手上，甚至脖子上抹起来。秀娟做这一切时，极其自然，毫无做作，像春水一样潺潺流淌，像白云一样舒缓闲适。春生看她用手拨着乌云似的头发，用梳子梳理成瀑布，春生心里感动极了，一种纯洁、纯美、至美的感觉充溢心中。他非常感慨秀娟的美，更感慨严酷的生存环境，严酷的生活并没有摧毁秀娟的爱美的天性，没摧毁秀娟对生活的执著热爱。春生心里也涌现出一种朦胧的感觉，这种弥漫开来使人心旌摇曳的感觉，是一种纯心理的和生理的自然反应。春生为这种反应感到羞耻，他把通红的脸转过去，说太热了，太热了。秀娟此时正在照镜子，是一面手掌大的小小的镜子，秀娟无限伤感地说春生，我眼角有皱纹了，真的，有皱纹了。春生转过头去，看见秀娟眼角里有泪珠，沉重而忧伤的眼泪，顺着秀娟的脸庞滴下来，沉沉地滴在大山的躯体上，大山锐利地颤抖了一下。春生无言，春生心里也涌出了无限的酸楚,无限的伤感。

春生用木棍去火里刨洋芋。秀娟说别吃洋芋了,我这里有热的粑粑。秀娟说着,伸手去胸口的衣襟下掏,掏出一个用塑料袋裹得紧紧的荞粑粑。好细心的秀娟,她把热热的软软的荞粑粑放在塑料袋里温在胸口上,荞粑粑拿出时,还是柔软如初、温热可口的。春生吃着荞粑粑,春生感动不已,他似乎从秀娟温在最敏感处的荞粑粑里感悟到什么,这是一个带着姑娘体温、体香的荞粑粑呀。春生感动得想哭,春生也感到身上一阵燥热,春生身上战栗起来,他大口大口地嚼着荞粑粑,掩饰他的慌张和窘态。

桂花来了,桂花是被远处的柴烟吸引来的。在这茫茫的旷野上,有柴烟就有火,有火就有温暖。周围的地面上,由于海拔太高,树长几十年,也就是一人高,被称做小老头树。现在,这一带别说树,连荆棘也没有了。要不然,他们早就就地起火了。桂花看到柴烟,寒冷驱使她本能地朝这里走来,走到凹地的边缘,她犹豫了,她不敢下去。这不仅是因为秀娟看不起她,而且两家为宅基地的事还有过纠纷。所以,畏畏缩缩的桂花现在更加畏畏缩缩,她站在凹地的边缘上,袖着手,臃肿的身体像堆干牛粪随意码成的垛子,还红线锁眼边,还流清鼻涕,还抖抖索索。春生正在吃温馨的荞粑粑,春生正沉浸在美好而又慌乱的遐想中,春生看见她,心里一阵恶心。想起让她拴一次链条,她就感激涕零、低三下四的样子,春生就更加烦她,春生低下头装作没看见她。

秀娟看见了她,秀娟也犹豫了一下,秀娟一时下不了决心该不该喊她。秀娟看见她冻得乌青的脸,看着她枯叶似的在寒风中抖抖索索,秀娟看到了她身后的地老鼠似的一堆娃娃,看到了三奶奶苍白的眼眶深凹、皱纹交错的脸,秀娟心里涌起了一种莫名的情绪,一种恻隐之心。秀娟希望春生喊她来烤火,在这寒冷的天气里,一蓬火会给人带来温暖,带来希望的呀。可是,春生却奇怪地低着头不喊叫桂花。秀娟心里就有些生气,春生你这是为啥呀？为了讨好我？怕桂花坐在你身边熏了你？看来,你让桂花上链条也是故意做样子。

桂花下到凹地里来了,桂花确实带来了寒气和说不清的难闻的气味。春生有些嗔怪秀娟,他这时真的好想好想单独和秀娟待在一起,看看秀娟的面容,嗅嗅她身上的气息。柴火是热烈而温馨的,柴火散发出来的淡淡的蓝烟,迷茫地弥漫在凹地里。春生心里,也是迷茫而又散乱的。

他们烤着火,谁也不说话,各人想着各人的心事。桂花是冻坏了,把身子扑近火边,熊熊的火焰把她身上烤出一股股热气,也烤出一股股难闻的气息。秀娟皱着眉,她不时地瞟一瞟春生,见春生脸红红地伸手烤火,秀娟知道他的心思,秀娟脸也红红的了。在这寒冷的天气里,在这温暖的凹地里,他们在想些什么呢？这遥远而又贫穷的凉风垭口哟……

七

突然,公路那边传来一阵汽车喇叭的尖锐的叫声,几个坐在凹地里而默默不语的人一下子惊醒起来,真是没想到,刚才还在畏畏缩缩,茫然无措,走路也踉踉跄跄的桂花,竟是那样机敏,那样快捷,那样神速,她几步就蹿到了凹地的边缘,几下就攀上了凹地的土坎,像鹰见到了惊慌四逃的兔子,像饥饿极了的老虎闻到肉香,她撒开脚丫,大步地跑起来。尽管她穿得臃肿,尽管她跑的时候跌跌撞撞,但还是远远地跑在前面。秀娟也是敏捷的,秀娟紧紧追着桂花,但毕竟迟了一步,还是拉开了一段距离。并且,跑的时候,秀娟觉得下腹一阵一阵地绞疼,她知道自己月经来了,她想折回凹地里去处理一下,又舍不得,还是追,只是跑不快罢了。秀娟觉得有热热的东西顺着大腿根流下来,秀娟回头一看,雪地里蓦然开放了一串血红的梅花,心一软,停了下来。秀娟看到殷红的梅花,心里无限酸楚,她鼻子一酸，眼泪一串串掉了下来。

春生是理智的，春生开头也跑，跑了几步，看见公路上只停着一辆微型车，春生就不跑了，他知道再跑得快也白搭。但他还是慢跑着，大家都上公路了，他还守在凹地里干嘛？他看见快速奔跑着的秀娟突然停下来，他有些奇怪。等到距离近一些时，他看见了雪地上殷红的梅花，殷殷的红红的梅花似乎还释放出一种气息。春生有些惶惑了，该不是秀娟跌到啥地方跌出血来了呢？但他是一直看着的呀，秀娟麂子一样快岩羊一样敏捷，根本没跌倒呀。春生突然明白了，春生是高中生，上过生理课，但他第一次看见这场景，这神奇的充满生命的潮涌和生命疼痛的气息，这神圣的、纯洁的孕育着生命的鲜血，使他不知所措。他想安慰秀娟，想说点什么，但一时真不知道说什么。等他想了半天笨嘴笨舌地安慰秀娟时，秀娟突然大发脾气，秀娟吼道滚，你给我滚远点，你站在这里干啥？春生被吼懵了，他不知道怎么得罪秀娟了，秀娟为啥发这么大的脾气。

桂花匆匆忙忙，气喘吁吁地跑是白跑，公路上早已有人守候在那里，这人就是周膘子。周膘子是没有家的人，他回家去干吗？他是看见秀娟和春生走下公路了的，周膘子心里恨得痒痒的。春生这杂种，凭啥他就傍上秀娟了，人瘦得像根树藤，说话酸得像醋倒人胃口，挖不了土堡抬不动石头，秀娟却喜欢这样的人？如果不是碍着秀娟，他早把他打得趴在地上啃冰碴了。想到秀娟，周膘子心里又难过又温暖，他知道自己是癞蛤蟆想吃天鹅肉，是想得到而得不到的，但他又忍不住想。有时他被秀娟冷落、嘲弄、挖苦之后，也暗下决定，从此不再去巴结、讨好秀娟了，可过一会儿就忘记。他也骂自己是没出息的东西，但又自我解嘲，想想都不能么？我还想讨明星做老婆呢，我还想把明星抱在怀里揉搓呢。能么？就想想，总没侵犯别人啥呀。

看见秀娟和春生走下凹地，周膘子心里咯噔一下，糟了，肯定坏事了，秀娟这臭东西肯定要把自己给寿生了。想到这里，他心里绞疼起来，就像是自己守候多年的果子，风一吹，却掉下粪坑去了。他想大叫，想踢石头，想摔东西，想打人，但除了踢石头还能干啥呢？他想跑到凹地那里捉奸，把俩人赤条条捉住，把衣服、裤子缴了，让他们到旷野去让寒风吹，让他们丢人现眼，但他跑了几步又停下来。一种莫名的东西使他步履滞涩，他呆住了。那是秀娟呀，是他心中的女神，是他心中唯一的慰藉，是他苦涩心田里的一股清泉。他能这样做么？他下得了手么？他突然伸出钵子大的拳头，在自己头上狠狠打了几拳，嗨地叫了一声，抱着头，闷声蹲在地上了。

等凹地里升起了柴烟，周膘子才如释重负地长长地叹口气。他知道他们是去燃火烤了，这么冷的天气，这么短的时间，他们能做什么？他一下子高兴起来，一下子从地上蹿起来，高兴得在地上转了几圈，还扫了几圈磨堂腿，像发情的公狗样兴奋莫名。等他看见那个邋遢的女人桂花朝凹地里走去的时候，他更高兴了，他甚至非常、非常地感谢桂花。桂花、桂花，你真是好人呀。

周膘子百无聊赖地在公路上转了一阵，这时，一辆微型车急风吼吼地朝他开来，差点撞到了他。他开口就骂，他妈的你赶死去呀，要投胎也不选个时候，滑下悬崖叫你狗日些找不到全尸。微型车开得真是危险，在这样的天气，在这样的路面，谁都是把心悬到脖嗓眼上，把车开得蜗牛似的。这车倒好，疯了样的开。呵哟，周膘子大叫了一声，微型车开始刹车，这路面上是千万不能刹车的，果然，微型车向路边开始横行，好险，好险，算得好这阵公路上没有车，也算是微型车司机有经验，车开始横行时，他把方向盘使劲朝公路中间扭，但车已到离崖坎不远的地方，总算停住。周膘子赶上前，见司机脸色苍白，紧紧地抱住方向盘，泥塑木雕一般，密密麻麻的冷汗从他脸上渗出来。车里的人，也全吓呆了，除了车开始横向扭动滑行时发出本能的尖叫外,现在全是泥做的塑像了,眼睛木登登地空洞、茫然,惊魂未散地呆着。

　　车内坐着的是一家三人,年老的,像是母亲,年轻的,很显然是个丈夫,因为他紧紧地抱着一个肚子隆得山样高的孕妇。事实确实是这样,这对夫妇是从乡镇乘车赶来的,女的看她两天前就开始有了生产的预兆,他们原想拖一拖看天气会不会好转一点,结果她越来越疼,乡镇卫生院的医生见她肚子特大,产妇的年龄也很大了,就不敢接生。挨到今早,她实在疼得不行了,惨痛的嘶叫把人的心都叫了跳出来,他们才去找了辆微型车。这个司机是他们的远房亲戚,否则人家是不愿上路的。

　　周膘子、秀娟和春生都围在车边了,惊魂未定的临产妇又开始嘶叫起来,她的叫声在这空旷的高原上,犹如一把把刀子直搅人的心。桂花伏在车窗那里,去询问人家,那家人正被临产妇的叫声搅得心烦意乱,忙着照顾产妇,就没人答理她。司机煞白着脸,下车来跟他们商量,请他们为车拴上链条。周膘子见是机会,就问出多少钱,司机说这里上链条的钱大家都晓得的,就按往常的付。周膘子得意地说现在不比往常,三百元。愿上就上,不愿上拉倒。他这样一说,秀娟、春生连同桂花都感到意外,感到不可理喻,也感到太缺德,太没良心,没有人性了。桂花抢着说我只要一百,我来拴。周膘子牛卵子似的眼睛一瞪,你敢。今天是我揽到的生意。谁插一杠子我就认不得人。周膘子说这话时一脸的横肉扩张着,牛卵子似的眼睛放着寒光,桂花吓得不敢讲话了。春生很气愤,很想站出来和周膘子扛着。但春生看他凶狠、残暴的样子,春生也胆怯了,忍了几次,终于没敢站出来。

　　正在这时,产妇疼得更厉害了,疼得在丈夫怀里扭来滚去,那男的急得说不出话,拼命地抱她也抱不住,急得要哭又哭不出来。年老的女人手足无措,一边帮着按女儿一边说菩萨保佑,菩萨保佑。微型车司机也急了。掏出身上所有的钱,也就是七八十元。他说求求你们了,这是人命关天的事呀,是两条命呀,你们不能睁眼不救。我求求你们了。周膘子说你不会问他们,又不是你婆娘生娃娃,你急啥子。司机哭兮兮地说你看他们有钱还会拖到现在?秀娟实在看不下去了,秀娟早就忍不住,谁不爱钱?谁不缺钱?但在这种时候乘人之危来敲诈别人,是天理难容的呀。人心都是肉长的,尤其是女人,看到那女的疼得死去活来,秀娟就想到自己,想到刚才滴在雪地上的血,女人承担的苦难,女人的生命,悬如发丝,轻轻地一挣就断了。秀娟由此感到无比悲哀,秀娟早就想站出来说话,但她知道周膘子的为人,这是个天不怕、地不怕,从小缺娘少爷管教的人。他的蛮劲一上来,你就是十头牛也拽不回来。尤其是在他丧失理智的时候,你和他硬来,事情就会搞得很糟。

　　秀娟是何等聪明的人,秀娟在很短的时间就调整好自己的心情和表情。秀娟笑眯眯地走过来。秀娟那狐媚的眼波抛向了周膘子,秀娟说膘子哥,你行行好吧,把人家的链条上了,人命关天呀。谁不知道你是这条路上最仗义的人,提起你膘子哥,谁人不翘大拇指?看在妹子的分上,让人家快些上路吧。周膘子正为秀娟单独约春生去凹地烤火的事闹心,秀娟不爱他,他是理解的,谁会爱一个劳改释放的人呀。可秀娟却不该撇了他,和春生去凹地烤火,这就太伤人的心了,这就是当人打脸了。周膘子说你少说些光面话了,我算啥东西?敢要人家称赞?敢要人家翘大拇指?在人家心里,我是猪不吃、狗不啃、天不要、地不收的东西。秀娟脸红了一下,秀娟知道周膘子是为刚才的事生气,刚才的事伤了他的自尊心,挫了他的面子。秀娟立即恢复了刚才的媚笑,秀娟说膘子哥你可别这样说,你帮助过我家我心里有数,我爹也时刻叨念着你呢,我也把你在心里记着。你昨天剐烂的衣裳,我都帮你洗干净缝整齐了呢,还说今晚给你送过去。周膘子心里有些感动,他无爹无娘,无家无室,衣服烂了,哪次不是秀娟帮他洗好缝好的呢。但周膘子嘴还硬,说各事了各事,我没欠他们的情,上链条取钱,天经地义。秀娟说收是该收的,但不是这种收法,我们不能乘人之危呀。乘人之危？谁乘人之危了。我就要收这么多钱,不服走别条道,周膘子的蛮横霸道又上来了。而那临产妇的叫声更加尖锐更加疼痛地刺人耳膜,连桂花也感到一身的颤抖。凡是经历过生育的女人,谁不知道那种锥心刺骨的疼痛？谁不知道那命就是层纸,轻轻一捅就破了。桂花刚想讲话,车门开了,车上的那个老妇人一下子就跌下来了,她跌在车轮边,连站都没站起来,连爬带挠地爬到周膘子脚下,她跪在地下,咚咚咚地给周膘子磕头,大哥,这位大哥,你发发善心,让我们顺顺利利上路吧,你看我那可怜的女儿,快痛得死去了。血也止不住,再耽误是要死人的呀。两条人命呀。大哥,你发发善心,你是菩萨呀。众人朝微型车上看去,果然有血顺着车厢往下流淌,那血红红的,那血刺激得人想发疯,想拼命,想杀人。秀娟嘶声大叫一声,周膘子,你不是人,你是畜生。你忘了你妈是咋死的？村里人谁不知道你妈是生你难产死的。你还有点良心,就不要让你妈的悲剧重演了。秀娟这一声带血带泪、惊心动魄的喊,镇住了周膘子,周膘子浑身战栗了一下。他的身世,他一生的磨难他是清楚的,他看着那血,眼里流露出惊恐的眼光,他说退后一步说钱,钱咋说呢？大家都被气愤充盈了胸,大家都已经忍无可忍。秀娟、桂花、春生和司机都说这时你还说钱,你还是人吗？今天你不准上链条,我们豁出去了,要打要杀由你。周膘子看着愤怒至极的人,周膘子胆怯了,他被秀娟的话击中了坚硬如铁的心,他被大家的愤怒震慑了。他说你们不要钱我也不要,还怕就我一个人想钱,上就上。

微型车在撕心裂肺的喊叫声中终于前行,微型车在疼痛中趔趄而行。

路太滑,车太轻,微型车走出几步,又开始朝后退,车上的人和车下的人都惊呆了,眼看再退就退到悬崖边了,秀娟惊恐得闭上了眼睛,桂花脚一软一屁股坐在地上,春生茫然不知所措,嘴张开就合不拢了。周膘子一个箭步,一脚蹬在路边的标志石上,双手撑住了车屁股,周膘子身子撑得像箭样直,双臂和全身都在抖,他大喊大叫快些来帮着推车,杂种呢,我撑不住了。他脸上豆粒大的汗大滴大滴滚落下来,额上、手臂上的青筋蚯蚓样凸现出来,脸憋得发青。他这裂帛一般的惊吼,大家立即醒过神来。秀娟、春生箭一般射过去帮助推车,桂花在爬起来时,手摸到了她邋里邋遢、又黑又脏、又宽又大的棉袄,桂花突然天门开窍,突然聪慧无比,她一下脱了棉袄,只剩下里面的一件褂子。桂花一下子就把棉袄塞在车轮下,又黑又脏又大又邋遢的棉袄呵,真是世上最珍贵最美丽的棉袄!车轮立即不动了。周膘子看着桂花那黑黑的脸,那蓬松的奶子,说桂花嫂,你真漂亮。秀娟、春生心里无比感动,秀娟的眼湿润了,差点流下泪来。春生感慨万千,春生一句话也说不出,任着内心的温馨弥漫。

　　秀娟、春生、周膘子都脱去了外套,他们分别把外套塞在微型车的两个前轮下,车一走前,他们又把棉衣、外套撒下来,再次塞到前轮下。周膘子在忙乱中忍不住看了几眼秀娟丰满的胸口。桂花现在不怕周膘子了,桂花说周膘子,盯紧点车,那里没有花。周膘子边推车边说说哪个没有花,这是最美的花呵。

　　车在满天飞雪、天地混沌中艰难前行。

中篇小说

北方、北方

一

在老城墙根儿的一座大杂院里,我见到了舅奶奶。

这是一座怎样的大杂院呵,走过一段长长的通道,就是天井,天井里堆满了坟似的煤堆,天井就杂乱成一座乱坟园了。这是小城的一道风景,那时煤紧缺,每家弄了煤,忙着囤积起来,这种煤是面煤,和了水和泥,堆成山头,山头上有鸡盘旋,有鸡卧晒,也有鸡在引颈长鸣。我和祖母走过的时候,一只鸡正刨着什么,煤灰和鸡毛飘了我一头一脸,一粒煤渣掉进了我的眼,我立即看不见东西,狠命地揉起眼来。祖母在煤堆的通道里停下来,她气呼呼地轰鸡,那鸡却不怕,在煤堆上仇视着她。红红的小眼很有鄙夷的味道。祖母蹲下来,用手掰开我的眼,很细心地吹起来,沙终于吹掉了,流了一阵泪,我却能看见东西了。祖母叹口气,这哪是人住的地方。

　　走过煤堆,祖母牵着我的手,爬上了一道陡陡的石阶,石阶已残损,却看得出当年的气派。在石阶上,又是一排房子,南方的房子都有深深的檐,这座房子的檐也是深深的。檐下有两口巨大的石缸,据祖母说是栽荷花的,现在却装满垃圾。檐前立着几架打草席的架子,地下堆满稻草和草绳,顺着墙边立着一排已经打好的草席,一群穿着裤衩的娃娃在草堆里胡闹,几个女人一边吃喝一边不停地打草席。看见我们来,有人说北方婆,你亲戚来了。我们穿过打草席的人,走进堂屋侧边的门,在黑黑的门前站了一会,才看清有个女人正佝偻着腰在搓草绳,祖母说淑娴,你孙子看你来了。女人悠悠地抬起头,然后站起来,她缓缓走过来,快走到我身边的时候,步伐快了起来,几乎是小跑,她一把搂过我的头,紧紧地抱在怀里,搂得我几乎透不过气来。我闻到了一股难以说清的味道,既是酸臭的又是微香的很奇妙的味道。接着,这个我叫舅奶奶的女人蹲下来,两眼紧紧地盯着我看,看了一阵,长叹一声。她在我脸上亲了又亲,粘了很多涎水在我脸上,弄得我很不舒服。

　　祖母和舅奶奶让我出去玩,她们坐在幽暗的稻草上说着什么。我不愿出去,我怕这个杂乱肮脏的环境,我在稻草的另一角坐下,低着头寻找稻草上残留的谷粒,我看见祖母和舅奶奶拉着手小声地说话,她们的话幽幽的,缥缥缈缈的,游丝一般的细微。她们讲一阵哭一阵,她们讲的声音是模糊而又轻微的,哭的声音更小,几乎是哽咽,肩臂一抽一抽的,在幽暗的光线里,像是两个幽暗的鬼魂。尽管如此,她们还是惊慌不安的,隔一阵,舅奶奶要去瞅一瞅,我弄不明白她们为啥如此胆怯。大杂院里的人讲话都是高喉大嗓、夹枪带棒的。坐了一阵,祖母要走了,她把装有我的衣服的包放下,说舅奶奶,猴儿就托付给你了,他不听话你就打,小孩子心疼不得的。祖母又拉着我,絮絮叨叨地讲要听舅奶奶的话,别惹舅奶奶生气等等,才依依不舍地站起来走了。舅奶奶送到门口就站住了,她的眼睛总是惊恐的,掩了门,又在门缝看了一会,才返身回来。

晚上,在幽暗的房间里,舅奶奶烧了一大盆热水要给我洗澡。我怎么也想不到洗澡这事,我的父亲在乡下的供销社做事,母亲又随着人们大炼钢铁去了,家里一大堆孩子,别说洗澡,连脸也是经常不洗的,身上的汗和泥结成了泥垢,摸着像摸洗衣板似的。我怕洗澡,舅奶奶温和地哄着我,说小孩子要讲卫生,要爱干净,要养成良好的习惯,舅奶奶的话真好听,她的话温柔、纯正,软软的,柔柔的,就像一把毛刷在心里轻拂。我不知道她为什么用这种语言讲话,这种语言把她和周围的人完全地隔离开来,使她变得陌生,变得神秘,变得像雾一样虚幻,一样难以捉摸而又十分想走进这种虚幻之中去。我知道她讲的是普通话是读小学之后的事,教我们的那个女教师声称她是用普通话来教学的,而她的普通话在我听来却十分难受,她讲得疙里疙瘩不说,还常常冒出许多方言,方言和普通话一糅合,怪话就出来了,就使人听了起一身鸡皮疙瘩,比不说还难受。我是一进门就听见祖母和她讲话的声音的,我听着她的话,就像听山泉的流淌声一样清晰。

我知道,舅奶奶是北方人。至于是北方什么地方的人,祖母没说,我也不知道。其实,当时我对地名的概念是很模糊的,说了也白说。

舅奶奶为啥从遥远的北方到我们这个偏僻的地方来,对我来说一直是个谜。我只是模模糊糊、断断续续地听到大人们的一些话,知道舅奶奶是随舅爷爷一起来的,来的那天城门口聚集了许多人,有店员有学生,有政府官员,也有打了赤脚的农民,他们举着小小的三角旗,口里喊着欢迎之类的口号。城门口洞开,奶奶说城门是经常关着的,我们这地方闹土匪。洞开的城门上高悬着大幅标语,祖母说那斗大的字是周先生写的,周先生字极好,远近有名,却不轻易写字,就是拿白花花的大洋也不写。写欢迎舅爷爷进城的标语,他却是写得极认真的,走三步、退三步,左端详、右端详,直到满意为止。据说那字当晚就被人揭去了,有收藏爱好的人雇人下的手。鞭炮不停地炸着,浓浓的硝烟味就像刚和土匪打了一仗。舅爷爷骑着高头大马,马头上挂着硕大的绣球,舅爷爷身上也挂着脸盆大的绣球。他穿着草绿色毛呢的军服,衣服笔挺,脚上是一双锃亮的马靴,夕阳在上面闪烁着金色的碎花。舅爷爷气宇轩昂,神气活现,方正的、英俊的脸上是一脸掩饰不住的得意神气。他没有理由不神气,打了八年的仗收复了国土,英雄美女相伴,各方欢迎,欢呼雷鸣,人生得意也不过如此。舅奶奶紧随其后骑在一匹雪青马上,舅奶奶本来是要坐轿子进城的,高兴得忘了形的国军团长大手一劈豪气万丈,骑马、骑马,哪有打了胜仗缩在轿子里的道理,让大家也见识见识啥叫英雄、啥叫美人。舅奶奶那天穿的是一身红色的旗袍,她是个温和平淡的人,喜素色而厌浮华。舅爷爷出奇地武断,穿红色的,喜气洋洋、热热闹闹、大大方方。穿着大红旗袍的舅奶奶果然就如一簇随风移动的火焰,灼灼燃烧,旗袍把她秀气的脸庞映衬得无比娇丽。当县长在城门口把一大碗酒双手捧给国军团长的时候,舅爷爷神采飞扬,将酒递给身后的娇艳的女人。舅奶奶娇嗔地看了他一眼,说鹏程,你今天为啥这样,你知道我是不喝酒的。舅奶奶的话听得县长和周围的人耳朵一愣,这女人是外省人呀。我们这地方很小,山却很大,走出去的人极少,县长是有些见识的。县长知道这女人的普通话是极纯正极地道的。县长说鹏程兄,嫂子是北方人?国军团长傲气地说打遍大半个中国,得了美女一个。说完将酒从舅奶奶手里接过来,一仰头,咕隆咕隆猛喝一气,顷刻间碗已见底。舅爷爷将碗旋转一圈,将碗奉还县长。县长看得目瞪口呆,连连叹息,英雄美人,英雄美人呐……

这幅场景是我根据祖母和其他亲戚的叙述在我学习写作后而描述的，其实，在我到舅奶奶家之前，舅爷爷已经死了。我见到的舅爷爷和祖母、亲戚们描述的完全不一样，我见到的舅爷爷是一个腰杆佝偻得像只虾米、头发蓬乱得像堆乱草的人。他那时有多少岁我是不知道的，只知道他满脸皱纹，双颊塌陷，缺牙少齿的嘴里不断地蠕动，眼角堆满眼屎。他的眼睛特别吓人，红红的、细细的，眼角溃烂，红翻翻的，小城人把这种眼睛称为红线锁眼边，眼里经常流泪。他穿的衣服又多又烂，长一截短一截搞不清哪是里哪是外，裤子只到膝盖边，裸露的脚踝上青筋暴露，一疙瘩一疙瘩地吓人。脚上的鞋子是一双辨不出颜色的胶鞋，鞋面坏了，他用胶线把鞋面子连同脚背绑在一起，倒也牢靠。他是靠卖烧炭泥巴为生的。我们这个地方烧的是煤末，细沙样的煤末要用黏性很强的白泥巴搅拌黏合，才能成块成团。卖烧炭泥巴是很下贱的活，价钱极贱，一挑烧炭泥巴也就是一两角钱，那泥很白很黏，糊在身上白花花的，这就使舅爷爷漆黑的衣服变成迷彩服了，很有些现代派的风味。这使人心酸的现代派常使我的祖母心酸流泪。他是祖母唯一的亲弟弟，祖母在帮他洗衣服时一边叹息一边咒骂，她咒骂的是那个艳丽之极风光之极而又沉沦的舅奶奶。她骂的时候舅爷爷阴沉着脸不讲话，直到骂得太不堪入耳时舅爷爷才低吼一声，说是我要离的，姐你就不要乱骂了。他们之间到底是谁提出离婚的我不得而知，但我知道舅爷爷直到死都栖息在城门洞里，那时小城的城墙还没拆除，城门洞是叫花子栖息的地方。

二

在小城的街头上，竖有一块报栏，上面贴着不多几张报纸，报栏前是清寂的地方，很少有人光顾。小城人多不识字，又多为生活所累，看书看报是种奢侈。但我却常常看见一个人在报栏前反反复复地看报纸,这人穿着的破烂和肮脏是不用说了,他眼睛极度近视,看报纸时脸几乎是贴近报纸的,有时还要用手指撑着眼皮,那动作是很滑稽很好笑的。他看时摇头晃脑、嘴里喃喃有声,声音却含混不清,他的身边放着一挑白泥巴,这就是我的舅爷爷。一天祖母牵着我的手走过报栏,祖母急匆匆走过去,猛地扯了一下舅爷爷的下襟,鹏程,你又在看了,再说你也不听。舅爷爷惊得浑身哆嗦,回过头见是祖母,说姐你干啥?祖母说走,回家。舅爷爷极不情愿,让我看完这一段吧。祖母把他推开,将挑烧炭泥巴的扁担放在他肩上,径直走了。他才极不情愿地走开。

　　回到家,祖母叫我去街上的馆子里买碗酸辣面,那年头能吃上面条是奢侈的。我去抬了碗面,在路上,我被酸辣面热腾腾、香喷喷的气味所吸引,肚里叽叽咕咕叫起来,让我清口水直淌。我忍不住喝了一口汤,我知道舅爷爷是极饿极饿的。我对自己说只喝一口汤,绝不喝第二口,谁知喝了那口汤后,我的肚子更饿了,清口水不断线地淌出来,我对自己说就喝一口汤,绝不喝第二口。谁知我竟连面条也喝了进去。这一来,我的肠胃就痉挛起来,又饿又馋又疼,简直就在不经意间,我已经将面条吃了小半碗,最后一口面条是我硬从嘴里扯出来的。我看着蚀进去小半截的碗,我惊恐不已,严厉的祖母是不会放过我的,她那条用来裁衣服的竹尺,不知抽过我多少次。

　　我感到了事情的严重性,我孤独无助地蹲在街角偷偷哭泣。正在这时,一个背着一大捆草席的女人从我身边经过,草席太多太重,像座山样的压在她身上,她佝偻着腰,憋得脸都青了。这座草席的山从我面前经过后又移回来,她说你是小猴子吧?我惊慌不已,我眼前这个又瘦又脏的女人竟讲普通话。她默默地看了我一阵,幽幽叹了口气,在我手里塞了一角钱,说你把它吃了吧,重新再去买一碗,说完,那沉沉的小山又缓缓移动开了。

　　当祖母知道了事情的经过,祖母拿起那碗热腾腾的面条就要泼,嘴里说肯定是那贱人,全城人没有哪个讲那种屁话。她还好意思拿钱给你。舅爷爷突然蹿起,他身手异常矫健,和他那佝偻、畏缩的样子极不相称,舅爷爷从祖母手里抢过那碗面,抓起筷子就飞快地将面条吞下肚。那速度之快,说风卷残云一点不为过。一碗面条下肚,他辣得额上的汗一串串滚下来,嘴里呲呲地哈气。祖母摇着头,说不争气的东西,你看你这德性,跟下三烂有啥区别。舅爷爷傻笑着,揉着他那红线锁眼边的烂眼睛,说吃也吃了,喝也喝了,再有一副眼镜就好了。祖母气得给他一巴掌,烂崽,还提眼镜的事,叫你不要看报纸你偏不听,你要死在报纸上。祖母的话不幸而言中,舅爷爷后来果然死在报纸上。

　　舅爷爷爱看报纸,爱看书,书是没得看的,他当时住在一间堆杂物的偏厦里,后来因为看报纸而被批斗,连那间偏厦也没收了。他就和一流浪的人住在城门洞里。他看报纸迟早要出事的,他站在报栏前是一道肮脏的风景,全城人从报栏前匆匆而过,没谁去看报纸,而一个衣裳褴褛、蓬头垢面、一身酸臭的人站在那里看报,本身就极不协调,本身就是一个讽刺。更主要的,他看报纸有个坏习惯,一边看嘴里一边叽里咕噜的,尽管讲得极小声,尽管讲得含含糊糊、不明不白,但听着却更像咒语,更像在宣泄什么。居委会的一个戴眼镜的瘦子,过去在旧县政府当过文书的,表现出极大的政治热情,去检举他说他边看报纸边说些反动的话。他说得有根有据的。这在当时是不能容忍的事,他很快就被批斗,尽管人们不知道他到底叽叽咕咕地讲些啥,但他是国民党的团长,对检举的事,宁可信其有,不可信其无。所以居委会对他进行了连续三天三夜的批斗。那个旧政府的伪文书甚至当众打了他几个嘴巴,甚至提出要将他送去劳改。但上面了解到他就一个人,浑身是病,半死不活,弄进监狱倒是负担,就拒绝关他。

他倒是强烈要求过进班房的,他听人说在班房里能吃得饱,他越是要求人家越是不要,将他的偏厦没收了,让他接受群众监督改造。

  舅爷爷挑烧炭泥巴是极苦的,又挣不到钱,很多时候他都是饥一顿饱一顿的,如果不是我的祖母经常接济他,恐怕他早就饿死了。祖母不时让我去找他,叫他到家里吃一顿饭,那时粮食是限量供应的,粗粮多细粮少,尽管如此,仍然填不饱肚子。祖母最爱去买一种用麦麸子和少许的面做的干壳饼,那饼又干又硬可以作凶器砸死人的。每次来了,舅爷爷鼓起腮帮快速地嚼,咽得眼睛鼓了起来,一个接一个地不断地打嗝,连喝点水他都不肯。祖母心疼地看着他叹着气,眼里含着泪,祖母忘不了咒骂那个从北方来的妖精,骂她薄情寡义,骂她这样那样。舅爷爷也不解释,实在骂得狠了,他才愤愤地顿一下装着凉水的粗碗,姐,你再这样我就不来了。走,你走,你怕是吃饱了撑的,省嘴落牙给你吃,你不领情。倒是那个贱人,妖精,你还忘不了。说着撩起衣襟擦泪。话虽这样说,过不了几天,她又会念叨起来,小猴子,你这没良心的,你去看看那贼杀的在哪里,叫他来撑肚子。

  就是这样一个舅爷爷,有一次他把我叫到他的偏厦里,那猪窝似的偏厦又臭又脏,各种说不出来的味窒息得我喘不过气来,他在他的床下摸索了半天,他找出一样用布包着的东西,他说给你舅奶奶送去,她住在顺城街西边的大杂院里,记住,门牌是97号,你只要问讲普通话的人,人家就知道是她。我摸着那用橡皮筋扎得紧紧的布包,布包不大,里面的东西硬硬的,我好奇,说舅爷爷,我可以打开看吗?舅爷爷说乖孙子,你不要打开了,里面是一块香皂,一盒雪花膏。记住,你告诉你舅奶奶,说要活得漂亮,活得体面,活得尊严,叫她经常擦,没有了,我又买。看着我茫然的眼睛,舅爷爷叹口气说我孙子小,不懂这些话的,你啥也不说,交给她就是了。

回到家,我将东西交给祖母,让祖母带我去找舅奶奶。我其实是不该将东西交给祖母的,祖母恨舅奶奶在关键时候和舅爷爷离了婚,害舅爷爷孤魂野鬼、叫花子一样活着,连个照应的人都没有。但我那时实在太小,我不知道大人的恩怨,更主要是找不到舅奶奶住的地方。祖母接过那小小的布包脸色霎时变了,她连打也没打开就知道里面是啥东西,她恨恨地骂道,烂崽、烂崽,不成器不长性的烂崽呀,饭都吃不饱衣都穿不上他还想着那妖精呀,他还要打扮她,还要叫她香喷喷地去勾引人?祖母骂人最爱使用的是烂崽这个词,小城骂人的语言丰富得连骂几天都不会重复,但这个小城最出名的私塾先生、民国县志撰写人的女儿最愤怒时也只是使用有限的几个词汇。祖母用她的小脚狠狠地跺着硬硬的东西,祖母的脚跺疼了才将那小小的布包捡来丢在墙角里。最后,祖母严厉地叮嘱我,记住,烂崽问你东西时,你就说送去了,说错了小心竹尺。我心里后悔得不行,我觉得对不起舅爷爷,他交东西给我时千叮嘱万叮嘱,红红的红线锁眼边里的小眼睛一眨不眨地看着我,里面藏着多少希翼多少盼望多少深情。

　　我的祖母原谅我的舅奶奶是因为舅爷爷的死,舅爷爷是在一个深秋的夜晚死的。我们这里是高严寒山区,小城四周群山环绕,空阔的高原坝子里寒风肆虐,才到初秋青石板上就铺满了厚厚的白霜,人们蜷缩着身子在青石板街道上蹒跚而行。到深秋时就非常非常的冷了,没有火炉的人们是待不住的。舅爷爷和几个无家可归的人栖息在城门洞里,城门洞里有一个侧洞,他们在里面堆满了烂草,再厚的烂草也抵挡不住长驱而入的寒风,舅爷爷就是在一个严霜遍布的早晨死的。

　　祖母听到报信后赶到城门洞,她没想到舅奶奶却先她来了一步,舅奶奶跪在舅爷爷身边失声痛哭,她哭得气绝声咽,哭得凄凉哀痛,她一边哀哀而哭一边还用她的北方普通话诉说着什么。祖母是个刚强的人,祖母顿着她的小脚说哭啥哭啥,这时有啥好哭的,人死灯灭,恩绝情断,烂崽走了好,走了好,活着也是受罪,早死早超生。祖母叫了两个人来,她让他们给舅爷爷穿衣服,衣服是随身带来的,她说天寒地冻的,鹏程、鹏程,你这烂崽哟,不听姐的话,偏要去从军,从军也罢了,偏要当个烂团长,你是自取的哟。穿上衣服,姐送你上路吧,祖母说着眼泪也流下来了。她让人给舅爷爷穿好衣服,将他抬去埋了。

正当那两人一人抬头、一人抬脚地要将舅爷爷抬去软埋的时候,舅奶奶突然从地上跳起来,她紧紧地抱着舅爷爷僵硬的身子,她哭着说姐,不能呀,不能让鹏程这样上路。祖母说不要装模作样了,不这样还能咋样?你关心他,你还会和他离婚。舅奶奶哭得更伤心,是死鬼逼我离的,他说让我重新找一个,日子好过点。姐,我指天为誓,我说假话让我不得好死。姐除了鹏程,我还会找谁呢?我从万里远的地方来这里,山重水复孤魂野鬼,我为啥呀,舅奶奶哭得说不下去,几乎晕倒了。祖母听得心里一软,眼泪刷地流下,她说不软埋咋办呢,他……祖母想说的是舅爷爷的身份。同时也想说的是现在穷得片瓦无有了,拿啥来安葬呢?

舅爷爷是被舅奶奶深夜弄回到她的小屋里的,为了不让人知道,她一个人硬是将舅爷爷背了回去。我不知道在那年的那个寒冷的夜晚,舅奶奶是如何将这具又冷又硬的尸体背回去的,这个瘦弱、单薄、像纸片一样轻飘飘的女人,以什么样的毅力以什么样的意念,竟然将这具尸体背回去了。我后来听她说她背的时候死沉死沉,她背的时候他的脚拖在地上,拖得又冷又硬的路面咚咚响,她心疼得叫起来,她怕拖伤他的脚,她听到了他喊疼的声音,真的,她确实是听到了的。但他僵硬的脚不会弯,她只得使劲地往上伸,这样的姿势压得她几乎匍匐在地下。她累得一身湿透,手和脚酸疼得不行,她还是在青石路上摔了一跤,她听到了舅爷爷哎哟的疼痛声,摔倒的时候她努力地朝前倾,想使尸体压在她身上,但尸体还是摔到路面上了,她急得叫起来,她把他抱在怀里,小心地摸着他的膝盖,连连地说疼吗？疼吗？鹏程，你忍一忍，都怪我，都怪我。她边摸边流眼泪，最后，总算弄回了她的屋里。

那几天，她的小屋紧闭，人们都不知道她在干什么。那几天，天气是很冷很冷的，她却觉得还冷得不够。她将舅爷爷放在床上，她烧了水，将舅爷爷浑身上下洗得干干净净。她说鹏程，你一生爱干净，一生要体面，我要让你干净、体面地上路呀。她动手为舅爷爷理了发，剃了胡须。这样，虽然舅爷爷的脸还是那样布满皱纹、塌陷、红线锁眼边，但总要清爽、体面了许多。她连夜连晚地做了一套新衣服，给舅爷爷穿上后，她就在他身边躺下。

如果不是祖母来，不知道舅奶奶要怎么办。祖母是挟着寒风披着白霜来的，来的时候自然是深夜。祖母生气，祖母说淑娴，你要干啥？人死灯灭，入土为安，你这样是不行的。赶快埋了，要不然被人发现就麻烦了。舅奶奶身子一软，在祖母身边倒下，祖母抚着她的头，淑娴，我明白你的心了，姐错怪了你，但千疼万疼，终有一别。快将鹏程埋了，不然他不安呀。

深更半夜，连夜连晚，祖母和舅奶奶请了乡下的亲戚，悄悄将舅爷爷弄到离城很远的乡下。舅奶奶倾其所有，给舅爷爷买了一具薄皮棺材。当舅奶奶在身上翻了又翻，拿出一叠藏在内衣里的钱，当祖母看着舅奶奶将缝在内衣里的口袋上的线头咬断，手里拿着那沓湿润、温热的钱时，祖母又哭了，祖母哽咽着说，淑娴，这是你的养命钱呀，你留着，钱我来凑。舅奶奶坚决地说姐，我跟鹏程半辈子，他辉煌一生，潦倒一生，落魄一生，我难过呀。这钱，用在他身上，值。想到舅爷爷坎坷、潦倒的一生，想到她们的遭遇，两个女人抱着头，失声痛哭，哭得周围的人心里发憷，大家都有无尽的心事、无尽的伤心，大家都流下了伤感的泪，一时间，墓地上哭声阵阵，哀号连连，天地动容，阴风劲吹。

想不到，在入殓时，祖母和舅奶奶又争执起来了。俩女人脸红脖粗，怒目相向,谁也不让谁。舅奶奶在舅爷爷已经入棺装殓好时,突然拿出一副崭新的眼镜,眼镜盒是镀铬的,寒凉中闪着灼灼的光,像舅爷爷曾经佩戴过的宝剑上的光芒。舅奶奶轻轻地把眼镜盒放在舅爷爷的头边,说鹏程,我给你配好眼镜了,这是我打了半年草席赚的钱呢,是请光明眼镜店的孙师傅配的呢。戴上它,你以后就看得清报纸了。她刚说完,祖母一下就发作了,她把眼镜一把抢在手,说淑娴你蠢呀,鹏程就是看报纸出事的。他咋能再这样,你还给他配眼镜,你是害他呀。舅奶奶紧紧抓住祖母的手不放,她知道祖母暴躁,她怕祖母将眼镜摔掉,舅奶奶说姐,你让他戴上眼镜走吧,或许那边是可以看书看报的,鹏程看报成癖,没有眼镜咋看呀,你看他那眼睛,啥样了?你忍心让他凑近报纸去看呀。祖母依然不放手,祖母说这边都是这样,那边难说也是这样,你让他安生点,平平稳稳过日子。在这边还有你我照应,到那边谁管他呀。祖母这样一说,舅奶奶的手就松了,祖母将眼镜狠狠地摔在石头上,眼镜立即成了碎片,那无数的碎片像无数的泪滴,在枯草和泥土中无声地哭泣。

三

舅奶奶一生无子女,也不知道是谁的问题。我曾在一次睡醒后听到祖母问舅奶奶,舅奶奶一脸羞怯,低垂着头,说他们原来是有一个儿子的,在战场上丢失了找也找不到,以后舅爷爷在渡江和日本人作战时,和士兵一起下水去搭浮桥,天气太冷,冻成了冰棍,以后就再也不行了。没有子女的舅奶奶非常孤独,她特别喜欢小孩子,在她居住的那个大杂院里,有许多泥猴样的脏孩子。大杂院里的人家多数是拉手推车的,当搬运工的,靠打草席纺羊毛为生的,他们成天忙于生计,根本没有时间照管孩子。每个孩子都是蓬头垢面,脏兮兮的,他们流着清鼻涕,脸上的污垢像鳞甲,脚上穿着前面露脚趾后面露脚跟的鞋,有的根本就不兴穿鞋。他们的父母成天在外面讨生活,根本无暇管他们,像放猫放狗样任其活着完事。舅奶奶心疼他们,她打来清水,一个一个地给他们洗脸,满满一盆水顷刻就成污泥了。舅奶奶又换了一盆水,再给他们洗。那时很忙,很多大人都到外面去忙跃进了,这些孩子一到天黑,就像无巢可归的麻雀一样蹲在屋檐下,大人们怕他们玩火,怕偷盗,都把孩子关在门外。看着这些在黑暗的夜里又冷又怕的小家伙,舅奶奶心疼不已,她把他们叫进家里,让他们坐在火塘边,屋里的煤油灯昏暗地跳着,火塘里的火苗断断续续地蹿出来,一切都显得温馨和宁静。舅奶奶看着这些孩子,心情很复杂,她有酸楚,有疼痛,有难以言喻的疮疤,她时而摸摸这个的脸,时而摸摸那个的头,无比怜爱的样子。小孩子的家长们陆续回来了,他们来到舅奶奶的小屋里领回自己的孩子,有的已经睡着了,他们抱着、牵着,说一些感激之类的话。但也有一家不领情,那就是居民委员黄湘云,她每次见到她的小女儿到舅奶奶家,她都要硬生生地将她扯出来,嘴里说些难听的话。小女儿不愿走,哭着喊着,她就给她屁股上几巴掌,打得舅奶奶又心疼又尴尬。以后小姑娘来,舅奶奶要她也不是,不要她也不是,弄得舅奶奶比小姑娘更伤心。

舅爷爷和舅奶奶离婚的理由很简单,他一是觉得自己成分太高,给舅奶奶带来许多灾难,二是想让她重新找一个可靠的人结婚,生个一男半女,晚年有个依托。他责怪自己当初不该把如花似玉的女人带到天遥地远的云南,他知道舅奶奶内心的孤独、寂寞和无奈。他的这个好心却难以实现,舅奶奶离了婚并不等于她的身份已经改变,她仍然是旧军官的离异太太,这个身份在那年代是无法被人忘却的。舅奶奶找不到合适的人,打她主意的人倒是不少,其中在居委会当文书的那个瘦子是最主动最无聊的。瘦子曾在国民党时的县政府当过文书,解放后就被清除赋闲了。这人很会钻营,当时有文化的人极少,他就积极地去写标语,写材料,办黑板报,参加普查人口。由于他没黑没白地干,又擅长投机钻营,就被缺人的居委会主任看中,让他当了个文书。他后来因为揭发舅爷爷和其他人有功,竟被选为居委会副主任。瘦子是目睹过舅奶奶风采的人,当年在城门口欢迎抗日英雄朱鹏程的时候,他就被这个风采照人、气韵不凡、讲一口纯正普通话的女人所折服,他曾发誓要找就找这样的女人,人也就不枉度一生。这个情结一直折磨着他,他为实现这个愿望简直到了疯狂的程度。

舅奶奶那时也就是三十岁左右的样子,她的身材依旧婀娜,她的容貌依旧姣好,尤其是她小巧笔挺的鼻子和那双似梦非梦、似幻非幻的眼睛,那双眼睛水汪汪地掩映在厚厚的睫毛里,像深秋的深潭,叫人魂魄俱飞。尽管舅奶奶已经沦落成一个靠打草席为生的女人,尽管舅奶奶的纤巧细嫩的手掌已经被草绳搓得像树皮一样粗糙,尽管舅奶奶穿着宽大深黑的对襟衣和大杂院里的妇人没有区别,但仍然掩盖不了她的神采、风韵,她的神采、风韵总是不经意地从宽大的对襟衣服里溢出来,一举手,一投足,一颦一笑,都是别具一格的。舅爷爷死后,瘦子寻找机会经常来纠缠舅奶奶,他是有家室的,他的老婆是个粗壮而凶悍的女人,瘦子则双颊瘦削,眼眶深陷,黄牙暴露,看着就恶心。

瘦子经常以发通知,登记这登记那为借口来找舅奶奶,那时十室九空,大杂院里的人多出去搞大跃进了,舅奶奶孤身一人,又疾病缠身,就没去。瘦子说这是他跟居委会主任讲了照顾她的。舅奶奶不敢得罪他,尽管她从心里恨死了他,但只得尽量装出客气的样子接待他。那天大杂院里没人,瘦子瞅准机会来了,他给舅奶奶带来了小半口袋白面和一封红糖沙糕,他知道这个女人是北方人,嗜面如命,恐怕许多日子没见过了。事实确是这样,那年头连苞谷和洋芋都吃不饱,谁敢奢望白面呢?我就吃过祖母用苞谷皮皮做的"炒面",苞谷皮皮以前是喂猪或喂鸡的,吃在脖嗓眼是卡的,咽不下去。但我却吃得津津有味,尽管噎得眼睛翻白。舅奶奶看到那袋白面眼里的火星跳了一下,随即暗淡了,她知道瘦子的用心。瘦子是捕捉到这瞬间的变化的,他说淑娴,你放心吃,我现在在保管粮食,吃完了我又给你弄。说完他又拆开红糖沙糕,这种粗劣的糕点现在是没有人吃了,但在当时是极珍贵的。舅奶奶不自主地咽了口清口水,还是忍住不去看。瘦子凑过来,他把沙糕放在舅奶奶的手里。舅奶奶接过,觉得不能拂了人家的好意,她是个善良的人。她刚把沙糕放进嘴里时,瘦子就饿狼般扑上来,他抱住舅奶奶乱亲乱啃,啃得舅奶奶把半块沙糕也吐了出来。当他的手向舅奶奶温热饱满的奶子摸去时,舅奶奶坚决地抓住了他的爪子。他喘息着、挣扎着,挣脱了舅奶奶的手,将她压在身下,腾出手去解舅奶奶的裤带。尽管舅奶奶拼命挣扎,但她毕竟是个弱小的女子,眼看就要得逞,门外传来了咚咚的脚步声,一个女子高声大气地喊小娥、小娥,你在哪里,快死出来,这是居民委员,就是那个不让女儿到舅奶奶家的女人。她是早就看到了瘦子的,她知道瘦子的意图,这个根红苗壮的女人早想当居委会的副主任了,无奈她不识字,无奈瘦子极会钻营,她想这机会太好了,既可以把瘦子搞垮又可以把舅奶奶搞臭。她待着时机,这个机会终于让她逮住了,她破门而入,正好将正欲行事的瘦子逮住。

瘦子是有历史问题的,居委会主任也不敢保他,尽管他知道这个人好用。瘦子被撤了职,接受群众监督改造了。而舅奶奶也成了破鞋,被居委会批斗了几次,在她脖上挂了一双烂草鞋。悲痛无比、屈辱无比的舅奶奶几次想寻死。祖母知道消息后赶来看她。祖母望着嘤嘤哭泣的她也不劝。祖母冷冷地说你去死呀,你看你有啥用,连吊脖子都不会找根牢点的绳子。现在买包耗子药也买不到,我给你带把菜刀来,刀子虽钝,自杀还是可以的。你死了,你的魂就可以回北方了,省得我一天都在想咋个送你去北方找亲人。舅奶奶听祖母这样一说,就不哭了。舅奶奶一生的最大愿望就是能回北方去找亲人,她在花季年华的时候随那个团长来到偏僻遥远的小城,一直没有回去过。她孤苦伶仃,寂寞凄清,时时刻刻都想到北方去寻找亲人。这个梦缠绕着她使她痛苦万分又幸福万分。她含着泪说姐,你一定要帮我回北方一次呀,我想念家乡,想念亲人呀。我怕我死了,连尸骨都丢在这里,我透心透骨地凉呀。祖母这才搂着她的肩,说淑娴,你放心,姐再难要成全你这个梦的。

四

对舅奶奶馋涎的人不止瘦子一人,好些不三不四的男人被舅奶奶纯正的普通话所吸引,更被她的美貌、风韵吸引,他们认为舅奶奶是孤身一人,又是北方人,加之成分高,似乎要获得她是不费什么力气的。可舅奶奶却是一个守身如玉的女人,为了阻止这些人的非分之想,她采取了许多措施,她不再穿合身的对襟衣服。她穿大裤裆的裤子,特意把衣服做成没有腰身的,穿上这种衣服人就像是被一个鸡罩罩住,松松垮垮、臃肿肥大,人就像个会移动的鸡罩。她的头发是剪过、烫过的,像旧上海出的年画上的美女,小城过去只有一个理发师会剪这样的头发。现在她让它随便地散乱着,鸡窝不像鸡窝,头发不像头发。她还不洗脸,经常让脸花着,她这副形象比小城妇女还邋遢,连口也不漱了,过去这条街上只有她一个人刷牙。她是想用这个办法保护自己。

我到舅奶奶这里来是祖母的主意,祖母知道她孤独,知道她极爱小孩。祖母内心还有一层意思,有个六七岁的男孩在身边,对有歹心的人总还是个障碍。我就这样被送到舅奶奶这里来了。我到她这里的一天夜里,我被一阵窸窸窣窣的声音弄醒了,在舅奶奶住的这一间狭长的耳房中,燃起了一盏煤油灯,煤油灯下漆黑的柜子上,一个缺了口的花瓶里插了满满一大把金色的灯盏花。这是一种田野里到处都有的极贱的野花，金色的灯盏花像一簇簇跳动的火焰，像一轮金色的太阳，在黑暗的房间里灼灼燃烧，放射出灿烂的光芒。我看见舅奶奶在墙上挂了一张灰暗陈旧的照片，照片的背景是冰天雪地的高原，上面站着一个面目极像舅奶奶的女人，温和慈祥地笑着。我看见舅奶奶在蒲团上跪下，向照片磕了几个头，叫了一声娘……今天是女儿的生日，我向你请安了。然后泪流满面，泣不成声，她哭得极伤心、极哀痛，哭得肩膀一抽一抽的，她边哭边诉说，用她的普通话，哀哀地诉说着，诉说着她的孤独、悲哀，诉说着她的艰难、无奈……

　　舅奶奶搬了一个大木盆放在房中间，她往里面倒了热气腾腾的水，看得出她要洗澡。她是该洗澡了，我不明白像舅奶奶这样漂亮的女人，为啥要把自己弄得那样邋遢，那样恶心。她看了看床上睡着的我，似乎有些犹豫，她想找块布帘之类的东西挡住，终究没有找到，她再次走到床边，看着紧闭双眼的我，才犹犹豫豫地到木盆边脱衣服。脱了衣服的舅奶奶立即变了个人，她身材均匀，皮肤细腻，虽是三十来岁的人，腰身却极细，胸前突出，臀部浑圆，尤其是胸前的那对奶，饱满、结实、坚挺，挺挺地耸立着，散发出温馨、甜蜜的气息。舅奶奶在木盆里认真地搓洗着，她看着自己的身体，怜爱地揉搓着乳房，洗着洗着，她又哭起来了，她哭得很压抑，很伤感，她在哭什么呢？以我当时的年龄是无法知晓的。

　　舅奶奶洗得极细致，极耐心，以至于我在她漫长的洗濯中又沉沉睡去。当我再一次醒来时，我眼睛一下亮了，我眼前出现的是一个极度漂亮的女人，一个天仙一般的女人，她身上穿着窄肩细腰的素色旗袍，旗袍正好把她身上突出的部位凸现出来，长而秀气的脖子，突兀而起的胸部，随身收束的腰身和浑圆柔和的臀部，她的脖子上系了一条火红的纱巾，正是这条火红的纱巾使素色的旗袍变得生动起来，流畅起来，温馨起来，她像一朵开放在苦旱原野上的玫瑰,灿烂而热烈,温馨而雅致。她在漆黑的屋里来回地走动,脚步轻盈,腰身款款,眉目传情,充满自信,充满生机。走了一阵,她又回到柜子前。在那张陈旧灰暗的照片下,有一块有许多裂纹缺角豁牙的镜子,她在镜子前坐下,用一把半截木梳认认真真、耐耐心心地梳着蓬乱的头发。什么化妆品也没有,她是蘸着清水梳的,尽管这样,那发式还是发生了巨大的变化,她一会儿让头发垂肩而下,头发虽短,且被她剪得七缺八叉,但仍然像跌宕起伏的瀑布,虽不整齐,却极生动;一会儿她又把头发盘起来,没有任何工具,没有发油啥的,她却能将它盘起来,高高的发髻,使她像古代的仕女,像十里洋场的少妇。她梳理一会,端详一会,幸福一回,叹息一回,面容随时变化,神色极其复杂。

我再次醒来的时候,天已经亮了,太阳从幽暗小屋的板壁缝里射进来,像万把利剑,使屋里变得生动起来。我想,在这有千万束太阳光的屋里,舅奶奶一定会更妩媚,更动人。我用眼睛寻找她,却不在。过一会儿,门开了,一个抱着一捆绳索的人出现在屋里,我一看,是个传说中的邋里邋遢的巫婆,还是那宽大肮脏的衣裤,还是那乱如鸡窝的头发。我惊呆了,时间真是个可怕的魔术师,一夜之间将舅奶奶变成美如天仙的美女,一夜之间又将她变成一个肮脏不堪、面目可憎的女巫。我不明白舅奶奶为何又回复到过去的样子,难道漆黑的夜里需要美丽,而艳丽普照的白天反而需要丑陋?

五

舅奶奶越来越瘦弱,越来越憔悴,她打草席时老是走神,那时打草席的方法是很原始很简单的,在两根木头支撑的木架上就可以打草席,打草席需要经线和纬线,经线就是垂直的草绳,纬线就是稻草,要打得平整和匀称,眼和手就要灵活、准确,每次抬的稻草要不多不少,要长短匀称,否则打出的草席就凸凹不平。她眼光迷茫,漫不经心,思绪飘忽,抬的稻草不是多了就是少了,不是长了就是短了,那段时间她打的草席看着确实不舒服,坑坑洼洼,凸凸凹凹,所以去交草席的时候,人家让她背回来。她木然地听着呵斥,木然地驼着背将草席背了回来,然后叹着气,我这是怎么了?我这是怎么了?眼里的茫然和凄楚叫人心酸。

夏天的夜里,大杂院里的人都睡了,舅奶奶睡不着,她让我和她一起坐在高高的廊檐下,坐在稻草上,廊檐上看得到一方深邃的天空,满天的星星,大一颗、小一颗地分布在天上,天空深邃得叫人心生忧愁,叫人伤感。舅奶奶让我枕着她,她不停地咳嗽,咳得喘不过气,我要给捶背她却不准,她说猴娃子,舅奶奶怕要死了,怕回不了北方,见不了亲人了,说着她的眼泪就流了出来。我知道舅奶奶是太孤独,太想念故乡、想念亲人了。我说舅奶奶,你不会死的。我长大了挣到钱,要买火车票让你回北方去。舅奶奶一下激动了,她一把搂住我的头,在我的脸上亲起来,喃喃地说猴娃子,猴娃子,真是我的好孙子,有你这句话,舅奶奶心里就安了。

舅奶奶指着满天的繁星让我辨认,我一个也说不出,舅奶奶指着一颗又大又亮的星星说好孙子,你就认这颗星吧,这是北斗星,舅奶奶的家就在北斗星下。如果我死了,你一定要将我送到北方老家,说着她又流下了眼泪。舅奶奶一哭,我也哭了,我说我一定将你送到北方老家去。

有段时间,舅奶奶很爱去开会,我知道她是最怕开会的。那时开会,除了讲政策上的事,就是批斗各种各样的坏人,舅奶奶虽然没有被明确定为坏人,但她曾是国民党军官太太,这样的身份是永远也改变不了的。一开会,她就惊恐、惶悚、惴惴不安。可最近她却喜欢开会了,去开会时她不让我去,她要我一个人睡在黑漆漆的屋里,她怕批斗人打骂人的场面吓到我。可我却很想去看看开会是什么样子,更主要的是我怕一个人睡在漆黑的屋里，还挺想知道舅奶奶为啥喜欢开会。

　　一天晚上她又去开会，等她走后，我悄悄地爬起来尾随她而去。开会的地点是在一个很大的屋子里，屋里的人很多，黑压压的，点着汽灯，灯很亮，发出咝咝的蛇信子一样的声音。我找了一阵，没找到舅奶奶，却听见有人叫不要讲话了，开会了，现在请镇武装部的刘副部长讲话。这时，一个人走上讲台开始讲话，他身材魁伟，身体笔直，脸上有一道红红的刀疤。他一开口，我惊呆了，他讲话的声音和舅奶奶一模一样的，真的，一点不走样，地地道道的北方话。只是我觉得他的普通话不如舅奶奶好，他的方言很重，好些字讲不清晰，听着有些疙里疙瘩，可能还有许多北方的土话，我那时辨不清楚，但总觉得不顺畅，不干净。但我爱听，这声音是遥远的冰天雪地的北方孕育出来的，也许受舅奶奶的影响，对这种话，一听就透着亲切，透着融洽，透着土腥味，透着血液里的什么东西，透着灵魂里丝丝缕缕的割不断的亲情。我明白了，为啥舅奶奶这段时间爱开会。

　　开会回来，舅奶奶魔魔怔怔的，她一脸的满足，一脸的陶醉，一脸的迷茫，一脸的惆怅，我很难理解她的感情，她在回味那来自遥远的北方的乡音。那时没有录音机，连收音机、小喇叭啥的都没有，如果有，我想她一定会把那个北方来的镇武装部的副部长的声音录下来，一天不知要放多少遍的。

　　我后来知道那个镇武装部的副部长是随南下的部队来到这里的，他负了伤，就转业到镇武装部来了。那段时间，舅奶奶确实是走火入魔，中了邪了。她为了听到那遥远的乡音，闹了许多令人心酸的笑话，这事放在现在就很简单了，买张车票就可以回到故乡去，可那个年代，山重水复交通阻隔不说，说是外出到城郊的一个乡场去，也要请假，没有假条，你外出就是犯罪。舅奶奶先是到镇武装部去，她对看门的人说她要见刘副部长，看门人说有啥事见刘副部长？她说我是她的老乡，就想见见他。看门人说啥老乡？怎么没听说过。她说北方老乡呀，你让我进去吧，我有事哩。看门人见这个邋邋遢遢的人，竟操着一口标准的北方普通话，想必也是穷苦人出身，真的可能是刘副部长的老乡哩，就让她进去了。舅奶奶满心欢喜，她原打算换一套干净的衣服去，但现在是越穷越光荣的年代，穿花哨了，人家以为啥人哩，但她还是忍不住抻了又抻衣服，用手指梳了梳头发。正当她想着见了刘副部长要讲啥时，突然一个声音吓她一跳，赵淑娴，你来这里干啥？这里是你来的地方吗？她一看，是她们那街道委员会的委员黄湘云，这个女人最爱往上面跑，汇报这汇报那的。舅奶奶一见这女人，腿立刻软了，脸立即白了，讲话也讲不清楚。我，我想见刘副部长，我们，我们是老乡哩。老乡？黄委员斜乜着眼，似笑非笑地说，你和刘副部长是老乡？你也配？你不屙泡尿照照自己，你是啥人？刘副部长是啥人？你莫打错主意，想用同乡关系来腐蚀领导。她声音大，底气足，她一嚷嚷，院子里就围了不少人，她越得意，说这人是国民党的军官太太，跑到这里来，竟敢和刘副部长认老乡。舅奶奶没想到事情会是这样，她煞白着脸，哆嗦着说我和原来的丈夫是离了婚的，况且，他抗过日，死了。抗过日，你想翻案？离了婚就没事啦？在染缸里染过还会变好？黄委员咄咄逼人，吓得舅奶奶再也不敢讲话。这时刘副部长从这里走过，刘副部长看了舅奶奶一眼，啥也没讲，走了。他那一眼包含着许多复杂的内容，舅奶奶是读懂了的，里面有警惕，有怜悯，有同情，也有见老乡听乡音的愿望。

　　舅奶奶知道刘副部长有一个孩子在镇小上学。她想，听不到刘副部长的声音，听听这孩子的声音也是一样的，见见这个小老乡，也等于见到刘副部长这个老乡了。她算准了镇小放学的时间，整天心神不宁，连饭也没给我做，她怕做饭耽误了时间，让我用开水泡冷饭吃。好在那年头是个饥饿的年头，成天饥肠辘辘，就是见到板凳也想啃两口，所以我用开水泡苞谷饭就着富源酱照样吃得津津有味。舅奶奶出门时，我看见她拿了个小包塞在衣袋里,那里面是那年头极为罕见的水果糖,也不晓得她是咋个弄到的,怕有二两吧。昨天晚上她给我吃了一颗,至今嘴里又酸又甜呢,吃得我涎水四溅,越发想吃。她却紧紧捂住口袋再也不给,她疼爱地说以后会有的,以后会有的,以后我要让你吃个够。

在学校下面的街口,舅奶奶小心翼翼地拦住了刘副部长的孩子,这是个虎头虎脑的孩子,后脑勺是平的。舅奶奶曾说北方睡火炕,小孩子的后脑勺是压平的。她见到有这样特征的孩子,眼里灼灼放光,欣喜不已心疼不已的样子,她像特务跟踪地下工作者一样的在潮流一般的学生中盯梢。放学的学生像憋了很久的洪水,泄洪的闸门一开启,山洪一样飞奔而去。她被横冲直撞的饿极了的学生冲得趔趔趄趄,她不敢稍懈松弛,眼睛死死盯住那个平平的后脑勺,但人流飞速冲走了平平的后脑勺,舅奶奶急得撞倒了一个小女生,小女生哇哇地哭起来,舅奶奶抓耳挠腮,不知咋办才好。她情急中连忙掏出衣袋里的糖,拈了几颗给小姑娘,也不管她哭不哭,飞快地穿过人流去找平平的后脑勺。可追了一条街,平平的后脑勺早就不见了,舅奶奶急得差点哭起来,她在街头的转角处痴痴地站着。像突然而来突然而去的山洪,学生的人流眨眼间就不见了,空空的街头寂寞而忧愁。正在这时,舅奶奶突然看见从街的那头跑过两个互相追逐的学生,她的眼睛霎地一亮,跑在后面的那个不就是平平的后脑勺么?她急急地招呼,平平的后脑勺有些不解地走过来,歪着脑袋看她,舅奶奶心想马上就会听到浓浓的乡音了,看着这个小老乡她无比的激动。她问他话,结果小家伙讲的却是地道的小城方言,舅奶奶天天在大杂院里听到的那种土不啦唧的话。舅奶奶有些失望,但很快就调整好了情绪,她问了小家伙家里的情况,自称是他老家的人,并抖抖索索地掏出那些糖给他。小家伙疑惑不解,这灰暗、肮脏、破烂的小城里怎么会有一个和他爸爸一样讲普通话的人呢?比他爸爸讲得还好,可穿的呢,却像个捡垃圾的老妈妈。看到糖,他并不激动,就是在困难年代,他家里也不缺的。他疑惑地转着眼看这个奇怪的女人,他突然想起一些叔叔讲的故事,特务会把放了毒的糖拿给人吃,吃了就会昏迷,听她指挥,把情报讲出来。他是小孩子,不知道啥情报呀,但糖是不能吃的。他摇着头拒绝了。舅奶奶急了,硬往他怀里塞,他硬不要。小家伙也被塞急了,叫了起来。有人路过,用疑惑的眼光看着,这人不是拐卖儿童的吧？舅奶奶看到有人看,心里又急又怕,这下她不敢再往平平的后脑勺怀里塞东西了。她一松手,小家伙兔子样飞奔,眨眼就不见了。舅奶奶无限心酸,无限惆怅地捡起地上的水果糖,怏怏地回来了。

世界上有些事情是难以言喻的,舅奶奶那段时间真是走火入魔了。她渴望听到刘副部长的家乡话,如果可能,哪怕刘副部长批评她、训斥她都行,只要是他讲话就行了。可那也做不到的,虽然也开会,但多是居民委员会开的,这样的会,刘副部长是不会常来的。连续两次受挫,她的心情灰暗了许多,一天絮絮叨叨地讲着什么,晚上睡不着觉,有时甚至模仿刘副部长的口气讲话。我吓坏了,以为她神经有了问题。我悄悄跑去跟祖母讲了这事,祖母说莫怕,不会有事的。罪孽呀,她是想家想疯了哩。

也不晓得她是咋个晓得刘副部长家的厨房后门在另一条街的背面,临另一条小街。那时人少,况且大多数人都赶去炼钢铁,种亩产几万斤的小麦去了,小城随时空空荡荡,只有城外的山上有袅袅而升的青烟,小城里的大街小巷空寂无人,晚风吹来,一些纸屑、树叶在小巷里打着旋,无比凄凉的景象。

舅奶奶趁着暮色而去,她知道她这种身份的人去一个领导干部家的后墙去偷听,被人发现会是一种什么结果,镇武装部的副部长在我们这个小城就算是相当一级的官了,又是管武装的。居心何在？目的是啥？舅奶奶抑制不住自己那颗烦躁莫名的心,如果她没听过武装部副部长的北方普通话，她可能不会这样，是那遥远的乡音勾起了她对家乡无比的怀念和无限惆怅的心绪，那是无限的孤独失落中的一种虚拟的慰藉。她神色紧张，鬼鬼祟祟，小街上空无一人，但没有屏障，哪怕一棵树一丛花或者啥都行。那里只有一根电线杆，小城缺电，只有镇机关可以点那若明若暗的电灯。她靠着电线杆，被石子击中的小鸟一样惊恐不安。我不知道她承受了多少惊恐，多少惶惑，一连去了几天之后，她终于听到了刘副部长的声音。那天晚上，刘副部长接待了他那平脑勺儿子的老师，老师告诉了他平脑勺逃学、不做功课、跟人打架种种劣行。刘副部长客气地送走老师之后，恨得牙齿痒痒的。他总是忙，没有时间管孩子。他的老婆，是小城的一个没有文化的妇女，由于积极，也由于他的关系，成了居民委员会的主任。这位主任成天风风火火，成天忙于各种活动，既没时间管家，更没时间管孩子。有时刘副部长回家了，她还在外面忙，似乎比刘副部长还忙。这天晚上他把孩子叫到厨房来，原打算是狠狠用皮带抽他一顿的，他是个军人，相信武力。但他看到平脑勺可怜、无助、祈求的神情后，触动了他的怜悯之心，他觉得自己成天工作，自己是有责任的。他压住了心中的怒火，拉了个椅子坐下，和那孩子说起来，但武装部长就是武装部长，说了一阵他的怒火蹿起来，拍着桌子大声地责骂儿子。在这种情况下，可怜的舅奶奶终于听到了久违的乡音，她激动得发抖，她难受得流泪。她回来后，脸上的泪痕还没干，笑容却一直留在脸上，她那一晚睡得很安稳、很踏实。

六

事实上，舅奶奶对普通话，尤其是有着浓浓的北方韵味的普通话是永远也无法忘怀的，这是她的一个情结，是她永远也无法抹去的疼痛而又忧伤的情结。她越来越孤独，越来越落寞，她不能和人交流，人们回避着她，警惕着她,街道上对她的管理就严格了,原来斗争人的时候她只是陪着,现在她又成了被斗的对象。大杂院里有孩子的人家都受到了警告,不准再将孩子交给她看管,尽管成天在外忙碌的家长十二万分不乐意,也只能将孩子管起来,不让孩子去她家。那年头,我也随着深受其害,那时我呆呆地坐在门槛上,看大杂院里的孩子玩游戏,他们叫着、跑着、闹着,没有一个愿意理我。舅奶奶看着我孤独而失落地呆呆地坐着,她心里很是酸楚,她曾经把我送到祖母那里去,祖母怕她出事,坚持又把我送了回来。

  有一天我受到一个比较大的孩子欺侮后,一个人坐在门槛上哭,舅奶奶回来后,她很愤怒,她想牵着我去评理。可前脚刚刚迈出,她又畏缩着退回来了,她看见了放在衣柜上的像,那张小小的像摆在又大又黑的衣柜的一个角里,屋子黑,外人几乎看不到这张小小的像。这张像就是舅爷爷唯一的一张像,他不是舅爷爷一身戎装、神气活现的像,是一个留着分头、穿着学生装的像。舅奶奶常常在暗夜里看这张像。其实,她是在心里看的,那张又灰又暗又小的像躲在黑暗衣柜的黑暗处,外面还有杂物挡着,不是用心看能看到什么呢?她已经养成了絮絮叨叨、自言自语的习惯,嘴里喃喃地说着什么,她用这种方式打发她的寂寞、孤苦而无限凄凉的日子。现在,她突然恨起这张像来,她几步跑过去,摸索着找到这张像,她把这张像狠狠地摔在地上,又破又旧的镜框摔烂了,碎碎的玻璃像碎碎的心四处散落,她气得用脚去踩这张几寸大的像,边踩边说都是你害的,都是你害的,你为啥要把我带到这地方来受罪,害我人不人、鬼不鬼的。踩了几脚,舅奶奶突然蹲下去,她把那张踩脏了的像捡起来,用手轻轻地拂着上面的土,接着又拽起衣襟,轻轻揩拭上面的灰。她边揩边哭,边哭边揩,眼泪像流不完的珍珠,一串一串落下来。这一次,舅奶奶哭了很久,她把像放在胸口上,用胸口温暖着像、抚慰着像,直到昏昏沉沉睡去。

  舅奶奶斜倚在门框上嗑瓜子,但那时瓜子是金贵物儿,她不晓得从哪里找了些麻籽儿来嗑。麻籽儿比菜籽儿大不了多少，一般的人无论如何也将它嗑不开。丢进嘴里，麻籽儿石沉大海，不是被口水吞了，就是粘在牙床上或者舌尖上，她的舌尖却灵活得像安了什么仪器，舌尖轻轻一顶，白白的细细的牙齿轻轻一叩，麻籽儿就破了，她一颗一颗地丢，小小的麻籽儿像线拴着一样优美地落进她的口里。她还会抽烟，这在小城的妇女中是极少见的。她不是抽旱烟是抽纸烟，那年代纸烟是很难买到的，她抽价格最低的"春花烟"，尽管烟是低劣的，呛得她连连咳嗽，她还是抽，但她从不在人前抽。她抽烟的姿势很优雅，两个纤细的指头夹着，一口一口地抽，绝不连连地抽，还不自觉地跷起了脚。这是祖母最讨厌的，祖母背后不知说了多少次，她还是躲着抽。

舅奶奶爱干净，虽然她出于各种原因穿着极为宽大极为邋遢的衣服，头发也乱糟糟的，但我发现她经常洗澡，她的衬衣是灰色的，但我知道她对内衣是很讲究的，经常洗，但从外面看那内衣是灰色而肮脏的。小城那时很缺煤，她带着我到城边的一座工厂去捡煤核，刚倒出来的煤核冒着腾腾的热气，很烫人，她和一帮野孩子挤着去捡煤核，捡来后用水冲洗去外面的煤灰，再来烧水。我看着她的手经常烫得疤痕累累，心想这是何苦呢？她现在洗澡是避着我的了，没有布帘，她将草席竖起来当屏幕，草席的屏幕后常常传来哗哗的声音。有时，她还唱一些很忧伤、很美丽的歌曲，使人怀念起一些什么。

她还经常给我洗澡。我是很不乐意洗澡的，我看见大杂院里的孩子身上有着鳞甲似的污垢，他们快活地在泥土里玩耍。而我却被舅奶奶按在大木盆里洗着。我不要她洗，我那时虽然只有七岁，却不喜欢被一个女人按着洗澡。舅奶奶说屁大的孩子，害啥羞。她从头到脚给我洗得干干净净。有时，她的手摸到我的小雀雀，她用手柔软地帮我搓洗。我知道我那时绝没有性的意识，可搓着搓着小雀雀就像半截铅笔头样立起来了，我不知道舅奶奶为啥会脸红耳赤，为啥会胸口耸动。她的眼里迷迷蒙蒙的，一层雾一样的水汽在她眼里流动，她艰难地吞咽着口水，若有所思地蹲着，随即，在我屁股上拍了一巴掌，起来，揩干净，自己穿好衣服。

有段时间，舅奶奶把我送回祖母那里，她说她最近心里烦，很想一个人清静一下。再说，小猴子也该上学了，等他上了学，我再把他接过来。祖母疑惑地看着她，看得她惶惑起来。她搓着手坐立不安，很快就告辞回去了。祖母思索了一阵，一拍大胯，说这贱人是想男人了，她要支开你好和野男人幽会。你见没见有男人到她那里。我想了想说没有呀，只是她晚上睡不着，翻来覆去地吵人。祖母说要出事，不行，不能让她胡来。当初，我就对你舅爷爷说咋个要带这么个人来，你舅爷爷糊涂哩，啥人不找偏找这种人。祖母是个严厉而恪守妇道的人，这个私塾先生的女儿二十多岁就守了寡，硬是凭着自己一根针，把个残破的家缝补起来，将三个子女都养育成人。

那段时间，祖母派了我一个任务，就是随时去大杂院里看舅奶奶的动静。祖母说看见有男的你就叫我。我很不乐意做这事，虽然那时我不知道偷窥这个词，但我觉得别扭，觉得不地道。舅奶奶对我的疼爱，我是知道的，叫我去干这事，我打内心不愿意。

其实，舅奶奶是在内心里看上了一个人，确切地说，是她自己心里想象而已，舅奶奶很清醒地知道这是绝不可能的。但她忍不住去想，想了之后更加痛苦。她常常一个人长时间地坐着发呆。想着想着她忍不住自己掐自己的手，甚至自己打自己几个耳光。当她被疼痛刺激得清醒一会儿时，她就自嘲地苦笑，笑过之后，又是长时间地发呆。夕阳西下了，屋里很快就黑了，她坐在黑漆漆的屋里，木桩似的一动不动。有时，她甚至连吃没吃过饭也不清楚。

这件事的起因，仍然是和普通话有关。那时，从上到下，掀起了一股推广普通话的轰轰烈烈的运动,这个荒唐得不可思议的运动,在那时是没有谁怀疑它的正确与否的。普通话的推广是全民性的,就是挑大粪的农民,进城看病的妇女,缠足的老太太,大字不识一个的老头,都要讲普通话。这是个覆盖面很广、任务很重的活动。一时间,所有的教师都被抽出来推广普通话,不光在机关、单位、居民委员会,就是在进城的道口,都设了卡,让人去学普通话。现教现讲,讲不了的,就不能进城或出城。有的老太太被憋得哭了起来,也不放过。有的老头憋出了尿,仍然被罚了站着不让走。那时,小城的大街小巷,农村的村庄、田野,到处都在讲普通话,弄得人身上一疙瘩一疙瘩地起鸡皮疙瘩。

在这场声势浩大的活动中,人手就显得太少了。舅奶奶就是这时被派上用场的。舅奶奶纯正的普通话在小城是人人皆知的,但没有谁提到她。倒是刘副部长突然想起了她,刘副部长尽管没有和她正面交流过一次,但他还是偶尔听到她的北方乡音,纯正的北方普通话的乡音。那时他心里倏然有了一种奇异的感觉,有了一种电击的感觉,这种感觉唤醒了他沉寂多年的沉睡了的故乡的情节和一种隐隐的说不清、道不明的思绪。刘副部长提出让她来教普通话是没有人反对的,刘副部长的理由很充分,现在是用人时节,有了现成的人不用是错误的,再说她虽然是旧人员家属,现在已经不是了,就要充分地改造利用。

舅奶奶由衷地喜欢上了这项工作,她的北方普通话不仅得到认同,还要去推广,这种喜悦是不言而喻的。更主要的,是她听说是刘副部长提名让她来教普通话的,她在感激之外又有了一种更为复杂的情愫,这情愫是乡情?是乡音?抑或是什么?她一时也搞不清。她每天天不见亮就起床,起床后就认认真真地梳洗,梳洗之后就为到底穿啥衣服而犯愁。她不想以一个邋里邋遢的形象出现在街头,她是去做教师,是去教普通话哩,她想以一个清清爽爽、干干净净、文静而又体面的形象出现在大家面前,但这样做行吗？她就这样穿了脱、脱了穿地折腾了许久,她就这样茫然、无绪、不知所措地折腾了许久。最终,她还是穿着那套肮脏、臃肿、邋遢而又灰暗的衣服出了门。在路上,她的心里忧喜参半,委曲、压抑、忍让、克制让她喜悦的心情布满了阴影。

没想到,那天刘副部长检查普及情况来了。刘副部长站在远处的人后,听到了久违的纯正的北方普通话,那柔柔和和、流流畅畅、抑扬顿挫、舒缓有致的北方普通话,像一股清凉甘美的山泉,流淌到他干涸的心田,他感到他的心田里有一只柔软的手在轻轻抚摸,摸到他最柔软、最敏锐、最疼痛的地方。一时间,这个久经战场的人立即脆弱起来,甚至伤感起来。他眼里出现了迷茫而又忧伤的表情。是呵,他也是很多年没回家了,自打被国民党抓了壮丁,自打他在的部队投诚之后被解放军收纳,从北方打到南方,他就没回过家了。少小离家老大回,乡音未改鬓毛衰。乡音难改,乡愁难释。乡音、浓浓的乡音,使得他心绪起伏,思潮难平。

更使刘副部长感到惊讶的是,他在看了一阵舅奶奶之后,他突然发现这个女人非常非常地像他的一个恋人,在家乡的高粱地里,在村外的那条小河边,在赶集的路上,他们相依相偎,互相照顾。双方的父母已经认可了这门亲事,准备在秋后为他们完婚。那是一个瘦弱、文静、贤淑的女子,是个非常温柔、非常体贴人的女子。她常常去地头为他送饭、送汤,用干干净净的毛巾为他揩汗,为他洗衣、做鞋,她纳的鞋底针线均匀密集,绣的鞋垫柔情蜜意,常常是一对鸳鸯、两只喜鹊、一枝红梅、几朵菊花。可他突然被抓壮丁抓走了,在他上学的路上。他还读过初中哩,他家里有十多亩地,他在学余时间就种地,在村里算是有学问的了。这一去,竟然就是多年。

刘副部长揉揉眼,再看,这女人确实像她的恋人,尤其是眼睛、鼻子、嘴小巧而精致,秀美而内敛。那双眼,长长的睫毛,眼睑低垂,忧伤的迷茫的眼叫人心疼。刘副部长焦躁起来,再看,这女人穿得邋里邋遢,肮肮脏脏脏,油腻发黑。刘副部长走过去,他问了一些教普通话的问题,然后说你就是赵淑娴吧。舅奶奶紧张地点了点头,眼睛不敢看他。刘副部长说你是来教普通话的,是来做教师的,要注意形象呵。舅奶奶的脸倏然红了,心里倏然而热。眼睛潮湿,想哭想哭,但她拼命忍了。

那天,舅奶奶半夜就起床,她烧水洗澡,她洗得极为认真,每根头发,每寸肌肤都洗得干干净净。她毫不吝啬地使用香皂,用香皂在身上涂抹了一道又一道,弄得满身都是泡沫,香皂氤氲的香味使她无比陶醉,香皂的泡沫使她进入到虚幻的状态中,她飘飘忽忽迷迷惑惑,一会儿忧伤,一会儿欣喜,一会儿困惑,一会儿迷茫,弄得六神不定,神思恍惚。天要亮时,她翻箱倒柜,扒拉出所有衣服,换了这套,脱去那套,就是那么几套衣服,使她举棋不定,吃不准哪套更合适。折腾到天亮,她才选好一套色彩素雅、合身合体的衣服。这套衣服干净素雅、腰身紧缩,但又不花哨、不张扬。

当舅奶奶出现在街头时,她立刻就吸引了大家的眼光。不少人的眼光在她身上流连,不少人的眼光含着羡慕、欣赏、惊叹,也有不少目光是嫉妒甚至是仇恨。居民委员会主任黄湘云酸溜溜地说好说是我看花眼了,这不是国民党的军官太太吗?咋不见青天白日旗呢?她的话引起一阵哄笑。舅奶奶脸红得像猪肝一样,头上蒸起一层层雾水,她尴尬得恨不得地下长出条缝来。她嗫嚅着想说是刘副部长叫我穿好些,不要影响形象。但她终于没有说出来。

舅奶奶打起精神教起了普通话,她一讲普通话,精神气儿立即来了,她讲得行云流水,讲得山青水绿,尽管听她讲的是些进城被拦住的卖菜的、挑粪的农民,她仍然找到了感觉,她恨不得全中国的人都讲她那带着浓浓北方味儿的普通话。讲着讲着,她就有些心神不宁了,她就左顾右盼了,她在盼望着一个人的出现,这个人的影子老在她眼前飘来飘去,搅得她心神不安。

一连几天,舅奶奶都是这样。她仍然认认真真地打扮自己,仍然像怀春少女似的哼着忧伤而幸福的歌谣,仍然心神不定地盼望着什么。这天,刘副部长终于来了,来了。他仍然站在远处的人堆后面,微服私访的样子,悄悄检查的样子。其实,刘副部长和舅奶奶一样,也是一样的心神不宁,也是一样的忧虑、焦躁。自从他第一次和她接触后,他就被她的纯正、流畅、富有韵味的北方普通话迷住了,他还在她疲惫、沧桑的面容后发现了气质、气韵,他知道这些在这个灰蒙蒙的地遥天远的小城里是熏陶不出来的。没有文化,没有源远流长的家庭作背景,这种内在的东西是不可能有的。尽管这个女人内敛得近于卑琐,近于颓唐,但她内在的韵味仍然是在的。尤其是他发现这个女人很像他的最初的恋人,他的心就不可抑制地滋生出思念的野草,野草一经破土,就发狂地疯长。他的婚姻是失败的,并不幸福,他现在的妻子是土改积极分子,是一字不识的街道妇女,是那种胆大泼辣,可以骑在墙头骂人,爬上房顶揭瓦的角色。他们没有共同的生活习惯,没有语言的交流沟通,也没有共同的生活背景地域背景,他感到孤独、寂寞,常常在忙完工作后油然而生出一种朦朦胧胧的愿望,一种莫名的惆怅和忧伤。

刘副部长被舅奶奶那天的穿着、气质、气韵迷住了,被那已经久违了的浓浓乡音迷住了,被那酷似初恋情人的形象迷住了。他有些走神,有些不能自已,他很想和这个女人好好地谈一谈,很想听听她的话,和她交流些啥。但他知道这是不可能的。他知道她的身份,他知道自己的身份,他和她有着巨大的不可逾越的鸿沟。但是他又抑制不了自己的想法和期盼,人的理智和情感放在一起,有时理智就显得苍白无力了。

刘副部长不由自主地走出人群,走到她的面前,他例行公事地问了些情况,例行公事地作了些指示,尽管他很克制,但他不经意的克制了又克制的眼神里包含的东西,还是被舅奶奶捕捉到了。舅奶奶低首敛目,怯生生,甚至猥琐谦卑地站着,但她偶尔回眸,还是传递出许多内容。刘副部长不再多说话,讲完就走了。他的背影消失在人丛中,但他的背影里,透露出许多常人看不出,只有舅奶奶能够领会的东西。

没有疑问,舅奶奶朦胧的情感是不会有结果的。

那天,他们是到城边的马路上去见面的。小城只有一条环城的土路,四周栽满高高的白杨,白杨树树冠茂密,在暗夜里互相纠缠,发出哗哗的可怕声音。刘副部长没穿军服,穿着一套蓝色的制服,他原想将舅奶奶叫到办公室的,但他没有理由和她谈话。和她谈话、训话是居民委员的事儿。想了很久,经不住煎熬的他还是大胆地作出决定,约她到黑暗的马路上。他们小心翼翼地走在路上,谁也不说话。夜很黑,谁也看不见谁,马路对面的田野上有守夜的农民不时发出的叫声,听着叫人毛骨悚然。

这种气氛实在不宜谈话。舅奶奶几次想开口讲话,但探不准刘副部长此时的心思。她抑制不住自己,她的心狂跳着,她不断地朝他靠近,她一靠近,他又挪开一点,一靠近,又挪开一点。她看出他的犹豫、迟疑,也听到他心跳的声音。舅奶奶身上香胰子的味儿熏得她自己激动起来,他似乎也被熏得脚步迟缓起来。舅奶奶呼吸急促,浑身发热,一阵痉挛,她压抑得太久了,女人一旦痴迷,是狂热而不顾一切的,前面就是悬崖绝壁,是火山,她也不去思索的。她不顾一切地一把抱住他,在他的脸上啃起来。他也激动起来,他压抑了很久的火山爆发了,他也发疯了似的抱住她,俩人狂吻起来。渐渐地,他的手不安分起来,他的手伸进了舅奶奶的怀里,一对温热坚挺、饱满的奶子使他冲动不已。正当他们如火如荼时,一队巡夜的民兵走那儿经过,那时每天都有民兵巡夜的,一道雪亮的手电光照在他们身上,一声断喝使他们失魂落魄,他几乎瘫倒在地,他们被带走了。

舅奶奶短暂的爱情断送了。刘副部长被撤了职。舅奶奶出了那事之后,又被连续地批斗了几次。对于批斗,她已经习惯了,并不在意。关键是她的精神彻底地垮了,成天不说一句话,手脚也明显地迟缓起来,不是拿错这就是拿错那,连草席也很长时间打不出一床来,打出来的草席也交不出去,常常是怎样背着出门又怎样背着回来。过去她外面穿得很邋遢,很污糟,但她经常洗澡,经常换内衣,现在她连澡也不洗了,身上发出一股难闻的酸臭气味。

七

写给北方老家的信,常常被退回来,上面一概写着查无此人。近些日子,舅奶奶常常写信,只有写信,才能给她些许安慰。舅奶奶的钢笔字竟写得这样好,许多年后,我回忆起她的字,我都很敬仰,我不知道她是怎样练就那一笔娟秀、工整、流畅的钢笔字的。她一夜一夜地写,信很长,内容很多,有的时候她的眼泪落下来,融化了上面的字,她也不去揩它,任它像一朵残败的梅花一样凄清着。她在焦急中盼望着回信,絮絮叨叨地念着一些人的名字,和他们絮絮叨叨地说话,她说话时表情生动,一会儿眉头紧锁,语气忧郁,一会儿眉眼舒展,面带微笑。我在被窝里看到她的神态,我被吓坏了,我觉得舅奶奶的神经恐怕出了问题,我们在的那条街上就有这么一个疯子,絮絮叨叨地讲着,突如其来地大吼一声,噢……,呀……,声音悲凉、激愤,把人吓得半死。

祖母听到我的叙述,祖母皱着眉不讲话,很长时间了,她才长长地叹口气,祖母说这贱人怕要出事,叫我睡觉警醒些,有啥随时告诉她。祖母是个严厉、刚强而又慈善的人,自从那次她"出事"后,祖母就不愿理她,祖母甚至想把我叫回去。但舅奶奶的这种状态又使她忧心忡忡。她去看望过几次后,对很长时间才从乡下回来一次的父亲说你舅母心事重重,怕要出事。你们要帮她,让她回一次北方老家,了却她的心愿。那时出一趟门是非常不容易的,不要说出远门,就是从乡下进城里,也要公社开出证明,时间限制得很紧。舅奶奶回天遥地远的北方,办理有关手续之复杂不亚于现在出国,甚至比出国还复杂、还费力。我的父亲、叔叔、娘娘全出动了,他们要倾尽全力来了却舅奶奶的心愿。他们四处奔波,动用了所有的关系,最后总算能出门了。父亲、叔叔、娘娘商量着为她筹措旅费,她却不肯,她拿出了一对珍藏着的银镯子,说这是你们的舅舅送我的结婚礼物,你们拿去兑换。可那时哪里有地方兑换,祖母把银镯子藏起来,说你们就说兑成了钱了,我给她藏着,留着它是个念记。

这一去,将近月余,这期间我们没有任何消息。祖母有些担心,说她怕不会回来了吧?不回来也好,这里她是没有啥牵挂了的。你舅爷爷这死鬼也没后人,不来也罢。我很伤心,感到一种难言的痛楚,我喜欢舅奶奶,喜欢她那有着浓浓味儿的北方普通话,那韵味十足的普通话经常在我耳畔萦绕,一种淡淡的忧伤,在我童年的心里拂之不去。

突然有一天,舅奶奶回来了。她风尘仆仆,无比疲惫,但精神却健旺,身体似乎比原来好了许多。随同她的还有一个糟老头子,这人瘦得像把柴,尖嘴猴腮,还留着令人讨厌的小胡子,那胡子像干旱的山坡上的茅草,又黄又焦,还沾着说不清的疙瘩,叫人恶心。这人不但苍老、枯瘦、难看,还瘸着一条腿。他随时将袖子捋起来,揩流也流不尽的清鼻涕。祖母惊诧,呆呆地看着,不知她领这么一个糟污老头来干什么。舅奶奶让她叫祖母大姐,老头一开口,声音和舅奶奶一模一样的,地道的北方味儿,可他讲的不是纯正的普通话,他讲的其实是北方方言,这种方言和我们这偏远、贫穷的小地方的方言一样,同样让人难以听懂。

这就是我们的"舅爷爷",这个舅爷爷和我们那个亲的舅爷爷相比,简直有天壤之别。祖母背后撇着嘴说,你舅奶奶简直疯了,捡这么个龌龊的叫花子来,丢底现形。当年你舅爷爷,身腰挺直,高鼻大眼,就是倒霉了,气质也还在的,倒马不倒架。我印象中倒霉时的舅爷爷看不出啥气质,但比起糟老头来,还是强了许多倍。

我是不能到舅奶奶那里去了,祖母也不让我去。多少年后才晓得舅奶奶费尽千辛万苦,总算回到北方老家,可四处打听,家里的亲人基本没有了,父母亡故了,唯一的一个哥跑到什么地方谁也不知道,只有几家远房亲戚。舅奶奶在父母的坟前哭得死去活来,几天几夜不愿下坟山来。远房亲戚费了许多力才将她弄下坟山来。下了坟山她就病倒了,病得很厉害,多少年的愁苦,多少年的积郁,多少年的悲痛,倾泻而出。这次她病得很重,差些丢了命。族里的亲戚也穷,正是困难年代的末梢儿,但大家都尽了力医她。跟她来的这个老头时刻去看她,他光棍一人,不去看她干啥呢?他成天守在舅奶奶身边,和她唠嗑儿。尽管他的地道的北方方言舅奶奶已经有些疏疏淡淡了,有些听不懂了,听得疙疙瘩瘩的,但她还是爱听,这就是家乡话,浓浓的北方味儿的家乡话,听着舒畅。他的话勾起了她儿时的许多记忆,勾起了许多沉重和许多温馨,她久久地浸润在浓浓的乡音之中。到她要走的时候,她和糟老头已经确定了关系,一想到回到遥远的云南山区,一想到孤苦寂寞的日子,她的心就疼。现在,有这么一个家乡的人跟她回去,她就仿佛置身家乡了。

木已成舟,米已成饭,祖母也就不再多说什么。祖母终是个识大体、有见识的人,祖母觉得她和自己兄弟是离了婚的人,要怎么干是她自己的事。但祖母从感情上是斩断了和这个女人的联系了,她看不起这糟老头,她看不起舅奶奶的选择,她从此不许我再去舅奶奶家。

祝愿舅奶奶过上好日子吧。

但事情并不是如愿望那样美好的。舅奶奶带回来的这个糟老头子其实真是很糟糕,他是个懒汉,在大饥荒的年代死了老婆,他的老婆不死他也是养活不了的,就是他唯一的一个儿子,他也不管他,让他像野狗一样四处乱窜,最后不知跑到什么地方去了。那年头不参加劳动是不行的,村里曾经斗过他,打过他,将他捆起来游行,让他敲着锣喊人人不要学我,我是懒汉二流子。尽管这样,放了他,他依然找个草堆就睡,他的睡是出名的,在墙根角,在沟边,在人家大门外,他都可以或蹲或卧,成天不动一下。他脸上很脏,常流涎水,逗得苍蝇不停地在他脸上盘旋,他有时挥几下手,赶赶苍蝇,更多时候连赶也懒得赶,任它们自由来去。村里拿他实在无法,也就不管他。他成了村里唯一一个不参加劳动的自由人。

  大杂院里的一个女人有一天遇到祖母,她对祖母说舅奶奶现在瘦得快没形了,经常哭,有时还听到打闹的声音。祖母说活该,这贱人干啥不好,领回这么个叫花子样的人来,她是自作自受,让她去后悔,让她去难受,丢人现眼的东西。其实,舅奶奶和那个糟老头子在一起,确实吵过、闹过,但舅奶奶并不后悔,那糟老头成天躺着不动,她成天忙碌,她既要打草席,又要做饭做家务。她经常给糟老头洗衣服,逼他换洗,逼他洗澡、理发、刷牙,尤其是洗澡,老头是非常不乐意并且痛苦万分的,他说洗澡会伤了人的精神气儿,洗一次他就像病了一次,洗完软耷耷地没精神。舅奶奶说你啥时有过精神?洗了没精神,不洗也没精神,像条癞皮狗。据说,有人还看见舅奶奶按着糟老头洗澡,给他搓背,给他洗头,他不但不领情,还骂骂咧咧。不知道从门缝里得来的消息是否准确。舅奶奶为他洗衣做饭、剃头刮胡须,像供老祖宗一样将他供着,他还不满意,这也不行那也不对,说他来云南来吃亏了,吃的东西是啥东西?住的地点是啥样子?仿佛受了天大的委屈。舅奶奶为他做事和吵架、拌嘴,她疼苦并快乐着。

  有一次祖母遇到瘦骨伶仃、脸上还有伤痕的舅奶奶,祖母不想理她,但一看她这样子祖母心就软了。祖母狠狠地说了她一通,并说要叫我的父亲和叔叔、娘娘去收拾糟老头一顿,祖母说欺侮人欺侮到家门口来了,我朱家还有人,不能让他往脸上抹屎。舅奶奶着急地乱摆手,她说不是的,不是的,我脸上的伤是夜里不小心刮着的,我们最多只是拌拌嘴。大姐,求你千万不要叫他们。

　　舅奶奶怕失去这糟老头,她虽然苦虽然累,她虽然和他吵架甚至被打,但她不后悔,她觉得能听到乡音,能有个人吵嘴打架也是幸福。她虽然疲惫不堪,但她觉得充实,觉得有劲,她不愿谁来打破她的生活。她觉得就是吵架,能听到浓浓的北方方言的吵架,也是一种幸福。

　　舅奶奶死了,死的时候大概不到四十岁。她是为了让那糟老头吃上一顿饺子而死的。那段时间糟老头病了,这懒得烧死老麻蛇吃的人成天一动不动,让舅奶奶忙个不停地服侍他。他这次是真的病了,病得不轻。舅奶奶倾尽全力医她,日夜不停地服侍他,把她累得更瘦更虚弱。等他好点的时候,他一刻不停地吵着要吃饺子,这事放在现在就简单得像买把小白菜一样。可那是困难年代的末梢儿,末梢儿更困难,连洋芋,连苞谷皮皮,连莲花白的根都吃不上,所有的野菜、榆树叶都让人采来吃光了,他却异想天开地想吃饺子,他是真馋,可怜兮兮地念叨,说他要死了,连一顿饺子都吃不上,太难受了。舅奶奶见他这样子,下决心弄顿饺子给他吃。

　　天天清早,粮店门口都有一个人守在那里。那时粮店供应的粮食是从一个斜斜的漏斗形的木槽里倒出来的,每次来打粮的人都要认认真真地扫木斗。粮食太精贵了,谁也舍不得留下一粒。可再怎样扫,总有一点残留在木槽的缝隙里,舅奶奶天天守候在那里,她找来一把扫床用的小扫帚,像挑花绣朵一样细心地扫,有时一天能扫到一把两把米,她想攒点米去跟人换白面,攒了很长时间也攒不到数儿,舅奶奶焦虑极了,愁苦着脸,她只有一个人的粮,俩人吃紧得要命,哪里还有粮呢?

　　有一天,舅奶奶远远看见祖母来打粮了,她紧张得要命,这是一条死胡同,逃是逃不出去的,她怕挨祖母的骂。她紧紧地缩着脑袋佝偻着身子,装着打粮的人,但还是被祖母发现了。祖母早就听人说她像叫花子样在扫粮,祖母气不打一处来,当着很多人的面吵了她一顿,吵得她面红耳赤、眼泪汪汪的。吵完,祖母狠狠心,将刚打来的大米倒了小半口袋给她,口袋细长细长,怕有四五斤吧。四五斤呀,在那时是个大数字哩。我们天天吃糠咽菜,吃得全身浮肿,想吃一顿米饭把我都快想疯了。

　　自然,那米被舅奶奶换成了白面。可麻烦的是,这位癞子样的大爷竟然要吃荠菜馅儿的饺子,好在他没提肉馅,否则就只有从舅奶奶身上割了。舅奶奶看着半死不活的糟老头,心里又气又急。她恨他的异想天开,但她又觉得他病成这样子想吃一顿饺子也是可以理解的。如果他死了,她把他从遥远的地方带到这山高水远的云南,连顿饺子也吃不上,她这辈子,就永远不会心安了。

　　她咬咬牙,还是决定去郊外找荠菜。我们这地方到处是大山到处是深壑,我们这个小城在的坝子是很小的,走出十多里路就是山。她在城外的田地里什么也没找到,这是可以预料到的。她非常失望,但她决不放弃,她朝山里走去,走出十几里路就是山脚,她沿着山脚向上爬,同样啥也没找到。她一边诅咒糟老头,一边给自己鼓劲,她肚里的东西早就消化殆尽,每爬一步山都气喘吁吁、大汗长流,爬到山顶,她终于在一个断崖处发现了一点绿,那面断崖背阴,她猜想肯定能找到野菜。她是北方人,平时见到高耸的山崖就头晕,可这天她竟然攀着岩石爬上崖,又攀着树枝往崖下爬。意料之外的事发生了,这个孱弱疲惫肚里缺食手脚瘫软的女人看到崖下的深渊,看到深渊她就禁不住头晕眼花身子直抖,她紧紧抓住一枝松枝,如果是当地人挪个地方就行了,可她不行,她闭着眼半步不敢挪,手紧紧抓住松枝,越坠越紧,松枝断了,她像一块黑色的石头朝崖下坠去。

　　她的灵魂在坠落的过程中飘开,她的灵魂是否向遥远的北方飞去?她是否能天天听到浓浓的乡音?这个孤独漂泊的灵魂,能不能找回她的依托,栖息在故乡的天空里?

中篇小说

土里的鱼

秋石家爹死了,死了也就死了。在荒山村,死个人和生个娃,跟吃了洋芋放个闷屁样风一吹就过去了。多少日子都是这样漠漠地过去,村子默默的、日子淡淡的,寡淡的日子使人关心的是永远填不饱的肚皮。听到几声婴儿啼哭,有人就吵,狗日石柱婆娘下了。这是啥话?听着像说牲口,可村人就是这样说的。人死了,说老了,说过也就是说过,村人该刨地的照去刨地,该找猪食的照找猪食,日子平静得像高原上的卵石滩,风吹来,动也不动一下的,没有草,圆溜溜的卵石咋动呢?

偏秋石家爹死了却闹下动静。死了嘛,挖个坑,装在早已准备好的薄木棺材里,全村人来吃一顿荞疙瘩饭,喝一塑料桶散酒,薄木棺材上肩,轻松得人想唱山歌,就桃红柳绿、哥呀妹呀唱一气,坑早已挖好,沙土,不费事的，两个汉子站两边，一支叶子烟没咂完，狗日两个已蹲在地下搓大胯上的垢条子了。再将棺材放进，又一次刨、挖、培土，完事。这个人就和他生前一样，漠漠地躺在这里了。

可秋石家爹却闹出死的名堂，也就一个死么，也就一个埋么，平日屁都不放一个的人，平时静静地蹲在土墙下，从中午到晚上，连动都不动的一个人，都以为是堆在墙角下的一堆杂物，却偏弄出谁都想不到的名堂。他不埋在沙丘上，他要埋在自己的偏厦里，这话惊得老汉的几个儿子的眼珠子瞪得像发情的狗卵子，半天回不过神，不知道老汉死都要死了，咋会日翘鬼怪，生出这种鬼都不晓得的怪念头来。

老汉就是不死。按正常的死法，老汉在昨天夜里就该死了。人早就被抬出来，停在堂屋的门板上，门板被卸了一块下来，风就朝屋里猛灌，停在门板上的老汉瘦得只剩一具骨头架，他的两颊早已塌陷下去，眼眶深凹一片青色，嘴唇塌陷只见一片空洞漆黑，一片青紫灰的死亡气弥漫在他全身，眼睛紧闭，见不到一点瞳仁，身体僵硬没有一丝热气。山区夜黑，煤油灯被风吹得忽悠忽悠闪烁，房间里就看得见白衣飘飘在屋里游荡的鬼魂。

三个儿子，两个媳妇就围在老汉身边等他落气。他们长声短声地喊爹，指望着他回应。回应了，接上气了，这生与死的交接仪式也就完了。但老汉咬紧嘴唇，就是不回应。喊累了，他们有些沮丧，有些不满，也有些恼怒。秋石站累了，抬个凳子来坐在他爹头边。他怕他爹就这样莫名其妙死去，连气也接不到是不划算的。他不时地将手指伸到他爹鼻前，看他爹有没有气。秋木看老大拉凳子坐下，心中日气，毬，老大偷奸耍滑，连站也不肯好好站，凭啥我要围着老爹站着，也就拖个草墩来坐下。只是草墩矮，他坐着头就和他爹的头挨在一起。他看见死亡的黑气在把他和他爹缠绕在一起，这咋个要得，自己还有五个娃娃哩，有个三痛两病，哪个龟儿来给娃娃嘴里倒食？他就将背仰过去，头斜斜地靠在土墙上，这样既看得见他爹的脸,又和那股已经闻得见气味的死亡之气隔开了距离。老三秋土在镇上读书,站木了腿,走了一天的山路,脚又麻又酸又疼,他见凳子和草墩没有了,心里日气,说爹怕死了吧,站着干受罪,明天我还要回学堂呢。秋石说你尽放屁,爹哪里就死了呢,你盼爹早死?秋石是副村长,在家里又是老大,话自然管用。老三秋土嘀咕一句,就没吭声了。

老汉就是不死,这也是没法子的事。你总不能掐死他吧,那样倒省事,老汉瘦得脖子像草根,两个指头一掐,那游若细丝的命就断了。但谁愿这样做呢?天都快亮了,风是刮得越来越急,煤油灯也早熄了,两个婆娘蜷缩在墙角死猪样睡去。秋石心中焦躁,听见她们像猪样的鼾声,他越发鬼火冒。起身来,朝她们的屁股上狠踢了几脚。秋石婆娘醒过来,急慌慌地说爹死啦?爹死啦?死你妈的×,你爹才死了。秋石婆娘认得男人脾气,揉揉眼爬起来,站到老汉身边。秋木婆娘被踢疼了,说凭啥踢我?我是你婆娘么?秋石说你不是我婆娘你是他婆娘,爹都要死了你还有心肠睡?秋木见婆娘被踢心中日气,凭啥老大这样霸道,不就是个副村长么?秋木说要踢你踢你婆娘去,我的婆娘我会踢。秋石正要发作,听见爹的喉咙咕的响了一下,忙奔过去,扶住爹的头,大叫爹、爹、爹、爹,你讲呀,你有啥心事你讲呀,你有啥心事你讲呀。老汉费力地睁了一下眼,眼里空洞无物,连点混浊的光也见不到。他呓语似的讲了一句,去……去请七爷来,那声音小得蚂蚁似的,但大家最终是听到了。秋石让秋木扶着爹的头,说照扶好,我去。

七爷是望云村的七爷,七爷是众人的七爷。村里比他年纪小的人都差不多死掉了,可七爷还是颤颤巍巍、流涎流水地活着。活着也是活着,但七爷活着却与别人不一样。他一个人住在村后的一座孤零零的土屋里,村人看不见他做饭,看不见他出来走走,但他就活着。村里有什么大事需要有人拿捏,就有人去村后的土屋去。七爷闭着眼坐在土春的炕上,听你说。说完,他跑风漏气的嘴里就会扯线似的长一截、短一截、粗一截、细一截地说话。众人把脸都憋青,不敢出气,生怕把七爷的半句话听漏掉,听完,赶紧将七爷的话拿去学说,村里许多大事都是这样了断的。

七爷是不出门的,他那屋里永远黑漆漆。七爷是不睡觉的,他永远寂寂无声地枯坐着。但秋石说要请七爷去他家,秋石说他爹要死了就是不死,要请七爷去才落气哩。七爷悠悠叹口气,说这娃娃咋就要死了呢,他不是吊着我的线裢子,要跟我下四川么?路又远,赶马人是这样好当的么?拿了两个鸡蛋给他才走哩,那鸡蛋是红壳的,你七奶奶用品红煮的,祛灾哩……秋石焦躁,又不敢得罪七爷,说七爷,我爹要死了,要请你去,你不去他不落气,我扶你老人家去。啥?要死了,好,好,死了好,死了好。你找我的拐棍来……

七爷几乎是被秋石连背带拽地弄到家里的。也是日怪得很,早就浑身僵硬、气息全无的硬挺挺地躺在门板上的老汉,才听到七爷轻飘飘的了无声音的脚步声,眼就睁开了。不光睁开了,还烁烁地亮了一下,仿佛飘忽的生命又落到了僵硬的躯体上。七爷尚未在凳子上坐稳,他就曲起手臂,想抬起自己的身子,这当然是徒劳的。秋石眼尖,忙走过去,从背后抬起他的身子。老汉张开空洞的嘴巴,嘴唇一张一合,发出了低哑的声音。七爷,求你做主,我不埋在沙丘,我要厝在偏厦里。七爷,你答应么?七爷垂下苍老、雪白的脑袋,两张垂暮的老脸对在一起。七爷说要得,这事怕没人知道了,你娃娃心重,还想到厝尸。你死、你死,我做主。七爷的话才落定,老汉眼一闭,手松弛下来,訇然倒在秋石怀里。屋里白色的鬼怪骤然不见,老汉相随着,悠悠去了。

一屋里的人肃然,一时间竟讲不得话。片刻,秋石回过神来,说愣毯着干啥事,哭呀,还不哭?秋石说完,屋里的人就大放悲声了。哭得最响亮的,是从沉沉酣睡中被踢醒的两个媳妇,她们的哭,是合辙押韵的哭,长一声、短一声，越哭越没有悲哀的气氛，倒像在开民歌演唱会了。她们的哭有着太多太多的内容，有哭老汉的，有哭自己的，唯独没有哭生活的，生活太沉重太沉重了，生活太艰辛太艰辛了，生活已近麻木，哭也没啥意思了。

门口围了几个脸上糊满泥垢的娃娃，他们是听到哭声来看热闹的。他们听不懂哭的歌词，但他们还是听，村里是难得有响声的。

秋石把几个半大娃娃轰走，一家人围着七爷。秋石心里烦，说老爹咋个了，活着就吃，死了么就埋。村里哪个死了不是埋在沙丘上的，他倒好，活着时死木温吞，死了还要玩新花样。秋石婆娘、秋木婆娘听老汉说死了要厝，心里发毛，生怕这厝要厝出许多名堂。日子过得这样紧巴，忙吃忙穿忙娃娃就把人的心操碎，再一折腾，日子就没得指望了。秋石婆娘说七爷，我爹是糊涂了，人呢，其实早死过几回了，他是说昏话哩。秋木婆娘更是急巴巴地说，大嫂说得是，我爹是糊涂了，他儿孙满堂的，又没得啥丢不落的事，还是埋了吧。秋石说没得你们说话的份，这事听七爷的。老爹平时三言没得两语的，他说这话怕有由头。秋木不吭气，他翻眼看看秋石，不满秋石的骄横。但也就是翻了两眼，谁叫自己不是副村长呢。有本事你去弄个副村长当，哪个副村长不是这样讲话的呢。

七爷沉稳，七爷坐在条凳上闭着眼，他的眼眶陷得太深了，眼睛即使睁着，也是难得看到的。七爷长长地嘘口气，眼睛睁开了，仿佛游离的魂又附在他的身上。七爷睁开眼，那散淡无光枯涩干涸的眼光里竟奇异地迸出几粒火星。七爷挺了挺佝偻的腰，脸上罩上了肃穆、庄重的神色。七爷说要说呢，厝棺其实是不该的，你爹是在受罪呀。人死就该埋，厝着，是违背天……天道的呀。七爷说着说着咳起来，七爷竟然还会激动，想来老汉这样做，确确实实不是一般的做法。七爷说厝起你爹来，他在阴曹地府要受罪，还不得轮回，变鸡变狗变猫都变不成，罪过，罪过。秋木急巴巴说那就不厝了吧。秋土不吭声，他在镇上上中学，对这些事不感兴趣。秋石闭了一下眼睛，秋石毕竟当着副村长，脑袋就多了根弦。秋石说七爷，这厝到底有啥道理，您老人家给我们个明白。七爷停顿一下，拖着沙哑的声调说这厝么，这厝么……七爷似乎想不起来为啥要厝了。秋石心中焦急，嘴上说莫着急，我倒水来给您老人家喝，慢慢讲。七爷说我讲了，你们做得到么？秋木、秋土和两个婆娘睁大疑惑的眼睛，不知道要做啥子，事情重大，谁也不吭声。

秋石说哑啦，你们开口嘛，做得到的留在这里，做不到的出去。大家疑疑惑惑地稀稀拉拉地说"做得到"。七爷闭着的眼又裂开，说村里没得几个人晓得啥厝了。这厝，就是在你家的偏房里挖个坑，将棺材放进去，再用土封起来。埋棺材时，要在坑底挖个洞，将一个土钵放在洞里，再放进清水，清水里放条小小的活鱼。一年以后，将封住棺材的土铲掉，抬起棺材，看鱼活不活。鱼死了，你爹在阴间受的罪就白受了，你们赶紧请人为他念经，渡他超生。鱼活了……七爷突然不说了，七爷的脸色奇异地由青灰变得酡红，眼里的火星子竟然噼啪噼啪地乱迸。秋石、秋木们看得目瞪口呆。秋石说鱼活了呢？七爷说话了，真的活了呢，你娃娃就大富大贵了。秋木婆娘抢着问，七爷，鱼活了我家能给搬到乡场上去？给能住上新房子？秋石婆娘白了秋木婆娘一眼，咋就轮到你讲话了呢？秋石婆娘说七爷，富不富，搬到乡场里不搬到乡场里我倒不想，我只想问问秋石还能给上个坎坎？这婆娘问得太突兀，秋石听了心里却是高兴的，毕竟婆娘还是向着自己的。秋木听了心头不舒服，哼，再上个坎坎，没上坎坎就这鸡巴样子，上个坎坎不晓得还会咋个。

七爷毕竟是七爷，七爷咋能像算命瞎子样巴着谱顺杆儿就上呢。七爷说这样就看你们各人的造化了。心诚，心诚则灵。只是，只是不要忘了每月逢单日给狗剩上香，上斋饭，烧纸，刀头肉是不能少的。你爹苦呀，多烧点钱,他手头活泛点,也少遭点罪。

七爷说完脸上就青灰了,青幽幽地怕人。秋石婆娘心里还是咯噔一下,秋石虽然当着村干部,日子算是活泛一点,但这是望云村呀,别说逢单日要给老公公烧纸、上刀头,就是她家,也是十天半月才吃上一回肉,哪来这么多钱破费呢。秋木的婆娘更是吃惊不小,开头惊喜的心情一下子就没了。天啦,这不是故意和穷人作对吗?就像送你一个又大又热的荞粑粑,看得见,摸不着,高高地挂在天上呢。

一

狗剩老汉果然就厝了。

厝的那天,大荒村从来没有过的热闹了。山村人的寿命短,活到狗剩老汉这年纪的,也就是不多几个。别说年轻人不知道厝是啥回事,就是几个老汉也差不多记不得这样的事。这厝是一般人家做得的么?望云村的人差不多都不晓得啥叫厝,几个上了年纪的人也是听说过而已。倒是七爷跑过马帮,上云南、下四川,最远的听说到过广南,村里人莫说啥广南广北,连上过县城的人也就是秋石他爹。秋石他爹在镇上帮人厝过坟,是镇上开药材铺的孙掌柜,他出了力,吃过八大碗菜,成了村里最有见识的人,当然除了七爷。

秋石是下了决心要好好地办场招待的,秋石开始是隐隐约约地觉得这事的重大。等厝他爹这天,他觉出这件事的分量,他就决定好好办场招待了。也不晓得咋的,秋石心里既是乱乱的、慌慌的,又是充满希望的。明年村里就要换届了,当这村的副主任已经当了两届,村主任的位置一直落不到他的头上。他爹说过他当村里的副主任那年,他家的屋顶上确实冒过瑞气的,可惜那团瑞气罩在他家屋顶上的时间并不久,也就是咂支叶子烟的工夫，就平白无故地散了。他爹说这话时一脸的怅然，一脸的无奈。以后的许多日子，爹在墙根角靠土墙蹲着，仰着头眼巴巴地瞅房顶，瞅得头发越来越白，瞅得目光越来越短，以至于枯涩的目光昏花起来，却再也见不到那团瑞气，老汉于是深深叹气，缓缓摇头，头耷拉在松弛的胯下，半天不见动静。

　　秋石决定好好办招待，招待全村人吃一天饭。这个决定不要说遭到全家人反对，就是他自己说出来的时候也吓了一跳。望云村穷，一年有大半年都在下雪、下雾、下凌，松树长到一人高就打住了，像卖炊饼的武大郎永远地矮小着。荞子刚刚出叶，凌一下来，全糊了，天晴用手一捋，黑色的碎叶顺着指间碎碎淌下。全村人一年中的日子到底有多长时间饿肚子，谁也说不清。而要招待饥肠辘辘的全村人吃一天，那要多少嚼食？

　　秋木婆娘说大哥要办招待，我们是没得说的，只是你是晓得的，我家的瓦钵底都被十个指头抠成洞了。大哥说办，你是有办法的。秋石婆娘一双眼瞪得出血，望着秋石说你狠，你有本事，家里除了那几颗荞子，还有我，还有大娃、二娃，叫朱屠户来，支起大汤锅，把我家娘几个宰了，够你招待一村人的。说着就去扯满地乱跑的泥猪样的娃儿，今天我家娘几个交给你，你不宰你就是牛养马下的。秋石正在懊恼，被急红眼、不晓事理的婆娘一搅，血噙地冲上脑顶，脸青得要杀人。他抬手就给婆娘一大嘴巴，婆娘被他扇得转了个圈，嘴里说老子说办就要办，你驴日的插啥嘴。婆娘被扇得晕乎乎回不过神，木木地看着他，眼光空洞而茫然，半晌不出声。秋木觉得不对劲，正要去劝她，她突然一步跳起来，受了伤似的母虎样一把抓住秋石的领口，放声地骂起来，一边骂一边抓秋石的脸。秋石面容被婆娘撕破，他伸手就给婆娘几拳几脚，正要丢开膀子大干，秋木、秋土围上来，紧紧拽住，才没出事。秋石被他们架着又蹦又跳，咆哮着，你们说爹给是大家的爹？你们该不该出？这阵势把大家吓住，说出，出就出，哪个狗日不出。反正我们只有那点嚼的，剩一颗粮食就不是爹日出来的。秋木婆娘还想讲啥，秋木一睺狗卵子，回家去，你再说一句老子撕烂你的×嘴。秋木婆娘瘪了一下嘴，再不敢吭声。

其实，就是把秋石、秋木家的粮食全刨出来，也不够望云村的人吃一顿的。秋石又后悔又懊恼，为他的这个荒唐的决定矛盾着。但他朦胧中又觉得这丧事是要办体面些才是，万事开头是最重要的，有了轰轰烈烈的气氛，有了红红火火的场面，那似有若无的运气才会降临。但秋石又知道办这一天招待的代价。正是春荒时节，一村人眼巴巴地望着上面的救济粮，好些人家已经在熬在平坝里连猪都不吃的洋贴根叶了，好些人家连撒点做药引子似的荞面都没有了。石柱家婆娘为了五个猪崽样的娃娃抢食吃打起来，气得把几个红耗儿似的娃娃打得一身痕摞痕，没得一块好肉。这顿饭一开，不晓得要耗掉好多粮食呢？

粮食其实还是有的，只是那粮食秋石不敢动。望云村东边是望云湖，说是湖其实是高原上的一泊水。高原上气候恶劣，连草也长不出来的，遍地的卵石，遍地的浮土，荒凉得人心疼。但望云村有湛蓝、湛蓝的天，有湛蓝、湛蓝冰凉的水。最日怪的还有黑颈鹤，这种村人叫饿老鹳的东西，不晓得咋就金贵起来，不叫饿老鹳叫黑颈鹤了。听说这东西稀奇得很，人是日千搗万，遍地都是，独独这玩意少得外国人眼睛都数蓝了，全世界也就是千把只。望云村因此是多了个任务，保护黑颈鹤。上级按时拨粮食来投放，是金黄金黄的苞谷呀，牙齿一嚼嘎嘣脆，还来不及嚼碎就吞进肚子里去了。但这粮食谁敢动，动了犯错误就大了，也不晓得动了会咋处理？秋石心里毕竟不踏实，惴惴不安的。但屁已经放出，全村人从各个角落钻出来了，他家门口空阔的场院上，密密麻麻挤满人，人们兴奋地叽叽喳喳讲话，个个白里透青的脸上泛上红晕，对食物的渴望使他们兴奋不已。他们仿佛不是来参加丧事，倒像到县上参加庆功会、表彰会一样。

看着他们的样子，秋石心里又高兴、又难过、又气愤。日他妈你杂种些倒是空起肚儿来吃大户了，老子要担过呢，责任大得很呢。你杂种龟儿些吃完拍拍肚皮走人，老子还不晓得要受啥处分呢？他真想把那放出去的屁收回来吃了，按说这也是办得到的事。只是，只是，他望着爹那黑漆漆的棺材，他眼热了。爹为了他一家的发达，连灵魂都卖给阴曹地府了，天天在阴曹地府忍受煎熬，他还舍不得啥呢？

村里节日般快乐。不用吩咐，望云村的男人抡起胳膊，挖的去挖墓坑，垒的去垒灶，婆娘些更是积极，家家的碗筷家什都凑出来了，有的去挑水，有的拾掇院子，有的洗碗筷。石柱家婆娘抢先去淘洗苞谷，自苞谷从保管室拿出来的那一刻，她的眼睛就没有停留过对苞谷的追踪，苞谷的那种金黄色的光芒在她眼里一刻也不停地闪烁。她挑着苞谷要去黑石箐淘洗，大家说就在这里淘嘛，你还怕供应不上水？她用城里人的口气说水少了咋淘洗得净呢？这是吃的东西呀。秋石知道她的心思，说让她去淘，只是你千万不要一边擤鼻子一边淘就是了。石柱婆娘的脸居然红了一下，她高兴地挑起苞谷就走，走出村子，她把苞谷捧了几捧埋在路边的沙土下，又捡了个石头做个标记。

厝坟的准备事项都做好了，坑挖得又深又好。使人惊奇的是望云村周围的地都是沙土，而这座偏厦里的土却是红艳艳、黏糊糊、湿润润，冒着热气的黏土。被请来坐镇指挥的七爷高高地坐在条凳上，七爷拈着花白而稀疏的山羊胡，七爷是一直没说话的。当大家刨出外面一样的沙土时，七爷很矜持，瘦削塌陷的脸上沙土一样僵木。当挖出潮湿、黏实、红色的土时，七爷脸上的肌肉跳了一下，但还是矜持，及至土里冒出一缕缕乳白色的热气时，七爷才不再矜持。七爷青灰的脸上像红土一样泛出潮湿的红光，七爷眼里又嘎嘣嘎嘣地跳跃出火星。

一切那么顺利，一切那么出人意料，一切那么神奇。秋石从七爷脸上和眼里捕捉到了神秘的启示。秋石的心也跟着七爷眼里的火星燃烧起来，他被那神奇的启示搞得晕晕乎乎，心里涨起海潮般的浪，浪里泛着希望的帆。

唯独捉一条鲜活的鱼成了最大的问题。冷凉、荒瘠、干涸的高原上没有河，有河也养不住鱼。只有望云湖有鱼，但望云湖深，水冷，鱼少，又大多潜在湖底。望云村的人几乎没吃过鱼，这鱼是精灵呀，谁有本事捉得到。

捉不到也要捉，没有鱼，这坟还能厝么？厝了还有啥意思。当七爷问鱼呢？众人都面面相觑了。鱼呢？这时大家都感到问题的严重，大家都在忙一些习惯上的事情，谁也没有想到准备鱼。秋石的脸越来越难看，他冷冷地望着大家，眼里尽是寒光，仿佛这事是大家的事。冷了一阵，秋石终于说了一句扯毯鸡巴蛋，头也不回地走出偏厦了。

秋石走出偏厦，大家也感到不过意，大家纷纷自责。是嘛，咋没想到鱼呢？秋石是丧主，有多少事等着由他拿主意。再说，人家还要招待大家吃饭，能这样昧着良心吃饭么？有人说去乡场上买鱼怕还来得及，有人立马说乡场上也不一定有鱼，镇里又不是天天赶场，再说那里不是和这里一样冷么？既然一样冷，不如就在望云湖里捉鱼算了。

一帮人相约着去望云湖，他们一脸的庄重，一脸的神秘。去捉厝在棺材下的鱼，本身就是玄秘和使人激奋的事。只是他们从来没捉过鱼，一路上商量着怎样捉鱼。临出门，有人问七爷能不能捉到鱼？七爷闭着眼，说该捉得到就捉得到，该捉不到就捉不到。这等于没说的话反倒使大家更觉神秘。等到了望云湖边，大家看见秋石孤零零地站在湖边，他是在思忖着怎样才捉得到鱼。

刘大毛看见秋石手里提着一瓶酒，他是老远老远就看见的。刘大毛看见酒就和鱼鹰看见鱼、石柱婆娘看见苞谷一样眼睛发光、目光敏锐。刘大毛一下觉得呼吸急促热血沸腾，脚裂口子般的小眼珠熠熠闪光，就像一次他用一升苞谷和一个寡妇做那事时要射精的感觉。刘大毛啥都离得就是酒离不得，他匆匆走在前面，一到村长秋石身边，他一把将秋石手里的酒夺过去，说村长你歇着，我来，我来。秋石疑惑地看着他，说你行么？刘大毛说咋不行，只要有酒垫着，我能在水底捉鱼哩。

刘大毛到底没把鱼捉上来，刘大毛能捉得到鱼么？他一生人连脸也是懒得洗的，从来没有把水浇透全身。他是酒瘾发得很了，没有酒的日子他难受得野狗样的绕着村子转圈。任何一次，救济粮一发到手里他就卖了换成酒，好久没发救济粮了，他就当了好久的野狗。他咕咕地一气灌掉半瓶酒，剩下的无比珍惜地用手抹抹，无比陶醉地一头就朝水底扎去。他进入水底就像秋石他爹进入坟墓，里面又冷又黑又没空气，他本能地在水里又蹬又踢又捞又刨，但水里没有任何可以攀援的东西供他作救命稻草。水面上咕咕地冒起一串串气泡，被他搅乱的水漾起一圈一圈的波纹。秋石惊得目瞪口呆，秋石内心急得吐血，这是要出人命的事，刘大毛虽然只是个光棍是个酒鬼，但法律是没说淹死光棍淹死酒鬼可以不负责任的。秋石急得嘴里冒出一串燎泡，他记不得脱衣服就要往水里跳，眼尖的人紧紧拽住他让他想死也死不成。按住秋石大家也干着急没有办法。

也是日怪，那泡冒了一阵就不冒了，水面平静了就没有纹路。大家都瞪着眼睛望着水面而心沉到湖底，大家都晓得刘大毛是死在湖里没有疑问的。沉寂、再沉寂，谁知有人却发出了尖叫，接着疯了样往湖的一个湾口跑，等大家跑拢才看见刘大毛睡在湖的浅弯里，他脸色不是寡白不是青灰而是酡红，眼睛当然是闭着的，但看得见鼻孔里喷出的热气，贼日的没死。这一发现把大家惊得三魂出窍，不会水的刘大毛没死是不正常的，死了才是正常的。把大家惊诧得魂魄出窍的不光是他没死，并且嘴里叼着一条食指长的鱼，右手还握着一条活蹦乱动尾巴扇得叭叭响的鱼。秋石看见鱼眼睛立即亮了起来,他的脑袋里嗡的一声,像被什么硬物撞击了一下,眼里出现一片金光闪闪的红鲤鱼,红鲤鱼在五彩祥瑞的金光中漫天翻涌,他的眼泪刷刷地流下来。鱼,这鱼是神奇的鱼呵。村人互相帮着把那尾中指长的红鲤鱼从刘大毛手里拿出来,放在一个盛水的木桶里。刘大毛嘴里叼着的那条鱼,被他死死咬住,已经不会动弹了。拿掉嘴里的鱼,刘大毛就开始喘气了,他的胸口起伏起来,眼睛也睁开了。等大家把他弄上干地,他已经会说话了。他说他一头扎在水里,水底又冰又凉,冷得透心透肺,水里黑咕隆咚,啥也看不见,他又不会洗澡,嘴里、鼻里咕咕地灌进许多的水。他感到死到临头,就拼命地挣扎,越挣扎灌进的水越多,他开始朝外呕吐,这时他感到身边聚集了密密麻麻的鱼,头上、脸上、脖子上、手上到处有鱼在碰撞,鱼们是闻到酒味了。刘大毛兴奋地说这鱼怕是老子日出来的,那次和那个寡妇在湖边日弄,就闻到她身上的一股鱼腥味哩。鱼闻到酒味,全跑来了,他张着嘴想叫,却一口叼住一条鱼,那鱼想到他肚里去喝酒呢。他手脚乱蹬乱扰,一只手却抓住了一条鱼,他被嘴里的那条鱼憋得昏死过去,朦朦胧胧觉得背后有一条大鱼在拱他。刘大毛说这大鱼怕是那寡妇,这湖里的公鱼死了,剩下它好孤独好寂寞。它是感激他哩,不是那次狠狠地弄它,湖底会有这么多小鱼?众人听了哧哧笑起来,刘大毛,你狗日阎王门口走一遭了,你还有心肠想些日天恨汉的事,连鱼你都想日哩。秋石突然暴怒,笑,笑个毬。刘大毛,你狗日再胡说老子把你再丢进水里去。听好,以后不准哪个再讲刘大毛讲的胡话。秋石暴怒,想到多好的事,又是放在爹棺材下的鱼,是胡说不得的。这狗日的刘大毛,把鱼说成他日出来的,肮不肮脏,晦不晦气。

那天的饭是望云村村民吃得最惬意,吃得最饱的一顿饭。饭是苞谷饭,连苞谷皮也没筛去,咋能筛掉呢?那也是粮食呀,苞谷皮和苞谷面搅和在一起,粗糙是粗糙点,吃在嘴里满嘴跑,还哽脖子,但又怎样呢,能经常吃到这样的饭，是望云湖天大的福气了。几口两人才围得住的大铁锅里坐着人多高的甑子，甑子上冒着一缕缕热气，苞谷饭的香气撩得场院里的人口水直淌，石柱婆娘借看饭熟没有偷偷捏了一团饭，饭是烫手的，她一点也没觉得烫，偷偷溜到人少的地方拿给最小的小五子。其他几个娃娃见了，上来就抢。小五子自是不让，于是一群娃娃将他按在泥地上，他怕抢掉，就狠起劲一嘴含在嘴里，咽得眼睛直翻，脖子一哽一哽的，另一个娃子急傻眼，伸手去抠，正狼吞虎咽的小五子一嘴咬住他的手指，咬得他妈吔、娘吔乱叫。那儿娃子的妈跑来，伸手就给小五子一巴掌，打得小五子将那坨还没咽下去的饭团吐了出来。石柱婆娘是不饶人的货，嗷地叫了一声，冲过去挽住那婆娘的头发就开打，俩婆娘撕扯在一起，像泥母猪样在稀泥地下翻滚。大家费了好大劲，才把她俩撕开。秋石婆娘说吃、吃，撑死你们，撑得你们翻鳅打滚，屙血屙脓，看还吃不吃。众人听了这话心里不好受，脸上木木的，像被人打了耳光。秋石过来，叹口气，说愣着吃毬，吃饭，吃饭，吃了还有事干。

正吃饭，天气却突然变了，好好的太阳不见了，又涌来一层层乌云，接着风吹沙扬，下起了一阵阵白霜。老年人摇着花白的头，说天要收人，荞子、洋芋才出齐，成黑灰了。老年人一叹气，空气就沉寂了，大家扒拉着饭，再不说话。秋石狠狠地跺跺脚，铁青着脸也不说话。秋石心里说看爹厝得灵不灵。日他妈，这鬼地点不是人在的，等老子整到个副乡长、乡长，硬是要将家迁到乡场上去。

秋石跑去看鱼，那红尾鲤鱼活泼地游动，他心里踏实了些。秋石眼光从鱼身上收拢，看见秋木、秋土也蹲在木盆边看鱼，就有些气恼，说蹲着吃毬，赶紧撑去，撑完饭事还多哩。

二

秋石要到镇上开会去,会议要开三天,说是村干部培训。往次去开会秋石总是很高兴,望云村离乡政府四十来里,乡政府在大山的腰部。那里不平坦,气候却好得多。气候好出产自然也就好些。这都不说,乡政府通电,有商店,有邮电所、卫生所,还有放录像的。秋石在望云村呆木了就想到乡上去遛遛,跟书记、乡长套近乎,跟其他村的主任喝喝酒、斗斗嘴皮子,脑袋就活络了,心情也好了。

可这次秋石却不想去,这是爹死后的第一个头三。七爷说头三要做好,万事头为首,头三做不好以后就不利顺。秋石在乡场上读过初中,可秋石在望云村这个神秘的地方,从头到脚、从里到外都信服冥冥之中的力量,没有理由不信的。这不,爹才厝上不久,乡里就通知他去参加村干部培训了,谁都知道村干部培训就是培养村的主要领导。秋石心里熨帖而又矛盾。找个理由不去也就行了。可这机会是望云村的白霜、望云村的雾罩,说来就来了,说去就去了。要去呢,爹的头三是最重要的。为这,他已背着婆娘将这个月的村干部补贴全拿出来,早就让秋土去乡场上买祭奠的东西。秋土在那里读书,秋石不放心让秋木去,老二心计多,搞不好他会弄虚作假从中赚钱,老二信鬼神更信钱。东西买了一背篓,有一刀红白相间嫩闪闪的猪坐墩,有一个面目祥和、眼睛细眯、嘴角上翘、蔼然可亲的猪头,当然还有香烛纸蜡。当然,他还不知道老三秋土也会做手脚。老三想买本英汉对照的小词典想得发疯,老三费尽心思,精打细算,弄虚作假终于买了一本英汉小词典,这本英汉小词典帮了他的大忙也给他添了许多烦恼和内疚。

秋石睡不着,他为明天去不去乡上开会心烦。开头睡下去时婆娘还缠着他做那事,婆娘也就是三十来岁,正是馋那事的年纪。日子再贫穷,也断不了人们做那事的欲望,刘大毛穷得卵子叮当响还幻想着和鲤鱼精做事哩。秋石以前去开会总要和婆娘做回事,这次他却不想做。他看见煤油灯下的婆娘头发乱糟糟的,被柴火熏得红翻翻的眼睛老在流泪,脸上总是洗不干净的黑褐色尘垢,那是嵌在皮肤里永远也洗不干净的。她的身上还溢着一股酸臭味。望云村干旱,水要到五里外的黑石凹去挑,她是一年难得洗一次澡的,一洗尽是成条成条的泥垢,盆里的水肥得可以压田,看着恶心。她的牙齿也是黑黄黑黄的,从来不兴刷牙哩。秋石心里有事,再加上看到这情景他就没兴趣了,也不晓得为啥就一点兴趣也没有了。他脑里闪了一下乡场上一个俊俏女子的身影,那是乡场上放录像的女子,和他初中同过学。想起那个姣好的女子他更不想做了,隐约间他觉得似乎有可能和那女子做了。是啥呢?他一时想不清楚。

  他向厝住他爹的那间偏厦走去,他觉得应该和他多讲点什么。村子黑那屋更黑,黑得浓稠,黑得可以捧起来。自从他爹厝在偏厦后,娃娃些再不敢来这里玩了,这屋阴森、潮湿,散发着一种说不清、道不明的味道,这味道既不像潮湿的屋子发出的霉味,也不像望云村所有人家屋里的酸臭味,更多的是一种腐臭的味道,是人死后尸体腐烂的味道。他打开紧锁的门,他被那股浓烈的腐臭味冲得退了一步,他退了一步心里更加发毛,屋里黑漆漆地看不见啥,但阴森森的气象却使人汗毛乍了起来,他说这是爹,就是腐烂了也是爹呀。心里一念叨,他就看见他爹在黑雾里浮现出来,他爹瘦骨伶仃,脸颊上几乎没有肉,剩下了黑洞洞的眼眶和黑洞洞的鼻孔,牙齿是森森的白。他看到他爹被绳索拘押着,全身都是累累的伤痕,他知道爹是为他、为他一家受罪了。他扑通跪在地上,说爹,明天我不去了,我要好好为你做头三,使你少受点罪呀。谁知爹并没有高兴,他挟着一股阴森森的风冲出来,你走,你走,不准留在这儿。他听见铁链碰撞出的坚硬声,爹挟带的阴森的风使他打了个冷噤,爹倏地不见了,想必被拘他的小鬼硬拽回去了。他无言地流泪,坚定了去乡里开会的念头。

在乡里开会的日子是幸福的,每次开会乡长都要让食堂熬鸡蛋大的肥坨坨肉给他们吃,肥坨坨肉全是从猪膘上取下的,又煮得熟,咬在嘴里一嘴冒油,入嘴肉就化,还加上山地萝卜,那美味是没得说的。乡长边吃边说狗日些,使劲撑,敞开吃。只要干事好,肥坨坨肉保证你们有得吃。这些贫瘠高原上的汉子吃得满身大汗,一身舒泰。都说为了乡长的肥坨坨肉,我们跟你死干。乡长是胖子,乡长说你们想吃老子的肥肉呀,老子这膘舍不得让你们吃哩。众人哈哈大笑起来,气氛好得一家人团聚似的。

秋石也吃、秋石也笑,但秋石心里却不是味道,他吃肥砣砣肉倒真的像吃他爹的肉哩,他觉得他不应该在这里,爹为了你为了你一家,自觉自愿在阴间遭罪。在头三的日子里,无论如何是该留在爹的身边,给爹好好上些供品,多多烧些纸钱。有了钱,爹就可以拿些给拘他的小鬼使用,钱能通鬼,他的日子就会好过点。其实,他的内心还有一份隐秘。打小他就知道,上供和烧纸钱,谁在,谁念叨,就等于钱和供品是自己拿出来的,就像到银行去寄钱,人家只认寄钱的人。不晓得那边世界的规矩是不是这样的,但他打小知道的就是这样。如果是这样,他就亏了,老二秋木头脑一点不木,秋木婆娘更是人精,他们一通乱念叨:爹,来领钱了,爹来吃饭了。这不是自己出钱,老二、老三得福么?爹会不会生气,死了的人脑袋是灌过迷魂汤的,他晕头晕脑地把厝坟的好处全给他们,这就是猫儿搬甑子,白帮狗做生了。

秋石头晕沉沉的,吃饭就没有胃口。刘家冲的秦仲元说秋石咋不吃,恁好的肥砣砣肉不吃,怕是昨晚吃你婆娘的肥坨坨吃饱了。秋石说我才吃你婆娘的肥坨坨,巴掌膘,白得晃眼睛。大家笑起来,笑得喷饭。

吃完晚饭,来培训的村干部相邀着去打双Q了,也不晓得这玩意咋会这样迷人,到处都在打双Q。秦仲元来约秋石,秋石说你们打,你们打,我到乡场上逛逛。秦仲元说秋石,你狗日怕是去会老相好,吃饭时你不吃肥砣砣肉,怕是去补课。秋石没心思和他开玩笑,说去去去,去打你的双Q,我真的是去逛逛,买点东西。

秋石走在去乡场的路上,全乡只有这里铺了一条两里长的水泥路,水泥路也叫得怪,上面把它叫成卫生路。走在卫生路上确实舒服,脚底板平展展的,走着一点不颠簸,书记和乡长走路爱背手,一背手就有领导的样子。可叫他们到望云村去背,一走一颠连身子都站不稳,不是成了旱地鸭子?乡场上的商店还开着,电灯明亮亮的,商店里的货物五颜六色直晃眼睛。其实那些货也是价廉的货,就像下等的鸡涂了厚厚的胭脂等着以低廉的价出售。但不管咋个说,方圆百里,就是这里有电灯,有电话,有水泥路,有商店。乡政府就是乡政府呵。再穷的乡,也有小车,虽然是越野型的吉普车,始终是车呵。书记、乡长各开着一辆,那车虽然蒙满灰尘,但威风得很哪。汽车喇叭一响,他们就会死劲赶回遥远的村里,就知道是书记或者乡长来了。书记和乡长的家都安在城里,他去年去送土特产时见过一次,是独立的楼,三层,从里到外铺满把眼晃得生疼的瓷砖。屋里的摆设就不消说了,秋石也说不完全,说不清楚。只是坐在沙发上有些晕眩,有种虚脱的感觉,连气也出不均匀。乡长婆娘出来了,穿着啥他都没敢看清楚,只是觉得像电视上的影星出场样炫目,只是人家冷淡得很,看了看他送的东西,用脚扒扒,再也不说话。

电灯把秋石的影子拉长,那影子在水泥路上飘忽不定,把他搞得神思恍惚,恍惚间他觉得自己变成了乡长,他的手也不晓得啥时背过去了,他走得很稳,当领导一定要稳,不能咋咋呼呼,惊颤颤的。说话要慢,想好再说,多说研究、研究,商量、商量一类话,多拍村长、副乡长们的肩。当然也要有威信,发脾气发一次就一次,能镇得住人,不能多发。到县上要勤走动,哪些领导多走动,哪些少走动,也有讲究哩,也是学问哩,也……突然,他清醒过来,一个路上的石头硌了他的脚。他清醒过来,心里既失落又气愤,狠狠地把那石头踢飞了去,踢得脚尖生疼、生疼。

一阵惆怅漫上秋石的心,这股没有抓挠的惆怅使他烦躁起来,他再也没心思看乡场的夜景。他突然觉得他应该立即回望云村去,今天是头三的第一天,一切还来得及,有的事情过去了再来后悔就是白搭。譬如今天晚上,自己不去,恐怕以后会悔青肠子。

秋石返回乡政府,向正在打双Q的秦仲元借了一百元。秦仲元说秋石,你怕号下一个鸡了,是不是星语发廊开张那家。秋石发急,去你妈的,我号上你婆娘了,拿你的钱去嫖她。说完急忙奔出来,他怕秦仲元不饶他。

秋石悄悄溜出乡政府,他在食堂里跟炊事员老张借了个背篓,上街去买祭品。刚走到乡街上他就后悔了,乡场上他认识不少人,如果他去买祭品,岂不是引人注意。他是打算连夜去、连夜回的呀。想想,他加快步伐,向街上的录像厅赶去。录像厅的老板白菊是他初中的老同学,他和她一起在乡上的中学读了三年书,他一直暗恋着白菊却不敢说。不要说过去,那时秋石是个打着光脚,脚上的裂口不断渗出血丝丝,脚背黑得像烧过的木柴,身上挎着一个麻线编的网袋,里面装着几个洋芋的山区小伙子。就是现在,秋石当了望云村的副村长,脚上有了黄胶鞋,还穿了一套蓝咔叽的中山装,白菊对他也是爱答不理的。秋石心里既气愤又失落,每次到乡上又想见她又怕见她。但今晚他必须去找她,请她帮忙买祭品。

白菊见到他比以往多了些热情,白菊说来参加村长培训啦。秋石点点头。白菊说是个机会啰,听说参加的人都是当作村长候选人培训哩。秋石惊诧白菊信息的灵,秋石说不一定哟,差不多的都来了。白菊说你管那么多干啥,你好好干就是了。秋石心里有了一丝温暖。秋石说了找她的意图,白菊说你自己买嘛,你没见我没闲着。说完,她又问谁不在了?秋石说我爹,我今晚上要赶回去祭奠他,这事你莫跟别人说,天亮我还要赶回来哩。白菊接过钱,去了。过一会儿,白菊买齐了东西,将背篓递过去,又将手里湿漉漉的钱交给秋石。秋石说咋能让你出力又出钱呢?白菊说这算我一点心意。秋石的心热了一下,忙匆匆走了。

　　从乡场上到望云村四十里路,四十里路啊,白天也够走的。乡场在大山的半腰,要走十几里路才翻得到山顶。翻到山顶,就全是平缓、冷凉、气温多变的高原顶部。高原贫瘠,但路还是好走,只是遍地的卵石硌脚,难就难在乡上到山的顶部这段路,山陡峭,路逼仄,还要翻过山顶,就到了高原的边缘了。他累得一屁股坐在地上,背篓里沉沉甸甸的东西压得他喘不过气,背篓带勒得他的手臂子生疼,他坐在被夜气打湿的地上半天爬不起来。他想到爹,想到乡场,还想到开录像馆的白菊。白菊的影子在他眼前拂也拂不去,白菊递给他的钱他一直攥在手心里,他舍不得将钱放进口袋,那张挺拔的百元大钞带着白菊的体温,在他手里温润无比。他张开另一只手,两只手合拢来,在那张钱上来回地摩挲。

　　谁知秋石却在平缓的高原上跌了一跤,这一跤还跌得不轻。秋石背着背篓走在寒风凛冽的高原上,他摩挲着那张有着白菊体温的钱,头脑里空空荡荡,恍恍惚惚的。谁想走过悬崖没摔跤,却摔在高原上了。那是一条干涸的沟,被洪水季节的暴雨冲刷成一条深深的沟。他想也没想就连人带东西摔进干涸的沟里去了,沟底尽是大大小小的砾石,他跌在沟里半天没回过神。等他觉得手上、膝上疼得不行时,他才觉得手上、脚上是湿漉漉的了。他知道这是血,血使他一激灵站起来,他把手凑近鼻子,他闻到了浓浓的腥味。血的腥味倒使他激奋、昂扬起来,他摸索着找到那张钱,找齐东西,顾不得疼痛,快快地朝村里走去了。

　　他到村里时鸡已叫头遍,他没惊动任何人,连自己的屋也不进去。点燃了蜡烛,他看到偏厦里爹隆起的坟堆前,整整齐齐地摆着各种各样的供品,他拿钱去买的供品一样没少,甚至还多出了一堆白晃晃的东西,那是鸡蛋,是秋木屋里的鸡蛋。老二婆娘养有几只母鸡,平时一个鸡蛋也舍不得吃,全攒起来去乡场上卖了,买些煤油、盐巴,买点娃娃的作业本、铅笔。爹平时爱吃鸡蛋,但老二婆娘从来舍不得像像样样地拿几个鸡蛋给爹吃。今晚倒好,供品没有一点偷工减料,还像像样样拿出十个鸡蛋。秋石心里有些感慨也有些失落,他晓得秋木和他婆娘也是费了心机的,他们为了爹可能给的福分,割肉样把鸡蛋也割下来了。他想多亏自己赶了来,否则,吃了迷魂汤糊里糊涂的老汉就分不清啥了。

　　秋石正在撤老二他们上的供品,这些供品在昏昏沉沉、摇曳不定的蜡烛里闪着幽晦的光,光里是幽幽的香气,连秋石都忍不住流下了一嘟又一嘟的清口水。在乡政府吃坨坨肉他当时没心思,走了这么远的路,又跌了一大跤,他真是饥肠辘辘了,肠胃的痉挛使他真想痛痛快快地吃点供品,但是他却不能。望云村有奇怪的风俗,供品供给先人就是先人的了,供完再吃,就得罪先人了。秋石忍了饥饿去摆供品,突然觉得背后有沙沙的像猫一样滑动的声音,他的背脊一下就凉起来,莫非爹等不得来了?等他回过头时,看到一双又黑又脏的小手在拿他撤去的供品,那手急促地伸出急促地缩回,马上就听到急促的食物的咀嚼声。这是小顺子,老二秋木八岁的儿子。

　　小顺子闪烁着惊恐不定的贼溜溜的眼光,他来不及多加思考,把一块腊猪头肉拼命塞在嘴里,那块肉太大,撑得他眼睛鼓得死鱼眼睛一样突出、翻白,两个腮帮像塞了两个硬核桃,连搅动一下也不可能,憋得他几乎背过气。他过去给小顺子几巴掌,又帮他把嘴里的食物抠出来。几乎憋过去的小顺子才顺过气来,刚顺过气来他又去抢秋石手里的肉,他说大爹我饿。秋石将他嚼过的沾着唾液的食物还给他说吃慢点,咽死你杂种。

小顺子猫一样悄无声息地消失在稠密的黑夜里。秋石透了口气,他看看被小顺子撕烂的腊猪头,他有些高兴,狗日的,我看你供,供也白供。但他的肠子痉挛起来,肚里也疼起来,别说小顺子了,连他都想抱住那煮熟的腊猪头狗样的疯啃,但他毕竟不是小顺子,他忍住满口乱跑的清口水,忍住肠子的痉挛、疼痛。摆好供品后,他就恭恭敬敬地跪下去,在幽冥的蜡烛前,开始他的祈祷。他的祈祷是独特的,他不说话,听说只要心诚,人能通神,祈祷些什么,他知、爹知、神灵知。

　　天亮之前,秋石赶回了乡场。他在乡场后的小河里洗了脸,借着微曦,用手指梳理好头发,把身上的土认认真真地蘸着水拍干净。他不想回寝室,这时回去会被同室的人追着问这问那的,他想过一会儿直接去教室。他坐在河边的一块石头上,一坐下去他就睡着了,他太累了,来回近百里的山路呵,真是要人的命。

三

　　半年多过去,秋石果然当了村长。

　　那天秋石起来撒尿,本来他家床头就有一只尿桶,尿桶里的尿积了半桶了,一家人都在里面屙,山区寒冷,每家的土屋都不兴开窗子,那尿的臊臭气熏得人直呛脖子。好在大家都习惯了,千百年都这样过了,也没灾没病的,习惯就好了。可今天秋石却不想在尿桶里撒尿了,拿着那玩意朝尿桶里冲,声音哗哗响不说,还冲起浓稠黏绵的冲天臭气,那臭气在不通风的屋里半天散不出去的。秋石突然不愿撒了,他宁愿到屋外去撒,这些日子他过得很苦很累,但心里充实,总觉得前面悬着一个什么东西,这东西离他越来越近,似乎伸手就可以得到,但始终没有得到。他不懊恼,相反更有精神。

在墙根撒完尿,他回过头,厝爹的那间偏厦黑漆漆的,浓重的夜色使那里照样黑稠如汁,但那偏厦的上面,依稀有了一抹亮色,亮色像夜的伤口,血红血红的。只是瞬间的事,那一抹亮色就扩大了,红色像雨样纷纷扬扬散播。这是从来没有的事。望云村在寒冷的高原上,早晨经常被海罩大雾笼盖着,人与人隔两三步就看不清。今天咋会出现这奇异的亮色呢?那方向就在望云湖,他的心情立即好起来,他趿着鞋朝望云湖边走去。

望云湖边湿漉漉的,海罩将湖边的地气扯上来了,走在上面湿润、舒服,人就是要靠地气养着,望云村太干燥,养不住人呵。他看到湖里奇异地没有海罩,水面亮晶晶的像块擦拭得一尘不染的玻璃,望云湖上空那抹血红,依然还在,只是没有继续扩散的意思,那血红还是那样惊心动魄地血红着。一抹血红自然不能使望云湖燃烧起来,望云湖还是那样静谧而神秘地融入冥冥微黑中。但是,秋石却听到了鱼的跃动声,只是那跃动声是微弱的,沉闷的,持久而坚韧的。望云湖是太深、太深了。望云湖是太冷、太冷了,鱼的跃动是何等地艰难。听刘大毛说他曾看见望云湖的鱼跃出湖面的景象,那是他酒醉后在沙滩上睡了一夜后看到的,鱼们像一枚枚湖底抛出的白色石头,噼啪噼啪抛出,噼啪噼啪落下,场面壮观极了。刘大毛说狗日的些一个也不跳到沙滩上来,跳上来就好拿去换酒喝了。刘大毛说说也就说说,没有人去跟他计较,大家都在为填满肚皮发愁,谁有心肠管你鱼跳不跳。

今天秋石倒是满怀信心地希望湖里的鱼跳,鱼跳是个好的兆头。由此他想到了厝在爹棺材下的那尾红鲤鱼,不晓得那尾在没有光线、没有空气、黑漆漆的棺材下的鱼还活着没活着,这是一个至关重要的事。爹死了已经大半年,大半年不是个短日子啦,人要是在那样的环境里,一时半刻也活不了的。鱼就能活一年么?他不禁为那条鱼的命运担起心来,那是一条鱼么？其实这条鱼已经不是鱼,是他的命运,是他的未来,把命运系在一条鱼身上,是太悬乎了,如果那条鱼死了呢。真的死了,他不知怎么面对这个残酷的事实,他的一生,他这个家族,还有奔头么？想到这里,他觉得他的一身虚飘飘的,浑身没有一丝力气,风吹过来,穿越过他的身体,他的身体似乎是空洞的,风竟然在他的肋骨和肺叶上吹奏出沙沙的声音,像风从草尖上吹过的声音。

还好,湖面上有了鱼跃腾的声音,他看不清有多少鱼在跳动,但他听得到鱼挣脱水的重压后跳出水面,又跌落在水面的啪啪声。这声音充满生命的激情和灵动,使他摆脱了刚才的沮丧和失落,他在这种声音的冲击下又感到充实和欢愉。

选举是在村里的空坝处进行的,属望云村管辖的几个村的村民都来了。他叫人从村小抬来一块龇牙咧嘴的黑板,像模像样地选出记票员和监票员。乡里的王副乡长作指导。出人意料,和另一个村长候选人相比,他的票数远远超过了那人。当王副乡长宣布选举结果时,他的眼里出现了早晨深厚的天空中出现的那抹血红的云,耳里尽是望云湖里鲤鱼跳动的啪啪声。

望云村没有由来地下了一场冰雹,冰雹下得密集,冰雹大得像望云村的洋芋,个个有鸡蛋大。望云村的洋芋从来没超过鸡蛋大,鸡蛋大的洋芋在坝子里人是不吃的,只留着喂猪,但在望云村就珍贵得很了。鸡蛋大的冰雹在望云村其实不能算灾害,早在冰雹之前望云村的地里就没有收成了,白盐似的霜凌早将望云村的荞子和洋芋凌糊,地里是连叶片也捋不到的了。下冰雹是望云村少有的,望着密密麻麻的冰雹,新任村长秋石脸上挂霜,心里却高兴透了,这场罕见的冰雹帮了他的忙,他有机会向上面要钱要粮了。

秋石向乡上去的时候是骑了马去的,村里就只有七爷有马,七爷年轻时当过马锅头，对马情有独钟。这马从来没见七爷放养，也从来不见马圈，它到底是七爷原先那匹马的第几代，它在何处觅食村人一概不知，只知道七爷确实有马。秋石上路时见七爷门前突然卧着一匹马，秋石还在出神，七爷嘶哑的声音就从黑漆漆的屋里传来，骑上马，走得快些。话才说完那马就从地下跃起，来到秋石面前。秋石手里提了一包冰雹，他用帕子包着怕融化，骑上马他心里就踏实多了，用不着担心冰雹会在路上融化掉。

  乡里领导知道情况后和秋石一样高兴，只是脸上比秋石肃穆、冷峻。乡长立即叫乡文化站的老陈随秋石下去，乡里只有老陈有照相机，乡长说你给我把灾情全照下来，地里的庄稼，砸坏的房子，受伤的人一样不少，胶卷不够去买。老陈随同秋石回到望云村，老陈一路照下去，地里密密匝匝的冰雹一片狼藉，连洋芋棵子、荞子叶子也见不到一片。村里原先塌了顶的几间草房，被老陈全照进去了。刘大毛喝醉酒了卧在一条干沟里，头上、脸上、手上都被冰雹砸烂了，刘大毛用些破布把自己缠得像台儿庄下来的伤兵。秋石见他跟着凑热闹，叫老陈为他拍照。刘大毛死活不干，说丢望云村的底哩，他不愿用这样的照片影响望云村的形象。秋石说你那样子有鸡巴的形象，快来照，照了我有酒。刘大毛一听有酒，嘴里的哈喇子就淌出来了，屁颠屁颠地跟着照相。

  望云村的灾情闹大了，县里的记者来望云村照相、写文章，连电视台的也拍了镜头。他们来时发现那里瘦骨伶仃的草都被冰雹砸坏了，瘟头瘟脑地、可怜地伏在地上，看得人心疼。电视一播，报纸一发，引起了县里领导和社会各界的关注。县里的领导都知道望云村是有名的穷村，十年十灾甚至十年二十灾、三十灾，但多是霜冻，历史上还没下过冰雹。这不同常规的灾牵惹了上上下下的心，县里的领导责令有关部门拨出救灾专款、救灾粮，同时动员社会各界募捐。那些天县里正在召开个体私营代表会,个体私营的大小老板们看到了望云村灾情的电视报道,深为大山深处的贫穷和灾难忧心,加之政协要补充一部分个体、私营老板作政协委员,他们募捐的热情和积极性空前高涨。腰杆粗的底气足的老板不耐烦捐些叮叮当当的劳什子,他们摔现金,有人摔出三千就有人摔出五千,有人摔了五千叉着腰洋洋自得一脸豪迈伟人状,这就激怒了另外的人,妈的,不就是五千吗,牛 B 啥,老子八千。这种攀比风使得做小买卖的小业主羞愧无比,他们赧着颜悄悄溜走,但他们又不能没有表示,于是他们清理仓库,把卖不出去的衣裳、裤子、鞋子、书包、挎包、公文包、剃须刀、三点式泳装、乳罩、护肤霜啥的都清理出来,折合成人民币,这样以实物充抵,他们捐的数额也就很可观了。

救灾的粮食、物品包括现款,都由一位分管的副县长率队送来了,他们的车队在乡政府作了短暂的停留,吃了饭,就直接开到望云村。望云村的村长秋石在人群里显得格外打眼,吃饭时书记和乡长把他从另外一桌扯来,要他陪副县长和县上的客人喝酒,秋石局促着不肯过去,乡长说你鸟人,县长他们为你送钱物来了,你连酒都不肯敬一杯?秋石忐忑着挪过去,副县长还不等他敬酒,举杯说你是望云村的村长,我敬你一杯,你们受了灾,县委、政府、社会各界都关心着你们,你要多辛苦点,带领受灾群众自力更生,生产自救。秋石嗫嚅着说谢谢县长,我就是脱层皮也要把救灾的事做好。副县长说好、好……有这句话就够了。副县长对乡长说他我怎么没见过。乡长说才选上的村长。副县长说好,我看这村长人老实、诚恳,好好培养,好好培养。

副县长的话,使秋石受到震撼,他觉得心里哐啷一声巨响,他的脑海里瞬间一黑,在黑沉沉之中,他看到了厝爹偏厦上空那抹血红,那抹血红酽酽的,红得人心慌、头晕,听到了望云湖沉沉黑幕中鱼的跳跃声。爹,你受苦了,这一切,不都是你的荫庇么。

副县长不经意的话被大家听到了，大家虽然想法不一，但都觉得秋石狗日的咋这样顺呢？遭了灾倒引起上面的重视，真是莫名其妙。尤其是副县长带领的车队经过乡街子，一个乡场都沸腾了。他们从来没看过这么多的花花绿绿装满东西的汽车，他们尾随着汽车涌进了乡政府大院，他们边看边羡慕，咂嘴舔舌，说穷有穷福，望云村屙屎不生蛆，却比我们得到的东西多。有人说老江，不怕你开商店，车上那些东西你怕连见都没见过。老江不服气说我没见过。我总比你有，你连买包洗衣粉都要被你婆娘吵三天。那人说你连赊包洗衣粉都不赊，害着我吵。有人说人家被冰雹砸了，你有本事让冰雹下到你家门口。有人说好稀奇，这些东西也不消灾。

白菊也随了众人来看热闹，白菊不同于众人，她矜持，她远远地看，不声不响。白菊怎么能随乡场上的那些衣衫破烂、酸臭熏人的婆娘一起去看、去讲、去羡慕呢？她穿着素雅、整洁的衣服，她本来是不爱随了大伙看热闹的，但望云村得了这么多的东西，这么多的粮食也是她想不到的。听说还有现金呢。白菊心里就动了一下，这是望云村的呀，而望云村的村长不就是秋石么？如果是别人，她大概心也不会动，跟她有啥关系呢。

秋石出来的时候，被一大群人簇拥着，他们打着饱嗝、喷着酒气，兴奋地向秋石问这问那，眼里尽是羡慕和尊敬的眼光。秋石仿佛不是那个遭了灾的望云村的村长，反而是什么抗灾英雄、抢险模范似的。大家也不是不知道底细，但大家服的就是硬扎扎的钱，就是看得见、摸得着的东西，贫穷的山区人的眼光锥子样毒，一下就扎到问题的实质了。

白菊和秋石的眼光相遇了，白菊不说话，秋石更不好说话，但啥话都说了。秋石心里一股暖流汩汩而下，他的心和他的身体都有了微妙的变化，他明显地感到，拥有白菊是不远的事了。

秋土回望云村已经半年了，秋土在乡上的中学读书，乡场上的教育质量可以想象的,他考不上高中和刘大毛讨不到婆娘一样合乎情理,考上了倒会使许多人瞠目结舌。秋石要让他上,秋石说你再读一年,我支撑着。秋土说不是支撑不支撑的事,我确实考不上了。秋石想说怕啥哩,咱还有爹哩,难道厝他白厝了。才这样想,他就赶紧打断自己的念头。秋石说不上就不上,那你回来干啥呢?秋土说村小不是没人么?小刘老师走了一年了,总不能让望云村的娃娃全是睁眼瞎吧。秋石想想也是,村里再没有谁合适的了,教教泥猴样的娃娃,混混日子罢。

秋土教书倒真的认真。望云村从来没把读书当作一回事,能读出啥道理来么?就是读得像秋土,不也回来啃土疙瘩么?多少年过去了,日子荒荒的,漠漠的,好也好不了,坏也坏不了。人是经常饿着的,可也没饿死人,时候差不多了,肠子快贴着肋巴骨了,上面的救济粮也来了。你下地狠起命干是这样,你在墙根角捉虱子冲壳子打瞌睡,不也一样么?秋土不管不顾,秋土执拗得很,他一家一家上门去动员,实在不来的,他就让秋石去动员。秋石才不耐烦动员,秋石说大家听好,不送娃娃来读书的,一律不发救济粮。这话比皇帝颁圣旨、比上级发文件强,所有该读书的娃娃全来了。石柱家婆娘还问,是不是多来一个多发一份,我家小四、小五都想来哩。

也不晓得啥邪劲,秋土确实和望云村的娃娃较上劲了,他把自己的那点代课金全部买了课本和本子之类,他那点钱自然是死水经不住瓢舀,他就想尽一切办法搞好教学,本子不够他就让望云村的娃娃去外面写字,望云村没有本子有土地,全是沙地,每人占住一块地面,用棍子在上面写字。于是望云村出现了一幅这样的画面,空旷的光秃秃的地里几十个娃娃蹲在地上,以天为教室,以地为本子,别别扭扭,笨笨拙拙,认认真真写字。秋土在空旷的沙地上跑来跑去,帮这个讲解,帮那个纠正,累得气喘吁吁。

每次的祭奠秋土也去。但秋土觉得祭奠的次数太频繁了。这个决定是秋石定的,秋石自从当了村长以后对祭奠越来越执著,越来越痴迷,秋石觉得祭奠越勤,效果越好,就像一个人一个月发一次工资和一个星期发一次工资效果不一样。秋石还认为爹手里阔绰好办事,棺材下的那条鱼,那条维系希望和命运的鱼和爹手里的阔绰是有关的。

　　秋石擅自缩短祭奠的时间引起秋木的不满,秋木心里想你这不是要独占爹的阴福么?你是村长你有钱,而我呢,除了吊在下面的玩意随时都摸得到,其他就摸不到了。秋木的婆娘更是愤慨,这不是明显地欺负人么?原先奠祭是合在一起的,现在秋石提出各家祭各家的。合在一起还可以蒙蒙地下的死人,分开就难得说了。秋木婆娘是个吝啬的人,望云村的日子不得不让她这样。但秋木婆娘又是个倔犟的人,说好听点是有骨气,说难听点是茅厕里头的石头又臭又硬。秋石这样一做,倒使秋木婆娘已经渐渐淡下去的虚火提了起来。她把家里能用的都用上了,能卖的都卖了,还去娘家舍嘴失脸地要钱要东西。那天去坝里娘家回村来,经过七爷的土屋,那时天已黑了,七爷的土屋倚着土岩像座古墓。秋木婆娘历来有些怵七爷,她觉得这枯朽的人到底是人是鬼谁也说不清,神神怪怪的。她想快步走过土岩,那弥漫着阴气的土屋里突然传来声音。秋木家的,那鱼要应在你家大娃身上,切记,切记。秋木婆娘开头毛骨悚然,等听得明白了,她的心一下狂跳起来,血朝脑门上冲,眼前一片漫天的血色。她扑通一声跪下,我记住了,记住了,记住了……

　　秋木婆娘从此变得疯了一般,家里已经丢个石头砸不到啥东西了,除了四堵漆黑的土墙要啥没啥,她跑娘家也跑不起了。娘家人的脸色越来越难看,最后直接拒绝她再来。那晚的祭奠她受到强烈的刺激,秋石家的祭品样样齐全,而她家只有几个洋芋和两个鸡蛋了,鸡蛋原本是攒了三个的,不想被大娃追在鸡屁股后硬把鸡蛋偷来吃了,大娃那次其实已偷吃过祭品,但以后再也偷不到了。饿极了的大娃花了半天的时间吊着那只老母鸡,比现在城里的小伙子吊心爱的姑娘还耐心。出奇的耐心终于有了出奇的结果,那只老母鸡才趴在地上就被他抱住,硬是将才屙出半截的鸡蛋从鸡屁股里抠出来吃了。不经意中发现了这一切的秋木婆娘气得吐血,她过去就给大娃屁股上一脚踢了个狗抢屎,气愤当中又将大娃提起来猛抽他的耳光,你吃,你吃,你吃个够,等扇得手都木了才觉得大娃脖子软软地耷下了,吃进去的鸡蛋顺着嘴淌了出来,像金黄色的鲜血。她才猛醒,这是咋啦,七爷说好运要应在大娃身上的呀,我是疯啦,我咋这狠心。她抱着大娃又哭又揉又拍,心疼得血珠珠直冒,好半天大娃才醒过来,她已经伤心得心都麻木了。

打工去,秋木婆娘下了决心让秋木打工。她的一个本家兄弟在城里当小包头。秋木不愿去,秋木没有任何特长,没有技术不说,秋木还是病秧子,一个大男人连皮带骨、连毛带屎不到一百斤,挑沙浆挑土方搬水泥这些活他干不了。秋木婆娘中了邪样执拗,天天和他吵,天天拿话刺激他,秋木在家受不了,秋木挟起个薄菲菲的背包进城打工去了。

秋木的血汗钱,全被婆娘拿来买祭品了,那次秋木婆娘拿到钱时,明显地感到钱上有隐隐的暗红色的血痕,她一阵心酸,流下眼泪。流过眼泪后,她又想,这钱,不像秋石这砍头的钱,他当着村长,吃众人的,喝众人的,等我家大娃成了器,当了比他更大的官,让他给老娘修新房子,穿缎子衣裳,天天往家里搬东西。

秋土没成家,秋土就可以免去了买祭品的责任。秋石婆娘就这也有意见,说秋土又不是晚老爹养的,他也该尽份责任。秋石说你才是晚老爹养的,你妈才是招晚老倌的。秋木婆娘怕说漏了嘴,就不敢再吭气了。

但秋土却不争气,秋土背着秋石婆娘经常找秋石要钱。秋石说你不要瞎子点灯白费蜡了,村里这些娃娃读得出书来,我拿手掌心煎鱼给你吃。秋土的脸一下子白了,白了又青了。他的眼珠一下子就血红了,红得喷血。秋石懵了，他不明白怎么这样一句话就惹恼了秋土。秋土考高中时他的老师就对他说过这样一句话，为这句话他发过血誓、赌过毒咒，要让望云村的娃娃读出书来。

四

秋石因为望云村的这次冰雹变得很有威信起来，秋石因为望云村的这场冰雹变得富足起来。自从爹被厝以后，这种预兆似乎没断过，刘大毛不会水，但鱼却往刘大毛嘴里塞，往他手上钻，这不是预兆么？厝爹的那偏房后出现了那道殷红的血痕，望云湖的鱼在暗红色冥蒙中啪啪乱跳后，他不是就当上村长了么？就连从来也没下过的冰雹，也下了。下了冰雹，就带来好运，其实老天不是下冰雹，是在下钱、下粮、下东西啊。

有了钱，有了粮食和物品的秋石威风得很，他不想威风也得威风，他的腰杆就像吞下扁担想弯也弯不了。他走到哪里都有人跟着，一脸粲粲的笑。石柱婆娘在村里算是有点姿色的，就是太肥胖，每次见到他都把那肥肥的腰扭得叫人心烦，故意撩起衣襟给娃娃喂奶，那奶确实是肥肥的、颤颤的、乱蹦乱跳的，她还故意说快吃哟，不吃叔叔要吃了。秋石说只有猪才吃你的奶，留着给你那小猪吃。石柱婆娘说村长你吵我是母猪，我看你还像公猪呢。秋石不愿和她斗嘴，放在过去他愿意，放在现在他就没得心肠。

望云村这次到底得了多少钱多少物，谁也不知道。秋石倒是把不少物品、衣物分给望云村和望云村管辖的几个村子，望云村自然分得多些。其他村的人不服，骂骂咧咧，分到不少东西的刘大毛将酒喝透了，说你们吵个毬，你们得了这么多东西还不知足，以前你们哪时候得过东西，不是秋石当村长，你们有个毬。

秋石去了一趟乡上,最近也没啥会,但他老是想去,他隐隐约约地感到白菊对他的依恋,那天在乡政府大院,去看热闹的白菊没和他说过一句话,只远远地投过来一瞥热辣辣的目光,那目光穿过围观的人墙,传过来仍然热辣辣的,灼得他的心滚烫。这是他期待多少年的目光呀,他的目光是越来越短,越来越冷了,连自己也丧失了信心。谁曾想在他的目光熄灭时,白菊的目光却灼灼燃烧起来了。

白菊的爹,是乡供销社的营业员,这个职业在过去很长一段日子,足以使白菊成为他们这个班最骄傲的公主。这以后,白菊又开过杂货店、录像厅,而秋石呢?望云村的秋石从过去到现在,只敢暗恋白菊。

秋石现在有足够的条件装扮自己了,从城里送来的捐赠物品中,有不少是平时老板卖不出去的东西,而这些卖不出去的崭新的物品,放在望云村就是最奢侈的物品了。秋石在存放物品的保管室尽可随意选择自己喜欢的服装,光是西装就有几大麻袋,他反复地比试,挑选自己喜欢的颜色和款式。送来的东西啥都有,就连衬衣、领带、皮带、皮鞋甚至短裤都一应齐全,秋石换完之后找了面镜子调试自己。这一看,连他自己都被自己感动起来。秋石其实是个蛮不错的汉子,苦涩的日子如高原上厚厚的灰尘将他湮没了。他暗暗骂道:人是桩桩、全靠衣裳,日他妈的,穿上了,也就人模人样了。他还为找送给白菊的东西费尽了心思,白菊虽然住在大山上的乡场上,白菊却不是那种没见过世面没有品位的女人,送给白菊的东西一定要合她的品位,不要让她不高兴。

一身新装的秋石悄悄摸出村去,他这身行头被人看见是会大吃一惊的。路上尽是鹅卵石,穿着新皮鞋是很硌脚的,不一会他的脚就受不了了,像穿着钉满钉子的鞋,火烧火燎疼得不行。但他还是不愿脱下鞋来,穿着西装打着赤脚成何体统呢?走到乡场边他已经一身的灰尘,手一抹就是一手掌的黄灰,他想这高原硬不是人住的,就是有了好衣裳,也是穿不出个好来。

在乡场后的小河里,他洗了脸,洗了头,又将一身的灰掸尽了,天也就黑定了。傍晚的小河水是凉冰冰的,山风是刺人肌肤的,秋石心里却是滚烫的,一想到激动人心的时刻,秋石觉得全身有了异样的感觉,就是猛烈刮来的冷风,也消除不了这种感觉。

秋石终于在白菊屋里坐定。白菊的房子虽然也是黄土春的土房,但却打上了水泥地,吊了简易的顶,墙白得刺眼,还摆了一圈四川木匠来山里做的沙发。秋石想到自己的家心就烦,屋里永远跑着几只到处乱屙屎的鸡,屋的后半截躺着两头猪,人吃洋芋从中间咬,剩下的两头反手甩给猪吃,屋里永远是猪粪、鸡屎的浓烈气味,这是一种富足的象征,村里多少人嫉妒得眼珠滴血呢。再想自己的婆娘,他就不愿想了,想起来真是恶心。

白菊今晚穿得很惹眼,其实她平时也是这样穿的,乡场上像她这样穿的人不多,她一走乡场上过就将许多男人的眼珠吸引过来,他们一边吐唾沫一边不眨眼地看,眼珠子像子弹样射落,溅得乡街上那条水泥路火花四起。白菊今晚穿的是一条洗得发白的细腿牛仔裤,发明牛仔裤的人可能首先想的是干净利落,便于做事,没想到牛仔裤却把性最大限度地突显出来,穿着牛仔裤和紧身衬衫的白菊在屋里走来走去,她忙着给秋石沏茶和张罗吃的。也许是她心里激荡着一种强烈的情感,也许是秋石自己品咂出来的滋味,白菊走动时一身的肌肉都紧绷绷的,充满弹性和灵性,白菊紧紧绑在肉色衬衫里的奶子,活蹦蹦地颤动,像要挣脱胸罩的束缚而接受爱的抚摸,白菊修长的腿和浑圆微翘的臀部,随着她的走动而呈现出诱人遐想的微笑。坐在沙发上的秋石被撩得浑身冒火,他感觉到小腹下面的裤子被顶起来了,他很尴尬,忙把双腿并拢,并将双掌的手指交叉,覆盖在突兀而起的山丘上,眼睛望着电视,脑里却在绞杀。

白菊的男人是个司机,跑山路翻车死了。白菊也没再嫁,乡场上入她眼的几乎没有,她就靠开着一间录像厅维持生活。

一切事情都在预料之中,当秋石急吼吼地将白菊抱到床上时,白菊却不让,白菊要他洗了澡再行事,秋石怎么掰也掰不开白菊护在小腹下的手,只得快快地去洗。洗得秋石浑身冒火,兑了多少冷水都嫌热。快洗完时,白菊知情知意地进来帮他擦背,他一把揪住白菊的手去按下面直撅撅的玩意,又把湿淋淋的手伸进白菊的衬衫去捏那温热饱满的乳房,白菊也被他捏得脸色潮红,呻吟起来,说你真是个发情的公狗,等烧不等煮的,秋石急得连身上的水也没擦,抱着白菊就倒在床上。

山崩地裂,石破天惊,一切都平息时,白菊说你给我带来啥礼品?秋石顾不得穿衣服,来到客厅把带来的一大堆衣服、裙子、鞋子,甚至还有一盒化妆品统统倒出来,说全送你,我要把我的小心肝打扮成最漂亮的人。白菊也白白地赤裸着去翻摊得一床的东西,翻了一阵,白菊的脸一下就冷了下来,你就送我这些东西?你想用这些东西蒙我?你也不看看,这些都是卖不出去的伪劣产品。白菊说完猛地倒下,侧身而卧,脸丧得拧得下水来。秋石刚才的一腔热情一腔讨好以期换得白菊喜悦的心情,一下也降到冰点。

秋石刚才品尝了真正的欢乐,白菊暖暖的潮湿的脸,白菊香喷喷的身体,白菊充满激情的投入和失控的呻吟,让秋石激动万分,留恋万分,心想活一辈子也值了。见白菊噘着嘴万分娇怒的样子,秋石爱怜不已,忙掰过她的身子,好言好语地百般哄她,同时还把手伸去摸那温润而充满弹性的奶子。白菊一掌打开他的手,不让他摸。秋石讪讪地,说你要啥呢?要星星、要月亮?只要我能办到的,我不去办就不是人养的。白菊转过身来,真的?说话算数?秋石说真的,男子汉大丈夫,说话能不算。白菊说那好,你也知道,我那录像店是办不下去了,山区人穷,一晚也就是几个人看，街上的几个混混还不开钱。我想开个药店，山里买药不方便，会有生意的。秋石是聪明人，说那需要多少钱呢，多了怕办不起来哟。秋石想如果是千把元，他扎紧脖子、敲骨吸髓也要拿出来。白菊说也就差两三万，上次你们受灾，上面不是拨了款，私人也捐了款么？你借给我，我会还你的。秋石惊得差点跌下床，两三万，妈吔，在望云村是个天文数字呢。这就等于造船大王的船全沉到水里去了，这就等于石油大王的油全白烧完了，不跳楼才是怪事。秋石呻吟着，牙齿肿疼起来，吁吁吹气。

　　白菊看着他的样子，白菊说你不要装模作样了，我晓得男人没得一个是好东西，做事的时候天上的月亮树上的雀子都哄得下来，鸡巴一拔就啥都没有了。说着抽抽噎噎地哭起来，哭得很伤心，肩膀一耸一耸的，奶子也随着耸动起来。白菊说你走，你走，就当我白让你玩一回，你以后再也不要想进这道门。秋石看着白菊的剧烈耸动的奶，心里热起来，白菊所给予他的，是他这一生从来没有过的，是他永远难以忘记的。没有经历过这次，他一辈子都安定不了。他真想把上面拨的款和捐的钱借给白菊，但他知道借的含意，借了，还能要么？他也知道这钱的重量，这是从血里榨出来的，从骨髓里挤出来的呵，这钱牵着多少人的生活，甚至是命呀！搞不好，这辈子怕是要蹲在牢房里了。

　　钱最后还是借了。那天晚上秋石硬着心肠从白菊家里出来，连夜连晚赶回村里。他庆幸自己在关键时的抉择，庆幸在泥淖里能拔出脚来。可是后来的日子，秋石却在痛苦和思恋中百般地受到煎熬。尤其是当他躺进湿漉漉、黏糊糊、臭烘烘的被筒里的时候，尤其是挨着一个头发脏得结成饼，一张脸、一双手糙得像松皮，一身瘪塌塌、平叽叽的身子的时候，他就厌烦透顶，恶心透顶；他就一边冷却着身子，一边热着心，经常睡不着觉，在床上欲火烧身，想象着白菊丰满、性感的身子和干净、松软的床。

　　挨了一个多月，秋石实在是熬不住了，秋石像尝到了美味的猫，急不可待地蹿出村子。那块悬在梁上的肉是太诱惑人了，他恨不得马上把它取下来，放开胃尽量品尝。

　　整个过程和上一次一样激烈，比上一次更加投入，更加疯狂，更加销魂。秋石将钱"借"给白菊的时候，白菊两眼熠熠闪光，脸兴奋得通红，抱住他一阵狂吻，服侍他无微不至。秋石半夜醒来的时候，突然想起一件事，这件事使他一下恐慌起来，比当初为借不借钱给白菊还恐慌。这件事就是今天是爹的祭奠日子，祭奠的事在秋石心里比啥都重要。就是在乡上参加村长培训班，他也连夜连晚赶回去。而这一次祭奠，怎么会连想也没想起来呢？这些日子，被想恋白菊的欲望煎熬着，成天魂不守舍，晚上睡不着，老是想着那档事。这不，连这最重要的事都忘记了，要遭天谴的呀。如果惹恼了神灵，那尾红鲤鱼活不了呢？那是啥后果？秋石恼恨得狠狠地抽了自己两个大耳光，他的动静太大，把沉沉酣睡的白菊也弄醒了。白菊说你这是干啥呀，你怎么了？秋石不搭话，秋石连白菊也恼恨了，都是这臭婆娘，狐狸精，女人真是祸水呀，撩着你，拨着你，坏你的好事。白菊完全醒了，白菊万分娇憨，千种媚态地把秋石拥入酥胸，白菊是很贪恋床第之乐的人，白菊把秋石的手拉到奶上，又把手伸向秋石的下边。秋石又想起七爷的话，在祭奠的日子里要禁房事，否则将大不利。想到这，秋石恼恨不已，他把白菊的手扒开，浑身软得像面条，软耷耷躺在那里。

　　秋石再也没心思躺下去，秋石连夜连晚赶回村子。到了村边，天又下了海罩（大雾），高原上的海罩浓稠得像一大锅熬骨头的汤，抓在手里都化不开，隔上一步就看不到对面的任何东西，还没到七爷的屋边，浓稠的茫茫的海罩里传来一个声音，罪孽呀、罪孽呀，死人在阴间受罪、活人在人间享乐。鱼活、鱼死；鱼死、鱼活……鱼活、鱼死；鱼死、鱼活……秋石在茫茫的海罩里听得毛骨悚然，那声音幽幽的、飘飘忽忽的、时断时续的，从四面八方包裹着他，他又累又惊恐，啪的一下跪下来，额头重重地磕在地上，叩头如蒜，嘴里喃喃地说饶恕我，饶恕我，上苍保佑、保佑那尾鱼，我愿悔悟，天天上供。

五

秋木的婆娘倒是一直坚持祭奠，她家的祭奠是越来越单薄，越来越少了。但她走火入魔了，她相信七爷的预言，在这样一个贫穷的山村，世世代代没有盼头地熬着，活着也就是活着，活着也跟一棵草一棵苗样，寂寂地生、寂寂地死。七爷说鲤鱼要应在大娃头上，七爷是半个神仙，一只眼通神，一只眼通人，灵得很呢。所以，尽管祭品越来越少，她信七爷的话，心诚则灵。秋木进城打工的钱，她是一分也不敢用的。娃娃些馋极了，饿急了，也任他们去，把钱全用在祭奠上了。

谁想秋木却回来了。秋木是一个下大海罩的天气回来的，还是被人抬回来的。秋木没有技术没有手艺，干的是挑沙浆的重活，每天沿着七八层的楼梯不停地挑沙浆，像蚂蚁样的上去下来，下去上来。秋木舍不得吃，连工地上供应的盒饭也舍不得吃，每盒要三块钱呀。他就吃洋芋，天天在食堂借火烧洋芋吃。活重，没营养，天天硬撑着干。这天撑不下去了，他挑着沙浆爬楼，爬到三层，虚汗直淌，头晕目眩，一个跟头连人带桶栽下去。好在楼层不算高，总算没摔死。老板送他去住了几天院，给了他两千块，让他回来养伤了。

秋木回来，人蔫了，灰心透顶，啥事都看透了，对啥事都引不起兴趣，觉得人如蚂蚁，死了也就死了，想多少前程后事干啥，活一天算一天罢了。秋木婆娘心气高，硬要和命摔跤。她一边服侍秋木，一边一次不少地坚持祭奠。没钱了，她就找秋木要。秋木攥着那点用命换来的血汗钱，攥出血来，一分不拿。两口子为此就经常争吵。

秋土呢，越来越安心地教他的书。秋石当了村长，对他，对这个村小倒是给了不少好处。上次城里人捐的书包、文具、衣物，连一堆可以用几年的作业本，全给了村小。学生些穿着五花八门、式样不一的衣服来上课，虽然不整齐，但新崭崭、厚墩墩的，学校有了生气。秋石还答应到城里去跑跑，请上面来现场办公，争取重新盖个小学。秋土想还是亲哥好，还是有权好，换了别人当村长，能这样吗？所以，对祭奠的事，秋土既不热心也不反对。读过的那点书那点知识告诉他该不信，但望云村是个神秘的村，冥冥中的事谁也不知道，神秘笼罩的望云村到处都有神灵在游荡，不由你不信。

秋木婆娘和秋石吵了一架。秋木婆娘如痴如醉，走火入魔了，她只要一见大娃在，就痴痴地打量着大娃。大娃一天到处疯玩，衣裳裤子被棘柯柯剐得筋筋绺绺，在风中像旗子样翻飞。手脚皴得开裂隙口，血丝丝直冒，头发粘得像鸟窝，里面沾满苍狗子、枯草屑，脸经常不洗，黑得像锅灰，鼻涕流得老长，袖子一撸就剩个白印子。尽管这样，秋木婆娘还是爱得叮心叮肝，她看大娃看啥像啥，天庭饱满，地角方圆，蚕眉凤眼，鼻高而隆，宁欺老杂种，不欺浓鼻筒。谁能说得清呢，朱元璋当年不也是讨饭花子么？不和朱元璋比，起码大小官总要做的。苦日子是熬过来的，做官也要熬，她就是在为子孙后代熬的。熬干心血，熬干骨髓，她也愿的。茫茫渺渺的日子，没个盼头，还过啥呀！

问题就是讲得嗓子出血，吵得卵子翻天，秋木那死鬼硬是不拿一分。眼下连洋芋，连荞子都接不上了，总不能空手套白狼，空口许白愿吧。她为此急得嘴巴结了血痂，她想唯一的，就是去和秋石借了。秋石是村长，上次下冰雹，村里得了不少东西和钱，全是他一人掌着呢。

去找秋石，她留了一个心眼，不能说是借钱买祭品，只能说借钱给秋木治病，自家兄弟睡在床上，总不能不管吧。谁知她一开口，秋石一口就拒绝了。秋石说村里是有点钱，但那是留着灾荒来了买救济粮的，钱借给你你也还不起，你是叫我犯法呀。秋木婆娘说依你的意思，好说让他拖死掉。秋石啥都知道，兄弟家的事瞒得过他么？他说老二媳妇，我说祭奠的事，有多大能力做多大的事，不要硬撑着，只要心头想着就行了。秋木婆娘说你倒会说，不见兔子你会放鹰？你还不是要见到实实在在的东西才办事嘛。秋石恼怒，说你咋这样说我，我啥时要过人家的东西了？秋石婆娘说你不要人家的东西？你去找人还不是要钱跟得上。说的无心，听的有意，秋石一下跳起来，你走，你走，我啥时给人送钱了？你是放屁放惯了，开口就臭烘烘的。不要说我没得钱，有钱也不借给你。你去做白日梦吧，你就是天天烧香，天天上供，你那脓包儿子永远也是脓包儿子。哼，还想和我暗中较劲，笑死人。这话戳到秋木婆娘痛处，她一下子跳起来，拍着屁股，把地跺得咚咚响，稀的脏的骂人的话全出来了，吵得祖宗八代打抖发颤，七窍冒烟。秋石婆娘回来了，秋石婆娘本来就心高气傲，从来没把秋木婆娘放在眼里，见她这样吵自己的男人，气得发抖，立即上去抓住秋木婆娘的领口就打。秋木婆娘猛地被扇了两耳光，愣怔片刻，马上就和秋石婆娘扭打起来。秋石婆娘矮小、体弱，被秋木婆娘打了压在身下，俩人口手并用，乱抓乱挠。秋石见婆娘失利，脸上抓出了血，立即过来掀秋木婆娘，秋石婆娘趁机压上去，把秋木婆娘打了乱叫。

　　这场争斗把秋木婆娘气得吐血，她回家来，蹲在灶边伤心地放声痛哭，哭得揪心揪肺，哭得气绝声咽。躺在床上的秋木知道了缘由，也气得发抖，秋石杂种，你也太欺侮人了呀，不就当个村长么？两口子合伙打自己婆娘，这是牛马畜生干的事。老子再日脓，也不能让人家把屎涂在自己脸上。秋木挣扎着爬起来，眼睛吃过死娃娃的狗眼样通红，他抄起一把板锄就要出去。婆娘紧紧抱住他，怕他伤重人家，又怕他搞出人命来。他反手把抱住他的婆娘甩开,冲出门去。婆娘爬起来追上他,紧紧抱住他的双脚,任他怎样甩也甩不开。秋木气得打了婆娘几嘴巴又打自己的嘴巴,打得嘴角出了血,蹲在地上呜呜地哭。

秋木是个闷呆子,是个在心内做事的人。他在床上睡着,心却被刀搅着。他看着一身是伤的婆娘,实在吃不下这口气。他想秋石杂种不借钱说到底不就是怕厝在棺材下的红鲤鱼灵在大娃头上么?他当个村长就威风得亲兄弟都要欺负,再当上乡长、县长,不是衣裳角角都扇得死人么。狗日的一家现在吃的是啥?穿的是啥?听说还和乡场上的小寡妇白菊姘着。他不当村长,怕连白菊的屁都闻不着,还想压着搂着睡。也好,你不仁,我不义,咱走着瞧,老子要让你后悔一辈子。

秋木要做啥?他已想好了,这事放在谁身上也不可能发生的,秋木决定要做的事,九条牛也拉不回。

秋石呢,自从上次他在白菊那里做了那事以后,百事不顺。他心里一直被那个阴影笼罩着,被浓浓的海罩里的声音惊扰着。他后悔极了,他再也不愿去想他和白菊的事,白菊的影子在脑里一出现,他就拼命驱赶,嘴里呸呸地吐着。他心中的隐患是那件事会不会冲撞神灵,秋石对此事已经看得比命还重,已经深入到骨髓里去。他去七爷那里讨教,七爷骨瘦如柴,声若游丝,七爷半天不讲一个字。等他走远,那游丝一般的声音才远远飘来:去的要去……来的要来……天道如人……人道如天……听着七爷谶语般的话,秋石更是觉得背脊上冷气嗖嗖,出了一身的冷汗。

村里不再下冰雹,还是一如既往地打霜、下凌,这是高原常规性的灾害,年年都在发生。一年发生几次,这就使上面觉得不是一回事。今年的庄稼出奇地好,洋芋和荞子从种下去没打过一次霜,洋芋已经有半腿深了,荞子结满密密麻麻的籽,浆刚灌饱,再过十天半月就可收割了。谁想那天早上一场大霜降下来,遍地白茫茫的,到望云湖去看,冥冥茫茫的雾霭中一抹血红。秋石心中一惊,披在身上的棉袄掉了下来,他来不及捡来披上,拼命朝村里跑,他跑到地里时霜已降下来,遍地的荞子和洋芋的叶片上,一身素缟,像有钱人家出大殡的一片白茫茫。秋石一屁股坐在地上,又惊又怕,他今天早上早起,看到厝爹的偏厦的上面又出现了浓黑中的那道血红。沿着血红的方向又来到望云湖,他当时惊喜不已,预兆又一次来临,会给他带来什么好运呢?现在,来到的预兆却是凶兆,今年的庄稼又绝收了。而绝收后,上面不会再给他一分钱一斤粮了,上次已经给够了。粮呢?早分完了,钱呢?"借"给白菊了。想起白菊和那晚的事,秋石悔得不行,恨得不行,钱是再也要不回来的了,为了那夜欢情是连借条都没的。而一村人等着用钱买粮食,几个村子几百人呀,全村人不把他撕成绺绺吃了才怪。再说,饿死人咋办?只要饿死人他就彻底完蛋了。

  秋石急火攻心,他趴在地上拼命刨土,两只手掌把尽是沙砾的地刨了两个深坑,刨得十个手指鲜血淋淋。他号叫,他咒骂老天,咒骂自己。疯了样撕扯被霜打蔫的庄稼,他脑海里是几十几百个人围追他的场面,是白森森的尸骨,多少骨瘦如柴的手在抓他、撕他,他恐惊地在荞子地里疯跑,打过霜的天空黑沉沉的,浓重的黑雾把天地彻底包裹。他不知跑了多久,终于被一个沟坎绊倒,躺在沟里昏昏沉沉睡去。

  秋石病了,秋石中魔了,他昏昏沉沉地睡在自己屋里,几天水米不进,脸黑如铁,嘴皮上尽是燎泡,干得起火。他一会惊悸地爬起,手舞足蹈,十分惊恐的样子,一会儿又乱喊乱叫,喊些莫名其妙的话,还一个劲地朝被盖里缩,把自己紧紧裹住。

  秋石婆娘又惊又怕,喊来娘家兄弟帮忙照料,又请人去接卫生所的医生。药也吃了,针也打了,就是不见好,秋石还是一阵痉挛,一阵乱叫。秋石婆娘急得直哭,娘家兄弟想起请七爷,秋石婆娘直点头,看来只有七爷能驱灾了。

七爷来了，七爷更瘦更轻飘了，走路像一片叶子样悄无声息，深凹进去的眼紧紧闭着，下巴上的胡须是全白了，七爷一出现大家又敬畏又紧张。七爷进了秋石的房间就将门关了，灯也不让点。大家都不知道七爷在里面做什么……

秋石终于好了，秋石到处乱走动了，但秋石却一直是恍恍惚惚的，心不在焉的，心里沉沉的。灾荒在一步步逼近，大家都看着秋石，看秋石怎么办。

而秋木呢？秋木在干啥，谁也不知晓，秋木在干一桩惊天动地的大事呢，外面的事他啥也不知道，他在地里。

秋木在上次发生了那件事后，铁下心来挖地洞。这个匪夷所思的事发生在别人身上就是荒唐透顶的了，但秋木这样做却是一点也不奇怪。这个把屁都憋着从来不放的汉子，认定了就去做。他在厝他爹的偏厦后的牛厩里开始挖洞，从这里到偏厦距离不远，也就十来步，牛厩早就喂不起牛了，他找了许多杂物和山茅草盖住洞口，成天潜进洞里挖土。洞虽然不远，但毕竟是强劳活，洞里又憋又闷，食物又少，为了让他养伤，家里的粮食重点保证让他吃，但始终就是洋芋和荞子。他的伤又没完全好，在洞里又乏又饿又疼，白毛汗经常湿透全身，全身软得拈草都没劲，身上疼得把牙都咬碎了，他还是不停地挖。他被一个信念支撑着，信念的力量是巨大的，信念使他克服了疼痛，饥饿疲惫。也不知挖了多少天，他终于将洞挖到他爹棺材下了，他狂叫一声，因为激动而晕厥过去。等他醒来，他浑身颤抖，两眼血红，闭着眼，一手指向那盛鱼的钵……

外面，雷声大作，乌云翻动，竟下起了暴雨。

那场大雨下了三天三夜，村里的茅草屋几乎都倒塌了，全村人陷入了饥寒交迫之中。村里到处积满水，任何一家没有一块干的地方，有的茅屋顶塌了之后，露出了土墙的残垣断壁，在风雨中瑟瑟发抖。没有吃的、用的、烧的，一些人开始病了，一些人已经倒下。秋石急得胡子茬一下白了，头发一把一把地掉，人瘦得变了形，飘飘忽忽地在水里像个鬼影。钱是没有的了，灾情惨不忍睹，接下去发生的事就是村亡人死了。秋石在雨水里疯跑了两天，冥黑如铁的雨幕里又出现了那个苍老的游丝般的声音：天道如人……人道如天……秋石镇定下来，他不再跑了。暴雨使他全身湿透，寒冷使他浑身痉挛，他的心却定下来了。他决心去乡上报灾，该去的要去，该来的要来，他现在不惧怕啥了，救人要紧，如是自己该撤职，该宰也认了。

县上和乡上的领导来了，他们被眼前的灾难震撼了，他们没去想什么和追究什么，立即采取各种措施救灾。好在望云村的房是茅草盖的顶，好在望云村土舂的房子只有人高，虽塌了、垮了也没死人。县上立即调来砖头、木条和油毛毡，为村里搭了简易住房；立即调来粮食、衣物和燃料，还派了两名医生来救助病人。村里的人住进了简易房屋，还燃起了熊熊的煤炭火，吃的和穿的都有了，村里人满足得不得了。光棍刘大毛还悄悄溜到乡场上用苞谷换了一塑料桶酒来喝，喝得一脸红光，步履蹒跚，指手画脚地来帮他们抢险干活，还不时地提出指导性的意见。石柱家婆娘一天天追着县上、乡上的干部的屁股跑，不停地诉说她家的困难，扯住人家要去她家看，分了一次东西又去要，哭天抹泪地弄得带队的民政局长心里酸楚，掏出身上的二百元给她。报社的一个女主编看了村里的惨景，把身上的钱掏完了还向其他人借，说回去后要叫上中学的姑娘来看，让她受受教育，免得吃啥她都嫌腻味。

救灾基本结束，来救灾的县乡两级干部在村里的残壁颓垣前心情沉重。他们分析了望云村的情况，最后的结论是只有异地搬迁。他们分析了望云村的自然状况、气候、出产、灾害等等，分析得很透彻。在旁边听他们讲的望云村村小教师秋土冷不丁地说还有教育。村长秋石说滚毬一边去,这里领导在开会。带队的领导说这人是谁？秋石说是我小兄弟,在村小代课。带队的领导沉吟,是呵,还有教育,还有教育……

六

望云村终于要搬迁了,秋石那些天心情好起来。如果不是这场毁灭性的灾害,上上下下只忙救灾,他的问题可能就要暴露了,他庆幸这场暴雨来得及时。他想无论如何要想法把这笔钱补上,好就好在搬迁到遥远的异地,上面给的钱多,光是安家费就是望云村人想都不敢想的。只要一家扣一点,这笔钱就凑齐了。真是该来的要来,该去的要去呵。他满心欢喜,做起事来又勤勉又有魄力,身上抽丝样抽去的精神和自信,慢慢回到体内。

搬迁的日子和厝他爹一年时间的日子正好相差几天,这几天他爹的香火尤甚,一个是救灾的款和物品多着呢,一个是他想在最后日子表现好点。这就像考试,平时的功夫是少不了的,但临近那几天下的功夫更是非常重要的,功夫下猛点,一考也就考上了。上面让他决定搬迁的日子,他推迟了几天,说还要做几家的工作,使他们不要出乱悔变。

搬迁的头一天,县上派了好些辆大卡车来,乡上也来了专人。望云村地势广阔,到处是沙滩、砾石,不修路汽车也开得来的。那天晚上家家忙着往汽车上装东西,东西不多,尽是些破家烂什,丢在别处要罚款的。县上的同志劝他们丢了,他们舍不得。县上的同志叹口气,由他们去了。人要走了,就要永远离开这世世代代生活的高原了,虽然过去的日子只有贫穷、艰辛和苦难,他们还是依依不舍,有的坐在残垣断壁下哭泣。只有七爷一声不吭地坐上车,他啥也不带,面无表情地坐在车上。

鸡叫头遍,秋石就心急得不行。他瞒着众人,悄悄叫上几个人,去起厝他爹的棺材。这是个多么重要的日子,这是激动人心又叫人担惊受怕的日子。一年了,这一年中发生了多少事,这一年中为那尾鲤鱼,他担够了心,受尽了苦,多少牵挂,多少希冀,多少寄托,甚至把肉体和灵魂也交给了今天的结果。秋石激动万分,紧张万分,他希望立即就起又怕立即就起,就像一个下了巨大赌资的赌徒在揭开胜负之碗那一刻的心情。

他跪下了,他跪得极为认真,极为虔诚,把额头都叩出血珠了。他紧闭双眼,喃喃祈祷,一切完毕,第一声铲土的声音,使他激动,惊悸得肉跳心惊。随着泥土越挖越深,见得到棺材了,秋石一下子又跪了下去,伸手摸着爹的棺材,爹,你要保佑我呀,我要把你好好安葬,尽其力量地好好安葬……

随着一声起的声音,棺材抬起来了。秋石第一个跳下墓坑,秋石才看一眼,那棺材下的鱼早就成个肉团了,盛水的大土钵里,还飘着丝丝血痕。秋石长噤一声,立即晕死过去了……